De claim

Van dezelfde auteur

Advocaat van de duivel
Achter gesloten deuren
De cliënt
De jury
Het vonnis
De rainmaker
In het geding
De partner
De straatvechter
Het testament
De broederschap
De erfpachters
Winterzon
Het dossier

Bezoek onze internetsite www.awbruna.nl
voor informatie over al onze boeken en softwareproducten.

John Grisham

De claim

A.W. Bruna Uitgevers B.V., Utrecht

Oorspronkelijke titel
The King of Torts
© 2003 by John Grisham
Vertaling
Hugo en Nienke Kuipers
Omslagontwerp
Bart van den Bosch
Beeldbewerking omslag
True Colours Nederland
© 2003 A.W. Bruna Uitgevers B.V., Utrecht

Met dank aan mr. J.A.M. Schoenmakers

ISBN 90 229 8679 9
NUR 332

Tweede druk, februari 2003

Niets uit deze uitgave mag worden openbaar gemaakt en/of verveelvoudigd door middel van druk, fotokopie, microfilm of op welke andere wijze dan ook zonder voorafgaande schriftelijke toestemming van de uitgever.

1

Toen de kogels Pumpkins hoofd binnendrongen, werden de schoten door maar liefst acht mensen gehoord. Drie van hen deden snel hun ramen dicht, controleerden of hun deur goed op slot zat en trokken zich in hun veilige, of in elk geval dichte, woning terug. Twee anderen, die vaker met zulke dingen te maken hadden gehad, maakten net zo snel als de schutter dat ze wegkwamen, misschien nog wel sneller. Weer een ander, de recyclingfanaat van de buurt, was in wat vuilnis naar aluminium blikjes aan het wroeten toen hij de harde knallen hoorde. Ze kwamen van erg dichtbij. Hij sprong achter een stapel kartonnen dozen, bleef daar tot er niet meer geschoten werd, glipte toen een steegje in en zag wat er van Pumpkin was overgebleven.
En twee mensen zagen bijna alles. Ze zaten op plastic melkkratten voor een drankwinkel op de hoek van Georgia Avenue en Lamont Street, min of meer achter een geparkeerde auto, zodat de schutter, die nog even om zich heen keek voordat hij achter Pumpkin het steegje inliep, hen niet zag. Ze zouden allebei tegen de politie zeggen dat ze de jongen het pistool uit zijn zak zagen halen; ze hadden het wapen gezien, een klein, zwart pistool. Even later hoorden ze de schoten, al hadden ze niet gezien dat Pumpkin in zijn hoofd werd getroffen. Weer even later rende de jongen met het pistool het steegje uit, recht op hen af. Hij liep voorovergebogen als een bange

hond, zo schuldig als het maar kon. Hij droeg rood met gele basketbalschoenen die vijf maten te groot leken en over het wegdek flapten.

Toen hij langs hen rende, had hij het pistool nog in zijn hand, waarschijnlijk een .38, en hij kromp even ineen toen hij hen zag, want hij besefte natuurlijk dat ze te veel hadden gezien. Gedurende een angstaanjagende seconde leek het of hij het pistool omhoog bracht om de getuigen te elimineren. Ze zagen allebei kans om zich van hun plastic melkkratten achterover te laten vallen en in wilde paniek op handen en voeten weg te krabbelen. Toen was hij weg.

Een van hen maakte de deur van de drankwinkel open en riep dat iemand de politie moest bellen, er was geschoten.

Een halfuur later kreeg de politie een telefoontje: een jongeman die voldeed aan het signalement van de schutter was twee keer in Ninth Street gezien. Hij liep daar met dat pistool te zwaaien en gedroeg zich vreemder dan de meeste mensen in Ninth Street. Hij had minstens één keer geprobeerd iemand naar een braakliggend perceel te lokken, maar het beoogde slachtoffer was ontkomen en had melding gemaakt van het incident.

De politie vond hem een uur later. Hij heette Tequila Watson en hij was een zwarte man van twintig met in zijn strafblad de gebruikelijke drugsdelicten. Bijna geen familie. Geen adres. De laatste plaats waar hij had geslapen, was een afkickcentrum in W Street. Hij had kans gezien het pistool ergens te dumpen, en als hij Pumpkin had beroofd, had hij het geld of de drugs of wat de buit ook maar was geweest, ook weggegooid. Hij had niets in zijn zakken. Hij keek ook normaal uit zijn ogen; volgens de politie verkeerde Tequila op het moment van zijn arrestatie niet onder invloed van het een of ander. Daar op straat ondervroegen ze hem snel en niet al te zachtzinnig, en daarna deden ze hem handboeien om en duwden hem op de achterbank van een politiewagen.

Ze reden hem naar Lamont Street terug, waar ze een confrontatie met de twee getuigen regelden. Tequila werd naar het steegje gebracht waar hij Pumpkin had achtergelaten. 'Ben je hier ooit eerder geweest?' vroeg een politieman.

Tequila zei niets en keek alleen met grote ogen naar de plas bloed op het vuile beton. De twee getuigen werden het steegje in geleid tot ze Tequila goed zagen.

'Dat is hem,' zeiden ze allebei tegelijk.

'Hij heeft dezelfde kleren, dezelfde basketbalschoenen, alles behalve het pistool.'
'Dat is hem.'
'Zeker weten.'
Tequila werd weer in de auto geduwd en naar de gevangenis gebracht. Hij werd officieel beschuldigd van moord en zonder de mogelijkheid van vrijlating op borgtocht in bewaring gesteld. Of het nu uit ervaring of gewoon uit angst was, Tequila zei geen woord tegen de rechercheurs, hoe ze ook dreigden en paaiden. Geen bekentenis, niets waar ze iets aan hadden. Geen enkele indicatie van de reden waarom hij Pumpkin had vermoord. Niets waaruit bleek dat hij en Pumpkin elkaar al langer kenden. Een ervaren rechercheur noteerde in het dossier dat de schietpartij een beetje willekeuriger leek dan gebruikelijk was.
De verdachte vroeg niet om een telefoongesprek. En ook niet om een advocaat. Tequila maakte een verdoofde indruk. Blijkbaar vond hij het wel prima om in die cel vol gedetineerden op de vloer te gaan zitten en omlaag te staren.

Pumpkins vader was niet te achterhalen, maar zijn moeder werkte als bewaakster in het souterrain van een groot kantoorgebouw aan New York Avenue. De politie had drie uur nodig om de echte naam van haar zoon vast te stellen – Ramón Pumphrey – zijn adres te achterhalen en een buurvrouw te vinden die hun wilde vertellen of hij een moeder had.
Adelfa Pumphrey zat achter een bureau, dicht bij de ingang van het souterrain. Het was de bedoeling dat ze naar een wand met monitorschermen keek. Ze was een forse vrouw in een strak kakiuniform, met een pistool op haar zij en een volslagen ongeïnteresseerde uitdrukking op haar gezicht. De politiemannen die naar haar toe gingen, hadden al honderd keer zoiets gedaan. Ze vertelden haar wat er was gebeurd en zochten haar chef op.
In een stad waar dagelijks jonge mensen elkaar vermoordden, hadden de mensen een dikke huid en een hart van steen gekregen. Iedere moeder kende vele anderen die een kind hadden verloren. Elk verlies bracht de dood een stapje dichterbij en iedere moeder wist dat elke dag de laatste kon zijn. De moeders hadden gezien dat anderen de verschrikkelijke gebeurtenis te boven waren gekomen. Terwijl Adelfa Pumphrey met het gezicht in de handen achter haar

bureau zat, dacht ze aan haar zoon en zijn levenloze lichaam dat ergens in de stad lag en door vreemden werd onderzocht.
Ze nam zich voor wraak te nemen op degene die hem had gedood.
Ze vervloekte zijn vader omdat hij het kind in de steek had gelaten.
Ze huilde om haar kind.
En ze wist dat ze het te boven zou komen, hoe dan ook.

Adelfa ging naar de rechtbank om de voorgeleiding bij te wonen. De politie vertelde haar dat de jongen die haar zoon had vermoord voor het eerst voor de rechtbank zou verschijnen, een korte routineprocedure waarin hij zou verklaren dat hij niet schuldig was en om een advocaat zou vragen. Ze zat op de achterste rij, tussen haar broer en een buurvrouw in, zachtjes te huilen. Ze wilde de jongen zien. Ze zou hem ook willen vragen waarom hij het had gedaan, maar ze wist dat ze niet de gelegenheid zou krijgen.
De criminelen werden als vee op een veiling door de rechtszaal geleid. Ze waren allen zwart, ze droegen allen een oranje overall en handboeien, en ze waren allen jong. Wat een verspilling.
Tequila had niet alleen handboeien om, maar omdat hij zo'n gewelddadig misdrijf had gepleegd, droeg hij ook pols- en enkelkettingen, al zag hij er, toen hij met zijn groep delinquenten de zaal binnenschuifelde, eigenlijk nogal onschuldig uit. Hij keek vlug naar de tribune om te zien of hij iemand herkende, om te zien of er heel misschien iemand voor hem was gekomen. Hij kreeg een stoel in een rij, en voor de goede orde boog een van de gewapende gerechtsbodes zich naar hem toe en zei: 'Die jongen die je hebt vermoord. Dat is zijn moeder daar, in die blauwe jurk.'
Met gebogen hoofd draaide Tequila zich langzaam om en hij keek een seconde lang recht in de natte, gezwollen ogen van Pumpkins moeder. Adelfa keek naar de magere jongen in de te grote overall en vroeg zich af waar zijn moeder was en hoe ze hem had grootgebracht en of hij een vader had, en vooral: hoe en waarom zijn pad dat van haar eigen jongen had gekruist. De twee jongens waren rond de twintig, net als de rest van het stel. De politie had haar verteld dat het er, althans voorlopig, niet op leek dat drugs een rol hadden gespeeld bij de moord. Maar ze wist wel beter. Drugs speelden een rol bij alles wat op straat gebeurde. Adelfa wist dat maar al te goed. Pumpkin had hasj en crack gebruikt en hij was een keer gearresteerd wegens drugsbezit, maar hij was nooit gewelddadig

geweest. De politie zei dat het op zinloos geweld leek. Alle straatmoorden waren zinloos, had haar broer gezegd, maar toch zat er altijd een reden achter.

De autoriteiten verzamelden zich rond een tafel aan de ene kant van de rechtszaal. De politie fluisterde tegen de aanklagers, die dossiers en processen-verbaal doorbladerden en dapper hun best deden om met hun papierwinkel geen achterstand op de criminelen te krijgen. Aan de andere kant stond een tafel waar advocaten kwamen en gingen, al naargelang de rij criminelen die zich door de zaal bewoog. De rechter werkte het allemaal snel af, drugszaken, een roofoverval, een vaag zedendelict, nog meer drugs, veel schendingen van voorwaardelijke invrijheidstellingen. De verdachten van wie de naam werd afgeroepen, werden naar voren geleid en bleven dan zwijgend staan. Er werd met papieren geschoven en ze werden weer weggeleid, naar de gevangenis terug.

'Tequila Watson,' riep een gerechtsbode.

Hij werd door een andere bode overeind geholpen. Met rammelende kettingen strompelde hij naar voren.

'Meneer Watson, u wordt beschuldigd van moord,' zei de rechter met luide stem. 'Hoe oud bent u?'

'Twintig,' zei Tequila met neergeslagen ogen.

Zodra de aanklacht wegens moord door de rechtbank had gegalmd, was het even stil. De andere criminelen in oranje overalls keken bewonderend. De juristen en politiemensen waren nieuwsgierig.

'Kunt u zich een advocaat veroorloven?'

'Nee.'

'Dat had ik ook niet verwacht,' mompelde de rechter en hij keek naar de tafel van de verdediging. De vruchtbare akkers van de arrondissementsrechtbank van Washington, afdeling strafrecht, sectie ernstige misdrijven, werden dagelijks bewerkt door het Bureau voor Rechtshulp, het vangnet voor alle onvermogende verdachten. In zeventig procent van de zaken kreeg de verdachte een toegevoegde advocaat, en er waren altijd wel een stuk of zes pro-Deoadvocaten in de rechtszaal aanwezig. Je herkende ze aan hun goedkope pakken en kale schoenen en mappen die uit hun aktetassen staken. Maar op dat moment was er maar één pro-Deoadvocaat aanwezig, de weledelgestrenge heer Clay Carter II, die daar was voor twee veel minder ernstige misdrijven en die nu opeens helemaal alleen was en niets liever zou doen dan hard weglopen. Hij keek naar rechts en links en besefte dat de edelachtbare naar hem keek. Waar waren alle andere prodeanen gebleven?

Een week eerder had Carter een moordzaak afgehandeld, een zaak die zich bijna drie jaar had voortgesleept en die als eindresultaat had gehad dat zijn cliënt naar de gevangenis was gestuurd om daar nooit meer uit te vertrekken, in elk geval niet met toestemming van de autoriteiten. Clay Carter was eigenlijk wel blij dat zijn cliënt achter slot en grendel zat en hij vond het ook een prettig idee dat hij op dat moment geen moordzaak te behandelen had.

Maar blijkbaar kwam daar nu verandering in.

'Meneer Carter?' zei de rechter. Het was geen bevel maar een uitnodiging om naar voren te komen en te doen wat iedere pro-Deo-advoaat geacht werd te doen: de onvermogenden verdedigen, om wat voor zaak het ook ging. Carter wilde geen zwakheid tonen, zeker niet in het bijzijn van politie en aanklagers. Hij slikte even maar stapte toen zelfverzekerd op de rechter af, alsof hij ter plekke een juryproces zou eisen. Hij nam de map van de rechter over, keek de nogal schamele inhoud vlug door en zei toen, terwijl hij deed of hij de smekende blik van Tequila Watson niet zag: 'De verdachte verklaart zich onschuldig, edelachtbare.'

'Dank u, meneer Carter. En zullen we u als zijn verdediger noteren?'

'Voorlopig wel, ja.' Carter was al uitvluchten aan het bedenken om deze zaak op een andere prodeaan af te schuiven.

'Goed. Dank u,' zei de rechter, die al naar het volgende dossier greep.

Advocaat en cliënt overlegden enkele minuten aan de verdedigingstafel. Carter kreeg de weinige informatie die Tequila wilde geven. Hij beloofde de volgende dag voor een langer gesprek naar de gevangenis te komen. Terwijl ze daar zaten te fluisteren, krioelde het rondom de tafel opeens van de jonge advocaten van het Bureau voor Rechtshulp, collega's van Carter. Het leek wel of ze uit het niets waren opgedoken.

Was het doorgestoken kaart, vroeg Carter zich af. Waren ze even weggegaan omdat ze wisten dat er een moordzaak zat aan te komen? In de afgelopen vijf jaar had hij zelf ook dat soort trucs uitgehaald. Het ontduiken van vervelende zaken was op het Bureau voor Rechtshulp tot een ware kunstvorm verheven.

Hij pakte zijn aktetas en liep vlug door het middenpad de zaal uit, langs rijen nerveuze familieleden, langs Adelfa Pumphrey en haar twee begeleiders, de gang op, waar het wemelde van nog veel meer criminelen en de moeders en vriendinnen en advocaten. Sommige advocaten van het BvR, het Bureau voor Rechtshulp, zwoeren dat ze niet zonder de chaos van het H. Carl Moultrie-gerechtsgebouw zouden kunnen leven: de druk van de processen, de tinteling van het gevaar omdat je je in dezelfde ruimte bevond als zoveel gewelddadige mannen, de pijnlijke confrontatie van slachtoffers en hun belagers, het hopeloos overbelaste justitieapparaat, het streven om de armen te beschermen en een eerlijke behandeling door de politie en het systeem te waarborgen.

Clay Carter kon zich niet meer herinneren waarom hij ooit een carrière bij het BvR had geambieerd. Over een week zou hij daar vijf jaar in dienst zijn. Die dag zou zonder enige feestelijkheid voorbijgaan, en hopelijk ook zonder dat iemand het wist. Clay was op zijn 31e al opgebrand. Hij werkte in een kamer waarvoor hij zich schaamde als hij hem aan vrienden liet zien, was op zoek naar een uitweg maar kon hem niet vinden, en was nu opgezadeld met weer zo'n zinloze moordzaak die met de minuut zwaarder op je schouders ging drukken.

In de lift schold hij zichzelf uit omdat hij zich die moordzaak had laten opdringen. Het was een beginnersfout; eigenlijk liep hij hier al te lang rond om in zo'n val te trappen, vooral op zulk bekend terrein. Ik kap ermee, nam hij zich voor. Dat had hij zich het afgelopen jaar bijna elke dag voorgenomen.

Er stonden nog twee mensen in de lift. Een van hen was een griffiemedewerkster met haar armen vol dossiers. De ander was een man van in de veertig. Hij droeg zwarte designer-jeans, een T-shirt, een jasje en laarzen van alligatorleer. Hij had een krant en deed of hij daar in las, door de bril met de kleine glazen die op het puntje van zijn nogal lange en elegante neus stond; in werkelijkheid bestudeerde hij Clay, die daar niets van merkte. Waarom zou iemand in dit gebouw ooit enige aandacht aan iemand anders schenken?

Als Clay Carter niet had staan mokken maar had opgelet, zou hij hebben gezien dat de man te goed gekleed was om een verdachte te zijn, maar ook niet formeel genoeg om een advocaat te zijn. Hij had alleen die krant bij zich en dat was vreemd, want het H. Carl Moultrie-gerechtsgebouw was niet een plaats waar je heen ging om te lezen. Hij leek ook geen rechter, griffiemedewerker, slachtoffer of verdachte, maar Clay lette niet op hem.

2

Washington was een stad met 76.000 advocaten. Velen van hen werkten in grote firma's binnen schootsafstand van het Capitool, rijke, machtige firma's waar de briljantste medewerkers absurde premies kregen en de saaiste ex-politici lucratieve lobbycontracten, en waar de beste pleiters een agent hadden. Het Bureau voor Rechtshulp hoorde daar echter niet bij.
Er waren BvR-advocaten die zich met hart en ziel aan de verdediging van de armen en verdrukten wijdden, en voor hen was het werk geen springplank naar een andere carrière. Hoe weinig ze ook verdienden en hoe beperkt hun budget ook was, ze genoten van hun eenzame, onafhankelijke werk en beleefden grote voldoening aan het beschermen van de underdog.
Andere prodeanen zeiden tegen zichzelf dat ze dit werk maar tijdelijk deden. Het was gewoon de praktische training die ze nodig hadden om aan een carrière met meer perspectief te kunnen beginnen. Je leerde het vak met vallen en opstaan, je maakte je handen vuil, je zag en deed dingen waar een advocaat van een grote firma zich verre van hield en op een dag zou een firma met visie je voor al die inspanningen belonen. Onbeperkte proceservaring, veel contacten met rechters, griffiemedewerkers en politie, werkdiscipline, de kunst om met de moeilijkste cliënten om te gaan, en dat waren nog maar enkele van de kwaliteiten die pro-Deoadvocaten in een paar jaar tijd konden opdoen.

Op het BvR werkten tachtig advocaten. Die besloegen met z'n allen twee volle, benauwde verdiepingen van het gebouw voor openbare diensten van de stad Washington, een vaal, vierkant, betonnen bouwsel dat bekendstond als de Kubus, aan Massachusetts Avenue, niet ver van Thomas Circle. Verspreid over het labyrint van kleine kantoorkamertjes werkten zo'n veertig slecht betaalde secretaresses en een kleine veertig juridisch assistenten. De directeur was een vrouw die Glenda heette en die zich het grootste deel van de tijd in haar kantoor opsloot omdat ze zich daar veilig voelde.

Het beginsalaris van een BvR-advocaat was 36.000 dollar. Verhogingen waren minuscuul en lieten erg lang op zich wachten. De advocaat met de meeste dienstjaren, een vermoeide oude man van 43, verdiende 57.600 dollar en dreigde al negentien jaar weg te gaan. De werklast was verschrikkelijk, want de stad verloor zijn oorlog tegen de misdaad. Aan de stroom van onvermogende criminelen kwam nooit een eind. De afgelopen acht jaar had Glenda elk jaar een begroting ingediend waarin ze om nog tien advocaten en nog twaalf juridisch assistenten vroeg. In elk van de afgelopen vier jaar had ze minder geld gekregen dan het jaar daarvoor. Op dit moment stond ze voor de lastige vraag welke assistenten ze moest ontslaan en welke advocaten ze tot parttime werken moest dwingen.

Zoals de meeste andere pro-Deoadvocaten was Carter geen rechten gaan studeren met het idee dat hij ooit, al was het maar korte tijd, onvermogende criminelen zou gaan verdedigen. Welnee. Toen Clay nog aan de Georgetown University studeerde, had zijn vader een advocatenkantoor in Washington gehad. Clay had daar jarenlang parttime gewerkt en hij had zijn eigen kamer op het kantoor. In die tijd had hij stralende toekomstvisioenen van vader en zoon die samen processen voerden terwijl het geld binnenstroomde.

Maar toen Clay aan het laatste jaar van zijn studie bezig was, stortte de firma van zijn vader in en ging zijn vader de stad uit. Toen lagen de zaken heel anders. Clay werd pro-Deoadvocaat, omdat er op het laatste moment geen andere banen voor het oprapen lagen.

Het kostte hem drie jaar van ellebogenwerk om zijn eigen kantoor te bemachtigen, dus een kantoor dat hij niet met een andere advocaat of een assistent hoefde te delen. Het kantoor had wel wat van een inloopkast: het had geen ramen en het was zo klein dat zijn bureau de helft van de vloerruimte in beslag nam. Zijn kamer in het oude kantoor van zijn vader was vier keer zo groot geweest, met uitzicht op het Washington Monument, en hoewel hij zijn best deed om dat uitzicht te vergeten, kon hij het niet uit zijn hoofd zetten. Nu, vijf jaar later, zat hij soms nog achter zijn bureau naar de muren te staren, die elke maand dichter op hem af leken te komen, en dan vroeg hij zich af hoe hij van het ene in het andere kantoor was terechtgekomen.

Hij gooide het dossier-Tequila Watson op zijn erg schone en erg nette bureau en trok zijn jasje uit. In zo'n troosteloze omgeving zou het gemakkelijk zijn geweest om de boel te laten verkommeren, om stapels dossiers en papieren maar te laten groeien, om zijn kamer te laten dichtslibben en dan de schuld te geven aan de enorme werklast en het personeelsgebrek. Maar zijn vader had geloofd dat een ordelijk bureau een teken van een ordelijke geest was. Als je iets niet in dertig seconden kon vinden, verloor je geld, zei zijn vader altijd. Hij had Clay nog een andere regel geleerd: altijd meteen je telefoontjes beantwoorden.

Hij hield zijn kamer en bureau dus erg netjes, en zijn drukbezette collega's moesten daar vaak om lachen. Zijn diploma van de Georgetown University hing in een mooie lijst aan de muur. In de eerste twee jaar dat hij op het Bureau voor Rechtshulp werkte, had hij dat diploma niet willen ophangen, want hij was bang geweest dat de andere advocaten zich zouden afvragen waarom iemand die van Georgetown kwam voor zo'n minimaal salaris ging werken. Voor de ervaring, zei hij tegen zichzelf, ik ben hier om ervaring op te doen. Een proces per maand, lastige processen tegen lastige aanklagers voor lastige jury's. Hij was hier voor de rauwe, keiharde ervaring die hij in een grote firma niet kon opdoen. Het geld zou later wel komen, als hij al op erg jonge leeftijd een doorgewinterde pleiter was geworden.

Hij keek naar het dunne dossier-Watson dat midden op het bureau lag en vroeg zich af hoe hij het op iemand anders kon afschuiven. Hij had genoeg van de lastige zaken en de geweldige ervaringen en alle andere onzin waarmee hij als onderbetaald prodeaan werd opgezadeld.

Er lagen zes roze telefoonbriefjes op zijn bureau; vijf hadden te maken met zaken, en één kwam van Rebecca, die al een hele tijd zijn vriendin was. Hij belde haar eerst.

'Ik heb het erg druk,' zei ze na de vereiste inleidende grapjes.

'Je hebt me gebeld,' zei Clay.
'Ja, ik kan maar even praten.' Rebecca was assistente van een onbelangrijke afgevaardigde die voorzitter was van een nutteloze subcommissie. Maar omdat hij voorzitter was, had hij een extra kantoor en moest hij dat bemannen met mensen als Rebecca, die de hele dag druk bezig was geweest met de organisatie van de volgende hoorzitting waar geen mens naartoe zou gaan. Haar vader had zijn invloed gebruikt om haar aan die baan te helpen.
'Ik heb het ook nogal druk,' zei Clay. 'Ik heb net weer een moordzaak opgepikt.' Het lukte hem een zekere trots in zijn stem te laten doorklinken, alsof het een eer was de verdediger van Tequila Watson te mogen zijn.
Dat was een spel dat ze speelden: wie had het 't zwaarst? Wie was het belangrijkst? Wie werkte het hardst? Wie stond onder de grootste druk?
'Morgen is mijn moeder jarig,' zei ze. Ze zweeg even, alsof ze veronderstelde dat Clay het wist. Hij wist het niet. Het kon hem niet schelen. Hij had een hekel aan haar moeder. 'Ze hebben ons uitgenodigd voor een diner in de club.'
Dat kon er ook nog wel bij. Het enige antwoord dat hij kon geven, was: 'Goed.' En hij was er nog snel mee ook.
'Uur of zeven. Doe een das om.'
'Natuurlijk.' Ik ging nog liever in de gevangenis met Tequila Watson dineren, dacht hij.
'Ik moet weg,' zei ze. 'Tot kijk dan. Ik hou van je.'
'Ik ook van jou.'
Zo gingen al hun telefoongesprekken, een paar snelle mededelingen voordat ze wegrenden om de wereld te redden. Hij keek naar haar foto op zijn bureau. Hun verhouding ging gebukt onder genoeg complicaties om tien huwelijken tot zinken te brengen. Zijn vader had ooit tegen haar vader geprocedeerd en het zou nooit duidelijk worden wie had gewonnen en wie verloren. Haar familie beweerde uit de oude society van Alexandria te zijn voortgekomen; hij was de zoon van een beroepsmilitair geweest. Zij waren rechtse Republikeinen; hij was dat niet. Haar vader stond bekend als Bennett de Bulldozer, een bijnaam die hij had verworven met zijn meedogenloze kaalslagprojecten in het noorden van Virginia, waar hij nieuwe voorsteden van Washington had laten verrijzen. Clay had de pest aan die nieuwbouwprojecten en betaalde in stilte contribu-

tie aan twee milieugroepen die zich tegen de projectontwikkelaars verzetten. Haar moeder had de agressieve ambitie om tot de hogere kringen door te dringen en wilde dat haar twee dochters met groot geld trouwden. Clay had zijn moeder in elf jaar niet gezien. De hogere kringen lieten hem koud. Hij had geen geld.

Al bijna vier jaar overleefde hun relatie maandelijkse ruzies, die meestal het werk waren van haar moeder. Hun relatie klampte zich hartstochtelijk aan het leven vast, en ook met de vastbeslotenheid om tegen de verdrukking in een succes te worden. Maar Clay bespeurde vermoeidheidsverschijnselen bij Rebecca, een geleidelijk opkomende matheid. Ze waren al zo lang bij elkaar en haar familie bleef maar druk uitoefenen. Ze was 28. Ze wilde geen carrière. Ze wilde een man en kinderen en lange dagen op de country club: de kinderen verwennen, een partijtje tennissen, lunchen met haar moeder.

Paulette Tullos verscheen uit het niets en maakte hem aan het schrikken. 'Je bent de pineut, hè?' zei ze grijnzend. 'Een nieuwe moordzaak.'

'Je was erbij?' vroeg Clay.

'Ik heb alles gezien. Ik zag het aankomen, ik zag het gebeuren en ik kon je niet redden, jongen.'

'Dank je. Ik sta bij je in het krijt.'

Hij zou haar een stoel hebben aangeboden, maar er waren geen andere stoelen in zijn kantoor. Er was geen ruimte voor stoelen, en trouwens, die waren ook niet nodig, want al zijn cliënten zaten in de gevangenis. Op het BvR zat je niet vaak met iemand een gesprek te voeren.

'Hoe groot is mijn kans om van die zaak af te komen?' zei hij.

'Gering tot nihil. Bij wie wilde je hem dumpen?'

'Ik dacht aan jou.'

'Sorry. Ik heb al twee moordzaken. Glenda wil hem vast niet voor je doorgeven.'

Paulette was zijn beste collega bij het BvR. Ze kwam uit een achterbuurt en had zich met avondopleidingen door de middelbare school en de rechtenstudie heen gewerkt. Het leek erop dat ze al een heel eind vooruit was gekomen, maar toen ontmoette ze een welgestelde oudere Griek met een voorliefde voor jonge zwarte vrouwen. Hij trouwde met haar en installeerde haar heel comfortabel in Noordwest-Washington, om uiteindelijk naar Europa terug te keren, waar hij liever woonde. Paulette vermoedde dat hij daar

een stuk of wat echtgenotes had, maar daar maakte ze zich niet erg druk om. Ze zat goed in het geld en was bijna nooit alleen. Zo ging het al tien jaar en het beviel haar prima.
'Ik hoorde de aanklagers praten,' zei ze. 'De zoveelste straatmoord, maar het motief is dubieus.'
'Niet bepaald de eerste straatmoord hier in Washington.'
'Maar het motief is niet duidelijk.'
'Er is altijd een motief: geld, drugs, seks, een nieuw paar Nikes.'
'Maar die jongen was vrij braaf, zonder voorgeschiedenis van geweld.'
'Eerste indrukken kloppen bijna nooit, Paulette, dat weet je.'
'Jermaine had twee dagen geleden ook zo'n zaak. Geen duidelijk motief.'
'Dat wist ik niet.'
'Ga eens naar hem toe. Hij is nieuw en ambitieus. Wie weet, kun je de zaak bij hem dumpen.'
'Ik ga meteen.'
Jermaine was er niet, maar Glenda's deur stond op een kier. Clay trommelde er met zijn knokkels op en liep meteen door. 'Hebt u even?' zei hij, wetend dat Glenda er een hekel aan had om ook maar een minuut met een van haar medewerkers door te brengen. Ze deed haar werk vrij goed, gaf leiding aan de dienst, verdeelde de werkdruk, hield zich aan het budget en bovenal, speelde het politieke spel op het gemeentehuis. Maar ze hield niet van mensen. Ze deed haar werk liever achter een dichte deur.
'Ja,' zei ze abrupt, zonder enige overtuiging. Ze liet hem duidelijk blijken dat hij stoorde en dat was precies de ontvangst die Clay had verwacht.
'Ik was vanmorgen toevallig op het verkeerde moment op de afdeling Strafrecht, en toen werd ik met een moordzaak opgezadeld die ik graag aan iemand anders wil doorgeven. Ik ben net klaar met de zaak-Traxel. Zoals u weet, ben ik daar bijna drie jaar mee bezig geweest. Ik wil nu even geen moord. Kan een van de jongeren het niet overnemen?'
'U wilt er vanaf, meneer Carter?' zei ze met opgetrokken wenkbrauwen.
'Zeker weten. Een paar maanden alleen drugs en inbraken. Meer vraag ik niet.'
'En wie zou zich dan moeten ontfermen over, eh, welke zaak is het?'

'Tequila Watson.'
'Tequila Watson. Wie zou hem moeten krijgen, meneer Carter?'
'Dat kan me eigenlijk niet schelen. Ik wil gewoon even rust.'
Ze leunde als een wijze oude president-directeur in haar stoel achterover en begon op het uiteinde van een pen te kauwen. 'Dat willen we allemaal wel, meneer Carter. We houden allemaal van rust, nietwaar?'
'Ja of nee?'
'We hebben hier tachtig advocaten, meneer Carter, en ongeveer de helft daarvan is gekwalificeerd om moordzaken te doen. Iedereen heeft er minstens twee. U mag proberen de zaak door te schuiven, maar ik ga hem niet aan iemand anders toewijzen.'
Bij het weggaan zei Clay: 'Ik zou eigenlijk wel salarisverhoging kunnen gebruiken.'
'Volgend jaar, meneer Carter. Volgend jaar.'
'En een assistent.'
'Volgend jaar.'
Het dossier-Tequila Watson bleef in het erg nette, erg ordelijke kantoor van Jarrett Clay Carter II, advocaat en procureur.

3

Het gebouw was natuurlijk een gevangenis. Al was het nog niet zo oud en al waren er bij de feestelijke opening een paar gemeentebestuurders zeer trots op geweest, het was en bleef een gevangenis. Al was het ontworpen door baanbrekende voorvechters van stedelijke vernieuwing en al was het voorzien van hightech-beveiligingsapparatuur, het was en bleef een gevangenis. En al was het efficiënt, veilig, humaan en gebouwd voor de volgende eeuw, het was overbevolkt vanaf de dag dat het openging. Aan de buitenkant leek het op een groot, rood betonblok dat op zijn kant lag, raamloos, hopeloos, vol met gedetineerden en de talloze mensen die hen bewaakten. Om mensen op hun gemak te stellen hadden ze het de naam Justitieel Centrum gegeven, een modern eufemisme dat erg populair was bij moderne Amerikaanse architecten van zulke projecten. Maar het was en bleef een gevangenis.
Clay Carter kwam er vaak. Hij sprak daar met bijna al zijn cliënten, nadat ze gearresteerd waren en voordat ze op borgtocht vrijkwamen, als ze dat lukte. Velen van hen lukte het niet. Velen van hen waren gearresteerd voor misdrijven waar helemaal geen geweld aan te pas kwam, en of ze nu schuldig of onschuldig waren, ze werden achter slot en grendel gehouden tot hun zaak voorkwam. Tigger Banks had bijna acht maanden vastgezeten voor een inbraak die hij niet had gepleegd. Hij had daardoor zijn beide parttimebanen ver-

loren. Hij had zijn woning verloren. Hij had zijn waardigheid verloren. Het laatste telefoontje dat Clay van Tigger had gekregen, was een erbarmelijke smeekbede om geld. Hij was weer aan de crack, op straat en op weg naar moeilijkheden.

Iedere strafpleiter in de stad had een Tigger Banks-verhaal, en in al die gevallen liep het slecht af en was er niets aan te doen. Een gedetineerde kostte 41.000 dollar per jaar. Waarom wilde de regering dat geld zo graag over de balk gooien?

Clay had genoeg van die vragen en van de Tiggers met wie hij te maken kreeg en van de gevangenis en van altijd dezelfde norse bewaarders bij de souterraningang die de meeste advocaten gebruikten. En hij had genoeg van de stank die hier hing en van de idiote pietluttige procedures die waren ingevoerd door pennenlikkers die handboeken lazen over methoden om gevangenissen veilig te houden. Het was negen uur 's morgens en het was woensdag, al was voor Clay elke dag hetzelfde. Hij ging naar een loket met een schuifraam, onder een bordje met ADVOCATEN, en toen de lokettiste vond dat hij lang genoeg had gewacht, maakte ze het raam open en zei niets. Er hoefde niets gezegd te worden, want zij en Clay keken elkaar nu al bijna vijf jaar nors aan, zonder elkaar ooit te begroeten. Hij tekende een register, gaf het terug en ze deed het raam dicht, ongetwijfeld een kogelvrije ruit om haar tegen woeste advocaten te beschermen.

Glenda had twee jaar lang geprobeerd een eenvoudig aanmeldsysteem ingevoerd te krijgen, een systeem waarbij BvR-advocaten, en eigenlijk ook ieder ander, een uur van tevoren konden bellen dat ze eraan kwamen, zodat hun cliënten ergens in de buurt van de spreekkamer voor advocaten konden zijn. Het was een simpel verzoek en ongetwijfeld had die simpelheid ertoe geleid dat het in de bureaucratische hel ten onder was gegaan.

Tegen de muur stond een rij stoelen. Het was de bedoeling dat de advocaten daarop zaten te wachten terwijl hun verzoek in een slakkengang naar iemand op de bovenverdieping werd gestuurd. Om negen uur zaten daar altijd al een paar advocaten. Ze bladerden in dossiers, fluisterden in mobieltjes, negeerden elkaar. In het begin van zijn jonge carrière had Clay eens een paar dikke juridische handboeken meegebracht om daarin te lezen en met geel passages te markeren en zo de andere advocaten met zijn ijver te imponeren. Nu haalde hij de *Washington Post* tevoorschijn en las het sport-

katern. Zoals altijd keek hij op zijn horloge om te zien hoeveel tijd hij aan het wachten op Tequila Watson zou verspillen.
Niet gek, maar 24 minuten.
Een bewaarder bracht hem door een gang naar een langwerpige kamer die met een dikke plaat plexiglas in tweeën was verdeeld. De bewaarder wees hem het vierde hokje vanaf het eind aan en Clay ging zitten. Door de ruit kon hij zien dat de andere helft van het hokje leeg was. Weer wachten. Hij haalde papieren uit zijn aktetas en begon vragen te bedenken die hij Tequila kon stellen. In het hokje rechts van hem zat een advocaat een gespannen maar gedempt gesprek te voeren met zijn cliënt, iemand die Clay niet kon zien.
De bewaarder kwam terug en fluisterde tegen Clay, alsof zulke gesprekken eigenlijk verboden waren: 'Uw jongen heeft een slechte nacht gehad.' Hij hurkte neer en keek omhoog naar de bewakingscamera's.
'O,' zei Clay.
'Hij vloog vannacht om twee uur een andere jongen aan en begon als een gek op hem in te slaan. Het werd een hele knokpartij en er moesten zes van onze mannen aan te pas komen om er een eind aan te maken. Hij ziet er niet zo mooi uit.'
'Tequila?'
'Watson, ja. Die andere jongen ligt in het ziekenhuis. Reken maar op nog een paar aanklachten.'
'Weet u dat zeker?' vroeg Clay terwijl hij achterom keek.
'Het staat allemaal op video.' Einde gesprek.
Ze keken op, want op dat moment werd Tequila door twee bewaarders naar zijn stoel gebracht. Ze hielden hem bij de elleboog vast. Hij had handboeien om, en hoewel die meestal werden losgemaakt als een gedetineerde een gesprek met zijn advocaat had, bleven die van Tequila om. Hij ging zitten. De bewaarders liepen bij hem vandaan maar bleven in de buurt.
Zijn linkeroog was dichtgeslagen, er zat opgedroogd bloed in beide hoeken. Het rechteroog was open en de pupil was helderrood. Er zat verbandgaas en tape op zijn voorhoofd en hij had een pleister op zijn kin. Beide lippen en wangen waren zo erg opgezwollen dat Clay zich even afvroeg of hij wel de juiste cliënt voor zich had. Iemand, ergens, had de man die een meter van hem vandaan achter het plexiglas zat een lelijk pak slaag verkocht.

Clay pakte de zwarte telefoonhoorn op en gaf Tequila een teken dat hij dat ook moest doen. Tequila hield hem onhandig met beide handen vast.

'Jij bent Tequila Watson?' zei Clay met zoveel oogcontact als mogelijk was.

Hij knikte van ja, erg langzaam, alsof er losse botjes door zijn hoofd zweefden.

'Ben je bij een dokter geweest?'

Een knikje, ja.

'Hebben de bewaarders je dit aangedaan?'

Zonder aarzeling schudde hij met zijn hoofd. Nee.

'De anderen in de cel hebben het gedaan?'

Een knikje, ja.

'Ik hoorde van een bewaarder dat jij begonnen was met vechten. Je viel een jongen aan en sloeg hem het ziekenhuis in. Is dat waar?'

Een knikje, ja.

Het was moeilijk voor te stellen dat Tequila Watson, met zijn zeventig kilo, mensen mishandelde in een boordevolle gevangeniscel.

'Kende je die jongen?'

Een zijwaartse beweging. Nee.

Clay begon genoeg te krijgen van die gebarentaal. 'Waarom viel je die jongen eigenlijk aan?'

Met veel moeite kwamen de gezwollen lippen eindelijk van elkaar. 'Weet ik niet,' mompelde hij, langzaam en moeizaam.

'Erg fijn, Tequila. Nu heb ik iets om mee te werken. Was het misschien zelfverdediging? Viel die jongen jou aan? Gaf hij de eerste stomp?'

'Nee.'

'Was hij stoned of dronken?'

'Nee.'

'Zat hij te ouwehoeren, bedreigde hij je, dat soort dingen?'

'Hij sliep.'

'Hij sliep?'

'Ja.'

'Snurkte hij te hard? Ach, laat ook maar.'

Het oogcontact werd verbroken door de advocaat, die plotseling iets op zijn gele schrijfblok moest noteren. Clay noteerde de datum, de tijd, de plaats, de naam van de cliënt en had toen niets meer te registreren. Er gingen wel honderd vragen door zijn hoofd, wel tweehonderd zelfs. Eigenlijk vroeg je in zulke gesprekken altijd ongeveer hetzelfde. Je vroeg naar de elementaire feiten van het ellendige leven dat je cliënt leidde en probeerde verbanden te leggen. De waarheid werd als een zeldzame edelsteen bewaakt en alleen door het plexiglas overgedragen wanneer de cliënt niet werd bedreigd. Vragen naar gezin en school en banen werden in de regel wel met een zekere mate van eerlijkheid beantwoord. Maar op vragen over het misdrijf in kwestie kreeg je niet zomaar antwoord. Iedere strafpleiter wist dat je in de eerste gesprekken niet te lang over het misdrijf moest praten. Je ging ergens anders op zoek naar gegevens. Je moest dat zonder aanwijzingen van de cliënt doen. De waarheid kwam later misschien nog wel.

Maar Tequila was blijkbaar heel anders. Tot nu toe was hij niet bang voor de waarheid. Clay besloot vele, vele uren van zijn kostbare tijd voor hem te reserveren. Hij boog zich dichter naar de ruit toe en dempte zijn stem. 'Ze zeggen dat je een jongen hebt gedood, dat je hem vijf keer in zijn hoofd hebt geschoten.'

Het gezwollen hoofd knikte enigszins.

'Een zekere Ramón Pumphrey, die ook wel Pumpkin werd genoemd. Kende je die jongen?'

Een knikje, ja.

'Heb je op hem geschoten?' Clay sprak bijna fluisterend. De bewaarders sliepen, maar toch was dit een vraag die advocaten niet stelden, in elk geval niet in de gevangenis.

'Ja,' zei Tequila zachtjes.

'Vijf keer?'

'Zes keer, dacht ik.'

Nou, het hoefde dus geen juryproces te worden. Ik heb deze zaak in twee maanden afgewerkt, dacht Clay. We gooien het op een akkoordje met de aanklager. Een bekentenis in ruil voor levenslang.

'Een drugsdeal?' vroeg hij.

'Nee.'

'Heb je hem beroofd?'

'Nee.'

'Toe nou, Tequila. Je had toch een reden?'

'Ik kende hem.'

'O, je kende hem. Daarom deed je het?'

Hij knikte maar zei niets.

'Een meisje, ja? Je betrapte hem met je meisje? Je hebt toch een meisje?'
Hij schudde zijn hoofd. Nee.
'Had het iets met seks te maken?'
'Nee.'
'Praat tegen me, Tequila. Ik ben je advocaat. Ik ben de enige die op dit moment aan het werk is om je te helpen. Vertel me iets waar ik wat mee kan doen.'
'Ik kocht altijd drugs van Pumpkin.'
'Kijk, dat is iets. Hoelang geleden?'
'Een paar jaar.'
'Goed. Was hij je geld of drugs schuldig? Was jij hem iets schuldig?'
'Nee.'
Clay haalde diep adem en lette voor het eerst op Tequila's handen. Daar zaten allemaal kleine kerfjes in en ze waren zo erg gezwollen dat je de knokkels niet meer kon zien. 'Je vecht veel?'
Zijn hoofd ging misschien op en neer, of misschien heen en weer.
'Niet meer.'
'Vroeger wel?'
'Als kind. Ik heb wel eens met Pumpkin gevochten.'
Eindelijk. Clay haalde diep adem en hield zijn pen in de aanslag. 'Dank je voor je hulp. Waarom vocht je toen met Pumpkin?'
'Het is lang geleden.'
'Hoe oud was je?'
Een schouderophalen in antwoord op een domme vraag. Clay wist uit ervaring dat zijn cliënten geen besef van tijd hadden. Ze werden gisteren beroofd of vorige maand gearresteerd, maar als het meer dan dertig dagen geleden was, smolt alles samen. Het straatleven was een strijd om vandaag in leven te blijven. Je had geen tijd om herinneringen op te halen en trouwens, er zat ook niets in je verleden waaraan je met nostalgie kon terugdenken.
'Als kind,' zei Tequila. Hij hield zich aan dat bondige antwoord. Waarschijnlijk was dat een gewoonte van hem, of zijn kaak nu gebroken was of niet.
'Hoe oud waren jullie?'
'Twaalf of zo.'
'Waren jullie op school?'
'We waren aan het basketballen.'
'Was het een erge vechtpartij, met grote wonden en botbreuken en zo?'

'Nee. Grote jongens haalden ons uit elkaar.'
Clay legde de hoorn even neer en stelde zich voor hoe hij de verdediging kon inkleden. Dames en heren van de jury, mijn cliënt schoot vijf of zes keer van dichtbij op meneer Pumphrey, die ongewapend was. Hij deed dat met een gestolen pistool in een smerig steegje en wel om de volgende twee redenen. Ten eerste, hij kende hem, en ten tweede, ze waren zo'n acht jaar geleden onder het basketballen met elkaar aan het knokken geweest. Misschien lijkt dat niet veel, dames en heren, maar we weten allemaal dat hier in Washington zulke redenen goed genoeg zijn.
Hij pakte de hoorn weer op en vroeg: 'Kwam je Pumpkin vaak tegen?'
'Nee.'
'Wanneer heb je hem voor het laatst gezien voordat hij werd neergeschoten?'
Een schouderophalen. Weer dat tijdsprobleem.
'Kwam je hem één keer per week tegen?'
'Nee.'
'Eén keer per maand?'
'Nee.'
'Twee keer per jaar?'
'Zou kunnen.'
'Toen je hem twee dagen geleden zag, had je toen ruzie met hem? Toe nou, Tequila. Ik moet te veel moeite doen om iets uit je los te krijgen.'
'We hadden geen ruzie.'
'Waarom ging je dat steegje in?'
Tequila legde de hoorn neer en begon zijn hoofd erg langzaam heen en weer te bewegen om zijn nekspieren uit de knoop te halen. Het was duidelijk dat hij pijn leed. Het leek wel of de handboeien in zijn huid sneden. Toen hij de hoorn weer oppakte, zei hij: 'Ik zal u de waarheid vertellen. Ik had een pistool en ik wilde iemand doodschieten. Iemand, wie dan ook. Ik ging uit het Camp weg en begon gewoon te lopen, nergens heen, op zoek naar iemand die ik kon doodschieten. Ik kreeg bijna een Koreaan bij zijn winkel te pakken, maar er waren te veel mensen bij. Ik zag Pumpkin. Ik kende hem. We praatten even. Ik zei dat ik wat crack had, als hij wilde scoren. We gingen naar dat steegje. Ik schoot op hem. Ik weet niet waarom. Ik wilde gewoon iemand doodmaken.'

Toen duidelijk was dat hij uitgesproken was, vroeg Clay: 'Wat is het Camp?'
'Afkickcentrum. Daar was ik.'
'Hoelang was je daar al?'
Weer die tijdsfactor. Maar het antwoord was een grote verrassing.
'Honderdvijftien dagen.'
'Je was honderdvijftien dagen clean?'
'Ja.'
'Was je clean toen je op Pumpkin schoot?'
'Ja. Nog steeds. Honderdzestien dagen.'
'Heb je ooit eerder op iemand geschoten?'
'Nee.'
'Hoe kwam je aan dat pistool?'
'Gestolen uit het huis van mijn neef.'
'Is het Camp een gesloten inrichting?'
'Ja.'
'Ben je ontsnapt?'
'Ik kreeg twee uur. Na honderd dagen mag je er twee uur uit en dan moet je weer naar binnen.'
'Dus je liep het Camp uit, ging naar het huis van je neef, stal een pistool en liep toen door de straten, op zoek naar iemand die je kon doodschieten, en je vond Pumpkin?'
Tequila knikte aan het eind van de zin. 'Zo ging het. Vraag me niet waarom. Ik weet het niet. Ik weet het gewoon niet.'
Misschien zat er een beetje vocht in het rode rechteroog van Tequila en misschien kwam dat door schuldbesef of wroeging, al zou Clay dat niet met zekerheid kunnen zeggen. Hij haalde wat papieren uit zijn aktetas en schoof ze door de opening. 'Zet je handtekening bij de rode kruisjes. Ik kom over een paar dagen terug.'
Tequila sloeg geen acht op de papieren. 'Wat gaat er met me gebeuren?' vroeg hij.
'Daar praten we later over.'
'Wanneer mag ik eruit?'
'Dat kan nog wel even duren.'

4

De mensen die de leiding van Deliverance Camp hadden, vonden het niet nodig om zich voor de problemen te verschuilen. Ze deden geen enkele poging weg te komen uit het oorlogsgebied waar ze hun slachtoffers vandaan haalden. Dit was geen rustig tehuis ergens op het platteland. Geen afgezonderde kliniek in een beter deel van de stad. De bewoners kwamen van de straat en zouden de straat weer opgaan.
Het Camp stond aan W Street N.W., in het zicht van een rij dichtgetimmerde huizen die soms door crackdealers werden gebruikt. Je keek uit op het beruchte lege perceel van een oud benzinestation, waar drugsdealers hun groothandelaren ontmoetten en zakendeden, al kon iedereen het zien. Volgens officieuze politieberichten had dat perceel meer met kogels doorzeefde lijken opgeleverd dan welk ander terrein in Washington ook.
Clay reed langzaam door W Street, de portieren dicht, zijn handen stevig om het stuur geklemd, turend in alle richtingen, erop voorbereid dat hij elk moment schoten kon horen. Een blanke was in dit getto een onweerstaanbaar doelwit, of het nu dag of nacht was.
Het gebouw van D. Camp was een oud pakhuis. Het was al lang geleden leeg komen te staan en daarna had de gemeente het in beslag genomen en via een veiling voor een paar dollar verkocht aan een non-profitorganisatie die er nog iets in zag. Het was een kolos-

saal gebouw. De rode baksteen was van trottoir tot dak met kastanjebruine verf bespoten en de lagere verdiepingen waren nog eens overgeschilderd door de graffitispecialisten uit de buurt. Het gebouw vormde een compleet huizenblok. Alle deuren en ramen aan de zijkanten waren dichtgemetseld en beschilderd, zodat er geen schuttingen en prikkeldraad nodig waren. Iemand die wilde ontsnappen, zou een hamer en beitel nodig hebben en ook dan zou hij nog een hele dag hard moeten werken.

Clay parkeerde zijn Honda Accord voor het gebouw en vroeg zich af of hij hard moest wegrijden of uitstappen. Er zat een bordje boven de zware dubbele deur: DELIVERANCE CAMP. PRIVÉ. Verboden toegang. Alsof iemand zomaar naar binnen kon wandelen, of dat zou willen. Hij zag de gebruikelijke straattypes rondhangen: jonge vechtersbazen die ongetwijfeld drugs bij zich hadden en genoeg vuurwapens om de politie op een afstand te houden, twee dronken zwervers die naast elkaar over het trottoir waggelden, en verder mensen die zo te zien familieleden waren die op bezoek wilden gaan bij bewoners van D. Camp. Zijn werk had hem al naar heel wat onaangename plaatsen in Washington gevoerd en hij had geleerd om te doen alsof hij niet bang was. Ik ben advocaat. Ik ben hier voor mijn werk. Ga opzij. Praat niet tegen me. Hij werkte nu al vijf jaar voor het BvR en er was nog niet één keer op hem geschoten.

Hij deed de Accord op slot en liet hem achter. Terwijl hij dat deed, moest hij zichzelf bedroefd toegeven dat waarschijnlijk geen enkele crimineel in deze straat iets in zijn autootje zou zien. Het ding was twaalf jaar oud en had zo'n driehonderdduizend kilometer op de teller. Van hem mochten ze de auto meenemen.

Hij hield zijn adem in en negeerde de nieuwsgierige blikken van wat daar op het trottoir rondhing. Er was tot drie kilometer in de omtrek geen blanke te vinden, dacht hij. Hij drukte op een knop naast de deur en er knetterde een stem door de intercom. 'Wie is daar?'

'Ik ben Clay Carter. Ik ben advocaat. Ik heb een afspraak om elf uur met Talmadge X.' Hij sprak de naam duidelijk uit en geloofde nog steeds dat het een vergissing was. Door de telefoon had hij de secretaresse gevraagd hoe je de achternaam van meneer X spelde, en ze had nogal grof gezegd dat het helemaal geen achternaam was. Wat was het dan? Het was een X. Of hij dat nou een naam vond of niet. Het was X en het bleef X.

'Momentje,' zei de stem. Clay keek naar de deuren en deed zijn uiterste best om zijn omgeving volkomen te negeren. Hij merkte dat links van hem iets bewoog, iets dicht bij hem.
'Hé, man, ben jij advocaat?' vroeg iemand. Het was een hoge, jonge, zwarte mannenstem, luid genoeg om voor iedereen verstaanbaar te zijn.
Clay draaide zich om en keek in de zonnebril van zijn plaaggeest.
'Ja,' zei hij zo rustig mogelijk.
'Jij bent geen advocaat,' zei de jongeman. Er vormde zich een troepje achter hem. Ze keken allemaal met grote ogen naar Carter.
'Toch wel,' zei Clay,
'Jij kan geen advocaat zijn, man.'
'Nooit,' zei een van de anderen.
'Weet je zeker dat je advocaat bent?'
'Ja,' zei Carter. Hij speelde het spelletje mee.
'Als jij advocaat bent, waarom rij je dan in zo'n shitbak?'
Clay wist niet wat meer pijn deed, het gelach op het trottoir of de waarheid van die woorden. Hij maakte het nog erger.
'Mijn vrouw rijdt in de Mercedes,' zei hij, een slechte poging tot humor.
'Jij hebt geen vrouw. Je hebt geen trouwring.'
Wat hebben ze nog meer opgemerkt, vroeg Clay zich af. Ze lachten nog steeds toen een van de deuren met een klik openging. Het lukte hem rustig naar binnen te gaan in plaats van halsoverkop het veilige gebouw in te duiken. De receptie was een bunker met een betonnen vloer, muren van B-2-blokken, metalen deuren, geen ramen, een laag plafond, een paar lampen, nog net geen zandzakken en wapens. Achter een breed bureau zat een receptioniste twee telefoons op te nemen. Zonder op te kijken zei ze: 'Hij komt er zo aan.'
Talmadge X was een pezige man van een jaar of vijftig. Hij had geen grammetje vet op zijn magere lichaam en geen zweem van een glimlach op zijn gerimpelde, vroegoude gezicht. Zijn ogen waren groot en droevig, getekend door tientallen jaren van straatgeweld. Hij was erg zwart en zijn kleren waren erg wit: een gesteven katoenen overhemd en wijde broek. Zijn zwarte soldatenschoenen glommen. Zijn kale hoofd glom ook.
Hij wees naar de enige stoel in zijn primitieve kantoor en deed de deur dicht. 'U hebt papieren?' vroeg hij abrupt. Blijkbaar was hij geen groot causeur.

Clay gaf hem de noodzakelijke papieren, allemaal met de onontcijferbare krabbel van de geboeide Tequila Watson. Talmadge X las elk woord op elke bladzijde. Clay zag dat hij geen horloge droeg en er was daar ook nergens een klok. De tijd was bij de voordeur achtergebleven.
'Wanneer heeft hij deze papieren getekend?'
'Ze zijn vandaag gedateerd. Ik heb hem zo'n twee uur geleden in de gevangenis gesproken.'
'En u bent zijn toegewezen advocaat?' vroeg Talmadge X. 'Officieel?'
De man had meer dan eens met het rechtsstelsel te maken gehad.
'Ja. Benoemd door de rechtbank, toegewezen door het Bureau voor Rechtshulp.'
'Zit Glenda daar nog?'
'Ja.'
'We kennen elkaar van vroeger.' Persoonlijker dan dat zou het gesprek niet worden.
'Wist u van de schietpartij?' vroeg Clay. Hij haalde een schrijfblok uit zijn aktetas.
'Niet voordat u een uur geleden belde. We wisten dat hij dinsdag weg was gegaan en niet terug was gekomen, en we wisten dat er iets mis was, maar ja, we verwachten niet anders dan dat er dingen misgaan.' Hij sprak langzaam en duidelijk. Zijn ogen knipperden vaak maar bleven Clay aankijken. 'Vertelt u me eens wat er gebeurd is.'
'Dit is allemaal vertrouwelijk, ja?' zei Clay.
'Ik ben zijn therapeut. Ik ben ook zijn dominee. U bent zijn advocaat. Alles wat in deze kamer wordt gezegd, blijft in deze kamer. Afgesproken?'
'Ja.'
Clay vertelde hem wat hij tot dan toe aan de weet was gekomen, inclusief Tequila's versie van de gebeurtenissen. In theorie, zuiver ethisch gezien, mocht hij dingen die hij van zijn cliënt had gehoord niet aan iemand doorvertellen. Maar wie zou zich daar druk om maken? Talmadge X wist veel meer over Tequila Watson dan Clay ooit te weten zou komen.
Terwijl Clay vertelde wat er allemaal was gebeurd, hield Talmadge X eindelijk op met hem strak aan te kijken en deed hij zijn ogen dicht. Hij hield zijn hoofd schuin omhoog naar het plafond, alsof hij God wilde vragen waarom dit alles moest gebeuren. Zo te zien

was hij diep in gedachten verzonken en hevig verontrust.
Toen Clay klaar was, zei Talmadge X: 'Wat kan ik doen?'
'Ik zou graag zijn dossier willen zien. Hij heeft me toestemming gegeven.'
Het dossier lag voor Talmadge X op het bureau. 'Later,' zei hij. 'Nu praten we. Wat wilt u weten?'
'Laten we met Tequila beginnen. Waar kwam hij vandaan?'
Die starende blik was terug. Talmadge was bereid hem te helpen. 'Van de straat, net als alle anderen. Hij was doorgestuurd door de Sociale Dienst, omdat hij een hopeloos geval was. Bijna geen familie. Vader onbekend. Moeder aan aids gestorven toen hij drie was. Opgevoed door een paar tantes, van de een naar de ander, pleeggezinnen hier en daar, vaste klant van de rechtbank en de jeugdhuizen. Van school gegaan. Typisch een geval voor ons. Kent u D. Camp?'
'Nee.'
'Wij krijgen de moeilijke gevallen, de hopeloze junks. We sluiten ze hier maandenlang op, geven ze een soort militaire training. We zijn hier met z'n achten, acht therapeuten, en we zijn allemaal verslaafd. Eens verslaafd, altijd verslaafd, maar dat zult u wel weten. Vier van ons zijn tegenwoordig dominee. Ik heb dertien jaar gezeten voor drugs en roofovervallen en toen vond ik Jezus. Hoe dan ook, we specialiseren ons in jonge crackverslaafden die niemand anders kan helpen.'
'Alleen crack?'
'Crack is dé drug, man. Goedkoop, gemakkelijk te krijgen, en het leidt je een paar minuten van je leven af. Als je er eenmaal mee begint, kun je niet meer stoppen.'
'Hij kon me niet veel over zijn vroegere veroordelingen vertellen.'
Talmadge X maakte het dossier open en bladerde erin. 'Waarschijnlijk omdat hij zich niet veel herinnert. Tequila is jarenlang stoned geweest. Hier heb ik het. Veel kruimelwerk toen hij nog onder de jeugdrechter viel, inbraakjes, autodiefstal, de dingen die we allemaal hebben gedaan om aan drugs te komen. Op zijn achttiende zat hij vier maanden voor winkeldiefstal. Vorig jaar pakten ze hem op voor drugsbezit. Dat werden drie maanden. Geen indrukwekkend strafblad voor iemand die hier zit. Niets met geweld.'
'Hoeveel ernstige misdrijven?'
'Ik zie er niet één.'

'Dat helpt misschien,' zei Clay. 'In zekere zin.'
'Volgens mij helpt niets meer.'
'Het schijnt dat er minstens twee ooggetuigen waren. Ik ben niet optimistisch.'
'Heeft hij bekend?'
'Nee. De politie zei tegen me dat hij zijn mond dichtdeed toen ze hem te pakken kregen en dat hij niets heeft gezegd.'
'Dat komt niet vaak voor.'
'Nee,' zei Clay.
'Zo te horen wordt het levenslang zonder kans op vervroegde invrijheidstelling,' zei Talmadge X met kennis van zaken.
'Ja.'
'Dat is niet het einde van de wereld voor ons, weet u, meneer Carter. In veel opzichten is het leven in de gevangenis beter dan het leven hier op straat. Ik ken veel jongens die liever in de bak zitten. Het trieste is dat Tequila een van de weinigen was met wie het nog goed had kunnen komen.'
'Waarom?'
'Die jongen heeft een goed stel hersens. Toen we hem eenmaal clean en gezond hadden, voelde hij zich erg goed. Voor het eerst in zijn leven was hij nuchter. Hij kon niet lezen, dus dat leerden we hem. Hij mocht graag tekenen, dus we moedigden hem daarin aan. We zijn hier nooit enthousiast, maar we waren trots op Tequila. Hij dacht er zelfs over om zijn naam te veranderen, om voor de hand liggende redenen.'
'U bent nooit enthousiast?'
'We verliezen 66 procent, meneer Carter. Tweederde. Als ze hier binnenkomen, zijn ze zo ziek als een hond, hun lichaam en hersenen helemaal kapot van de crack, ondervoed, bijna verhongerd, met huiduitslag, met haaruitval, de ziekste junks die de stad Washington kan voortbrengen. We geven ze te eten, houden ze van de drugs vandaan, sluiten ze op, geven ze een soort militaire training. Dat houdt in: 's morgens om zes uur hun kamer boenen en op inspectie wachten, ontbijt om halfzeven en dan non-stop hersenspoeling door een stelletje keiharde therapeuten die allemaal precies hetzelfde hebben meegemaakt als zij, geen gelul, als ik het zo mag zeggen, ze nemen ons niet in de zeik want we hebben zelf ook allemaal in de bak gezeten. Na een maand zijn ze clean en zijn ze erg trots. Ze missen de buitenwereld niet, want daar wacht niets goeds

op ze, geen baan, geen gezin, niemand houdt van ze. Ze zijn gemakkelijk te hersenspoelen, en wij zijn meedogenloos. Na drie maanden mogen sommigen een uurtje of twee per dag de straat op. Negen van de tien komen terug, blij dat ze weer in hun kamertje zijn. We houden ze hier een jaar, meneer Carter. Twaalf maanden, geen dag minder. We proberen sommigen een opleiding te geven, of een beetje werktraining met computers. We doen ons uiterste best om ze aan een baan te helpen. Als ze erdoor komen, huilen we van ontroering. Ze gaan weg en binnen een jaar is tweederde weer aan de crack en hard op weg naar de goot.'
'Neemt u ze terug?'
'Bijna nooit. Als ze weten dat ze terug kunnen komen, is de kans des te groter dat ze in de fout gaan.'
'Wat gebeurt er met de rest?'
'Daarvoor zijn we er, meneer Carter. Daarom ben ik therapeut. Die mensen houden zich staande in de wereld, net als ik, en ze doen dat met een doorzettingsvermogen waar een buitenstaander geen idee van heeft. Wij zijn naar de hel geweest en weer terug, en dat is geen mooie weg. Veel van onze overlevenden werken met andere verslaafden.'
'Hoeveel mensen kunt u hier tegelijk hebben?'
'We hebben tachtig bedden en die zijn allemaal bezet. We hebben ruimte voor twee keer zoveel, maar er is nooit genoeg geld.'
'Door wie wordt u gefinancierd?'
'Tachtig procent komt van de federale overheid en we moeten elk jaar maar afwachten wat we krijgen. De rest komt van particuliere stichtingen. We hebben het te druk om veel geld bij elkaar te bedelen.'
Clay sloeg een bladzijde om en maakte een aantekening. 'Er is niet één familielid met wie ik kan praten?'
Talmadge X keek in het dossier en schudde zijn hoofd. 'Misschien een tante, maar verwacht daar niet te veel van. Gesteld dat u zo iemand vond, hoe zou ze u kunnen helpen?'
'Dat kan ze niet. Maar het is prettig om een familielid te hebben met wie je contact kunt opnemen.'
Talmadge X bleef in het dossier bladeren, alsof hij iets in gedachten had. Clay vermoedde dat hij op zoek was naar notities die hij wilde verwijderen voordat hij het dossier overgaf.
'Wanneer mag ik dat inzien?' vroeg Clay.

'Morgen maar? Ik wil het eerst zelf nog even doornemen.'
Clay haalde zijn schouders op. Als Talmadge X morgen zei, dan was het morgen. 'Nou, meneer Carter, ik begrijp zijn motief niet goed. Vertelt u me eens waarom hij het heeft gedaan.'
'Dat kan ik niet. Misschien weet u het beter dan ik. U kent hem al bijna vier maanden. Hij heeft geen voorgeschiedenis van geweld of vuurwapens. Hij is niet geneigd tot vechten. Zo te horen was hij een modelpatiënt. U hebt alles meegemaakt. Vertelt u me maar waarom hij het deed.'
'Ik heb alles meegemaakt,' zei Talmadge X en zijn ogen waren nog droeviger geworden. 'Maar dit nog nooit. Die jongen was bang voor geweld. We tolereren hier geen vechtpartijen, maar jongens zijn nu eenmaal jongens en ze intimideren elkaar wel eens. Tequila was een van de zwakkeren. Het is ondenkbaar dat hij hier wegging, een pistool stal, een willekeurig slachtoffer uitkoos en hem doodschoot. En het is ook ondenkbaar dat hij iemand in de gevangenis aanviel en hem het ziekenhuis in sloeg. Ik kan dat gewoon niet geloven.'
'Wat moet ik tegen de jury zeggen?'
'Welke jury? Hij bekent; dat weet u net zo goed als ik. Hij zit voor de rest van zijn leven achter de tralies. Hij kent daar vast al een heleboel mensen.'
Er viel een lange stilte, een stilte waar Talmadge X blijkbaar geen enkel probleem mee had. Hij sloot het dossier en duwde het van zich af. Het gesprek was bijna afgelopen. Maar Clay was de bezoeker. Het was tijd om weg te gaan.
'Ik kom morgen terug,' zei hij. 'Hoe laat?'
'Na tien uur,' zei Talmadge X. 'Ik loop even met u mee.'
'Graag,' zei Clay, blij met het escorte.
De bende was groter geworden en stond blijkbaar te wachten tot de advocaat het afkickcentrum verliet. Ze zaten en leunden op de Accord, die er nog stond en nog intact was. Als ze van plan waren rottigheid uit te halen, zagen ze daar meteen vanaf toen ze Talmadge X zagen. Met een snelle hoofdbeweging joeg hij de bende de straat op en Clay reed met grote snelheid weg. Hij was ongedeerd maar zag ertegenop dat hij de volgende dag terug moest komen.
Hij reed naar Lamont Street en stopte toen op de hoek van Georgia Avenue, waar hij vlug rond keek. Er was hier geen gebrek aan steegjes waarin je iemand kon doodschieten, en hij was niet van plan te

gaan kijken of er bloed lag. De buurt was net zo troosteloos als die waar hij net vandaan kwam. Hij zou later met Rodney terugkomen, een zwarte juridisch assistent die de straat kende, en dan zouden ze hier en daar wat vragen stellen.

5

De Potomac Country Club in McLean, Virginia, was honderd jaar geleden opgericht door rijke mensen die niet tot andere country clubs toegelaten werden. Rijke mensen kunnen bijna alles verdragen, behalve afwijzing. De paria's pompten hun aanzienlijke middelen in de Potomac-club en bouwden het mooiste clubgebouw van Washington en omgeving. Ze lokten een paar senatoren van rivaliserende clubs weg en rekruteerden nog wat meer vooraanstaande persoonlijkheden, en algauw had de Potomac-club het nodige aanzien gekocht. Zodra de club genoeg leden had om te kunnen bestaan, nam ze een oude traditie in acht en werden anderen buitengesloten. Hoewel de Potomac nog als een nieuwe country club werd beschouwd, gedroeg ze zich als alle andere.
Toch was er een belangrijk verschil. De Potomac-club had nooit ontkend dat je het lidmaatschap kon kopen, als je genoeg geld had. Wachtlijsten? Ballotage? Geheime stemmingen van de toelatingscommissie? Welnee. Als je pas in Washington was komen wonen, of plotseling rijk was geworden, kon je van de ene op de andere dag status en prestige verwerven, mits je cheque groot genoeg was. Als gevolg daarvan had de Potomac-club de mooiste golfbaan, tennisfaciliteiten, zwembaden, clubhuizen, restaurants, alles wat een ambitieuze club zich maar kan wensen.
Voorzover Clay kon nagaan, had Bennett Van Horn zo'n vette

cheque uitgeschreven. En het was een onomstotelijk feit dat Clays ouders geen geld hadden en beslist niet tot de Potomac-club zouden zijn toegelaten. Zijn vader had achttien jaar eerder een proces tegen Bennett gevoerd over een verkeerd uitgepakte vastgoedtransactie in Alexandria. In die tijd was Bennett een patserige makelaar met veel schulden en erg weinig onbezwaarde bezittingen. Hij was toen geen lid van de Potomac Country Club geweest, al gedroeg hij zich nu alsof hij daar geboren was.

Bennett de Bulldozer boorde eind jaren tachtig een goudmijn aan toen hij op het glooiende heuvelland van Virginia neerstreek. Er kwamen transacties tot stand. Er werden compagnons gevonden. Hij was niet de uitvinder van de kaalslagmethode van stedelijke ontwikkeling, maar hij perfectioneerde die methode wel. Op maagdelijke heuvels bouwde hij winkelcentra. Dicht bij een heilig slagveld bouwde hij een woonwijk. Hij maakte een heel dorp met de grond gelijk voor een van zijn grote projecten: flats, dure appartementen, grote huizen, kleine huizen, een park in het midden met een ondiepe modderige vijver en twee tennisbanen, een gezellig winkelwijkje dat er op de maquette leuk uitzag maar nooit gebouwd werd. Ironisch genoeg – al was ironie aan Bennett niet besteed – noemde hij zijn monotone projecten naar het landschap dat hij verwoestte: Rolling Meadows, Whispering Oaks, Forest Hills enzovoort. Samen met andere projectontwikkelaars lobbyde hij bij het staatsbestuur in Richmond voor de aanleg van meer wegen, opdat er meer woonwijken konden verrijzen en meer verkeer kon worden gecreëerd. Op die manier begon hij deel te nemen aan het politieke spel en vond hij zichzelf steeds belangrijker worden.

In de eerste helft van de jaren negentig maakte zijn BVH Group een snelle groei door. De inkomsten gingen net iets sneller omhoog dan de afbetalingen van de leningen. Hij en zijn vrouw kochten een huis in een prestigieus gedeelte van McLean. Ze werden lid van de Potomac Country Club en waren daar erg vaak te vinden. Ze deden hun best de illusie te creëren dat ze altijd al geld hadden gehad.

In 1994 besloot Bennett – volgens de officiële gegevens die Clay ijverig had bestudeerd en die hij had bewaard – met zijn onderneming naar de beurs te gaan en tweehonderd miljoen dollar binnen te halen. Dat geld wilde hij gebruiken om wat schulden af te lossen en vooral om '... te investeren in de onbegrensde toekomst van Noord-Virginia'. Met andere woorden: meer bulldozers, meer kaalslag, meer projectontwikkeling. Het idee dat Bennett Van Horn over zoveel geld zou beschikken, sprak de plaatselijke Caterpillar-dealers ongetwijfeld erg aan. En het had een verschrikking voor de plaatselijke overheden moeten zijn, maar die zaten te slapen.

Met een gerenommeerde investeringsbank als voortrekker, stormden de BVHG-aandelen voor tien dollar per aandeel uit de startblokken en schoten ze omhoog naar zestien dollar vijftig, geen slechte prestatie maar veel minder dan wat de oprichter en president-directeur van de onderneming had voorspeld. Een week voor de beursgang had hij in de *Daily Profit*, een regionaal zakenblaadje, gepocht dat '... de jongens op Wall Street zeker weten dat het aandeel naar de veertig dollar gaat'. Op de parallelmarkt zweefde het aandeel omlaag en landde met een plof in de buurt van de zes dollar. Bennett was zo onverstandig geweest om te weigeren een deel van zijn aandelen te verkopen, zoals alle goede ondernemers doen. Hij hield al zijn vier miljoen aandelen vast en zag zijn marktwaarde slinken van 66 miljoen dollar tot bijna niets.

Elke doordeweekse ochtend keek Clay, gewoon voor de lol, naar de waarde van dat ene aandeel. Momenteel ging BVHG voor 87 cent van de hand.

'Hoe gaat het met je aandelen?' was de klap in het gezicht die Clay nooit had durven geven.

'Misschien vanavond,' mompelde hij in zichzelf toen hij de ingang van de Potomac Country Club passeerde. Nu er misschien een huwelijk op komst was, was aan de dinertafel de jacht op Clays tekortkomingen geopend. Maar niet op die van meneer Van Horn. 'Hé, gefeliciteerd, Bennett, je aandelen zijn de afgelopen twee maanden twaalf cent gestegen,' zei hij hardop. 'Je gaat helemaal uit je dak, hè, ouwe jongen? Tijd voor nog een Mercedes?' Er waren zoveel dingen die hij zou willen zeggen.

Om te voorkomen dat een personeelslid van de club zijn Accord parkeerde en dan een fooi verwachtte, zette Clay zijn auto op een afgelegen terreintje achter een paar tennisbanen. Toen hij naar het clubhuis liep, trok hij zijn das recht en bleef hij in zichzelf mompelen. Hij had de pest aan deze club, had er de pest aan vanwege alle klootzakken die lid waren, had er de pest aan omdat hij geen lid kon worden, had er de pest aan omdat dit het territorium van de Van Horns was en ze hem het gevoel wilden geven dat hij een indringer was. Voor de honderdste keer die dag, zoals elke dag, vroeg hij zich af waarom hij verliefd was geworden op een meisje met zulke onuitstaanbare ouders. Het liefst zou hij er met Rebecca vandoor gaan naar Nieuw-Zeeland, ver van het Bureau voor Rechtshulp en zo ver mogelijk van haar familie vandaan.

De ijzige blik van de gastvrouw vertelde hem: ik weet dat jij geen lid bent, maar ik zal je toch naar je tafel brengen. 'Volgt u mij,' zei ze met een zweem van een gemaakte glimlach. Clay zei niets. Hij slikte, keek recht voor zich uit en probeerde zich niets van de knoop in zijn maag aan te trekken. Hoe zou hij in zo'n omgeving van een maaltijd kunnen genieten? Hij en Rebecca hadden hier twee keer gegeten, een keer met de heer en mevrouw Van Horn en een keer zonder hen. Het eten was duur en vrij goed, maar ja, Clay leefde op kalkoensticks en was dus gauw tevreden.

Bennett was er niet. Clay drukte mevrouw Van Horn zacht tegen zich aan, een ritueel waar ze allebei een hekel aan hadden, en zei toen nogal pathetisch: 'Gefeliciteerd met uw verjaardag.' Hij gaf Rebecca een kus op de wang. Het was een goede tafel met een geweldig uitzicht op de achttiende green, een erg goede plek om te eten, want je kon zien hoe de oude kerels door de bunkers strompelden en hun putts van een halve meter misten.

'Waar is meneer Van Horn?' vroeg Clay, in de hoop dat de man de stad uit was, of beter nog, met een ernstige kwaal in het ziekenhuis lag.

'Hij is onderweg,' zei Rebecca.

'Hij is vandaag in Richmond geweest, voor een gesprek met de gouverneur,' voegde mevrouw Van Horn er voor de goede orde aan toe. Ze waren genadeloos. Clay zou willen zeggen: 'Jullie winnen! Jullie winnen! Jullie zijn belangrijker dan ik!'

'Waar werkt hij aan?' vroeg hij uit beleefdheid en hij stond weer eens versteld van zijn talent om oprecht over te komen. Clay wist precies waarom de Bulldozer in Richmond was geweest. De staat Virginia was bankroet en had geen geld voor de aanleg van nieuwe wegen in het noorden, terwijl Bennett en zijn maats eisten dat die wegen werden aangelegd. De stemmen zaten in het noorden van de staat. Het staatsparlement overwoog een referendum over omzetbelasting te houden, opdat de gemeenten rondom Washington hun eigen wegen konden aanleggen. Meer wegen, meer appartementen, meer winkelcentra, meer verkeer, meer geld voor de noodlijdende BVHG.

'Politieke zaken,' zei Barb. Ze wist waarschijnlijk inderdaad niet wat haar man met de gouverneur te bespreken had. Clay betwijfelde of ze de actuele prijs van het aandeel BVHG kende. Ze wist op welke dagen haar bridgeclub bijeenkwam en ze wist hoe weinig geld Clay verdiende, maar de meeste andere details liet ze aan Bennett over.
'Leuke dag gehad?' vroeg Rebecca, die het gesprek tactvol maar snel van de politiek wilde afbrengen. Clay had het woord 'kaalslag' twee of drie keer gebruikt toen hij met haar ouders over dat soort dingen discussieerde, en de sfeer was toen erg gespannen geworden.
'Een normale dag,' zei hij. 'En jij?'
'We hebben morgen hoorzittingen, dus het was vandaag druk op kantoor.'
'Rebecca zei dat je weer een moordzaak hebt,' zei Barb.
'Ja, dat klopt,' zei Clay. Hij vroeg zich af over welke andere aspecten van zijn werk als pro-Deoadvocaat ze het hadden gehad. Ieder van hen had een glas witte wijn voor zich staan. Elk glas was minstens half leeg. Toen hij binnenkwam, waren ze druk aan het praten geweest, waarschijnlijk over hem. Of verbeeldde hij zich dingen? Misschien.
'Wie is je cliënt?' vroeg Barb.
'Een jongen van de straat.'
'Wie heeft hij vermoord?'
'Het slachtoffer was een andere jongen van de straat.'
Dat stelde haar enigszins gerust. Zwarten die zwarten doodmaakten. Wat gaf het als ze elkaar allemaal uitmoordden? 'Heeft hij het gedaan?' vroeg ze.
'Voorlopig wordt aangenomen dat hij onschuldig is. Zo werkt dat.'
'Met andere woorden, hij heeft het gedaan.'
'Daar lijkt het wel op.'
'Hoe kun je zulke mensen verdedigen? Als je weet dat ze schuldig zijn, hoe kun je dan proberen ze vrij te krijgen?'
Rebecca nam een grote slok wijn en besloot zich erbuiten te houden. Ze kwam hem de laatste maanden steeds minder te hulp. Hij had het akelige gevoel dat terwijl een leven met haar geweldig zou zijn, het met haar ouders erbij een nachtmerrie zou worden. De nachtmerrie won.
'Onze grondwet geeft iedereen het recht op een verdediger en een eerlijk proces,' zei hij neerbuigend, alsof iedere stomkop dat

zou moeten weten. 'Ik doe alleen maar mijn werk.'
Barb sloeg haar nieuwe ogen ten hemel en keek naar de achttiende green. Veel van de dames in de Potomac-club gingen naar een plastisch chirurg die blijkbaar gespecialiseerd was in Aziatische trekken. Na de tweede sessie waren de ooghoeken opzij getrokken. De rimpels waren weg, maar het deed allemaal absurd kunstmatig aan. Die ouwe Barb was opgerekt en ingekort zonder een langetermijnplan, en het werkte gewoon niet.

Rebecca nam nog een flinke slok wijn. De eerste keer dat ze hier met haar ouders hadden gegeten, had ze onder de tafel een schoen uitgetrapt en haar tenen op en neer over zijn been bewogen, alsof ze wilde zeggen: laten we opkrassen en de koffer induiken. Maar vanavond niet. Ze gedroeg zich kil en was met haar gedachten blijkbaar heel ergens anders. Clay wist dat ze zich geen zorgen maakte om de zinloze hoorzittingen die voor de volgende morgen op het programma stonden. Onder de oppervlakte was ze met iets bezig, en hij vroeg zich af of dit diner een beslissende confrontatie was. Misschien zou nu over de toekomst worden beslist.

Bennett kwam haastig binnen, vol onoprechte verontschuldigingen voor zijn late aankomst. Hij sloeg Clay op de rug alsof ze met elkaar op school hadden gezeten en kuste zijn meisjes op de wang.

'Hoe is het met de gouverneur?' vroeg Barb luid genoeg om hoorbaar te zijn voor de andere gasten in het restaurant.

'Fantastisch. Je moet de groeten van hem hebben. De president van Korea is volgende week in de stad. De gouverneur heeft ons uitgenodigd op een galadiner in de ambtswoning.' Ook dat werd op volle sterkte uitgebazuind.

'Nee maar!' riep Barb uit en haar gerenoveerde gezicht verwrong zich tot een grimas van blijdschap.

Ze zal zich goed thuis voelen bij die Koreanen, dacht Clay.

'Dat kan een knalfeest worden,' zei Bennett terwijl hij een assortiment mobiele telefoons uit zijn zak haalde en ze naast elkaar op de tafel zette. Enkele seconden na hem kwam een ober met een dubbele whisky, Chivas met een paar ijsblokjes, zoals gewoonlijk.

Clay bestelde ijsthee.

'Hoe gaat het met mijn afgevaardigde?' schreeuwde Bennett over de tafel naar Rebecca, en daarna keek hij vlug naar rechts om er zeker van te zijn dat het echtpaar aan de volgende tafel hem had gehoord. Ik heb mijn eigen afgevaardigde!

'Erg goed, pappie. Je moet de groeten van hem hebben. Hij heeft het erg druk.'
'Je ziet er moe uit, schat. Zware dag gehad?'
'Valt wel mee.'
De drie Van Horns namen een slokje. Rebecca's vermoeidheid was een favoriet gespreksonderwerp van haar ouders. Ze vonden dat ze te hard werkte. Ze vonden dat ze helemaal niet zou moeten werken. Ze liep tegen de dertig en het werd tijd dat ze met een geschikte jongeman met een goedbetaalde baan en een stralende toekomst trouwde, want dan kon ze kleinkinderen voor hen baren en de rest van haar leven op de Potomac Country Club doorbrengen.
Het zou Clay worst zijn geweest wat die mensen wilden, maar het probleem was dat Rebecca dezelfde dromen had. Vroeger had ze het wel eens over een carrière bij de overheid gehad, maar na vier jaar op het Capitool had ze haar buik vol van de bureaucratie. Ze wilde een man en kinderen en een grote villa in een fraaie wijk.
De menu's werden uitgedeeld. Bennett kreeg een telefoontje en handelde het onbeschoft aan tafel af. Een of andere transactie dreigde niet door te gaan. De toekomst van de vrije ondernemingsgewijze productie in de Verenigde Staten stond op het spel.
'Wat moet ik aandoen?' vroeg Barb aan Rebecca, terwijl Clay zich achter zijn menu verstopte.
'Iets nieuws,' zei Rebecca.
'Je hebt gelijk,' zei Barb meteen. 'Zullen we zaterdag gaan winkelen?'
'Goed idee.'
Bennett redde zijn transactie en ze gaven hun bestelling op. Hij vergastte hen op de details van het telefoongesprek, een bank werkte niet snel genoeg, hij moest ze een zetje geven, bla, bla, bla. Dat ging zo door totdat de salades kwamen.
Na een paar happen zei Bennett, zoals gewoonlijk met zijn mond vol: 'Toen ik in Richmond was, heb ik geluncht met mijn goede vriend Ian Ludkin, de voorzitter van het Huis van Afgevaardigden van Virginia. Je zou hem erg sympathiek vinden, Clay. Het is een geweldige kerel. Een echte heer uit Virginia.'
Clay kauwde en knikte alsof hij niet kon wachten tot hij al Bennetts goede vrienden leerde kennen.
'Hoe dan ook, Ian staat bij me in het krijt, dat geldt voor de meesten daar in Richmond, en dus legde ik hem de vraag voor.'
Clay had even tijd nodig om te beseffen dat de vrouwen waren

opgehouden met eten. Hun vork bewoog niet meer en ze keken en luisterden aandachtig.

'Welke vraag?' vroeg Clay, want blijkbaar verwachtten ze van hem dat hij iets zei.

'Nou, ik vertelde hem over jou, Clay. Intelligente jonge advocaat, gewiekste kerel, diploma van de Georgetown University, representatieve jongeman met een sterke persoonlijkheid, en hij zei dat hij altijd op zoek was naar nieuw talent. God weet hoe moeilijk dat te vinden is. Hij zei dat hij in zijn staf nog plaats had voor een juridisch adviseur. Ik zei dat ik niet wist of je geïnteresseerd zou zijn maar dat ik het graag aan je zou voorleggen. Wat denk je ervan?'

Ik denk dat dit een hinderlaag is, gooide Clay er bijna uit. Rebecca keek hem gespannen aan, wachtend op zijn reactie.

Precies volgens het scenario zei Barb: 'Dat klinkt geweldig.'

Getalenteerd, intelligent, hardwerkend, goed opgeleid, zelfs representatief. Clay stond er versteld van hoe snel zijn marktwaarde was gestegen. 'Dat is interessant,' zei hij, min om meer naar waarheid. Elk aspect ervan was interessant.

Bennett sloeg meteen toe. Hij was natuurlijk in het voordeel omdat het voor hem geen verrassing was. 'Het is een geweldige positie. Fascinerend werk. Je komt daar in contact met mensen die er echt iets toe doen. Altijd boeiend. Je maakt wel veel lange dagen, in elk geval wanneer de afgevaardigden in zitting zijn, maar ik heb tegen Ian gezegd dat je brede schouders hebt en dat je heel wat verantwoordelijkheid kunt dragen.'

'Wat zou ik precies gaan doen?' kon Clay uitbrengen.

'O, ik heb geen verstand van juridische zaken. Maar Ian zei dat hij best een gesprek met je wil hebben, als je geïnteresseerd bent. Maar het is een felbegeerde baan. Hij zei dat de cv's binnenstromen. Je moet wel snel zijn.'

'Richmond is niet zo ver weg,' zei Barb.

Het is veel dichterbij dan Nieuw-Zeeland, dacht Clay. Barb maakte al plannen voor de bruiloft. Hij kon niet goed nagaan wat Rebecca ervan dacht. Soms vond ze dat haar ouders zich te veel met haar leven bemoeiden, maar ze verkeerde blijkbaar ook graag in hun gezelschap. Bennett gebruikte zijn geld – als hij nog iets over had – als lokmiddel om zijn beide dochters dicht bij huis te houden.

'Nou, eh, bedankt,' zei Clay, die bijna bezweek onder het gewicht van de brede schouders die hij opeens bleek te hebben.

'Het beginsalaris is 94.000 dollar per jaar,' zei Bennett een octaaf of twee lager, opdat de andere gasten het niet konden verstaan.
Vierennegentigduizend dollar, dat was meer dan twee keer zoveel als Clay op dat moment verdiende en hij veronderstelde dat iedereen aan tafel dat wist. De Van Horns aanbaden geld en werden geobsedeerd door salarissen en nettowaarde.
'Wauw,' zei Barb, weer volgens het scenario.
'Dat is een mooi salaris,' gaf Clay toe.
'Geen slecht begin,' zei Bennett. 'Ian zegt dat je in contact komt met de grote advocaten in de stad. Alles draait om relaties. Als je dit een paar jaar doet, heb je de topbanen in het ondernemingsrecht voor het uitzoeken. Daar is het grote geld te verdienen, weet je.'
Het was geen geruststellend idee dat Bennett Van Horn zich plotseling voor de planning van Clays leven was gaan interesseren. Die planning had natuurlijk niets te maken met Clay maar wel alles met Rebecca.
'Hoe zou je nee kunnen zeggen?' zei Barb niet erg subtiel.
'Niet zo aandringen, moeder,' zei Rebecca.
'Het is gewoon zo'n geweldige kans,' zei Barb, alsof Clay dat zelf nog niet begreep.
'Denk erover na, slaap er een nachtje over,' zei Bennett. Het cadeau was afgeleverd. Nu eens kijken of de jongen slim genoeg was om het aan te pakken.
Clay ging zijn salade met een nieuw elan te lijf. Hij knikte alsof hij niet kon spreken. Het tweede glas whisky werd gebracht en ze begonnen over andere dingen te praten. Bennett vertelde hun het laatste nieuws uit Richmond over de mogelijkheid van een nieuwe honkbalconcessie voor Washington en omgeving, een van zijn favoriete gespreksonderwerpen. Hij opereerde in de marge van een van drie investeerdersgroepen die de concessie probeerden te krijgen, als er tenminste ooit zo'n concessie werd verleend, en hij vond het prachtig om altijd het laatste nieuws daarover te weten. Volgens een artikel dat kort daarvoor in de *Washington Post* was verschenen, stond Bennetts groep op de derde plaats en verloor ze steeds meer terrein. Een niet met naam genoemde bron verklaarde dat hun financiële onderbouwing onduidelijk was, of zelfs ontoereikend, en in het hele artikel werd de naam van Bennett Van Horn niet één keer genoemd. Clay wist dat Bennett enorme schulden had. Enkele projecten van hem werden geblokkeerd door milieugroepen die het beetje natuur dat er

in het noorden van Virginia nog over was probeerden te beschermen. Hij had processen lopen tegen vroegere compagnons. Zijn aandelen waren praktisch waardeloos. Toch zat hij daar zijn whisky achterover te slaan en te bazelen over een nieuw stadion van vierhonderd miljoen dollar, een concessie van tweehonderd miljoen dollar en personeelskosten van minstens honderd miljoen dollar.
De steaks kwamen precies op het moment dat ze de salade op hadden, zodat het Clay bespaard bleef dat hij weer even moest converseren zonder dat hij iets had om in zijn mond te stoppen. Rebecca negeerde hem en hij negeerde haar ook. De ruzie zou niet lang op zich laten wachten.
Bennett vertelde verhalen over de gouverneur, een goede vriend van hem die voorbereidingen trof om een gooi naar een zetel in de Senaat te doen en natuurlijk wilde dat Bennett daar nauw bij betrokken was. Hij had het over een paar van de superzaken die hij deed. Er was sprake van een nieuw vliegtuig, maar dat speelde al een tijdje en Bennett kon gewoon niet het toestel vinden dat hij wilde hebben. Het diner leek twee uur te duren, maar toen ze zeiden dat ze geen dessert wilden en aanstalten maakten om op te stappen, was er maar anderhalf uur verstreken.
Clay bedankte Bennett en Barb voor het eten en beloofde opnieuw dat hij snel over die baan in Richmond zou nadenken. 'De kans van je leven,' zei Bennett ernstig. 'Laat hem je niet ontglippen.'
Toen Clay er zeker van was dat ze weg waren, vroeg hij Rebecca of ze even met hem naar de bar wilde gaan. Ze spraken pas toen ze een drankje hadden. Als de sfeer gespannen was, wachtten ze allebei meestal tot de ander als eerste iets zei.
'Ik wist niet van die baan in Richmond,' begon ze.
'Dat lijkt me sterk. Volgens mij is de hele familie ermee bezig. In elk geval was je moeder al op de hoogte.'
'Mijn vader wil alleen maar het beste voor jou.'
Je vader is een idioot, zou hij willen zeggen. 'Nee, hij wil het beste voor jóú. Hij moet er niet aan denken dat je met iemand zonder toekomst trouwt en dus regelt hij de toekomst voor ons. Vind je het niet arrogant dat hij een andere baan voor me gaat zoeken omdat de baan die ik nu heb hem niet aanstaat?'
'Misschien wil hij alleen maar helpen. Hij houdt van het spel van diensten en wederdiensten.'
'Maar hoe komt hij erbij dat ik hulp nodig heb?'

'Nou, misschien heb je dat ook wel.'
'Aha. Eindelijk de waarheid.'
'Je kunt daar niet altijd blijven werken, Clay. Je bent goed in wat je doet en je geeft om je cliënten, maar misschien wordt het tijd om iets anders te gaan doen. Vijf jaar op het BvR is een hele tijd. Dat heb je zelf gezegd.'
'Misschien wil ik niet in Richmond wonen. Misschien heb ik er nooit over gedacht om uit Washington weg te gaan. Als ik nu eens niet onder een van de vriendjes van je vader wil werken? Als ik het nu eens helemaal niet zo'n leuk idee vind om de hele dag politici om me heen te hebben? Ik ben jurist, Rebecca, geen pennenlikker.'
'Goed. Zoals je wilt.'
'Is die baan een ultimatum?'
'In welk opzicht?'
'In elk opzicht. Als ik nu eens nee zeg?'
'Ik denk dat je al nee hebt gezegd, en dat is trouwens typisch iets voor jou. Een onmiddellijke beslissing.'
'Onmiddellijke beslissingen zijn gemakkelijk als de keuze voor de hand ligt. Ik zoek mijn eigen banen en ik heb je vader echt niet gevraagd om namens mij een beroep op iemand te doen. Maar wat gebeurt er als ik nee zeg?'
'O, dan komt de zon vast wel weer op.'
'En je ouders?'
'Die zullen natuurlijk teleurgesteld zijn.'
'En jij?'
Ze haalde haar schouders op en nam een slokje. Ze hadden het meermalen over een huwelijk gehad maar waren nooit tot overeenstemming gekomen. Ze waren niet verloofd en hadden in elk geval geen tijdschema. Als een van hen eruit wilde stappen, was er genoeg manoeuvreerruimte, al zou die ruimte wel krap zijn. Maar omdat ze vier jaar (1) met niemand anders hadden omgegaan, (2) elkaar steeds weer hun liefde hadden betuigd en (3) minstens vijf keer per week seks hadden, was hun relatie hard op weg naar een permanente status. Toch wilde ze niet toegeven dat ze haar carrière wilde onderbreken, dat ze een man en kinderen wilde en misschien helemaal geen carrière meer. Ze waren nog aan het wedijveren, speelden nog het spel van wie het belangrijkst was. Ze kon niet toegeven dat ze een man wilde die haar onderhield.
'Het kan me niet schelen, Clay,' zei ze. 'Het is maar een baan die

wordt aangeboden, geen post in het kabinet. Als je het niet wilt doen, zeg je gewoon nee.'

'Dank je.' En plotseling voelde hij zich een zak. Als Bennett nu eens gewoon had geprobeerd hem te helpen? Hij had zo'n hekel aan haar ouders dat hij zich ergerde aan alles wat ze deden. Dat was zijn probleem, nietwaar? Ze hadden het recht om zich zorgen te maken over de toekomstige partner van hun dochter, de vader van hun kleinkinderen.

En, gaf Clay met tegenzin toe, wie zou zich geen zorgen maken over hem als schoonzoon?

'Zullen we gaan?' zei ze.

'Goed.'

Hij liep achter haar aan de club uit en keek naar haar. Hij stond op het punt te zeggen dat hij nog tijd had om even naar haar flat te gaan. Maar haar stemming was er niet naar, en in de sfeer van deze avond zou ze ervan genieten om hem af te wijzen. Dan zou hij zich een idioot voelen die zich niet kon beheersen en dat was ook precies wat hij op dit moment was. En dus stak hij zijn handen in zijn zakken, klemde zijn kaken op elkaar en liet het moment voorbijgaan.

Toen hij haar in haar BMW hielp, fluisterde ze: 'Waarom kom je niet even bij me langs?'

Clay sprintte naar zijn auto.

6

Hij voelde zich wat veiliger omdat hij Rodney bij zich had en bovendien was het negen uur 's morgens, te vroeg voor de gevaarlijke types in Lamont Street. Die sliepen de roes nog uit van het gif dat ze de vorige avond tot zich hadden genomen. De winkels kwamen langzaam tot leven. Clay parkeerde bij het steegje.
Rodney werkte als juridisch assistent op het BvR. Al tien jaar lang volgde hij van tijd tot tijd een avondstudie rechten en hij zei vaak dat hij op een dag zou afstuderen en advocaat zou worden. Maar hij had thuis vier tieners en beschikte dus niet over veel geld en tijd. Omdat hij uit de achterbuurt van Washington kwam, kende hij die goed. Het kwam bijna dagelijks voor dat een BvR-advocaat, meestal blank en angstig en niet erg ervaren, hem vroeg om met hem mee te gaan naar de een of andere achterbuurt om daar onderzoek te doen naar een afschuwelijk misdrijf. Hij was juridisch assistent, geen detective en in minstens de helft van de gevallen weigerde hij. Maar hij zei nooit nee tegen Clay. De twee mannen hadden samen aan veel zaken gewerkt. Ze vonden de plek in het steegje waar Ramón was gevallen en onderzochten de omgeving zorgvuldig, al wisten ze dat de politie het steegje al meermalen had uitgekamd. Ze schoten een fotorolletje vol en gingen toen op zoek naar getuigen.
Die waren er niet en dat was ook niet verrassend. Clay en Rodney waren nog maar een kwartier ter plaatse, of de hele buurt wist al dat

ze er waren. Er waren vreemden in de straat en ze deden onderzoek naar de nieuwste moordpartij, dus doe je deuren op slot en hou je mond. De melkkratgetuigen van voor de drankwinkel, twee mannen die elke dag urenlang op dezelfde plek goedkope wijn zaten te drinken en die alles zagen, waren allang weg en niemand had ze ooit gekend. De winkeliers schenen helemaal niet te weten dat er een schietpartij was geweest. 'Hier in de buurt?' vroeg een van hen, alsof de criminaliteit nog niet tot zijn getto was doorgedrongen.
Na een uur gingen ze op weg naar Deliverance Camp. Clay reed en Rodney dronk koude koffie uit een papieren bekertje. Slechte koffie, aan zijn gezicht te zien. 'Jermaine had een paar dagen geleden ook zo'n zaak,' zei hij. 'Een jongen die al een paar maanden in een gesloten afkickcentrum zat. Hij kwam op de een of andere manier buiten, ik weet niet of hij ontsnapte of eruit mocht, en binnen 24 uur kreeg hij een pistool te pakken en schoot hij twee mensen neer. Een van die twee kwam om.'
'Willekeurig?'
'Wat is in zo'n buurt nog willekeurig? Twee kerels in onverzekerde auto's komen met de bumpers tegen elkaar aan en ze beginnen tegen elkaar te schreeuwen. Is dat willekeurig of is het een reden?'
'Ging het om drugs, beroving, zelfverdediging?'
'Willekeurig, denk ik.'
'Waar was dat afkickcentrum?' vroeg Clay.
'Het was niet D. Camp. Een tehuis bij Howard Street, geloof ik. Ik heb het dossier niet gezien. Je weet hoe traag Jermaine is.'
'Dus je werkt niet aan die zaak?'
'Nee. Ik hoorde het van anderen.'
Rodney zat als een spin in het web en wist meer over de BvR-advocaten en de zaken waar ze mee bezig waren dan Glenda, de directeur. Toen ze W Street inreden, vroeg Clay: 'Ben je ooit eerder in D. Camp geweest?'
'Een of twee keer. Het is een afkickcentrum voor de ernstige gevallen, de laatste halteplaats op de weg naar het kerkhof. Een keihard tehuis, waar keiharde mensen werken.'
'Ooit van Talmadge X gehoord?'
'Nee.'
Er hing deze keer niemand op het trottoir rond. Clay parkeerde voor het gebouw en ze gingen vlug naar binnen. Talmadge X was er niet. Hij was voor een of ander spoedgeval naar het ziekenhuis. Een

collega, een zekere Noland, stelde zich vriendelijk voor en zei dat hij de hoofdtherapeut was. In zijn kantoor, aan een kleine tafel, liet hij hun het dossier van Tequila Watson zien en nodigde hen uit het door te lezen. Clay bedankte hem. Hij wist dat het dossier was gezuiverd en opgeschoond met het oog op zijn bezoek.

'Het is ons beleid dat ik in de kamer blijf terwijl u het dossier doorneemt,' legde Noland uit. 'Als u kopieën wilt, kosten ze 25 cent per stuk.'

'Goed,' zei Clay. Over dat beleid viel niet te onderhandelen. En als hij het hele dossier wilde hebben, kon hij het elk moment met een dagvaarding in de hand komen halen. Noland ging achter zijn bureau zitten, waarop een indrukwekkende stapel papieren lag te wachten. Clay bladerde het dossier door en Rodney maakte aantekeningen.

Tequila's achtergrond was droevig en voorspelbaar. Hij was in januari, nadat hij gered was van een overdosis van het een of ander, door de Sociale Dienst naar het afkickcentrum doorverwezen. Hij woog 55 kilo en was 1,75 meter lang. In D. Camp had een medisch onderzoek plaatsgevonden. Hij had lichte koorts, rillingen en hoofdpijn, geen ongewone verschijnselen voor een junk. Afgezien van ondervoeding, een lichte griep en een lichaam dat geteisterd was door drugs, was er volgens de dokter niets bijzonders met hem aan de hand. Zoals alle patiënten werd hij dertig dagen opgesloten en kreeg hij extra voedsel.

Volgens aantekeningen van TX begon Tequila af te glijden toen hij acht was. Hij en zijn broer stalen toen een krat bier uit een vrachtwagen. Ze dronken de helft op en verkochten de andere helft, en van de opbrengst kochten ze een paar liter goedkope wijn. Hij was van allerlei scholen afgetrapt en toen hij een jaar of twaalf was, ongeveer in de tijd dat hij de crack ontdekte, was hij helemaal niet meer naar school gegaan. Diefstal was zijn dagelijks werk geworden.

Hij kon zich alleen dingen herinneren uit de tijd voordat hij crack begon te gebruiken. De laatste jaren waren wazig. TX had navraag gedaan en in het dossier zaten brieven en e-mails over een aantal van de officiële tussenstops op zijn ellendige levensweg. Op zijn veertiende had Tequila een maand op de verslaafdenafdeling van de jeugdgevangenis gezeten. Toen hij vrijkwam, ging hij regelrecht naar een dealer om crack te kopen. Hij zat twee maanden in Orchard House, een beruchte gesloten inrichting voor tieners die aan de crack waren, maar dat hielp ook al niet. Tequila had aan TX toegegeven dat hij in 'OH' net zoveel drugs had gebruikt als op straat. Op zijn zestiende werd hij opgenomen in Clean Streets, een keihard afkickcentrum dat grote overeenkomst vertoonde met D. Camp. Daar gedroeg hij zich 53 dagen uitmuntend en toen liep hij weg zonder een woord te zeggen. TX noteerde: '... was binnen twee uur na zijn vertrek high van de crack.' De jeugdrechter stuurde hem op zijn zeventiende naar een zomerkamp voor probleemtieners, maar daar liet de bewaking te wensen over en verdiende Tequila zelfs geld door drugs aan zijn kampgenoten te verkopen. Voordat hij in D. Camp was terechtgekomen, was er nog een afkickpoging gedaan in de Grayson-kerk, onder leiding van dominee Jolley, een bekende drugstherapeut. Jolley schreef Talmadge X dat volgens hem Tequila een van die tragische gevallen was die 'waarschijnlijk hopeloos' waren.

Hoe deprimerend die voorgeschiedenis ook was, het viel op dat er geen geweld in voorkwam. Tequila was vijf keer gearresteerd en veroordeeld voor inbraak, één keer voor winkeldiefstal en twee keer voor drugsbezit. Tequila had nooit een wapen gebruikt om een misdrijf te plegen of was daar tenminste nooit op betrapt. Dat was TX ook opgevallen. In een notitie op dag 39 schreef hij: '... heeft de neiging om zelfs de kleinste aanleiding tot een gewelddadig conflict uit de weg te gaan. Is blijkbaar erg bang voor de grotere jongens en ook voor de meesten van de kleineren.'

Op dag 45 werd hij door een arts onderzocht. Hij was aangekomen en had nu een gezond gewicht van 62 kilo. Op zijn huid bevonden zich geen '... schaafwonden en kwetsuren'. Er waren notities over zijn vorderingen bij het leren lezen en over zijn belangstelling voor tekenen. Naarmate de dagen verstreken, werden de notities veel korter. Het leven in D. Camp was eenvoudig en werd monotoon. Op sommige dagen was er geen enkele notitie gemaakt.

Op dag 80 gebeurde dat wel: 'Hij beseft dat hij geestelijke leiding van boven nodig heeft om clean te blijven. Hij kan het niet alleen. Zegt dat hij altijd in D. Camp wil blijven.'

Dag 100: 'We vierden de honderdste dag met chocoladecakejes en ijs. Tequila hield een kort toespraakje. Hij huilde. Hij werd beloond met een twee-urenpasje.'

Dag 104: 'Twee-urenpasje. Hij ging weg en kwam na twintig minuten met een ijslolly terug.'

Dag 107: 'Naar het postkantoor gestuurd, bijna een uur weg, teruggekomen.'
Dag 110: 'Twee-urenpasje, teruggekomen, geen probleem.'
De laatste notitie was op dag 115 gemaakt: 'Twee-urenpasje, niet teruggekomen.'
Noland keek toe terwijl ze het eind van het dossier naderden. 'Nog vragen?' zei hij, alsof ze al genoeg van zijn tijd in beslag hadden genomen.
'Het is een triest geval,' zei Clay, die met een zucht de dossiermap sloot. Hij had veel vragen, maar die zou Noland niet kunnen, of willen, beantwoorden.
'In een wereld van ellende, meneer Carter, is dit inderdaad een van de ellendigste gevallen. Ik vergiet niet gauw tranen van ontroering, maar om Tequila heb ik moeten huilen.' Noland stond op. 'Wilt u iets kopiëren?' Het onderhoud was voorbij.
'Later misschien,' zei Clay. Ze bedankten hem voor zijn tijd en liepen achter hem aan naar de receptie.
In de auto maakte Rodney zijn gordel vast en keek de straat op. Heel rustig zei hij: 'Nou, jongen, we hebben een nieuwe vriend.'
Clay keek naar de brandstofmeter en hoopte dat hij genoeg benzine had om op kantoor terug te komen. 'Wat voor vriend?'
'Zie je die bourgognerode jeep daar staan, een half blok verder, aan de overkant?'
Clay keek en zei: 'Nou en?'
'Er zit een zwarte kerel achter het stuur, een grote kerel, met een Redskins-petje, geloof ik. Hij volgt ons.'
Clay kon nog net het silhouet van een bestuurder zien. Ras en pet kon hij niet onderscheiden. 'Hoe weet je dat hij ons volgt?'
'Hij was in Lamont Street toen we daar aankwamen. Ik heb hem twee keer gezien. In beide gevallen reed hij langzaam voorbij en keek hij naar ons terwijl hij deed alsof hij niet keek. Toen we hier parkeerden om naar binnen te gaan, zag ik de jeep drie blokken achter ons. Nu staat hij daar.'
'Hoe weet je dat het dezelfde jeep is?'
'Bourgognerood is een vreemde kleur. Zie je die deuk in het voorspatbord, aan de rechterkant?'
'Ik geloof het wel.'
'Zelfde jeep, geen twijfel mogelijk. We gaan die kant op om hem van dichterbij te bekijken.'

Clay draaide de straat op en reed langs de bourgognerode jeep. Meteen hield de bestuurder een krant voor zijn gezicht. Rodney noteerde het kenteken.
'Waarom zou iemand ons volgen?' vroeg Clay.
'Drugs. Altijd drugs. Misschien was Tequila aan het dealen. Misschien had de jongen die hij heeft vermoord niet zulke lekkere vrienden. Wie weet.'
'Ik zou er graag achter willen komen.'
'Laten we ons nu een beetje gedeisd houden. Jij rijdt en ik kijk wat er achter ons aan komt.'
Ze reden een halfuur in zuidelijke richting door Puerto Rico Avenue en gingen naar een benzinestation bij de Anacostia River. Terwijl Clay tankte, lette Rodney op alle auto's. 'Ze volgen ons niet meer,' zei Rodney toen ze weer reden. 'We gaan naar kantoor.'
'Waarom zouden ze ons nu niet meer volgen?' vroeg Clay. Hij zou elke verklaring hebben geloofd.
'Ik weet het niet,' zei Rodney, die nog in zijn zijspiegeltje keek. 'Misschien wilden ze alleen maar weten of we naar D. Camp gingen. Of misschien weten ze dat we ze hebben gezien. Let de komende tijd maar goed op.'
'Erg fijn. Ik ben nog nooit eerder gevolgd.'
'Nou maar hopen dat het bij volgen blijft.'

Jermaine Vance deelde een kantoorkamer met een andere onervaren advocaat die er op dat moment niet was, zodat Clay op zijn lege stoel kon zitten. Ze vertelden elkaar over hun moordverdachten.
Jermaines cliënt was een 24-jarige beroepsmisdadiger die Washad Porter heette en die in tegenstelling tot Tequila een lange, angstaanjagende voorgeschiedenis van gewelddadigheid had. Washad, die lid was van de grootste bende van Washington, was twee keer ernstig gewond geraakt in een vuurgevecht en was één keer veroordeeld wegens poging tot moord. Zeven van zijn 24 jaren had hij achter de tralies doorgebracht. Hij had er niet veel behoefte aan gehad om af te kicken. De enige poging in die richting had hij in de gevangenis gedaan en dat had duidelijk geen resultaat gehad. Hij werd ervan beschuldigd dat hij, vier dagen voor de moord op Ramón Pumphrey, twee mensen had neergeschoten. Een van die twee was meteen dood geweest, de ander verkeerde nog in levensgevaar.

Washad had zes maanden in de gesloten inrichting Clean Streets doorgebracht en blijkbaar had hij het strenge regime dat daar heerste overleefd. Jermaine had met de therapeut gepraat en dat gesprek leek sterk op het gesprek dat Clay met Talmadge X had gehad. Washad was clean geworden en hij was een modelpatiënt met een goede gezondheid en kreeg elke dag meer zelfrespect. Alleen in het begin was er een akkefietje geweest, toen hij naar buiten glipte en stoned werd maar terugkwam en om vergeving smeekte. Daarna veroorzaakte hij bijna vier maanden lang nagenoeg geen problemen.

Hij werd in april uit Clean Streets vrijgelaten en de volgende dag schoot hij met een gestolen pistool twee mannen neer. Het leek erop dat hij zijn slachtoffers lukraak had gekozen. Het eerste slachtoffer was een levensmiddelenbezorger die in de buurt van het Walter Reed-ziekenhuis zijn werk deed. Het kwam tot een woordenwisseling, en toen werd er geduwd en getrokken, en toen gingen er vier kogels in zijn hoofd en zagen mensen Washad hard wegrennen. De bezorger lag nog in coma. Een uur later gebruikte Washad zes blokken verderop de laatste twee kogels voor een kleine drugsdealer met wie hij vroeger onenigheid had gehad. Hij werd getackeld door vrienden van de dealer, die hem niet zelf doodden maar vasthielden tot de politie er was.

Jermaine had maar één keer, en nog erg kort ook, met Washad gepraat. Dat was op de rechtbank geweest, toen hij werd voorgeleid. 'Hij wilde het niet accepteren,' zei Jermaine. 'Hij had een lege uitdrukking op zijn gezicht en hij zei de hele tijd tegen me dat hij niet kon geloven dat hij iemand had neergeschoten. Dat was de oude Washad, zei hij, niet de nieuwe.'

7

Voorzover Clay zich kon herinneren, had hij in de afgelopen vier jaar maar één keer Bennett de Bulldozer gebeld, of geprobeerd te bellen. Die poging was jammerlijk mislukt, want hij had niet door de lagen van gewichtige personen rondom de grote man heen kunnen dringen. De heer Van Horn wilde de indruk wekken dat hij zijn tijd 'op de bouw' doorbracht, dus tussen de grondverzetmachines, waar hij leiding kon geven aan de werkzaamheden en de onbegrensde mogelijkheden van Noord-Virginia met eigen ogen kon aanschouwen. Bij hem thuis hingen grote foto's van hem 'op de bouw'. Op die foto's droeg hij de veiligheidshelm die speciaal voor hem gemaakt en van zijn monogram was voorzien, en wees hij naar links of rechts. Om hem heen werd terrein vlak gemaakt en verrees het ene na het andere winkelcentrum uit de grond. Hij zei dat hij het te druk had voor loze praatjes en beweerde dat hij de pest had aan telefoons, al had hij er altijd een heel stel bij de hand om zijn zaken af te handelen.
In werkelijkheid was Bennett vaak aan het golfen en volgens de vader van een van Clays vroegere medestudenten speelde hij nog slecht ook. Rebecca had zich meer dan eens laten ontvallen dat haar vader minstens vier keer per week op de Potomac-club ging golfen en dat het zijn droom was ooit nog eens clubkampioen te worden. Meneer Van Horn was een man van de daad, iemand die het niet

lang achter een bureau uithield. Hij bracht erg weinig tijd op kantoor door, beweerde hij. De pitbull die de telefoon van de 'BVH Group' opnam, was met tegenzin bereid Clay door te verbinden met een andere secretaresse, ergens dieper in de onderneming. 'Projectontwikkeling,' zei het tweede meisje nors, alsof de onderneming een onbeperkt aantal afdelingen had. Het duurde minstens vijf minuten voordat hij Bennetts privé-secretaresse aan de telefoon had. 'Hij is niet op kantoor,' zei ze.
'Hoe kan ik hem bereiken?' vroeg Clay.
'Hij is op de bouw.'
'Ja, dat dacht ik al. Hoe kan ik hem bereiken?'
'Als u uw nummer opgeeft, leg ik het bij de rest van zijn boodschappen,' zei ze.
'O, dank u,' zei Clay en hij gaf haar zijn kantoornummer.
Een halfuur later beantwoordde Bennett zijn telefoontje. Zo te horen was hij ergens binnen, misschien in de herensalon van de Potomac Country Club, met een dubbele whisky en een grote sigaar, terwijl hij een partijtje gin rummy speelde met de jongens. 'Clay, hoe gaat het toch met je?' vroeg hij, alsof ze elkaar in geen maanden hadden gezien.
'Prima, meneer Van Horn, en met u?'
'Geweldig. Ik heb erg van het diner van gisteravond genoten.' Clay hoorde geen bulderende dieselmotoren op de achtergrond, geen daverende klappen van heipalen.
'O, ja, het was erg leuk. Altijd een genoegen,' loog Clay.
'Wat kan ik voor je doen, jongen?'
'Nou, ik wilde u laten weten dat ik het echt op prijs stel dat u me aan die baan in Richmond probeerde te helpen. Ik had dat niet verwacht en het was erg sympathiek van u om op die manier tussenbeide te komen.' Clay zweeg even en slikte hoorbaar. 'Maar eerlijk gezegd, meneer Van Horn, zie ik me niet in de nabije toekomst naar Richmond verhuizen. Ik heb altijd in Washington gewoond en hier hoor ik thuis.'
Clay had veel redenen om het aanbod van de hand te wijzen, maar dat hij in Washington wilde blijven, was niet de belangrijkste. In de allereerste plaats wilde hij niet dat Bennett Van Horn bepaalde wat hij met zijn leven deed en hij wilde evenmin bij de man in het krijt staan.
'Dat kun je niet menen,' zei Van Horn.

'Ja, ik meen het wel. Erg bedankt, maar liever niet.' Clay was niet van plan zich door die blaaskaak op zijn kop te laten zitten. Op zulke momenten vond hij de telefoon een geweldige uitvinding. Het apparaat maakte mensen aan elkaar gelijk.
'Dat is een grote vergissing, jongen,' zei Van Horn. 'Jij ziet gewoon het totaalbeeld niet, hè?'
'Misschien niet. Maar u misschien ook niet.'
'Jij hebt veel trots, Clay, en dat mag ik wel. Maar je bent ook nog erg nat achter de oren. Je moet leren dat het in het leven om diensten en wederdiensten draait. Als iemand je probeert te helpen, neem je die dienst aan. Misschien krijg je op een dag de kans om iets terug te doen. Je maakt een vergissing, Clay, en ik ben bang dat die vergissing ernstige gevolgen zal hebben.'
'Wat voor gevolgen?'
'Dit zou van grote invloed kunnen zijn op je toekomst.'
'Nou, het is mijn toekomst, niet de uwe. Ik kies zelf mijn volgende baan, en de baan daarna. Op dit moment ben ik tevreden waar ik ben.'
'Hoe kun je nou tevreden zijn als je de hele dag misdadigers verdedigt? Dat snap ik niet.'
Hier hadden ze het al vaker over gehad en als het zo doorging, zou de sfeer snel verslechteren. 'Ik denk dat u me die vraag al eerder hebt gesteld. Ik ga er liever niet op in.'
'We hebben het over een kolossale salarisverhoging, Clay. Meer geld, beter werk. Je zou omgaan met mensen van niveau, niet met een stelletje straatcriminelen. Word wakker, jongen!' Er waren stemmen op de achtergrond te horen. Waar Bennett ook was, hij speelde voor publiek.
Clay klemde zijn kaken op elkaar en maakte geen bezwaar tegen dat 'jongen'. 'Ik ga u niet tegenspreken, meneer Van Horn. Ik belde om nee te zeggen.'
'Denk er nog maar eens over na.'
'Ik heb er al over nagedacht. Nee, dank u.'
'Je bent een sukkel, Clay. Dat weet ik al een hele tijd. Dit bevestigt het alleen maar. Je wijst een veelbelovende baan van de hand omdat je liever in hetzelfde stramien wilt blijven en voor een hongerloontje wilt blijven werken. Je hebt geen ambitie, geen lef, geen visie.'
'Gisteravond was ik nog een harde werker. Ik had brede schouders, veel talent en ik was een gewiekste kerel.'

'Dat neem ik terug. Je bent een sukkel.'
'En ik was goed opgeleid en zelfs representatief.'
'Ik loog. Je bent een sukkel.'
Clay hing als eerste op. Glimlachend gooide hij de hoorn op de haak, trots omdat hij de grote Bennett Van Horn kwaad had gemaakt. Hij had voet bij stuk gehouden en goed duidelijk gemaakt dat hij zich niet door die mensen liet commanderen.
Hij zou later met Rebecca praten, en aan dat gesprek zou hij veel minder plezier beleven.

Clays derde en laatste bezoek aan D. Camp verliep dramatischer dan het eerste. Met Jermaine op de voorbank en Rodney achterin reed Clay achter een politiewagen aan en parkeerde weer recht voor het gebouw. Twee politieagenten, jong en zwart en hun buik vol van dagvaardingen uitreiken, zorgden dat ze naar binnen konden gaan. Binnen enkele minuten hadden ze een heftige confrontatie met Talmadge X, Noland en nog een therapeut, een driftkop die Samuel heette.
Ook omdat hij de enige van hen was die blank was, maar vooral omdat hij de advocaat was die de dagvaarding had aangevraagd, richtten de drie therapeuten hun woede op Clay. Het liet hem koud. Hij zou die mensen nooit terugzien.
'Je hebt het dossier gezien, man!' schreeuwde Noland tegen Clay.
'Ik heb het dossier gezien dat je me wilde laten zien,' wierp Clay tegen. 'Nu ga ik de rest bekijken.'
'Waar heb je het over?' vroeg Talmadge X.
'Ik wil alles zien waar Tequila's naam op staat.'
'Dat gaat niet.'
Clay wendde zich tot de politieagent met de papieren en zei: 'Wilt u de dagvaarding even voorlezen?'
De agent hield het papier voor iedereen omhoog en las voor: 'Alle dossiers met betrekking tot de toelating, medische beoordeling, medische behandeling, verslavingsbehandeling en het ontslag van Tequila Watson. Zoals opgedragen door de edelachtbare F. Floyd Sackman, arrondissementsrechtbank van Washington, afdeling Strafrecht.'
'Wanneer heeft hij dat ondertekend?' vroeg Samuel.
'Ongeveer drie uur geleden.'
'We hebben je alles laten zien,' zei Noland tegen Clay.

'Dat betwijfel ik. Ik merk het als een dossier gezuiverd is.'
'Veel te netjes,' voegde Jermaine er behulpzaam aan toe.
'We gaan geen ruzie maken,' zei de grootste van de twee agenten, al zag hij ernaar uit dat hij wel zin had om een beetje geweld te gebruiken. 'Waar beginnen we?'
'Zijn medische gegevens zijn vertrouwelijk,' zei Samuel. 'Het beroepsgeheim van de arts.'
Daar had hij volkomen gelijk in, maar het was niet helemaal terzake. 'De dossiers van een arts zijn vertrouwelijk,' legde Clay uit. 'Maar niet die van de patiënt. Ik heb hier een ondertekende verklaring van Tequila Watson. Hij machtigt mij om al zijn dossiers in te zien, inclusief de medische gegevens.'
Ze begonnen in een raamloze kamer met allemaal verschillende archiefkasten langs de muren. Na een paar minuten gingen Talmadge X en Samuel weg en nam de spanning enigszins af. De agenten trokken een stoel bij en accepteerden de koffie die de receptioniste hun aanbood. Ze bood de medewerkers van het Bureau voor Rechtshulp niets aan.
Toen ze een uur in de papieren hadden gezocht, hadden ze niets nuttigs ontdekt. Clay en Jermaine lieten de rest van het speurwerk aan Rodney over. Ze hadden een afspraak met andere politieagenten.
De inval in Clean Streets verliep op ongeveer dezelfde manier. De twee advocaten liepen het kantoor in, gevolgd door de twee politieagenten. De directeur werd uit een bespreking gehaald. Toen ze de dagvaarding had gelezen, mompelde ze dat ze rechter Sackman wel kende en dat ze nog een hartig woordje met hem zou spreken. Ze was erg geïrriteerd, maar de dagvaarding sprak voor zichzelf. Dezelfde bewoordingen: alle dossiers en papieren die betrekking hadden op Washad Porter.
'Dit was niet nodig,' zei ze tegen Clay. 'Wij verlenen altijd onze medewerking aan advocaten.'
'Ik heb andere dingen gehoord,' zei Jermaine. Clean Streets had de reputatie dat het zelfs de vriendelijkste verzoeken van het BvR betwistte.
Toen ze de dagvaarding voor de tweede keer had gelezen, zei een van de agenten: 'We hebben niet de hele dag de tijd.'
Ze bracht hen naar een grote kamer en haalde een assistent, die de dossiers naar binnen begon te brengen. 'Wanneer krijgen we ze terug?' vroeg ze.

'Als we er klaar mee zijn,' zei Jermaine.
'En wie bewaart ze?'
'Het Bureau voor Rechtshulp, achter slot en grendel.'

De romance was begonnen in Abe's Place. Rebecca had daar met twee vriendinnen in een nis gezeten, toen Clay op weg naar de herentoiletten voorbij kwam lopen. Ze hadden elkaar in de ogen gekeken en hij was even blijven staan en had zich afgevraagd wat hij nu moest doen. De vriendinnen waren algauw weg. Clay dumpte zijn drinkvrienden. Ze zaten twee uur samen aan de bar en praatten aan een stuk door. Hun eerste afspraakje hadden ze de volgende avond. Seks binnen een week. Ze hield hem twee maanden van haar ouders vandaan.
Nu, vier jaar later, was hun relatie niet spannend meer en stond ze onder druk om met hem te breken. Het was wel toepasselijk dat ze naar Abe's Place gingen om afscheid van elkaar te nemen.
Clay was er het eerst en stond aan de bar tussen Capitoolwerkers die hun glazen leegden. Ze praatten hard en snel en allemaal tegelijk over de hoogstbelangrijke zaken waaraan ze die dag lange uren hadden besteed. Clay had een haat-liefderelatie met Washington. Hij hield van de geschiedenis en de energie en de belangrijkheid van de stad. En hij had de pest aan al die hielenlikkers die over elkaar heen buitelden in hun krampachtige wedloop om te bewijzen dat ze belangrijker waren dan anderen. Dicht bij Clay werd een verhitte discussie gevoerd over de wetgeving inzake waterzuivering in de Central Plains.
Abe's Place was een doodgewone bar op een strategisch punt bij Capitol Hill, de ideale locatie om de dorstigen op te vangen voordat ze zich naar de buitenwijken en voorsteden haastten. Vrouwen die er fantastisch uitzagen. Goedgekleed. Velen van hen op jacht. Clay zag een paar vrouwen naar hem kijken.
Rebecca was kalm, vastbesloten en ijskoud. Ze gingen een nis in en bestelden allebei een stevig drankje om zich te sterken voor wat hun te wachten stond. Hij stelde wat zinloze vragen over de hoorzittingen van de subcommissie die waren begonnen, zonder enige ophef, had de *Washington Post* geschreven. De drankjes werden gebracht en ze kwamen terzake.
'Ik heb met mijn vader gepraat,' begon ze.
'Ik ook.'

'Waarom heb je me niet verteld dat je die baan in Richmond niet aanneemt?'
'Waarom heb jij me niet verteld dat je vader aan touwtjes trok om mij aan een baan in Richmond te helpen?'
'Je had het me moeten vertellen.'
'Ik heb het duidelijk gemaakt.'
'Bij jou is nooit iets duidelijk.'
Ze namen allebei een slok.
'Je vader noemde me een sukkel. Is dat de overheersende mening in je familie?'
'Op het moment wel.'
'En deel jij die mening?'
'Ik heb mijn twijfels. Iemand van ons moet realistisch zijn.'
Er had zich één echte onderbreking in hun relatie voorgedaan, iets wat je op zijn best een ongelukkige vergissing kon noemen. Ongeveer een jaar geleden hadden ze besloten hun relatie te laten afkoelen, goede vrienden te blijven maar elkaar vrij te laten en misschien eens met anderen uit te gaan. Op die manier konden ze onderzoeken of ze elkaar echt wel wilden. Barb had die scheiding bewerkstelligd omdat – daar kwam Clay later achter – een erg rijke jongeman in de Potomac Country Club kort daarvoor zijn vrouw aan eierstokkanker had verloren. Bennett was een goede persoonlijke vriend van de familie enzovoort, enzovoort. Hij en Barb zetten de val, maar de weduwnaar rook onraad. Een maand contact met de familie Van Horn was voldoende: de man kocht een huis in Wyoming.
Maar dit werd een veel ernstiger breuk. Dit werd bijna zeker het einde. Clay dronk weer iets en nam zich voor om, wat er verder ook werd gezegd, onder geen beding iets te zeggen wat haar zou kwetsen. Zij mocht onder de gordel slaan, als ze dat wilde. Hij zou dat niet doen.
'Wat wil je, Rebecca?'
'Ik weet het niet.'
'Natuurlijk weet je het wel. Wil je dat we uit elkaar gaan?'
'Ik geloof van wel,' zei ze en haar ogen werden meteen vochtig.
'Is er een ander?'
'Nee.'
Nog niet. Geef Barb en Bennett maar een paar dagen de tijd, dacht hij.

'Weet je... Jij zult niets bereiken, Clay,' zei ze. 'Je bent intelligent en getalenteerd, maar je hebt geen ambitie.'
'Goh, het is leuk om te weten dat ik weer intelligent en getalenteerd ben. Een paar uur geleden was ik een sukkel.'
'Probeer je grappig te zijn?'
'Waarom niet, Rebecca? Waarom zouden we er niet om lachen? Het is uit, klaar af. We houden van elkaar, maar ik ben een sukkel die niets zal bereiken. Dat is jouw probleem. Ik zie vooral een probleem in je ouders. Ze zullen de arme stumper met wie je gaat trouwen helemaal vermorzelen.'
'De arme stumper?'
'Ja. Ik heb medelijden met die arme kerel met wie je gaat trouwen, want je ouders zijn onuitstaanbaar. En dat weet jij net zo goed als ik.'
'De arme stumper met wie ik ga trouwen?' Haar ogen waren niet vochtig meer. Ze flikkerden nu.
'Rustig maar.'
'De arme kerel met wie ik ga trouwen?'
'Zeg, ik doe je een voorstel. Laten we nu meteen gaan trouwen. We zeggen onze baan op, trouwen vlug ergens zonder iemand erbij, verkopen alles wat we bezitten, en vliegen naar bijvoorbeeld Seattle of Portland, ergens hier ver vandaan, en leven een tijdje van onze liefde.'
'Je wilt niet naar Richmond maar wel helemaal naar Seattle?'
'Richmond is veel te dicht bij je ouders.'
'En wat dan?'
'Dan zoeken we werk.'
'Wat voor werk? Is er een tekort aan advocaten in het westen?'
'Je vergeet iets. Het is gisteravond nog gezegd: ik ben intelligent, getalenteerd, goed opgeleid, een gewiekste kerel en zelfs representatief. De grote advocatenkantoren vechten om me. Ik zit binnen anderhalf jaar in de maatschap. We nemen kinderen.'
'Dan komen mijn ouders.'
'Nee, want we vertellen ze niet waar we zijn. En als ze ons vinden, veranderen we onze naam en gaan naar Canada.'
Er werden weer twee drankjes gebracht en ze schoven de oude glazen meteen opzij.
Het luchtige moment was snel voorbij. Maar ze waren er allebei weer aan herinnerd waarom ze van elkaar hielden en hoe ze hadden

genoten van de tijd die ze met elkaar hadden doorgebracht. Ze hadden in die tijd veel meer plezier dan verdriet gehad, al waren de dingen aan het veranderen. Ze lachten minder. Ze hadden vaker zinloze ruzietjes. Haar ouders oefenden steeds meer invloed uit.
'Ik hou niet van de westkust,' zei ze ten slotte.
'Kies dan een andere plaats,' zei Clay om het avontuur te besluiten. Haar plaats was al voor haar gekozen en die zou ergens in de buurt van pappie en mammie zijn.
Ze kon er nu niet meer onderuit om te zeggen waarvoor ze gekomen was. Ze nam een grote slok, boog zich toen naar voren en keek hem recht in de ogen. 'Clay, ik heb echt behoefte aan een onderbreking.'
'Dat is goed, Rebecca. We doen wat jij wilt.'
'Dank je.'
'Hoelang wil je dat die onderbreking duurt?'
'Ik ben niet aan het onderhandelen, Clay.'
'Een maand?'
'Langer.'
'Nee, daar ga ik niet mee akkoord. Laten we elkaar dertig dagen niet bellen. Goed? Vandaag is het zeven mei. Laten we hier op zes juni bij elkaar komen, hier aan deze zelfde tafel, en dan praten we over een verlenging.'
'Een verlenging?'
'Noem het wat je maar wilt.'
'Dank je. Ik noem het een breuk, Clay. De grote boem. Uit elkaar. Jij gaat jouw weg, ik de mijne. Over een maand praten we weer met elkaar, maar ik verwacht geen verandering. Er is in het afgelopen jaar niet veel veranderd.'
'Als ik ja had gezegd op die verschrikkelijke baan in Richmond, zouden we nu dan ook uit elkaar gaan?'
'Waarschijnlijk niet.'
'Betekent dat iets anders dan "nee"?'
'Nee.'
'Dus het was allemaal doorgestoken kaart? De baan, het ultimatum? Dat van gisteravond was precies wat ik al dacht: een hinderlaag. Neem deze baan, jongen, of anders...'
Ze wilde het niet ontkennen. In plaats daarvan zei ze: 'Clay, ik heb geen zin meer in ruziemaken. Bel me de komende dertig dagen niet.'

Ze pakte haar tasje en sprong overeind. Toen ze de nis verliet, zag ze op de een of andere manier nog kans een droge en nietszeggende kus op zijn rechterslaap te drukken, maar hij reageerde er niet op. Hij keek haar niet na toen ze wegliep.
Ze keek niet om.

8

Clay had een appartement in een al wat ouder complex in Arlington. Toen hij het vier jaar geleden had gehuurd, had hij nog nooit van de BVH Group gehoord. Later zou hij ontdekken dat die onderneming het complex in het begin van de jaren tachtig had gebouwd. Het was een van Bennetts eerste projecten geweest. Het project ging failliet, het complex was een aantal keren doorverkocht en er ging geen cent van Clays huur naar Van Horn. Sterker nog, geen enkel lid van die familie wist dat Clay in iets woonde wat zij hadden gebouwd. Zelfs Rebecca niet.
Hij deelde een driekamerflat met Jonah, een oude vriend van zijn rechtenstudie die vier keer voor het advocatenexamen was gezakt voordat hij slaagde, en die nu computers verkocht. Hij deed dat parttime en verdiende toch nog meer dan Clay, iets wat in hun onderlinge verstandhouding altijd een beetje meespeelde.
Op de ochtend na de breuk met Rebecca raapte Clay de *Washington Post* van zijn deurmat op en ging met zijn eerste kop koffie aan de keukentafel zitten. Zoals altijd keek hij allereerst naar de financiële pagina's om even een bevredigende blik op de treurige beurskoers van BVHG te werpen. De aandelen werden nauwelijks verhandeld en de weinige onverstandige beleggers die ze bezaten waren inmiddels bereid ze voor een schamele 75 cent per stuk van de hand te doen.

Wie was hier de sukkel?

Er stond geen woord over Rebecca's uiterst belangrijke hoorzittingen in de krant.

Toen hij klaar was met zijn kleine heksenjacht sloeg hij het sportkatern op en zei tegen zichzelf dat het tijd werd om de Van Horns te vergeten. Allemaal.

Om tien voor halfacht, een tijdstip waarop hij meestal een kommetje pap zat te eten, ging de telefoon. Hij glimlachte en dacht: het is Rebecca. Nu al terug.

Niemand anders zou zo vroeg bellen. Niemand, behalve de vriend of de echtgenoot van de dame die nu misschien boven met Jonah haar roes lag uit te slapen. Clay had in de loop van de jaren nogal wat van zulke telefoontjes aangenomen. Jonah was gek op vrouwen, vooral op vrouwen die zich al aan iemand anders hadden gebonden. Die vormden een grotere uitdaging, zei hij.

Maar het was niet Rebecca en het was ook geen vriend of echtgenoot.

'Meneer Clay Carter,' zei een onbekende mannenstem.

'Daar spreekt u mee.'

'Meneer Carter, ik ben Max Pace. Ik ben rekruteerder voor advocatenfirma's in Washington en New York. Uw naam heeft onze aandacht getrokken en ik heb twee erg aantrekkelijke aanbiedingen die u misschien zullen interesseren. Kunnen we vandaag lunchen?'

Clay was volslagen sprakeloos. Onder de douche zou hij zich herinneren dat het idee van een lekkere lunch vreemd genoeg het eerste was wat door zijn hoofd ging.

'Eh, ja,' kon hij ten slotte uitbrengen. Er waren headhunters actief in de advocatuur, net als in alle andere beroepsgroepen. Maar die hadden meestal heel andere jachtterreinen dan het Bureau voor Rechtshulp.

'Goed. Laten we elkaar in de hal van het Willard Hotel ontmoeten. Schikt twaalf uur?'

'Ja, dat is goed,' zei Clay. Hij keek strak naar een stapel vuile borden in de gootsteen. Ja, dit was echt. Dit was geen droom.

'Dank u, dan zie ik u daar. Meneer Carter, ik verzeker u dat het de moeite waard is.'

'Eh, ja.'

Max Pace hing vlug op en Clay bleef nog even met de hoorn in zijn hand staan. Hij keek naar de vuile borden en vroeg zich af wie van

zijn vroegere medestudenten deze grap met hem uithaalde. Of was het soms Bennett de Bulldozer, die hem een trap na wilde geven?
Hij had geen telefoonnummer van Max Pace. Hij had niet eens de tegenwoordigheid van geest gehad om hem naar de naam van zijn firma te vragen.
En hij had ook geen schoon pak. Hij bezat twee pakken, allebei grijs, een dik en een dun pak, allebei erg oud en vaak gebruikt. Zijn procesgarderobe. Omdat er op het Bureau voor Rechtshulp gelukkig geen kledingvoorschriften van kracht waren, droeg Clay daar meestal een kakibroek en een blauwe blazer. Als hij naar de rechtbank ging, deed hij een das om en die deed hij weer af zodra hij naar kantoor terugkeerde.
Onder de douche bedacht hij dat zijn kleding er niet toe deed. Max Pace wist waar hij werkte en kon wel zo ongeveer nagaan hoe weinig hij verdiende. Als Clay in een gerafelde kakibroek naar het gesprek ging, kon hij des te meer geld eisen.
Toen hij op de Arlington Memorial Bridge in de file stond, dacht hij dat zijn vader erachter zat. De oude man was uit Washington verbannen, maar hij had daar nog contacten. Hij had nu eindelijk aan het juiste touwtje getrokken, een beroep gedaan op iemand die bij hem in het krijt stond, en een fatsoenlijke baan voor zijn zoon gevonden. Toen Jarrett Carters opzienbarende juridische carrière met een langdurige, kleurrijke explosie ten onder ging, haalde hij zijn zoon over om op het Bureau voor Rechtshulp te gaan werken. En nu was de leertijd voorbij. Na vijf jaar in de loopgraven werd het tijd voor een echte baan.
Wat voor firma's zouden hem willen hebben? Hij stond voor een raadsel. Zijn vader had een hekel aan de grote firma's aan Connecticut Avenue en Massachusetts Avenue die zich in lobbywerk en adviezen aan grote ondernemingen specialiseerden. En hij had ook een hekel aan de kleine kantoortjes die op bussen en reclameborden adverteerden en het stelsel verstopten met pietluttige zaken. In Jarretts vroegere firma hadden tien advocaten gewerkt, tien rechtbanktijgers die zaken wonnen en erg in trek waren.
'Die kant ga ik op,' mompelde Clay in zichzelf terwijl hij naar het water van de Potomac beneden hem keek.

Na de onproductiefste ochtend van zijn hele loopbaan ging Clay om halftwaalf weg. Hij reed op zijn gemak naar het Willard, dat

tegenwoordig officieel het Willard Inter-Continental Hotel heette. In de hal werd hij meteen aangesproken door een gespierde jongeman die hem vaag bekend voorkwam. 'Meneer Pace is boven,' vertelde hij. 'Hij zou u daar graag willen ontmoeten, als u geen bezwaar hebt.' Ze liepen naar de liften.
'Goed,' zei Clay. Hij wist niet hoe hij zo snel herkend was.
In de lift negeerden ze elkaar. Ze stapten op de achtste verdieping uit en Clays begeleider klopte op de deur van de Theodore Roosevelt Suite. Die ging vlug open en Max Pace begroette hem met een zakelijke glimlach. Hij was midden veertig, met donker golvend haar, een donkere snor, alles donker. Zwarte jeans, zwart T-shirt, zwarte schoenen met spitse punten. Hollywood in het Willard. Niet bepaald de zakelijke uitstraling die Clay had verwacht. Toen ze elkaar de hand schudden, had hij voor het eerst het gevoel dat de dingen niet waren wat ze leken.
Met een snelle blik stuurde Max de lijfwacht weg.
'Bedankt voor uw komst,' zei Max, terwijl ze een ovaal vertrek met veel marmer binnengingen.
'Ja.' Clay keek in de suite om zich heen; weelderig leer en luxe stoffen, met zijkamers in alle richtingen. 'Mooie suite.'
'Ik heb hem nog een paar dagen. Ik dacht dat we hierboven zouden kunnen eten. We kunnen de room service laten komen. Op die manier kunnen we in absolute privacy met elkaar praten.'
'Goed.' Er kwam een vraag in hem op, de eerste van vele vragen. Waarom huurde een Washingtonse headhunter een gruwelijk dure hotelsuite? Waarom had hij niet een kantoor in de stad? Had hij echt een lijfwacht nodig?
'Iets in het bijzonder wat u wilt eten?'
'Ik ben niet kieskeurig.'
'De capellini met zalm is hier verrukkelijk. Die heb ik gisteren gehad. Voortreffelijk.'
'Dan probeer ik dat.' Op dat moment had Clay alles wel willen proberen; hij was uitgehongerd.
Terwijl Max naar de telefoon ging, bewonderde Clay het uitzicht op Pennsylvania Avenue. Toen de lunch was besteld, gingen ze bij het raam zitten en werkten in korte tijd de inleidende conversatie af: het weer, de Orioles die de laatste tijd steeds weer verloren, de treurige staat waarin de economie verkeerde. Pace was welbespraakt en leek het geen enkel probleem te vinden om zo lang over al die

dingen te praten als Clay maar wilde. Zijn hobby was gewichtheffen en hij wilde dat de mensen dat konden zien. Zijn overhemd plakte aan zijn borst en armen vast en hij mocht graag aan zijn snor plukken. Wanneer hij dat deed, kon je zien hoe zijn biceps opbolden en zich plooiden.
Een stuntman wellicht, maar geen headhunter van topklasse.
Toen ze tien minuten hadden gepraat, zei Clay: 'Die twee firma's. Kunt u me daar iets over vertellen?'
'Ze bestaan niet,' zei Max. 'Ik geef toe dat ik tegen u heb gelogen. En ik beloof dat het de enige keer is dat ik ooit tegen u zal liegen.'
'U bent geen headhunter, hè?'
'Nee.'
'Wat dan?'
'Ik ben brandweerman.'
'Nou, dat maakt alles veel duidelijker.'
'Laat me even uitspreken. Ik heb het een en ander uit te leggen en ik verzeker u dat u blij zult zijn met wat ik te zeggen heb.'
'Ik stel voor dat je erg snel praat, Max, anders ben ik weg.'
'Rustig maar, meneer Carter. Mag ik Clay zeggen?'
'Nog niet.'
'Goed. Ik ben agent, tussenpersoon, een freelancer met een specialisme. Ik word door grote ondernemingen ingehuurd om branden te blussen. Ze verknoeien iets, zien hun vergissing in voordat de advocaten het doorhebben en dan huren ze mij in. Ik verschijn in alle rust op het toneel, ruim hun rommel op en bespaar ze hopelijk een heleboel geld. Er is veel vraag naar mijn diensten. Misschien heet ik Max Pace of misschien heet ik anders. Dat doet er niet toe. Het is irrelevant wie ik ben en waar ik vandaan kom. Waar het in dit verband om gaat, is dat ik door een grote onderneming ben ingehuurd om een brand te blussen. Vragen?'
'Te veel om ze nu allemaal te stellen.'
'Wacht maar. Ik kan u de naam van mijn cliënt in dit stadium niet noemen, misschien wel nooit. Als we tot overeenstemming komen, kan ik u veel meer vertellen. Het verhaal is als volgt. Mijn cliënt is een multinational die farmaceutische producten maakt. U zult de naam kennen. Ze maken een groot aantal verschillende producten, variërend van gewone huismiddeltjes die u in uw medicijnkastje hebt liggen tot complexe geneesmiddelen die kanker en vetzucht bestrijden. Een oude, gerenommeerde onderneming met een erg

goede reputatie. Zo'n twee jaar geleden ontwikkelden ze een middel dat genezing zou kunnen bieden aan mensen die verslaafd zijn aan narcotica op basis van opium of cocaïne. Het gaat veel verder dan methadon, dat weliswaar veel verslaafden helpt maar zelf ook verslavend is, zodat er veel misbruik van wordt gemaakt. Laten we dat wondermiddel Tarvan noemen, dat was een tijdje zijn bijnaam. Het werd bij vergissing ontdekt en algauw op alle beschikbare proefdieren uitgeprobeerd. De resultaten zijn uitstekend, maar ja, het is moeilijk om een stel ratten aan crack verslaafd te maken.'
'Ze hadden mensen nodig,' zei Clay.
Pace plukte aan zijn snor; zijn biceps golfden. 'Ja. Tarvan was zo veelbelovend dat de grote bazen er 's nachts wakker van lagen. Stel je voor, je neemt drie maanden elke dag een pil en je bent clean. Je hunkering naar de drugs is weg. Je bent zomaar van de crack, de coke, de heroïne af. Als je eenmaal clean bent, neem je om de andere dag een Tarvan en je raakt nooit meer verslaafd. Miljoenen verslaafden kunnen bijna van het ene op het andere moment genezen. Denk eens aan de winsten die te behalen zijn: je kunt voor dat middel vragen wat je wilt, want er is altijd wel iemand die er graag voor zal betalen. Denk aan de levens die het kan redden, de misdrijven die niet gepleegd worden, de gezinnen die intact blijven, de miljarden die niet aan ontwenningskuren voor verslaafden hoeven te worden uitgegeven. Hoe meer de hoge bazen over de geweldige mogelijkheden van Tarvan nadachten, des te sneller wilden ze het op de markt hebben. Maar zoals je al zei: ze hadden nog steeds mensen nodig.'
Een korte stilte, een slokje koffie. Het T-shirt trilde van fitheid. Hij ging verder.
'En daar ging het fout. Ze kozen drie plaatsen – Mexico Stad, Singapore en Belgrado – ver buiten de jurisdictie van de FDA. Onder het mom van een vage internationale hulporganisatie bouwden ze ontwenningsklinieken, erg mooie gesloten inrichtingen waar de verslaafden volledig onder controle te houden waren. Ze kozen de ergste junks die ze konden vinden, haalden ze binnen, maakten ze clean en gaven ze Tarvan, al hadden die verslaafden daar geen idee van. Het kon ze ook niet schelen, alles was gratis.'
'Laboratoria met menselijke proefdieren,' zei Clay. Tot nu toe was het een fascinerend verhaal en Max de brandweerman kon erg goed vertellen.
'Ja, menselijke proefdieren. Ver van het Amerikaanse rechtsstelsel

met al zijn mogelijkheden om schadevergoedingen te claimen. En ver van de Amerikaanse pers. En de Amerikaanse toezichthoudende instanties. Het was een briljant plan. En het middel werkte perfect. Na dertig dagen had Tarvan het verlangen naar drugs al veel kleiner gemaakt. Na zestig dagen waren de verslaafden blij dat ze clean waren en na negentig dagen durfden ze de straat weer op. Alles werd geregistreerd: voeding, lichaamsbeweging, therapie, zelfs gesprekken. Mijn cliënt had minstens één medewerker per patiënt en die klinieken hadden elk honderd bedden. Na drie maanden werden de patiënten vrijgelaten, op voorwaarde dat ze om de andere dag naar de kliniek zouden terugkomen om Tarvan te halen. Negentig procent bleef het middel gebruiken en bleef clean. Negentig procent! En maar twee procent raakte weer verslaafd.'
'En de andere acht procent?'
'Dat was het probleem, maar mijn cliënt wist niet hoe ernstig dat probleem zou zijn. Hoe dan ook, ze gingen gewoon door en in de loop van anderhalf jaar werden ongeveer duizend verslaafden met Tarvan behandeld. De resultaten gingen alle verwachtingen te boven. Mijn cliënt rook miljarden winst. En er was geen concurrentie. Geen enkele andere onderneming deed echt onderzoek naar een antiverslavingsmiddel. De meeste farmaceutische bedrijven hebben dat jaren geleden al opgegeven.'
'Wat ging er nog meer fout?'
Max zweeg even en zei toen: 'Te veel om op te noemen.' Er ging een zoemer; de lunch was gearriveerd. Een ober reed het eten op een wagentje naar binnen en was zo'n vijf minuten bezig om alles klaar te zetten. Clay stond voor het raam en keek naar de top van het Washington Monument, maar hij was te diep in gedachten verzonken om iets te zien. Max gaf de man een fooi en kreeg hem eindelijk de kamer uit.
'Honger?' vroeg hij.
'Nee. Ga verder met het verhaal.' Clay trok zijn jasje uit en ging in de stoel zitten. 'Ik denk dat het nu pas goed wordt.'
'Goed, slecht, het ligt er maar aan hoe je het bekijkt. De volgende vergissing die ze maakten, was dat ze hier in Amerika ook begonnen. Op dat punt begon het helemaal verkeerd te gaan. Mijn cliënt had naar de wereldkaart gekeken en met opzet een stad met blanken, een stad met latino's en een stad met Aziaten uitgekozen. Nu wilden ze het met Afrikanen proberen.'

'Die hebben we in Washington genoeg.'
'Dat dacht mijn cliënt ook.'
'Dit zijn leugens, hè? Zeg dat het leugens zijn.'
'Ik heb één keer tegen u gelogen, meneer Carter. En ik heb beloofd dat ik dat niet meer zou doen.'
Clay stond langzaam op en liep om zijn stoel heen weer naar het raam. Max keek aandachtig naar hem. De lunch werd koud, maar daar trokken ze zich geen van beiden iets van aan. De tijd was stil blijven staan.
Clay draaide zich om en zei: 'Tequila?'
Max knikte en zei: 'Ja.'
'En Washad Porter?'
'Ja.'
Er ging een minuut voorbij. Clay sloeg zijn armen over elkaar en leunde tegen de muur. Hij keek Max aan, die zijn snor recht trok.
'Ga verder,' zei Clay.
'Bij ongeveer acht procent van de patiënten gaat er iets mis,' zei Max. 'Mijn cliënt weet niet wat er aan de hand is, zelfs niet wie het risico lopen. Maar door de Tarvan gaan ze moorden. Zo simpel ligt het. Na ongeveer honderd dagen gaat er ergens in hun hersenen iets mis en krijgen ze een onweerstaanbare aandrang om bloed te vergieten. Het maakt geen verschil of ze een gewelddadige voorgeschiedenis hebben of niet. Leeftijd, ras, sekse, de moordenaars onderscheiden zich in geen enkel opzicht.'
'We hebben het dus over tachtig doden?'
'Minstens. Maar in de sloppenwijken van Mexico Stad is het moeilijk om aan informatie te komen.'
'Hoeveel hier, in Washington?'
Dat was de eerste vraag waar Max moeite mee had en hij ontweek hem. 'Die vraag zal ik over een paar minuten beantwoorden. Ik zal eerst mijn verhaal afmaken. Wilt u niet gaan zitten? Ik vind het niet prettig om omhoog te kijken als ik praat.'
Clay ging zitten, zoals hem gezegd werd.
'Toen probeerden ze de FDA te omzeilen.'
'Natuurlijk,' zei Clay. De FDA was de Food and Drug Administration, het overheidsorgaan dat toezicht hield op voedingsmiddelen en geneesmiddelen.
'Mijn cliënt heeft veel belangrijke vrienden in deze stad. Het concern koopt politici om door geld in hun verkiezingscampagnes te

steken, of door hun vrouwen en vriendinnen en vroegere assistenten in dienst te nemen, de gebruikelijke dingen die je in deze stad kunt doen als je veel geld hebt. Het kwam tot een vuil zaakje. Daar waren hoge functionarissen bij betrokken, van het Witte Huis, het ministerie van Buitenlandse Zaken, de DEA, de FBI en een paar andere diensten, en er werd niets op schrift gesteld. Er ging geen geld in andere handen over; er werd niemand omgekocht. Het lukte mijn cliënt om iedereen ervan te overtuigen dat Tarvan de wereld zou kunnen redden als het in nog één laboratorium kon worden uitgeprobeerd. Aangezien het twee of drie jaar zou duren voordat de FDA zo'n experiment zou toelaten, en aangezien de FDA toch al weinig vrienden in het Witte Huis heeft, werd die dienst omzeild. Die belangrijke mensen, van wie de namen nu voorgoed vergeten zijn, vonden een manier om Tarvan naar een paar geselecteerde, gesubsidieerde ontwenningsklinieken in Washington te smokkelen. Als het daar werkte, zouden het Witte Huis en de belangrijke mensen de FDA genadeloos onder druk zetten om het middel snel toe te laten.'
'Toen die afspraak werd gemaakt, wist de cliënt van die acht procent?'
'Dat weet ik niet. Mijn cliënt heeft me niet alles verteld en zal dat ook nooit doen. En ik stel ook niet veel vragen. Mijn taak ligt elders. Maar ik vermoed dat mijn cliënt niet van die acht procent wist. Anders zou hij de risico's te groot hebben gevonden om hier in deze stad te gaan experimenteren. Dit is allemaal erg snel gebeurd, meneer Carter.'
'Je mag me nu Clay noemen.'
'Dank je, Clay.'
'Niets te danken.'
'Ik zei al dat er niemand werd omgekocht. Nogmaals, dat heeft mijn cliënt tegen mij gezegd. Maar laten we realistisch zijn. Volgens de eerste schattingen zal de winst die in de komende tien jaar met Tarvan wordt behaald dertig miljard dollar bedragen. Niet de omzet, de winst. En ze verwachten ook dat in diezelfde periode Tarvan de belastingbetaler een besparing van honderd miljard dollar zal opleveren. Het ligt voor de hand dat hier en daar wat geld van hand tot hand is gegaan.'
'Maar dat is allemaal verleden tijd?'
'Ja. Het hele project is zes dagen geleden afgeblazen. Die geweldige

klinieken in Mexico Stad, Singapore en Belgrado zijn van het ene op het andere moment gesloten en al die sympathieke therapeuten zijn allemaal met de noorderzon vertrokken. Alle experimenten zijn vergeten. Alle papieren zijn in de shredder gegaan. Mijn cliënt heeft nooit van Tarvan gehoord. Dat willen we graag zo houden.'
'Ik krijg het gevoel dat ik op dit punt in beeld kom.'
'Alleen als je het wilt. Als je het afwijst, ga ik met een andere advocaat praten.'
'Als ik wat afwijs?'
'Het aanbod, Clay. Het aanbod. Op dit moment zijn er in Washington vijf mensen gedood door verslaafden die Tarvan gebruikten. Verder ligt er nog een arme stumper in coma en die zal het waarschijnlijk niet halen: Washad Porters eerste slachtoffer. Dan komt het totaal op zes. We weten wie ze zijn, hoe ze zijn gestorven, wie ze heeft gedood, alles. We willen dat jij hun nabestaanden vertegenwoordigt. Je laat je door hen aanstellen, wij betalen en alles wordt snel en discreet afgewikkeld, zonder processen, zonder publiciteit, met nergens zelfs maar een vingerafdruk.'
'Waarom zouden ze mij aanstellen?'
'Omdat ze niet weten dat ze schadevergoeding kunnen eisen. Wat hen betreft, waren hun dierbaren het slachtoffer van zinloos straatgeweld. Dat hoort bij het dagelijks leven in die wijken. Je zoon wordt op straat doodgeschoten, je begraaft hem, de dader wordt gearresteerd, je gaat naar het proces en je hoopt dat hij voor de rest van zijn leven achter de tralies gaat. Maar je denkt nooit aan schadevergoeding. Wilde je tegen die dader procederen? Zelfs de hongerigste advocaat zou die zaak niet aannemen. Ze zullen jou aanstellen omdat jij naar ze toe gaat, tegen ze zegt dat ze schadevergoeding kunnen eisen en dat je vier miljoen dollar voor ze kunt binnenhalen als ze snel en discreet tot een akkoord willen komen.'
'Vier miljoen dollar,' herhaalde Clay, die zich afvroeg of het te veel of te weinig was.
'We lopen namelijk een risico, Clay. Als Tarvan wordt ontdekt door een advocaat – eerlijk gezegd ben jij de eerste die zelfs maar een vaag spoor heeft opgepikt – kan het tot een proces komen. Stel dat die advocaat een echte procestijger is die kans ziet hier in Washington een jury van alleen maar zwarten te krijgen.'
'Makkelijk zat.'
'Ik bedoel maar. En stel dat die advocaat op de een of andere

manier het juiste bewijsmateriaal vindt. Bijvoorbeeld papieren die niet in de shredder zijn gegaan. Of nog waarschijnlijker iemand die voor mijn cliënt werkt, een klokkenluider. Zo'n proces doet wonderen voor de nabestaanden. De kans bestaat dat er een gigantische schadevergoeding wordt toegekend. Erger nog, tenminste voor mijn cliënt: de negatieve publiciteit zou vernietigend zijn. De aandelenprijs zou instorten. Stel je het ergste voor, Clay, verzin je eigen nachtmerrie, en geloof me, deze kerels zien hetzelfde. Ze hebben iets slechts gedaan. Dat weten ze en ze willen het herstellen. Maar ze willen ook hun schade beperken.'
'Vier miljoen is een koopje.'
'Ja, en toch ook niet. Neem nou Ramón Pumphrey. Tweeëntwintig jaar, parttime baantje, een inkomen van zesduizend dollar per jaar. Gesteld dat hij een normale levensverwachting van nog 53 jaar had, en gesteld dat hij per jaar twee keer het minimumloon zou verdienen, dan is de economische waarde van zijn leven, in dollars van nu, ongeveer een half miljoen dollar. Dat is hij waard.'
'Ze kunnen gemakkelijk smartengeld vragen.'
'Dat hangt ervan af. Het zou moeilijk te bewijzen zijn, Clay, want er zijn geen papieren. Die dossiers die je gisteren te pakken hebt gekregen, brengen niets aan het licht. De therapeuten van D. Camp en Clean Streets wisten niet wat voor middelen ze verstrekten. De FDA heeft nooit van Tarvan gehoord. Mijn cliënt zou een miljard uitgeven aan advocaten en experts en iedereen die er verder nog aan te pas moet komen om de onderneming te beschermen. Het proces zou een regelrechte oorlog worden, want mijn cliënt is zo verschrikkelijk schuldig!'
'Zes keer vier is 24 miljoen.'
'Plus tien miljoen voor de advocaat.'
'Tien miljoen?'
'Ja, dat is de regeling, Clay. Tien miljoen voor jou.'
'Dat meen je niet.'
'Nou en of ik het meen. Vierendertig miljoen in totaal. En ik kan de cheques nu meteen uitschrijven.'
'Ik moet eerst een eindje wandelen.'
'Wil je nog lunchen?'
'Nee, dank je.'

9

Hij liep voor het Witte Huis langs. Even ging hij op in een groep Nederlandse toeristen die foto's maakten en wachtten tot de president naar hen zwaaide, en toen slenterde hij door Lafayette Park, waar de daklozen zich overdag terugtrokken. Ten slotte ging hij op een bankje in Farragut Square zitten en at daar een koud broodje zonder iets te proeven. Al zijn zintuigen waren verdoofd, al zijn gedachten waren traag en verward. Het was mei, maar de lucht was niet helder. Door de vochtige atmosfeer kon hij ook al niet goed nadenken.

Hij zag twaalf zwarte mensen in een jurybank zitten, woedende mensen die de hele week naar het schokkende verhaal van Tarvan hadden geluisterd. Hij sprak hen in zijn eindpleidooi toe: 'Ze hadden zwarte proefkonijnen nodig, dames en heren, bij voorkeur in Amerika, want daar zit het geld. En dus brachten ze hun wonderbaarlijke Tarvan naar onze stad.' De twaalf zwarte juryleden hingen aan zijn lippen en knikten instemmend. Ze wilden niets liever dan zich terugtrekken en voor gerechtigheid zorgen.

Wat was de grootste schadevergoeding die ooit was toegekend? Hield het *Guinness Book of Records* zulke dingen bij? Wat het ook was, hij zou het kunnen vragen. 'Vul het bedrag maar op het stippellijntje in, dames en heren van de jury.'

De zaak zou nooit voor de rechter komen; geen enkele jury zou ervan horen. Degene die Tarvan maakte, zou veel meer dan 34 miljoen dollar uitgeven om de waarheid voorgoed te begraven. En ze zouden allerlei gangsters inhuren om botten te breken, papieren te stelen, telefoons af te tappen en brand te stichten in kantoren, alles wat maar nodig was om hun geheim ver van die twaalf woedende mensen vandaan te houden.

Hij dacht aan Rebecca. Wat zou ze een ander meisje zijn als ze omhuld werd door de weelde van zijn geld. Wat zou ze de beslommeringen van het Capitool snel achter zich laten en voor het moederschap kiezen. Ze zou binnen drie maanden met hem trouwen, of zo gauw als Barb de bruiloft kon organiseren.

Hij dacht aan de Van Horns, maar vreemd genoeg niet als mensen die hij nog kende. Ze waren uit zijn leven verdwenen; hij probeerde hen te vergeten. Na vier jaar van gebondenheid was hij van die mensen verlost. Ze zouden hem nooit meer kwellen.

Binnenkort was hij van een heleboel dingen verlost.

Er ging een uur voorbij. Hij was nu op DuPont Circle en keek in de etalages van de winkeltjes aan Massachusetts Avenue; zeldzame boeken, zeldzaam porselein, zeldzame mensen. In een van de etalages stond een spiegel en hij keek zichzelf recht in de ogen en vroeg zich hardop af of Max de brandweerman echt was of een bedrieger of een geest. Hij liep over het trottoir, misselijk van het idee dat een respectabele onderneming het had voorzien op de zwakste mensen die ze kon vinden, en meteen daarop dacht hij opgewonden aan het vooruitzicht van meer geld dan hij ooit had kunnen dromen. Hij moest met zijn vader praten. Jarrett Carter zou precies weten wat hem te doen stond.

Er ging nog een uur voorbij. Hij werd op kantoor verwacht, op een of andere werkbespreking. 'Ontsla me maar,' mompelde hij met een glimlach.

Hij keek een tijdje rond in Kramerbooks, zijn favoriete boekwinkel in Washington. Misschien hoefde hij binnenkort geen pocketboeken meer te kopen maar gebonden boeken. Hij zou zijn nieuwe huis met rijen boeken kunnen vullen.

Om precies drie uur liep hij naar de achterkant van Kramerbooks, naar het cafetaria, en daar zat Max Pace in zijn eentje te wachten, met een glas frisdrank voor zich. Blijkbaar vond hij het prettig Clay terug te zien.

'Ben je me gevolgd?' vroeg Clay. Hij ging zitten en stak zijn handen in zijn broekzakken.

'Natuurlijk. Wil je iets drinken?'
'Nee. Als ik morgen nu eens namens de familie van Ramón Pumphrey een eis indien? Die ene zaak zou al meer kunnen opleveren dan wat jij voor alle zes biedt.'
Blijkbaar had Max die vraag al verwacht. Hij had zijn antwoord klaar. 'Je zou een heleboel problemen hebben. Laat me de grootste drie noemen. Ten eerste weet je niet tegen wie je moet procederen. Je weet niet wie Tarvan heeft gemaakt en er is een kans dat niemand het ooit te weten komt. Ten tweede heb je niet het geld om het tegen mijn cliënt op te nemen. Je zou minstens tien miljoen dollar nodig hebben om een echte aanval op touw te zetten. Ten derde zou je niet de gelegenheid hebben om alle mogelijke eisers te vertegenwoordigen. Als je niet vlug ja zegt, ga ik met hetzelfde aanbod naar de volgende advocaat op mijn lijst. Ik wil dit binnen een maand geregeld hebben.'
'Ik zou naar een grote advocatenfirma kunnen gaan die zich in dit soort claims specialiseert.'
'Ja, en dat zou ook weer problemen opleveren. Ten eerste zou je minstens de helft van je honorarium moeten afstaan. Ten tweede zou het vijf jaar duren voordat de zaak is afgerond, misschien nog langer. Ten derde zou ook de grootste advocatenfirma in het land deze zaak gemakkelijk kunnen verliezen. Misschien komt de waarheid nooit aan het licht, Clay.'
'Toch zou dat wel moeten.'
'Misschien, maar het is mij om het even. Het is mijn taak om deze zaak stil te houden. De nabestaanden krijgen een schadevergoeding en de zaak blijft voorgoed begraven. Wees nou verstandig, mijn vriend.'
'We zijn niet bepaald vrienden.'
'Nee, maar we gaan vooruit.'
'Je hebt een lijst van advocaten?'
'Ja, ik heb nog twee namen. Ongeveer net zulke advocaten als jij.'
'Met andere woorden, arme advocaten.'
'Ja, jij bent arm. Maar je bent ook intelligent.'
'Dat hoor ik wel meer. En ik heb brede schouders. Die andere twee zitten ook hier in Washington?'
'Ja, maar laten we ons niet druk om hen maken. Het is nu donderdag. Ik moet maandagmiddag om twaalf uur een antwoord hebben. Anders ga ik naar de volgende.'

'Is Tarvan ook in een andere Amerikaanse stad gebruikt?'
'Nee, alleen in Washington.'
'En hoeveel mensen zijn ermee behandeld?'
'Een stuk of honderd.'
Clay nam een slok van het ijswater dat een ober bij hem had neergezet. 'Dus er lopen nog een paar moordenaars rond?'
'Dat kan. Ik hoef je niet te vertellen dat we angstig afwachten wat er gebeurt.'
'Kunnen jullie ze niet tegenhouden?'
'Straatmoorden in Washington tegenhouden? Niemand had kunnen voorspellen dat Tequila Watson vanuit D. Camp de straat op zou gaan en binnen twee uur iemand zou vermoorden. Datzelfde geldt voor Washad Porter. Je weet nooit welke Tarvan-gebruikers door het lint gaan en ook niet wanneer ze het doen. Het lijkt erop dat iemand die het middel tien dagen niet heeft gebruikt geen kwaad meer doet. Maar dat is niet meer dan een vermoeden.'
'Dus over een paar dagen zou er een eind aan de moorden kunnen komen?'
'Daar rekenen we op. Ik hoop dat we het weekend overleven.'
'Je cliënt hoort in de gevangenis thuis.'
'Mijn cliënt is een grote onderneming.'
'Ondernemingen kunnen strafrechtelijk ter verantwoording worden geroepen.'
'Zullen we daar niet over discussiëren? Daar schieten we niets mee op. We moeten ons concentreren op jou en op de vraag of je al dan niet tegen de uitdaging bent opgewassen.'
'Je hebt vast wel een plan.'
'Ja, een erg gedetailleerd plan.'
'Ik neem ontslag en dan?'
Pace schoof zijn glas opzij en boog zich voorover, alsof het mooiste nu pas kwam. 'Je richt je eigen advocatenkantoor op. Je huurt kantoorruimte, richt de boel leuk in enzovoort. Je moet dit aan de mensen kunnen verkopen en dat kan alleen wanneer je als een erg succesvol procesadvocaat op hen overkomt. Je potentiële cliënten worden naar je kantoor gebracht. Ze moeten onder de indruk zijn. Je neemt andere advocaten en personeelsleden in dienst. Het draait allemaal om de indruk die je maakt. Geloof me. Ik ben ooit ook advocaat geweest. Cliënten willen een mooi kantoor zien. Ze willen succes zien. Je zult die mensen vertellen dat ze een regeling

kunnen treffen en dat ze dan vier miljoen dollar kunnen krijgen.'
'Vier is veel te weinig.'
'Zullen we het daar later over hebben? Je moet er succesvol uitzien; dat wil ik maar zeggen.'
'Ik weet wat je bedoelt. Mijn vader had een succesvol advocatenkantoor.'
'Dat weten we. Dat is een van de dingen die ons zo aan jou bevalt.'
'Hoe staat het op dit moment met die kantoorruimte?'
'We hebben wat gehuurd aan Connecticut Avenue. Wil je het zien?'
Ze verlieten de boekwinkel door de achteringang en liepen over het trottoir alsof ze twee oude vrienden waren die een ommetje maakten. 'Word ik nog gevolgd?' vroeg Clay.
'Hoezo?'
'Ach, gewoon nieuwsgierigheid. Het gebeurt me niet elke dag. Ik zou alleen graag willen weten of ik word neergeschoten als ik er opeens vandoor ga.'
Pace grinnikte. 'Dat is nogal absurd, hè?'
'Volstrekt belachelijk.'
'Mijn cliënt is erg nerveus, Clay.'
'En terecht.'
'Op dit moment hebben ze tientallen mensen in de stad. Ze kijken en wachten en hopen dat er niet opnieuw gemoord wordt. En ze hopen dat jij degene bent die het allemaal gaat regelen.'
'En de ethische problemen?'
'Welke?'
'Ik kan er wel een paar bedenken. Ik zou tegenstrijdige belangen hebben en ik zou mensen overhalen om te gaan procederen. Dat is niet ethisch.'
'Dat laatste is flauwekul. Kijk maar naar al die reclame die advocaten maken.'
Ze bleven bij een kruispunt staan. 'Op dit moment vertegenwoordig ik de verdachte,' zei Clay. 'Hoe kan ik dan opeens zijn slachtoffer gaan vertegenwoordigen?'
'Je doet het gewoon. We hebben ons in de ethische codes verdiept. Het is op de rand, maar je bent niet echt in overtreding. Zodra je je ontslag hebt genomen bij het BvR, mag je je eigen kantoor beginnen en zaken accepteren.'
'Dat is ook geen punt. Maar hoe zit het met Tequila Watson? Ik weet waarom hij die moord heeft gepleegd. Ik kan die wetenschap

niet voor hem of zijn volgende advocaat verborgen houden.'
'Iemand die een misdrijf heeft begaan, kan zich niet vrijpleiten door te zeggen dat hij dronken was of onder invloed van een of ander middel verkeerde. Hij is schuldig. Ramón Pumphrey is dood. Laat Tequila nou maar.' Ze liepen door.
'Dat antwoord bevalt me niet,' zei Clay.
'Het is het beste antwoord dat ik heb. Als je nee tegen me zegt en je cliënt blijft verdedigen, lukt het je nooit om te bewijzen dat hij een geneesmiddel heeft gebruikt dat Tarvan heet. Je zult het weten, maar je zult het niet kunnen bewijzen. Je zou belachelijk overkomen als je probeerde hem daarmee vrij te pleiten.'
'Ik kan hem er misschien niet mee vrijpleiten, maar het zou een verzachtende omstandigheid kunnen zijn.'
'Alleen als je het kunt bewijzen, Clay. Hier.' Ze waren op Connecticut Avenue aangekomen en stonden voor een langgerekt modern gebouw met een entree van glas en brons die drie verdiepingen hoog was.
Clay keek op en zei: 'De hogehurenwijk.'
'Kom mee. Je zit op de derde verdieping, een hoekkantoor met een fantastisch uitzicht.'
Op de lijst van kantoren in de enorme marmeren hal stond de crème de la crème van de Washingtonse advocatuur. 'Dit is niet bepaald mijn territorium,' zei Clay terwijl hij de namen van de firma's oplas.
'Dat kan het wel worden,' zei Max.
'En als ik hier nu eens niet wil zijn?'
'Je moet het zelf weten. We hebben hier toevallig wat kantoorruimte. We verhuren het voor een erg schappelijke prijs aan je onder.'
'Wanneer hebben jullie het gehuurd?'
'Niet te veel vragen stellen, Clay. We zitten in hetzelfde team.'
'Nog niet.'
In Clays gedeelte van de derde verdieping was vloerbedekking gelegd en waren de muren geverfd. Dure vloerbedekking. Ze stonden voor het raam van het grote, lege kantoor en keken naar het verkeer op Connecticut Avenue. Als je een nieuw kantoor opende, had je wel duizend dingen te doen en hij kon er maar honderd bedenken. Hij had sterk het gevoel dat Max alle antwoorden had.
'Nou, wat denk je?' vroeg Max.
'Ik kan op het moment niet goed denken. Het is allemaal nog wazig.'

'Laat deze kans niet voorbijgaan, Clay. Zoiets komt nooit meer terug. En de klok tikt.'
'Het is surrealistisch.'
'Je kunt je nieuwe firma on line oprichten, dat duurt ongeveer een uur. Je kiest een bank en opent de rekeningen. Briefpapier en dergelijke zijn binnen 24 uur te krijgen. Het kantoor kan binnen enkele dagen helemaal zijn ingericht. Aanstaande woensdag zit je hier achter een duur bureau en geef je leiding aan je eigen kantoor.'
'Hoe haal ik die andere zaken binnen?'
'Je vrienden Rodney en Paulette. Ze kennen de stad en de mensen die er wonen. Neem ze in dienst voor drie keer het salaris dat ze nu verdienen en geef ze een mooi kantoor hier op de gang. Ze kunnen met de nabestaanden praten. Wij zullen helpen.'
'Je hebt aan alles gedacht.'
'Ja. Aan absoluut alles. Mijn organisatie is een erg efficiënte machine, die altijd tegen de grens van de paniek aan zit. Wij werken 24 uur per dag, Clay. We hebben alleen iemand nodig die officieel naar voren treedt.'

Toen ze op weg naar beneden waren, stopte de lift op de tweede verdieping. Er stapten drie mannen en een vrouw in, alle drie stijlvol gekleed en gemanicuurd en met dikke, dure, leren aktetassen. Om hen heen hing het ongeneeslijke air van gewichtigheid dat bij advocaten van grote firma's is aangeboren. Max was zo in zijn details verdiept dat hij hen niet zag. Maar Clay nam hen in zich op: hun manieren, hun behoedzame manier van spreken, hun ernst, hun arrogantie. Dit waren groot advocaten, belangrijke advocaten, en ze lieten niet blijken dat ze hem hadden gezien. Natuurlijk zag hij er met zijn oude kakibroek en kale schoenen ook niet uit als een medelid van de Washingtonse balie.

Dat kon van de ene op de andere dag veranderen, nietwaar?

Hij nam afscheid van Max en maakte weer een lange wandeling, ditmaal ongeveer in de richting van zijn kantoor. Toen hij daar aankwam, lagen er geen dringende boodschappen op hem te wachten. Op de bespreking die hij had gemist, waren veel anderen blijkbaar ook niet komen opdagen. Niemand vroeg waar hij was geweest. Blijkbaar had niemand gemerkt dat hij de hele middag weg was geweest.

Zijn kantoor leek plotseling veel kleiner, en armoediger, en het meubilair was wel erg troosteloos. Er lag een stapel mappen op zijn bureau, zaken waarop hij zich nu niet zou kunnen concentreren. Trouwens, al zijn cliënten waren criminelen.

Het was bij het BvR-voorschrift dat je, als je je baan wilde opzeggen, een opzegtermijn van dertig dagen in acht nam. Maar dat voorschrift werd in de praktijk niet afgedwongen, want dat was niet mogelijk. Mensen namen de hele tijd op korte termijn of met onmiddellijke ingang ontslag. Glenda zou een brief vol dreigementen schrijven. Hij zou een vriendelijke brief terugsturen, en daarmee zou de zaak zijn afgedaan.

De beste secretaresse van het bureau was mevrouw Glick, een doorgewinterde, strijdbare vrouw die misschien meteen zou toehappen als ze haar salaris kon verdubbelen en de treurigheid van het Bureau voor Rechtshulp achter zich kon laten. Zijn kantoor zou een prima werkomgeving zijn, had hij al besloten. Hoge salarissen, goede secundaire voorzieningen, lange vakanties en misschien zelfs winstdeling.

Het laatste uur van de werkdag bracht hij achter een gesloten deur door. Hij maakte plannen om werknemers weg te kapen en vroeg zich af welke advocaten en assistenten in zijn team zouden passen.

Hij ontmoette Max voor de derde keer die dag. Ze dineerden in de Old Ebbitt Grille in 15th Street, twee blokken achter het Willard. Tot zijn verbazing dronk Max als aperitief een martini en dat maakte hem veel losser. De gin maakte de sfeer ontspannen en Max werd een echt mens. Hij was ooit advocaat in Californië geweest, voordat iets onfortuinlijks een eind maakte aan zijn carrière daar. Via relaties vond hij emplooi als 'brandweerman'. Regelaar. Een uiterst goedbetaalde agent die naar binnen glipte, de rommel opruimde en weer naar buiten glipte zonder een spoor achter te laten. Bij de steaks, en na de eerste fles bordeaux, zei Max dat er na Tarvan nog iets anders op Clay lag te wachten. 'Iets veel groters,' zei Max en hij keek zelfs in het restaurant om zich heen om te zien of er ook spionnen meeluisterden.

'Wat dan?' zei Clay na lang wachten.

Max keek nog eens om zich heen en zei toen: 'Mijn cliënt heeft een concurrent die een slecht geneesmiddel op de markt heeft gebracht. Niemand weet dat. Hun middel doet het beter dan ons middel. Maar mijn cliënt beschikt over goede bewijzen dat het slechte geneesmiddel tumoren veroorzaakt. Mijn cliënt wacht op het perfecte moment om in de aanval te gaan.'

'In de aanval?'
'Ja, bijvoorbeeld een claim onder leiding van een jonge agressieve advocaat die over de juiste bewijsmiddelen beschikt.'
'Je biedt me nog een zaak aan?'
'Ja. Als je de Tarvan-zaak aanneemt en in dertig dagen afhandelt, geven we je een dossier dat miljoenen waard is.'
'Meer dan Tarvan?'
'Veel meer.'
Het was Clay tot nu toe gelukt om de helft van zijn filet mignon naar binnen te werken zonder iets te proeven. De andere helft zou onaangeroerd op het bord blijven liggen. Hij was uitgehongerd maar had geen trek. 'Waarom ik?' vroeg hij, meer in zichzelf dan aan zijn nieuwe vriend.
'Die vraag stellen loterijwinnaars ook aan zichzelf. Je hebt de loterij gewonnen, Clay. De advocatenloterij. Je was slim genoeg om het spoor van Tarvan op te pikken en tegelijk hadden wij dringend een jonge advocaat nodig die we konden vertrouwen. We hebben elkaar gevonden, Clay, en dit is het moment waarop jij een beslissing neemt die je hele levensloop zal veranderen. Zeg ja, en je wordt een erg groot advocaat. Zeg nee, en je verliest de loterij.'
'Ik begrijp het. Ik heb wat tijd nodig om na te denken, om alles op een rijtje te zetten.'
'Je hebt het weekend.'
'Bedankt. Zeg, ik ga een reisje maken. Ik ga morgenvroeg weg en kom zondagavond terug. Het lijkt me niet nodig dat jullie me volgen.'
'Mag ik vragen waarheen?'
'Abaco, op de Bahama's.'
'Om je vader op te zoeken?'
Dat verraste Clay, al was dat eigenlijk niet nodig geweest. 'Ja,' zei hij.
'Waarvoor?'
'Dat gaat je niet aan. Vissen.'
'Sorry, maar we zijn nogal gespannen. Ik hoop dat je daar begrip voor hebt.'
'Eigenlijk niet. Ik zal je mijn vluchtnummers geven, maar jullie volgen me niet. Goed?'
'Ik geef je mijn woord.'

10

Great Abaco Island is een lang, smal eiland in het noorden van de Bahama's, zo'n 150 kilometer ten oosten van Florida. Clay was daar vier jaar geleden ook al eens geweest, toen hij genoeg geld bij elkaar had gespaard voor het vliegticket. Dat was toen een lang weekend geweest en Clay was van plan geweest serieuze zaken met zijn vader te bespreken en dingen uit te praten. Dat was niet gebeurd. Jarrett Carter had nog niet genoeg afstand genomen van het schandaal dat hem had getroffen en deed niet veel anders dan vanaf twaalf uur 's middags rum punch drinken. Hij wilde over alles praten, behalve over het recht en de advocatuur.
Dit bezoek zou anders verlopen.
Clay arriveerde laat in de middag met een erg warm en erg vol toestel van Coconut Air. De douanier keek even in zijn paspoort en liet hem doorlopen. De taxirit naar Marsh Harbor nam vijf minuten in beslag, aan de verkeerde kant van de weg. De chauffeur hield van harde gospelmuziek en Clay had geen zin om daar bezwaar tegen te maken. Hij had ook geen zin om een fooi te geven. Hij stapte in de haven uit de auto en ging op zoek naar zijn vader.

Jarrett Carter had ooit een proces aangespannen tegen de president van de Verenigde Staten, en hoewel hij dat proces had verloren, had die ervaring hem geleerd dat iedereen tegen wie hij daarna procedeerde een gemakkelijker doelwit was. Hij was voor niemand bang, op de rechtbank niet en daarbuiten ook niet. Zijn reputatie was met één grote overwinning gevestigd: een grote schadevergoedingszaak tegen de voorzitter van de American Medical Association, een prima arts die een vergissing had gemaakt bij een operatie. Een genadeloze jury in een conservatief district had de eiser in het gelijk gesteld en Jarrett Carter was plotseling een veelgevraagd pleiter. Hij koos de moeilijkste gevallen, won de meeste en was op zijn veertigste een procesvoerder met een grote reputatie. Hij bouwde een advocatenfirma op die bekendstond om zijn agressieve stijl in de rechtszaal. Clay had er nooit aan getwijfeld dat hij in de voetsporen van zijn vader zou treden en een carrière als pleiter zou opbouwen.

De bodem onder dat alles was weggeslagen toen Clay nog rechtenstudent was. Een onverkwikkelijke echtscheiding kostte Jarrett een groot deel van zijn vermogen. Zijn firma viel uit elkaar en de leden van de maatschap begonnen, typisch iets voor hen, tegen elkaar te procederen. Afgeleid door al die besognes, won Jarrett twee jaar lang geen enkel proces, en daar had zijn reputatie ernstig onder te lijden. Hij beging zijn grootste vergissing toen hij en zijn boekhouder in de financiële gegevens begonnen te knoeien: inkomsten verbergen, onkosten opjagen. Toen ze betrapt werden, pleegde de boekhouder zelfmoord, maar Jarrett niet. Hij was wel volkomen radeloos en verwachtte dat hij in de gevangenis terecht zou komen. Gelukkig was de officier van Justitie die zijn zaak behandelde een oude studievriend van hem.

De details van hun afspraak zouden altijd een duister geheim blijven. Jarrett werd niet in staat van beschuldiging gesteld, maar er werd een officieuze afspraak gemaakt. Jarrett sloot in alle stilte zijn kantoor, leverde zijn advocatenvergunning in en verliet het land. Hij vluchtte met lege handen, al had zijn naaste omgeving de indruk dat hij ergens in het buitenland een appeltje voor de dorst had. Clay had nooit iets gezien wat daarop wees.

En zo werd de grote Jarrett Carter kapitein van een visboot op de Bahama's, iets wat in de ogen van sommigen een geweldig leven was. Clay trof hem op de boot aan, een achttien meter lange Wavedancer op een smal plekje in de drukke jachthaven. Andere charterboten kwamen terug van een lange dag op zee. De sportvissers, door de zon verbrand, bewonderden hun vangst. Er werden foto's gemaakt. Matrozen waren druk in de weer om koelbakken met tonijn en tandbaars uit te laden. Ze sjouwden ook zakken met lege flessen en bierblikjes weg.

Jarrett stond in de boeg. Hij had een waterslang in zijn ene hand en een spons in de andere. Clay bleef even naar hem staan kijken, want hij wilde hem niet storen bij zijn werk. Zijn vader zag er helemaal uit als een balling: blote voeten, donkere gelooide huid, grijze Hemingway-baard, zilveren kettingen om zijn hals, visserspet met grote klep, oeroud wit katoenen overhemd met de mouwen opgerold tot aan zijn biceps. Als hij geen bierbuikje had gehad, zou Jarrett er bijzonder fit hebben uitgezien.

'Wel, allemachtig!' riep hij toen hij zijn zoon zag.

'Mooie boot,' zei Clay toen hij aan boord ging. Ze drukten elkaar stevig de hand, maar daar bleef het bij. Jarrett was niet iemand die zijn liefde toonde, in elk geval niet aan zijn zoon. Een aantal ex-secretaresses had andere ervaringen. Hij rook naar opgedroogd zweet, zout water, verschaald bier, een lange dag op zee, kortom. Zijn korte broek en witte overhemd waren vuil.

'Ja, de eigenaar woont in Boca en is arts. Je ziet er goed uit.'

'Jij ook.'

'Ik ben gezond en daar gaat het om. Neem een biertje.' Jarrett wees naar een koelbak op het dek.

Ze trokken de blikjes open, gingen in de canvas stoelen zitten en keken naar sportvissers die wankelend over de pier liepen. De boot schommelde een beetje. 'Drukke dag, hè?' zei Clay.

'We zijn bij zonsopgang vertrokken. We hadden een vader en zijn twee zoons aan boord, grote sterke kerels, alle drie fervente gewichtheffers. Uit New Jersey. Ik heb nog nooit zoveel spieren op één boot gezien. Ze trokken zeilvissen van vijftig kilo uit de oceaan alsof het forelletjes waren.'

Twee vrouwen van in de veertig liepen voorbij. Ze droegen kleine rugzakken en visgerei. Ze zagen er net zo vermoeid en door de zon gebrand uit als alle andere vissers. De een was een beetje te dik, de ander niet, maar Jarrett keek hen na tot ze uit het zicht waren verdwenen. Hij vergaapte zich zo openlijk aan hen dat het bijna gênant was.

'Heb je je flat nog?' vroeg Clay. De flat die hij vier jaar eerder had gezien, was een vervallen tweekamerwoning in een minder goede buurt van Marsh Harbor geweest.

'Ja, maar ik woon tegenwoordig op de boot. De eigenaar komt niet vaak, dus ik blijf gewoon aan boord. Er is een bank in de hut voor je.'
'Je woont op deze boot?'
'Ja, er is airconditioning en er is genoeg ruimte. Ik ben maar alleen, weet je, het grootste deel van de tijd.'
Ze dronken bier en keken naar een andere groep sportvissers die voorbij kwam strompelen.
'Ik heb morgen een charter,' zei Jarrett. 'Ga je mee?'
'Wat zou ik hier anders doen?'
'Ik heb een stel malloten van Wall Street. Ze willen om zeven uur 's morgens vertrekken.'
'Klinkt goed.'
'Ik heb honger,' zei Jarrett. Hij sprong overeind en gooide het bierblikje in de afvalbak. 'Kom op.'
Ze liepen over de pier, langs tientallen boten. Op de zeilboten waren kleine diners aan de gang. De visbootkapiteins dronken bier en ontspanden zich. Ze riepen allemaal iets naar Jarrett, die voor iedereen een snel antwoord had. Hij was nog op blote voeten. Clay liep een stap achter hem en dacht bij zichzelf: dat is mijn vader, ooit de grote Jarrett Carter, nu een schooier op blote voeten, in een vale korte broek en een openhangend overhemd, de koning van Marsh Harbor. En een erg ongelukkig man.
Het was druk in de Blue Fin-bar en luidruchtig. Jarrett scheen iedereen te kennen. Voordat ze twee krukken naast elkaar hadden gevonden, had de barkeeper al grote glazen rum punch voor hen ingeschonken. 'Cheers,' zei Jarrett en hij tikte met zijn glas tegen dat van Clay, waarna hij de helft in één teug opdronk. Vervolgens praatte hij een tijdje met een andere kapitein over vissen. Een tijdlang negeerde hij Clay en die vond dat best. Jarrett dronk zijn eerste rum punch op en riep om een volgende. En toen om nog een.
Aan een grote, ronde tafel in een van de hoeken werd een feestmaal aangericht. Er werden schalen met kreeft, krab en garnalen op gezet. Jarrett gaf Clay een teken dat hij mee moest komen, en ze gingen met een stuk of zes anderen aan tafel. De muziek was luid, de conversatie nog luider. Iedereen aan de tafel deed zijn uiterste best om dronken te worden, Jarrett al helemaal.
De zeeman die rechts van Clay zat, was een oude hippie die beweerde dat hij zijn dienstplicht in Vietnam had ontdoken en zijn

oproepkaart had verbrand. Hij had alle democratische ideeën verworpen, inclusief die over inkomstenbelasting. 'Ik zwerf al dertig jaar door het Caribische gebied,' pochte hij met een mond vol garnalen. 'De Belastingdienst weet niet eens dat ik besta.'
Clay vermoedde dat het de Belastingdienst ook weinig kon schelen of de man bestond, en hetzelfde gold voor de rest van de onaangepaste types met wie hij zat te eten. Matrozen, kapiteins, beroepsvissers, ze waren allemaal op de vlucht voor iets: alimentatie, belastingen, justitie, misgelopen zakelijke projecten. Ze beschouwden zichzelf als rebellen, non-conformisten, vrijbuiters, een beetje als moderne piraten, veel te onafhankelijk om zich door de normale regels van de samenleving aan banden te laten leggen.
De vorige zomer was Abaco door een wervelstorm getroffen en sindsdien stond kapitein Floyd, de luidruchtigste van het hele stel, op voet van oorlog met een verzekeringsmaatschappij. Dat gaf de aanzet tot een rondje wervelstormverhalen en dat ging natuurlijk niet zonder het zoveelste rondje rum punch. Clay hield op met drinken; zijn vader niet. Jarrett werd luidruchtiger en dronkener, net als alle anderen aan de tafel.
Na twee uur was het eten op maar de rum punch niet. De ober sleepte het nu met kannen tegelijk aan en Clay besloot er snel vandoor te gaan. Hij verliet de tafel zonder dat iemand het merkte en sloop de Blue Fin uit.
Dat was dus zijn rustige etentje met pa.

Hij werd in het donker wakker toen hij zijn vader door de boot hoorde stommelen. Jarrett floot hard en zong zelfs een deuntje dat heel in de verte op iets van Bob Marley leek. 'Wakker worden!' schreeuwde Jarrett. De boot schommelde, niet zozeer van het water als wel van Jarretts luidruchtige aanval op de nieuwe dag.
Clay bleef nog even op de korte, smalle bank liggen om bij zijn positieven te komen en toen herinnerde hij zich de verhalen die over Jarrett Carter werden verteld. Hij was altijd al voor zes uur 's morgens op kantoor, vaak al om vijf uur en soms om vier uur. Zes dagen per week, vaak zeven. Hij had verstek laten gaan op de meeste van Clays honkbal- en footballwedstrijden omdat hij het gewoon te druk had. Hij was nooit thuis voor het donker was en vaak kwam hij helemaal niet thuis. Toen Clay ouder was en op het advocatenkantoor werkte, stond Jarrett erom bekend dat hij jonge medewer-

kers met stapels werk overlaadde. Later, toen het slechter ging met Jarretts huwelijk, sliep hij in zijn kantoor, soms alleen. Ondanks al zijn slechte gewoonten was het altijd Jarrett die opendeed als er werd aangebeld, voordat iemand anders zelfs maar in de buurt was. Hij had geflirt met het alcoholisme, maar kon stoppen met drinken toen zijn werk eronder begon te lijden.
In die glorieuze dagen had hij geen slaap nodig gehad en blijkbaar hielden sommige oude gewoonten altijd stand. Hij stormde luidkeels zingend langs Clays bank, ruikend naar een frisse douche en goedkope aftershave. 'We gaan!' schreeuwde hij.
Over ontbijten werd niet eens gepraat. Clay had nog net tijd voor een vlug, koud kattenwasje in het kleine hokje dat de douche werd genoemd. Hij leed niet aan claustrofobie, maar hij werd duizelig bij de gedachte dat iemand in de benauwend kleine ruimte van zo'n boot kon leven. Hij keek naar buiten. Het was al warm en er hingen dikke wolken in de lucht. Jarrett was op de brug. Hij luisterde naar de radio en keek zorgelijk naar de lucht. 'Slecht nieuws,' zei hij.
'Wat dan?'
'Er is onweer op komst. Ze voorspellen de hele dag zware regenval.'
'Hoe laat is het?'
'Halfzeven.'
'Hoe laat ben je vannacht thuisgekomen?'
'Je praat net als je moeder. De koffie staat daar.' Clay schonk sterke koffie in een kop en ging bij het stuurwiel zitten.
Jarretts gezicht was verscholen achter een donkere zonnebril, zijn baard en de klep van zijn pet. Clay vermoedde dat aan zijn ogen te zien zou zijn dat hij een lelijke kater had, maar niemand zou dat ooit weten. Op de radio was de ene na de andere melding van grotere boten op zee te horen: weeralarm, stormwaarschuwingen. Jarrett en de andere charterkapiteins schreeuwden naar elkaar, gaven berichten door, deden voorspellingen, keken hoofdschuddend naar de wolken. Er ging een halfuur voorbij. Niemand ging de zee op.
'Verdomme,' zei Jarrett op een gegeven moment. 'De hele dag verspild.'
Er kwamen vier jonge Wall Street-kerels aan, allemaal in witte tennisshorts, nieuwe hardloopschoenen en nieuwe vishoedjes. Jarrett zag ze en ging naar de achtersteven om ze tegen te houden. Voordat ze in de boot konden springen, zei hij: 'Sorry, jongens, er wordt vandaag niet gevist. Stormwaarschuwingen.'

Alle vier de hoofden gingen met een ruk omhoog om naar de lucht te kijken. Een snelle blik op de wolken bracht alle vier tot de conclusie dat de weervoorspellers het mis hadden. 'Dat meen je toch niet, zeker,' zei een van hen.
'Alleen maar een beetje regen,' zei een ander.
'We gaan het gewoon proberen,' zei weer een ander.
'Het antwoord is nee,' zei Jarrett. 'Er gaat vandaag niemand vissen.'
'Maar we hebben betaald.'
'Jullie krijgen je geld terug.'
Ze keken nog eens naar de wolken, die met de minuut donkerder werden. Toen barstten de donderslagen los, als kanonnen in de verte. 'Sorry, jongens,' zei Jarrett.
'En morgen?' vroeg een van hen.
'Morgen heb ik al een boeking. Sorry.'
Ze schuifelden weg, ervan overtuigd dat iemand hen een paar prachtige marlijnen afhandig had gemaakt.
Nu de kwestie 'werk' was afgehandeld, ging Jarrett naar de koelbak en pakte hij een biertje. 'Ook een?' vroeg hij Clay.
'Hoe laat is het?'
'Tijd voor bier, zou ik zeggen.'
'Ik heb mijn koffie nog niet op.'
Ze zaten in de vissersstoelen op het dek en luisterden naar het onweer, dat steeds dichterbij kwam. In de jachthaven heerste een drukte van belang. Kapiteins en matrozen zetten hun boot vast en teleurgestelde sportvissers liepen vlug over de pieren terug, sjouwend met koelboxen en tassen vol zonnebrandolie en camera's. De wind wakkerde geleidelijk aan.
'Heb je je moeder gesproken?' vroeg Jarrett.
'Nee.'
De familiegeschiedenis van de Carters was een nachtmerrie en ze waren allebei zo verstandig om er niet nader op in te gaan. 'Je werkt nog voor het Bureau voor Rechtshulp?' vroeg Jarrett.
'Ja, en daar wil ik met je over praten.'
'Hoe is het met Rebecca?'
'Verleden tijd, denk ik.'
'Is dat goed of slecht?'
'Op dit moment is het alleen maar pijnlijk.'
'Hoe oud ben je nu?'
'Vierentwintig jaar jonger dan jij. Eenendertig.'

'Ja. Je bent te jong om te trouwen.'
'Dank je, pa.'
Kapitein Floyd kwam haastig over de pier aangelopen en bleef bij hun boot staan. 'Gunter is er. Over tien minuten pokeren. Kom op!'
Jarrett sprong overeind. Hij was plotseling net een kleine jongen op Sinterklaasavond. 'Doe je mee?' zei hij tegen Clay.
'Meedoen waaraan?'
'Poker.'
'Ik poker niet. Wie is Gunter?'
Jarrett rekte zich uit en wees. 'Zie je dat jacht daar, dat van dertig meter? Dat is van Gunter. Hij is een ouwe Duitse lul met een miljard dollar en een boot vol meiden. Geloof me, dat is een prima plek om het onweer uit te zitten.'
'Kom op!' schreeuwde kapitein Floyd terwijl hij al wegliep.
Jarrett klom de boot uit, de pier op. 'Ga je mee?' snauwde hij tegen Clay.
'Nee, dank je.'
'Doe niet zo idioot. Het is veel leuker dan hier de hele dag te blijven zitten.' Jarrett liep weg, achter kapitein Floyd aan.
Clay woof even naar hem. 'Ik lees wel een boek.'
'Zoals je wilt.'
Ze sprongen met een derde zeebonk in een bootje en plensden door de haven tot ze achter de jachten waren verdwenen.
Het zou maanden duren voordat Clay zijn vader terugzag. Tot zover het advies dat hij aan zijn vader wilde vragen.
Hij was op zichzelf aangewezen.

11

Het was een suite in een ander hotel. Pace bewoog zich door Washington alsof hij de hele tijd door spionnen werd gevolgd. Na een snelle begroeting en het aanbod van koffie gingen ze zitten om zaken te doen. Clay kon zien dat de druk van de geheimhouding zwaar op Paces schouders lag. De man zag er moe uit. Zijn bewegingen waren onrustig. Hij praatte sneller. Zijn glimlach was weg. Hij vroeg niet naar het weekend of het vissen op de Bahama's. Pace stond op het punt om zaken te doen, hetzij met Clay Carter hetzij met de volgende advocaat op zijn lijst. Ze gingen aan een tafel zitten, ieder met een schrijfblok en een pen in de aanslag.
'Ik denk dat vijf miljoen per slachtoffer een beter bedrag is,' begon Clay. 'Zeker, het waren jongens van de straat en hun leven had weinig economische waarde, maar wat jouw cliënt heeft gedaan, is voor miljoenen aan smartengeld waard. Dus laten we de werkelijke schade met het smartengeld combineren en dan komen we op vijf miljoen.'
'Dat slachtoffer dat in coma lag, is gisteravond gestorven,' zei Pace. 'Dan zitten we met zes slachtoffers.'
'Zeven. Er is zaterdagmorgen weer een slachtoffer gevallen.'
Clay had al zo vaak vijf miljoen met zes vermenigvuldigd dat het hem moeite kostte om het nieuwe cijfer te accepteren. 'Wie? Waar?'
'Zal ik je de smerige details een andere keer vertellen? Laten we het

erop houden dat het een erg lang weekend was. Terwijl jij zat te vissen, hebben wij de alarmtelefoontjes gevolgd, en in zo'n stad als deze heb je daar in een druk weekend een klein leger voor nodig.'
'Weet je zeker dat het een Tarvan-geval was?'
'Ja, dat weten we zeker.'
Clay noteerde iets zonder betekenis en probeerde zijn strategie aan te passen. 'Vijf miljoen per sterfgeval. Is dat akkoord?' zei hij.
'Akkoord.'
Clay had zichzelf er onderweg van Abaco naar huis van overtuigd dat het een spel met veel nullen was. Je moest het niet als echt geld zien, maar als een serie nullen achter een paar getallen. Voorlopig moest hij niet denken aan wat je met geld kon kopen. Hij moest even vergeten welke drastische veranderingen er op komst waren. Vergeten wat een jury jaren later zou kunnen doen. Alleen het spel van de nullen spelen. Niet aan het scherpe mes denken dat in je buik werd rondgedraaid. Doen alsof je ingewanden bekleed zijn met staal. Je tegenstander is zwak en bang, en erg rijk en erg fout.
Clay slikte moeizaam en probeerde met een normale stem te spreken. 'Het advocatenhonorarium is te laag,' zei hij.
'O, ja?' zei Pace en nu glimlachte hij zelfs. 'Tien miljoen is niet genoeg?'
'Niet voor deze zaak. Jullie zouden voor veel hogere kosten komen te staan als jullie een grote advocatenfirma inschakelden.'
'Jij hebt het snel door, hè?'
'De helft gaat naar de belasting. De kosten die je me wilt laten maken, zijn erg hoog. Het is de bedoeling dat ik binnen enkele dagen een echt advocatenkantoor op poten zet en dan ook nog in een wijk met hoge huren. Bovendien wil ik iets doen voor Tequila en de andere verdachten die met dit alles besodemieterd worden.'
'Noem eens een getal.' Pace was al aan het noteren.
'Met vijftien miljoen kan de overgang soepeler verlopen.'
'Ben je dartpijltjes aan het gooien?'
'Nee, aan het onderhandelen.'
'Dus je wilt vijftig miljoen, vijfendertig voor de nabestaanden, vijftien voor jou. Is dat het?'
'Dat is het.'
'Akkoord.' Pace stak hem zijn hand toe en zei: 'Gefeliciteerd.'
Clay drukte die hand. Hij wist niets anders te zeggen dan: 'Dank je.'

'Er is een contract, met wat details en voorwaarden.' Max greep in zijn aktetas.
'Wat voor voorwaarden?'
'Bijvoorbeeld dat je nooit iets over Tarvan mag zeggen tegen Tequila Watson, zijn nieuwe advocaat of een van de andere strafpleiters die bij deze zaak betrokken zijn. Als je dat doet, breng je alles in groot gevaar. Zoals we al eerder hebben besproken, kan iemand zich niet van een misdrijf vrijpleiten door te zeggen dat hij verslaafd is aan drugs. Het kan een verzachtende omstandigheid zijn die tot een minder strenge straf leidt, maar meneer Watson heeft een moord gepleegd en eigenlijk doet het er niet toe wat voor middelen hij ten tijde van die moord had gebruikt.'
'Ik begrijp dat nog beter dan jij.'
'Nou, vergeet de moordenaars dan maar. Je vertegenwoordigt nu de nabestaanden van hun slachtoffers. Je staat aan de andere kant van de streep, Clay, dat moet je accepteren. We spreken het volgende af. We betalen je vijf miljoen vooruit, nog eens vijf over tien dagen en de resterende vijf zodra alle overeenkomsten met de nabestaanden zijn gesloten. Als je iemand over Tarvan vertelt, is de hele zaak van de baan. Als je onze afspraak schendt en iets aan de verdachten vertelt, verlies je een hele smak geld.'
Clay knikte en keek naar het dikke contract dat nu op de tafel lag.
'Dit is in feite een geheimhoudingsovereenkomst,' ging Max verder, tikkend op de papieren. 'Het staat vol met duistere geheimen, waarvan je de meeste zelfs voor je eigen secretaresse verborgen moet houden. Zo mag de naam van mijn cliënt nooit worden genoemd. Er is speciaal hiervoor een vennootschap opgericht op Bermuda, met een divisie op de Nederlandse Antillen, die weer rapporteert aan een Zwitserse onderneming die haar hoofdkwartier in Luxemburg heeft. Het papieren spoor begint en eindigt daar en niemand, zelfs ik niet, kan het volgen zonder te verdwalen. Je nieuwe cliënten krijgen het geld; het is niet de bedoeling dat ze vragen gaan stellen. Dat zal geen punt zijn. Wat jezelf betreft: je verdient er dik aan. We verwachten geen preken over de morele aspecten van de zaak. Je pakt gewoon je geld aan en maakt het karwei af en dan is iedereen tevreden.'
'Ik verkoop gewoon mijn ziel?'
'Zoals ik al zei: geen preken. Je doet niets onethisch. Je haalt enorme bedragen binnen voor cliënten die niet eens weten dat ze ergens

recht op hebben. Dat is heel iets anders dan je ziel verkopen. En wat geeft het als je rijk wordt? Je zult niet de eerste advocaat zijn die een meevaller heeft.'

Clay dacht aan de eerste vijf miljoen. Die zou hij onmiddellijk krijgen.

Max vulde op de zoveelste bladzijde van het contract nog een paar dingen in en schoof het toen over de tafel. 'Dit is onze voorlopige overeenkomst. Als je dit tekent, kan ik je meer over mijn cliënt vertellen. Ik zal wat koffie voor ons bestellen.'

Clay pakte het contract aan, woog het in zijn handen en probeerde toen de eerste alinea te lezen. Max was met de room service aan het bellen.

Hij zou onmiddellijk, diezelfde dag nog, zijn ontslag nemen bij het Bureau voor Rechtshulp en zich tegelijk als verdediger van Tequila Watson terugtrekken. De papieren waren al opgesteld en aan het contract gehecht. Hij zou onmiddellijk zijn eigen advocatenfirma oprichten, voldoende personeel in dienst nemen, bankrekeningen openen enzovoort. Er was ook een oprichtingsakte voor Advocatenkantoor J. Clay Carter II aan het contract toegevoegd, met de geijkte formuleringen. Hij zou, zo gauw als redelijkerwijs mogelijk was, contact opnemen met de zeven families en hen overhalen hem als hun advocaat aan te stellen.

De koffie werd gebracht en Clay bleef lezen. Max was aan de andere kant van de suite met een mobiele telefoon aan het bellen. Hij fluisterde met een gedempte, serieuze stem. Waarschijnlijk bracht hij zijn opdrachtgever verslag uit van de jongste gebeurtenissen, of misschien nam hij contact op met zijn netwerk om te horen of er weer een Tarvan-moord was gepleegd. Voor zijn handtekening op pagina elf zou Clay onmiddellijk per telegrafische overboeking de som van vijf miljoen dollar ontvangen, een bedrag dat zojuist netjes door Max was ingevuld. Clays handen beefden toen hij tekende, niet van angst of morele onzekerheid, maar van pure verbijstering.

Toen de eerste ronde papieren was afgewerkt, verlieten ze het hotel en stapten in een terreinwagen die bestuurd werd door de lijfwacht die Clay in de hal van het Willard had leren kennen. 'Ik stel voor dat we eerst de bankrekening openen,' zei Max zacht maar vastbesloten. Clay was Assepoester die naar het bal ging. Hij liet zich maar meevoeren, want het was allemaal net een droom.

'Ja, goed idee,' kon hij nog uitbrengen.

'Voorkeur voor een bepaalde bank?' vroeg Pace.
Clays huidige bank zou schrikken als ze daar zagen wat voor een bedragen er binnenkwamen. Zijn rekening daar kwam al zo lang net boven de nullijn uit dat elke grote storting argwaan zou opwekken. Een lagere bankfunctionaris had hem eens gebeld om te zeggen dat een kleine lening afbetaald moest worden. Hij kon zich al bijna voorstellen hoe een van de hoge bazen van de bank zijn mond liet openvallen van verbazing als hij de uitdraai van de storting zag.
'Jij hebt er vast wel een in gedachten,' zei Clay.
'We hebben een nauwe band met Chase. Het zou de telegrafische overboekingen gemakkelijker maken.'
Dan wordt het Chase, dacht Clay met een glimlach. Hoe sneller de overboekingen, hoe beter.
'Chase Bank, 15th Street,' zei Max tegen de chauffeur, die al in die richting reed. Max haalde nog meer papieren tevoorschijn. 'Dit zijn het huurcontract en onderhuurcontract van je kantoor. Het is een eersteklas locatie, zoals je weet, en zeker niet goedkoop. Mijn cliënt gebruikte een dekmantelbedrijf om het voor twee jaar te huren voor 18.000 dollar per maand. We kunnen het voor dezelfde huur aan jou onderverhuren.'
'Dat is zo'n vierhonderdduizend dollar.'
Max glimlachte en zei: 'Je kunt het je veroorloven. Je moet voortaan denken als een geslaagd advocaat. Aan geld geen gebrek.'
Ze bleken een afspraak met een directielid te hebben. Max vroeg naar de juiste persoon en de rode lopers werden overal voor hen uitgerold. Clay regelde zijn zaken en tekende alle papieren. Volgens het directielid zou de overboeking die middag om vijf uur binnen zijn.
Toen ze weer in de terreinwagen zaten, was Max een en al zakelijkheid. 'We zijn zo vrij geweest om de oprichtingsakte voor je advocatenfirma op te stellen,' zei hij en hij gaf Clay nog meer papieren.
'Dit heb ik al gezien,' zei Clay, die met zijn gedachten nog bij de overboeking was.
'Het zijn elementaire dingen, niets bijzonders. Doe het on line. Betaal tweehonderd dollar per creditcard en je hebt het voor elkaar. Het duurt nog geen uur. Je kunt het vanaf je bureau op het Bureau voor Rechtshulp doen.'
Clay hield de papieren vast en keek uit het raam. Er stond een ranke bourgognerode Jaguar XJ naast hen voor het verkeerslicht, en

zijn gedachten begonnen af te dwalen. Hij probeerde zich op de zaken te concentreren, maar dat wilde hem gewoon niet lukken.
'Over het Bureau voor Rechtshulp gesproken,' zei Max intussen. 'Hoe wil je die mensen aanpakken?'
'Laten we het nu meteen doen.'
'M Street, Eighteenth Street,' zei Max tegen de chauffeur, die blijkbaar alles meteen begreep. Tegen Clay zei hij: 'Heb je nog over Rodney en Paulette nagedacht?'
'Ja. Ik ga vandaag met hen praten.'
'Goed.'
'Fijn dat je ermee instemt.'
'Wij hebben ook mensen die de stad goed kennen. Die kunnen helpen. Ze zullen voor ons werken, maar dat zullen je cliënten niet weten.' Terwijl hij dat zei, knikte hij naar de chauffeur. 'We kunnen pas rustig slapen, Clay, als alle zeven families jouw cliënt zijn geworden.'
'Ik ben wel bang dat ik Rodney en Paulette alles moet vertellen.'
'Bijna alles. Zij zullen de enigen in je firma zijn die weten wat er aan de hand is. Maar je mag Tarvan of de onderneming nooit noemen en ze zullen de contracten met de cliënten nooit te zien krijgen. Die zullen we voor je opstellen.'
'Maar ze moeten weten wat we aanbieden.'
'Uiteraard. Ze moeten de nabestaanden overhalen het geld aan te nemen. Maar ze mogen nooit weten waar het geld vandaan komt.'
'Dat zal nog lastig worden.'
'Laten we ze eerst maar in dienst nemen.'
Blijkbaar had niemand bij het BvR Clay gemist. Zelfs de efficiënte mevrouw Glick was druk bezig met de telefoon en had geen tijd voor haar gebruikelijke blik in de trant van 'Waar heb je gezeten?' Er lagen een stuk of tien boodschappen op zijn bureau. Die deden nu niet meer terzake, want het ging hem allemaal niet meer aan. Glenda was naar een congres in New York, en zoals gewoonlijk betekende haar afwezigheid dat er bij het BvR langer werd geluncht en meer ziekmeldingen binnenkwamen. Hij typte vlug een ontslagbrief en e-mailde hem naar haar. Met de deur dicht vulde hij twee aktetassen met zijn persoonlijke kantoorspullen. Oude boeken en andere eigendommen waarvan hij eens had gedacht dat ze sentimentele waarde bezaten, liet hij achter. Hij kon altijd terugkomen, al wist hij dat hij dat niet zou doen.

Rodneys bureau stond in een minuscule werkruimte die hij met twee andere assistenten deelde. 'Heb je even?' vroeg Clay.
'Eigenlijk niet,' zei Rodney, nauwelijks opkijkend van een stapel rapporten.
'Er is een doorbraak in de zaak-Tequila Watson. Het duurt maar even.'
Rodney stak met tegenzin een pen achter zijn oor en ging met Clay mee naar diens kantoor, waar de planken waren leeggemaakt. De deur ging achter hen op slot. 'Ik ga hier weg,' begon Clay, bijna fluisterend.
Ze praatten bijna een uur. Intussen zat Max Pace ongeduldig te wachten in de terreinwagen, die illegaal voor het gebouw geparkeerd stond. Toen Clay met twee zware aktetassen naar buiten kwam, had hij Rodney bij zich. Ook Rodney sjouwde met een aktetas en een volle papieren boodschappenzak. Hij ging naar zijn eigen auto. Clay sprong in de terreinwagen.
'Hij doet mee,' zei Clay.
'Wat een verrassing.'
Op het kantoor aan Connecticut Avenue ontmoetten ze een binnenhuisarchitect die door Max in de arm was genomen. Clay kreeg de keuze uit nogal duur meubilair dat toevallig in het pakhuis stond en dat dus binnen 24 uur leverbaar was. Hij wees verschillende ontwerpen aan, allemaal aan het hoge eind van de prijsschaal. Hij tekende een bestelling.
Er werd een telefooninstallatie geïnstalleerd. Toen de binnenhuisarchitect weg was, kwam er een computeradviseur. Op een gegeven moment gaf Clay zo snel geld uit dat hij zich begon af te vragen of hij Max wel genoeg had afgetroggeld.
Even voor vijf uur die middag kwam Max uit een pas geschilderd kantoor en stak zijn mobiele telefoon in zijn zak. 'De overboeking is binnen,' zei hij tegen Clay.
'Vijf miljoen?'
'Ja. Je bent nu multimiljonair.'
'Ik ga nu,' zei Clay. 'Tot morgen.'
'Waar ga je heen?'
'Wil je me dat nooit meer vragen? Je bent niet mijn baas. En ik wil ook niet dat jullie me nog langer volgen. We hebben ons contract.'
Hij liep een eind door Connecticut Avenue, waar het druk was vanwege het spitsuur, en glimlachte een beetje schaapachtig in zichzelf.

Het was of zijn voeten boven het trottoir zweefden. Hij liep door Seventeenth Street tot hij de Reflecting Pool en het Washington Monument zag, waar middelbareschoolklassen dicht opeen stonden om foto's te laten maken. Hij ging rechtsaf en liep door Constitution Gardens en langs het Vietnam Memorial. Een eindje verder bleef hij bij een kiosk staan, hij kocht twee goedkope sigaren, stak er een aan en liep door naar de trappen van het Lincoln Memorial, waar hij een hele tijd bleef zitten en naar de Mall en het Capitool in de verte keek.

Hij kon niet helder denken. Al zijn gedachten, ook goede, werden meteen verdrongen door andere gedachten. Hij dacht aan zijn vader, die op de visboot van een ander woonde en deed alsof hij een goed leven leidde maar in werkelijkheid de grootste moeite had om het hoofd boven water te houden, 55 jaar en zonder ook maar enige toekomst en die dronk om aan zijn ellende te ontsnappen. Hij nam trekjes van de sigaar en ging een tijdlang in gedachten aan het winkelen. Voor de lol rekende hij uit hoeveel hij zou uitgeven als hij alles kocht wat hij wilde hebben: nieuwe kleren, een mooie auto, een stereo-installatie, een paar reizen. Het totaalbedrag was maar een klein deel van zijn vermogen. De grote vraag was: welke auto? Succesvol maar niet pretentieus.

En natuurlijk zou hij moeten verhuizen. Hij zou op zoek gaan naar een mooi, oud herenhuis in Georgetown. Hij had gehoord dat sommige van die huizen voor zes miljoen dollar van de hand gingen, maar zoveel hoefde hij niet uit te geven. Hij had er alle vertrouwen in dat hij voor rond een miljoen dollar iets goeds zou kunnen vinden.

Een miljoen hier. Een miljoen daar.

Hij dacht onwillekeurig aan Rebecca. In de afgelopen vier jaar was ze de enige geweest met wie hij alles had gedeeld. Nu had hij niemand om mee te praten. Hun breuk was al vijf dagen oud, maar er was zoveel gebeurd dat hij weinig tijd had gehad om aan haar te denken.

'De Van Horns kunnen de pot op,' zei hij hardop en hij blies een dikke rookwolk uit.

Hij zou een groot bedrag aan het Piedmont Fund schenken, bestemd voor de strijd voor het natuurschoon in het noorden van Virginia. Hij zou een juridisch assistent in dienst nemen die niets anders deed dan de nieuwste grondaankopen en voorgenomen pro-

jecten van de BVH Group volgen, en telkens als het mogelijk was, zou hij stiekem advocaten inhuren voor kleine grondbezitters die niet beseften dat ze op het punt stonden de buren van Bennett de Bulldozer te worden. O, wat een plezier zou hij aan het milieufront beleven!
Die mensen kunnen de pot op.
Hij stak de tweede sigaar op en belde Jonah, die overuren maakte in de computerwinkel. 'Ik heb een tafel in Citronelle om acht uur,' zei Clay. Dat was op dat moment ieders favoriete Franse restaurant in Washington.
'Ja hoor,' zei Jonah.
'Echt waar. We hebben iets te vieren. Ik verander van baan. Ik leg het je later wel uit. Zorg dat je er bent.'
'Mag ik iemand meebrengen?'
'Beslist niet.'
Jonah ging nergens heen zonder het meisje van de week. Als Clay ging verhuizen, ging hij alleen, en hij zou Jonahs wapenfeiten in de slaapkamer niet missen. Hij belde twee andere oude studievrienden, maar die hadden kinderen en verplichtingen en het was erg kort dag.
Dineren met Jonah. Altijd een avontuur.

12

In zijn borstzakje had hij gloednieuwe visitekaartjes, de inkt amper droog, die ochtend afgeleverd door een snelle drukkerij. Volgens die kaartjes was hij de hoofdassistent van het advocatenkantoor J. Clay Carter II. Rodney Albritton, hoofdassistent, alsof de firma een hele afdeling assistenten had die onder zijn leiding stond. Dat was niet zo, maar de firma groeide wel in een indrukwekkend tempo.
Als hij de tijd had gehad om een nieuw pak te kopen, zou hij dat waarschijnlijk toch niet op zijn eerste missie hebben gedragen. Het oude uniform was beter: blauwe blazer, losse das, vale spijkerbroek, kale zwarte legerschoenen. Hij werkte nog op straat en moest daar ook naar uitzien. Hij vond Adelfa Pumphrey op haar werk. Ze staarde naar een muur van bewakingsmonitoren maar zag niets.
Haar zoon was tien dagen dood.
Ze keek hem aan en wees naar een klembord waarop alle gasten hun naam moesten schrijven. Hij haalde een van zijn kaartjes tevoorschijn en stelde zich voor. 'Ik werk voor een advocaat in de binnenstad,' zei hij.
'Dat is fijn voor u,' zei ze zachtjes, zonder zelfs maar een blik op het kaartje te werpen.
'Ik zou graag een paar minuten met u willen spreken.'
'Waarover?'
'Over uw zoon, Ramón.'

'Wat is er met hem?'

'Ik weet dingen over zijn dood die u niet weet.'

'Het is op dit moment niet een van mijn lievelingsonderwerpen.'

'Dat begrijp ik en ik vind het jammer dat ik erover moet praten. Maar u zult blij zijn met wat ik te zeggen heb en ik zal het snel doen.'

Ze keek om zich heen. Aan de andere kant van de gang stond een geüniformeerde bewaker half slapend bij een deur. 'Ik kan over twintig minuten een pauze nemen,' zei ze. 'We spreken elkaar in de kantine, één verdieping hierboven.'

Toen Rodney wegliep, vond hij dat hij inderdaad elke cent van zijn vette nieuwe salaris waard was. Een blanke die Adelfa Pumphrey had benaderd om over zo'n delicate zaak te praten, zou nu nog steeds voor haar staan, nerveus, bevend, op zoek naar woorden, want ze zou niets met hem te maken willen hebben. Ze zou hem niet vertrouwen, zou niets geloven van wat hij zei, zou geen enkele belangstelling hebben voor wat hij te zeggen had, in elk geval niet binnen de eerste vijftien minuten van het gesprek.

Maar Rodney was innemend en intelligent en zwart en ze wilde graag met iemand praten.

Max Paces dossier over Ramón Pumphrey was kort maar grondig; er viel niet veel over hem te vertellen. Zijn vermoedelijke vader was nooit met zijn moeder getrouwd. De man heette Leon Tease en zat momenteel in Pennsylvania een gevangenisstraf van dertig jaar uit voor een gewapende roofoverval en een poging tot moord. Blijkbaar hadden hij en Adelfa net lang genoeg samengeleefd om twee kinderen te krijgen, Ramón en een iets jongere broer die Michael heette. Een andere broer was later verwekt door een man met wie Adelfa trouwde en van wie ze later weer scheidde. Ze was momenteel ongehuwd en probeerde naast haar twee overgebleven zoons ook twee nichtjes op te voeden, die van een zus van haar waren die in de gevangenis zat voor handel in crack.

Adelfa verdiende 21.000 dollar per jaar bij een particuliere bewakingsdienst die was ingehuurd om gebouwen met een laag risico in Washington te bewaken. Elke dag ging ze met de metro van haar gemeentewoning in North East naar haar werk. Ze bezat geen auto en had ook nooit leren rijden. Ze had een bankrekening met een erg laag saldo en twee creditcards die haar in de problemen hielden en elke kans op een gunstige kredietbeoordeling verwoestten. Ze had geen strafblad. Afgezien van haar werk en haar gezin scheen ze zich alleen te interesseren voor het Old Salem Gospel Center, dat zich niet ver van haar woonadres bevond.

Omdat ze allebei in de stad waren opgegroeid, speelden ze een paar minuten het spelletje 'Wie-ken-jij?' Waar ging je naar school? Waar kwamen je ouders vandaan? Ze bleken een paar vage gemeenschappelijke kennissen te hebben. Adelfa dronk cola light, Rodney zwarte koffie. De kantine zat half vol met laaggeplaatste ambtenaren die over alle mogelijke dingen praatten, behalve over het monotone werk dat ze geacht werden te doen.
'Je wilde over mijn zoon praten,' zei ze na enkele minuten van moeizame conversatie. Haar stem was zacht en laag, gespannen. Ze was nog overmand door verdriet.
Rodney maakte wat zenuwachtige bewegingen en boog zich toen dichter naar haar toe. 'Ja, en nogmaals, ik vind het jammer dat ik over hem moet praten. Ik heb kinderen, maar ik kan me niet voorstellen wat je moet doormaken.'
'Daar heb je gelijk in.'
'Ik werk voor een advocaat hier in de stad, een jonge kerel, erg slim, en hij is iets op het spoor wat je veel geld kan opleveren.'
Dat laatste deed haar zo te zien helemaal niets.
Rodney ging verder. 'Die jongen die Ramón heeft gedood, kwam zo uit een ontwenningskliniek waar hij bijna vier maanden opgesloten had gezeten. Hij was een junk, een kansarme jongen van de straat. In het kader van zijn behandeling hadden ze hem wat geneesmiddelen gegeven. We denken dat een van die geneesmiddelen hem gek genoeg maakte om een willekeurig slachtoffer uit te kiezen en op hem te gaan schieten.'
'Het was geen drugsdeal die verkeerd ging?'
'Nee, helemaal niet.'
Haar blik dwaalde even af en haar ogen werden vochtig, en heel even dacht Rodney dat ze een zenuwinstorting zou krijgen. Maar toen keek ze hem aan en zei: 'Veel geld? Hoeveel?'
'Meer dan een miljoen dollar,' zei hij met een pokergezicht. Dat gezicht had hij wel tien keer geoefend, want hij betwijfelde sterk of hij die woorden kon uitspreken zonder opgewonden uit zijn ogen te kijken.

Er kwam geen zichtbare reactie van Adelfa, in elk geval niet op dat moment. Ze keek weer vaag de kantine door. 'Neem je me in de maling?' zei ze.

'Waarom zou ik dat doen? Ik ken je niet. Waarom zou ik hierheen komen om je in de maling te nemen? Er ligt geld op tafel, een heleboel geld. Een heleboel geld van een groot farmaceutisch concern, en iemand wil dat je dat aanpakt en je mond houdt.'

'Welk groot concern?'

'Zeg, ik heb je nu alles verteld wat ik weet. Het is mijn taak om met je te gaan praten, om je te vertellen wat er aan de hand is en je uit te nodigen om met meneer Carter te komen praten, de advocaat voor wie ik werk. Hij zal je alles uitleggen.'

'Een blanke?'

'Ja. Een beste kerel. Ik werk al vijf jaar met hem samen. Je zult hem aardig vinden en je zult ook blij zijn met wat hij te zeggen heeft.'

De vochtige ogen waren helder geworden. Ze haalde haar schouders op en zei: 'Goed.'

'Hoe laat ben je vrij?' vroeg hij.

'Halfvijf.'

'Ons kantoor is aan Connecticut Avenue, een kwartier hiervandaan. Meneer Carter zal op je wachten. Je hebt mijn kaartje.'

Ze keek weer naar het kaartje.

'En één ding en dat is erg belangrijk,' zei Rodney bijna fluisterend. 'Dit werkt alleen als je je mond houdt. Het is een groot geheim. Als je doet wat meneer Carter zegt, zul je meer geld krijgen dan je ooit hebt durven dromen. Maar als dit uitlekt, krijg je niets.'

Adelfa knikte.

'En je moet erover denken om te verhuizen.'

'Verhuizen?'

'Naar een ander huis in een andere stad, waar niemand je kent en waar niemand weet dat je veel geld hebt. Een mooi huis in een veilige straat, waar kinderen met hun fiets over het trottoir kunnen rijden, geen drugshandelaren, geen bendes, geen metaaldetectors op school. Geen familie die op je geld uit is. Neem een goede raad aan van iemand die net zo is opgegroeid als jij. Ga verhuizen. Ga hier weg. Als je met dat geld naar Lincoln Towers teruggaat, verslinden ze je levend.'

Clays strooptocht op het Bureau voor Rechtshulp had hem tot nu toe mevrouw Glick opgeleverd, de erg efficiënte secretaresse die maar even aarzelde toen hij zei dat ze haar salaris kon vertweevoudigen, en ook zijn oude vriendin Paulette Tullos, die weliswaar goed door haar afwezige Griekse echtgenoot werd onderhouden maar die de kans om tweehonderdduizend dollar per jaar te verdienen, in tegenstelling tot de veertigduizend die ze nu verdiende, niet voorbij liet gaan. En natuurlijk werkte Rodney nu ook voor hem. Dat alles had hem ook twee dringende en nog niet beantwoorde telefoontjes van Glenda opgeleverd, en een hele serie nadrukkelijke e-mails, die hij ook negeerde, in elk geval voorlopig. Clay nam zich voor om binnenkort met Glenda te gaan praten en haar enigszins uit te leggen waarom hij goede mensen had weggekaapt.

Hij had niet alleen goede mensen in dienst genomen, maar ook zijn huisgenoot Jonah, die nooit de rechtspraktijk had uitgeoefend – hij was pas bij zijn vijfde poging door zijn advocatenexamen gekomen – maar wel een vriend en vertrouweling was van wie Clay hoopte dat hij enige aanleg voor de advocatuur bezat. Jonah had een grote mond en mocht graag drinken en Clay had hem dan ook erg weinig over zijn nieuwe firma verteld. Hij was van plan Jonah geleidelijk meer te vertellen, maar hij begon langzaam. Jonah, die rook dat er ergens een geldkraan was opengedraaid, had er een beginsalaris van negentigduizend dollar uitgesleept, wat minder was dan dat van de hoofdassistent, al wist niemand in de firma wat de anderen verdienden. De nieuwe boekhouder op de tweede verdieping van hetzelfde gebouw ging over de financiën en de salarisadministratie.

Clay had Paulette en Jonah dezelfde verklaring gegeven als Rodney. Namelijk: hij was op een complot gestuit dat met een slecht geneesmiddel te maken had, de naam van het geneesmiddel en de naam van de onderneming zouden nooit aan hen of iemand anders bekend worden gemaakt. Hij had contact gelegd met de onderneming. Er was een snelle regeling getroffen. Er gingen grote geldbedragen van hand tot hand. Geheimhouding was van cruciaal belang. Je doet gewoon je werk en stelt niet veel vragen. We gaan een mooi klein advocatenkantoor opbouwen, waar we veel geld verdienen en ook nog wat plezier maken.

Wie zou nee kunnen zeggen tegen zo'n aanbod?

Mevrouw Glick begroette Adelfa Pumphrey alsof ze de allereerste cliënt was die ooit het kantoor van de gloednieuwe advocatenfirma had betreden en dat was ook zo. Alles rook nieuw: de verf, de vloerbedekking, het behang, het Italiaanse leren meubilair in de receptie. Mevrouw Glick bracht Adelfa water in een kristallen glas dat nooit eerder was gebruikt en ging toen verder met waar ze mee bezig was: het inrichten van haar nieuwe bureau van glas en chroom. Toen kwam Paulette. Ze bracht Adelfa naar haar kamer voor een eerste onderhoud, dat meer inhield dan een half serieus gesprek van meiden onder elkaar. Paulette maakte veel aantekeningen over familie en achtergronden, dezelfde informatie die Max Pace ook al had verzameld. Ze zei de juiste dingen tegen de rouwende moeder.

Tot nu toe was iedereen zwart geweest en Adelfa vond dat geruststellend.

'Misschien heb je meneer Carter al eerder gezien,' zei Paulette. Ze werkte zich door het vage scenario heen dat zij en Clay hadden opgesteld. 'Hij was op de rechtbank toen je daar ook was. Hij was door de rechter tot advocaat van Tequila Watson benoemd, maar hij heeft zich van die zaak ontdaan. Zo raakte hij bij deze regeling betrokken.'

Adelfa keek zo verward als ze hadden verwacht.

Paulette ging verder. 'Hij en ik hebben vijf jaar op het Bureau voor Rechtshulp samengewerkt. Een paar dagen geleden hebben we ontslag genomen en deze firma geopend. Je zult hem aardig vinden. Het is een erg sympathiek man en een goed advocaat. Eerlijk, en loyaal ten opzichte van zijn cliënten.'

'Jullie zijn hier nog maar net begonnen?'

'Ja. Clay wilde al een hele tijd een eigen firma. Hij vroeg me met hem mee te gaan. Je bent in erg goede handen, Adelfa.'

De verwarring was nu compleet.

'Nog vragen?' vroeg Paulette.

'Ik heb zoveel vragen dat ik niet weet waar ik moet beginnen.'

'Dat begrijp ik. Ik zal je een goede raad geven. Stel niet veel vragen. Er is een grote onderneming die je een heleboel geld wil geven om een proces naar aanleiding van de dood van je zoon te voorkomen. Als je aarzelt en vragen stelt, heb je uiteindelijk misschien helemaal niets. Neem het geld nou maar aan, Adelfa. Neem het geld maar gauw aan.'

Toen het tijd werd voor het onderhoud met Clay, leidde Paulette haar door de gang naar een groot kantoor in de hoek. Clay had een uur nerveus heen en weer gelopen, maar hij begroette haar kalm en verwelkomde haar in het kantoor. Zijn das zat los, zijn mouwen

waren opgestroopt en zijn bureau lag vol met mappen en papieren, alsof hij op een heleboel fronten tegelijk aan het procederen was. Paulette bleef in de kamer tot het ijs gebroken was en excuseerde zich toen, zoals afgesproken was.
'Ik herken u,' zei Adelfa.
'Ja, ik was op de rechtbank toen de verdachte van de moord op je zoon werd voorgeleid. De rechter splitste mij die zaak in de maag, maar ik ben ervan af. En nu werk ik voor de andere kant.'
'Ik luister.'
'Het komt vast allemaal erg verwarrend op je over.'
'Dat klopt.'
'Het is eigenlijk heel eenvoudig.' Clay ging op de rand van zijn bureau zitten en keek neer op Adelfa's hopeloos perplexe gezicht. Hij sloeg zijn armen over elkaar en probeerde de indruk te wekken dat hij dit al eerder had gedaan. Toen begon hij aan zijn verhaal over het grote slechte farmaceutische bedrijf, en hoewel het verhaal nu langer duurde dan toen hij het Rodney vertelde en hoewel het levendiger was, was het in feite weer hetzelfde verhaal. Veel nieuwe feiten vertelde hij niet. Adelfa zat in een diepe leren stoel, haar handen gevouwen op haar schoot. Ze keek hem aan zonder met haar ogen te knipperen en wist niet wat ze kon geloven.
Toen hij zijn verhaal had verteld, zei hij: 'Ze willen je veel geld uitbetalen, nu meteen.'
'Wie zijn die "ze" precies?'
'Het farmaceutische bedrijf.'
'Heeft dat ook een naam?'
'Het heeft verschillende namen en verschillende adressen, en je zult nooit weten welke onderneming het is. Dat hoort bij de afspraak. Wij, jij en ik, advocaat en cliënt, moeten overeenkomen dat we alles geheimhouden.'
Ze knipperde nu eindelijk met haar ogen, vouwde haar handen weer samen en ging anders op de stoel zitten. Met glazige ogen staarde ze naar het mooie nieuwe Perzische kleed dat de helft van de vloer in beslag nam. 'Hoeveel geld?' vroeg ze zachtjes.
'Vijf miljoen dollar.'
'O, mijn god,' kon ze nog zeggen, voordat ze instortte. Ze sloeg haar handen voor haar ogen en snikte en deed een hele tijd geen enkele poging om daarmee op te houden. Clay gaf haar een papieren zakdoekje uit een doos.

Het geld voor de uitbetalingen stond op een rekening bij Chase Bank, naast dat van Clay. Het stond daar tot het werd uitgekeerd. Max' papieren lagen op het bureau, een hele stapel. Clay nam ze allemaal met haar door en legde uit dat het geld de volgende morgen meteen zou worden overgemaakt, zodra de bank open was. Hij sloeg bladzijden en bladzijden van de stapels papieren om, wees op de belangrijkste punten van de overeenkomst, liet haar overal haar handtekening zetten waar dat nodig was. Adelfa was te verbaasd om veel te zeggen. 'Vertrouw me,' zei hij meer dan eens. 'Als je het geld wilt, teken dan hier.'
'Ik heb het gevoel dat ik iets verkeerds doe,' zei ze op een gegeven moment.
'Nee, dat heeft iemand anders gedaan. Jij bent hier het slachtoffer, Adelfa, het slachtoffer en nu ook de cliënt.'
'Ik moet met iemand praten,' zei ze terwijl ze weer een handtekening zette.
Maar er was niemand met wie ze kon praten. Ze had volgens Max een vriend die kwam en ging, en hij was niet iemand die ze om raad kon vragen. Ze had broers en zussen, verspreid over Washington en Philadelphia, maar die waren vast net zo eenvoudig als Adelfa. Haar beide ouders waren overleden.
'Dat zou fout zijn,' merkte Clay voorzichtig op. 'Dit geld zal je een beter leven bezorgen, als je het stilhoudt. Als je erover praat, zal het je kapotmaken.'
'Ik kan niet goed met geld omgaan.'
'Wij kunnen je helpen. Als je wilt, kan Paulette je advies geven.'
'Dat zou ik wel willen.'
'Daar zijn we voor.'
Paulette reed naar het huis, een langzame rit door het spitsverkeer. Ze vertelde Clay later dat Adelfa erg weinig zei, en toen ze bij haar huis kwamen, wilde ze niet uitstappen. Ze bleef een halfuur in de auto zitten en praatte heel rustig over haar nieuwe leven. Geen bijstandsuitkering meer, geen schoten meer in de nacht. Geen gebeden tot God om haar kinderen te beschermen. Nooit meer piekeren hoe ze haar kinderen voor gevaren kon behoeden, zoals ze over Ramón had gepiekerd.
Geen bendes meer. Geen slechte scholen meer.
Toen ze eindelijk afscheid nam, huilde ze.

13

De zwarte Porsche Carrera kwam onder een grote boom in Dumbarton Street tot stilstand. Clay stapte uit en kon zijn nieuwste speelgoed enkele seconden negeren, maar na een blik in alle richtingen draaide hij zich om en keek er weer bewonderend naar. De Porsche was nu al drie dagen van hem en hij kon nog steeds niet geloven dat hij hem had. Je moet eraan wennen, zei hij steeds weer tegen zichzelf. Soms kon hij zich gedragen alsof het gewoon een auto was, niets bijzonders, maar als hij hem dan even niet had gezien en weer terugzag, ging zijn hart meteen sneller slaan. 'Ik rij Porsche,' zei hij dan hardop tegen zichzelf terwijl hij als een Formule 1-rijder door het verkeer vloog.

Hij was acht blokken verwijderd van de hoofdcampus van de Georgetown University. Hij was daar vier jaar geweest, voordat hij zijn studie had afgemaakt aan de rechtenfaculteit van dezelfde universiteit bij Capitol Hill. De herenhuizen waren oud en schilderachtig, de kleine voortuinen perfect onderhouden. Er stonden oeroude eiken en esdoorns langs de straten. De drukke winkels en bars en restaurants aan M Street bevonden zich maar twee blokken naar het zuiden, ruimschoots binnen loopafstand. Hij had vier jaar door deze straten gejogd en hij had veel lange avonden met zijn vrienden in de bars en kroegen aan Wisconsin Avenue en M Street doorgebracht.

Nu zou hij hier gaan wonen.

Het herenhuis dat zijn aandacht had getrokken, stond te koop voor 1,3 miljoen dollar. Hij had het twee dagen eerder gezien toen hij door Georgetown rondreed. Er waren ook huizen te koop in N Street en op Volta Place, allemaal op een steenworp afstand van elkaar. Hij was vast van plan om voor het eind van de week een van die huizen te kopen.

Het huis aan Dumbarton Street, zijn eerste keuze, was rond 1850 gebouwd en daarna altijd zorgvuldig onderhouden. De bakstenen voorgevel was vele malen geschilderd en had nu een blauwige kleur. Vier verdiepingen, inclusief een souterrain. De makelaar zei dat het perfect was onderhouden door een bejaard echtpaar dat ooit de Kennedy's en de Kissingers had ontvangen, en verder zo ongeveer iedereen die belangrijk was geweest. Washingtonse makelaars konden nog gemakkelijker namen opsommen dan die in Beverly Hills, vooral wanneer ze onroerend goed in Georgetown aan de man probeerden te brengen.

Clay was een kwartier te vroeg. Het huis stond leeg; de eigenaren hadden zich in een serviceflat laten zetten, had de makelaar gezegd. Hij liep door een hekje naast het huis en keek vol bewondering naar de kleine achtertuin. Er was geen zwembad en daar was ook geen ruimte voor; in Georgetown was elke vierkante meter kostbaar. Er was een patio met smeedijzeren tuinmeubels en onkruid dat vanuit de bloembedden op verkenning ging. Clay zou wel een beetje tijd hebben voor tuinieren, maar niet veel tijd.

Misschien zou hij gewoon een hoveniersbedrijf laten komen.

Hij hield van het huis en van de huizen die ernaast stonden. Hij hield van de straat, de sfeer van de buurt, de mensen die dicht bij elkaar woonden maar elkaars privacy respecteerden. Toen hij daar op het stoepje voor de deur zat, besloot hij een miljoen te bieden en dan hard te onderhandelen, te bluffen en weg te lopen, en er in het algemeen van te genieten hoe de makelaar zich het vuur uit de sloffen liep. Maar uiteindelijk zou hij volkomen bereid zijn de vraagprijs te betalen.

Kijkend naar de Porsche, liet hij zich weer wegzweven in zijn fantasiewereld, waar het geld aan de bomen groeide en hij alles kon kopen wat hij wilde hebben. Italiaanse pakken, Duitse sportwagens, huizen in Georgetown, kantoorruimte in de binnenstad, en wat dan nog meer? Hij had aan een boot voor zijn vader gedacht,

een grotere natuurlijk, die hem meer inkomsten zou opleveren. Hij kon een klein charterbedrijf op de Bahama's oprichten, de boot afschrijven, de meeste kosten ook afboeken en zo zijn vader in staat stellen een fatsoenlijk leven te leiden. Jarrett was bezig dood te gaan. Hij dronk te veel, sliep met alles en iedereen, woonde op een geleende boot, teerde op fooien. Clay had besloten zijn leven gemakkelijker te maken.
Op dat moment werd er een portier dichtgeslagen en moest hij ophouden met geld uitgeven, al was het maar voor even. De makelaar was er.

Paces lijst van slachtoffers ging niet verder dan zeven namen. Zeven waar hij van wist. Zeven die hij en zijn mensen hadden kunnen vinden. Er was nu al achttien maanden geen Tarvan meer verstrekt, en de onderneming had inmiddels de ervaring opgedaan dat het bestanddeel van het middel dat mensen liet moorden meestal na een dag of tien was uitgewerkt. Zijn lijst was chronologisch, en Ramón Pumphrey was nummer zes.
Nummer één was een student aan de George Washington University geweest. Hij was uit een Starbucks-koffieshop aan Wisconsin Avenue in Bethesda komen lopen, toen er een man met een pistool op hem afkwam. De student kwam uit Bluefield, West Virginia. Clay maakte de rit van zo'n vijf uur in recordtijd, niet omdat hij zo'n haast had maar ongeveer zoals een autocoureur door de Shanandoah Valley zou rijden. Hij volgde Paces aanwijzingen op en vond het huis van de ouders, een nogal triest uitziende kleine bungalow dicht bij het centrum van de stad. Hij bleef op het garagepad nog even in de auto zitten en zei hardop: 'Ik kan niet geloven dat ik dit doe.'
Twee dingen motiveerden hem om uit de auto te stappen. Ten eerste had hij geen keus. Ten tweede was er het vooruitzicht van de hele vijftien miljoen, niet eenderde of tweederde daarvan. Alles.
Hij was informeel gekleed en liet zijn aktetas in de auto achter. De moeder was thuis, maar de vader was nog op zijn werk. Ze liet hem met tegenzin binnen maar bood hem toen thee en koekjes aan. Clay wachtte op een bank in de huiskamer, omringd door foto's van de overleden zoon. De gordijnen waren dicht. Het huis was een chaos.
Wat doe ik hier?

Ze praatte een hele tijd over haar zoon en Clay hing aan haar lippen.

De vader had een verzekeringskantoor een paar straten verderop, en hij was thuis voordat het ijs in het theeglas was gesmolten. Clay zette de zaak uiteen, vertelde zoveel als hij kon. Eerst waren er voorzichtige vragen. Hoeveel anderen waren hierdoor gestorven? Waarom konden ze niet naar de autoriteiten gaan? Moest dit niet aan de kaak gesteld worden? Clay beantwoordde die vragen alsof hij dat zijn hele leven al deed. Pace had goed met hem geoefend.

Zoals alle slachtoffers hadden ze een keuze. Ze konden kwaad worden, vragen stellen, eisen stellen, op gerechtigheid aandringen, of ze konden stilletjes het geld aanpakken. Het bedrag van vijf miljoen dollar drong eerst niet tot hen door, of anders konden ze hun gevoelens erg goed verbergen. Ze wilden kwaad zijn, ongeïnteresseerd zijn in het geld, in elk geval in het begin. Maar in de loop van de middag begonnen ze het licht te zien.

'Als u me de echte naam van de onderneming niet kunt vertellen, neem ik het geld niet aan,' zei de vader op een gegeven moment.

'Ik weet de echte naam niet,' zei Clay.

Het was er allemaal: tranen en bedreigingen, liefde en haat, vergeving en wraakzucht. In de loop van die middag en het begin van de avond kwamen bijna alle mogelijke emoties aan bod. Ze hadden kort daarvoor hun jongste zoon begraven en het verdriet was nog verdovend en onmetelijk groot. Ze namen het Clay kwalijk dat hij er was, maar ze bedankten hem overdadig voor zijn goede zorgen. Ze wantrouwden hem, zagen in hem een grotestadsadvocaat die natuurlijk zat te liegen over zo'n absurde regeling, maar ze vroegen hem te blijven eten, wat het eten dan ook mocht zijn.

Het kwam precies om zes uur. Vier dames van hun kerk droegen genoeg voedsel naar binnen voor een hele week. Clay werd als een vriend uit Washington voorgesteld en hij werd meteen door alle vier de dames aan een onbeschaamd kruisverhoor onderworpen. Een keiharde procesadvocaat had niet nieuwsgieriger kunnen zijn.

Eindelijk gingen de dames weg. Na het eten, toen de avond vorderde, begon Clay aandrang op het echtpaar uit te oefenen. Hij bood hun de enige kans aan die ze zouden krijgen. Even na tien uur tekenden ze de papieren.

Nummer drie was duidelijk het moeilijkste geval. Ze was een zeventienjarige prostituee die het grootste deel van haar leven had getippeld. De politie dacht dat zij en haar moordenaar ooit zaken met elkaar hadden gedaan, maar het was een raadsel waarom hij haar had doodgeschoten. Hij deed dat bij een bar, in het bijzijn van drie getuigen.
Ze heette Bandy en had geen achternaam nodig gehad. Uit Paces onderzoek was naar voren gekomen dat ze geen echtgenoot, moeder, vader, broers, zussen, kinderen had gehad. Ze hadden ook geen woonadres gevonden, geen school, geen kerk, en vreemd genoeg ook geen strafblad. Er was geen begrafenisdienst geweest, maar ze had een armenbegrafenis gekregen, zoals zo'n twintig anderen per jaar in Washington. Toen een van Paces agenten op het kantoor van de gemeentelijke lijkschouwer informeerde, had hij te horen gekregen: 'Ze is begraven in het graf van de onbekende prostituee.'
Haar moordenaar had de enige aanwijzing verstrekt. Hij had de politie verteld dat Bandy een tante had die in Little Beirut woonde, het gevaarlijkste getto in Washington-Zuidoost. Maar na twee weken zoeken hadden ze die tante nog steeds niet gevonden.
Als ze geen erfgenamen vonden, zouden ze geen regeling kunnen treffen.

14

De laatste Tarvan-cliënten die de papieren ondertekenden, waren de ouders van een twintigjarige studente aan de Howard University die de ene week met haar studie was gestopt en de volgende week was vermoord. Ze woonden in Warrenton, Virginia, zo'n zeventig kilometer ten westen van Washington. Een uur lang hadden ze in Clays kantoor gezeten en elkaars hand stevig vastgehouden, alsof ze geen van beiden in hun eentje konden functioneren. Ze huilden soms, een uiting van hun onuitsprekelijke verdriet. Op andere momenten waren ze stoïcijns, zo rigide en sterk en zo weinig geïnteresseerd in het geld dat Clay betwijfelde of ze met de regeling akkoord zouden gaan.
Maar ze gingen akkoord, al was Clay er zeker van dat zij, van alle cliënten met wie hij te maken had gehad, het minst voor het geld voelden. Na verloop van tijd zouden ze het misschien op prijs stellen, maar voorlopig wilden ze alleen maar hun dochter terug.
Paulette en mevrouw Glick leidden hen het kantoor uit en naar de liften, waar ze elkaar allemaal weer omhelsden. Toen de deuren dichtgingen, vochten de ouders tegen hun tranen.
Clays kleine team kwam in de vergaderkamer bijeen. Daar waren ze even in stilte dankbaar dat ze geen weduwen en rouwende ouders meer op bezoek zouden krijgen, in elk geval voorlopig niet. Er stond erg dure champagne koud voor deze gelegenheid, en Clay

begon in te schenken. Mevrouw Glick wilde niet, want ze dronk nooit iets, maar ze was de enige geheelonthouder in de firma. Vooral Paulette en Jonah hadden grote dorst. Rodney gaf de voorkeur aan Budweiser-bier, maar hij dronk gestaag met de rest mee.
Tijdens de tweede fles stond Clay op om de anderen toe te spreken. 'Ik heb enkele bekendmakingen te doen,' zei hij, tikkend tegen zijn glas. 'Ten eerste zijn de Tylenol-zaken nu compleet. Gefeliciteerd en jullie allemaal bedankt.' Hij had Tylenol als codenaam voor Tarvan gebruikt, een naam die ze nooit zouden horen. En ze zouden ook nooit weten hoe hoog zijn honorarium was. Ze wisten natuurlijk wel dat Clay een fortuin ontving, maar niet hoeveel.
Ze applaudisseerden voor zichzelf. 'Ten tweede gaan we dat vanavond vieren met een diner in Citronelle. Om acht uur precies. Het kan een lange avond worden, want we hoeven morgen niet te werken. Het kantoor is gesloten.'
Nog meer applaus, nog meer champagne. 'Ten derde vertrekken we over veertien dagen naar Parijs. Wij allemaal, plus één genodigde per persoon, bij voorkeur de echtgenoot of echtgenote, als jullie die hebben. Alle onkosten worden betaald. Eersteklas vliegtickets, luxehotel, noem maar op. We gaan allemaal een week weg. Geen uitzondering. Ik ben de baas en ik beveel jullie allemaal om naar Parijs te gaan.'
Mevrouw Glick sloeg haar handen voor haar mond. Ze waren allemaal stomverbaasd en Paulette was de eerste die iets zei: 'Parijs in Europa?'
'Ja, schat, het echte Parijs.'
'En als ik mijn man daar nu eens tegen het lijf loop?' zei ze met een vaag glimlachje en ze barstten allemaal in lachen uit.
'Je mag ook hier blijven, als je dat liever doet,' zei Clay.
'Mooi niet, jongen.'
Toen ze eindelijk iets kon uitbrengen, zei mevrouw Glick: 'Dan moet ik een paspoort hebben.'
'De formulieren liggen op mijn bureau. Ik zal ervoor zorgen. Dat kan binnen een week. Verder nog iets?'
Ze praatten over het weer en het eten en wat voor kleren ze zouden dragen. Jonah begon zich meteen af te vragen welk meisje hij zou meenemen. Paulette was de enige van hen die ooit in Parijs was geweest, op haar huwelijksreis, een paar romantische dagen waar abrupt een eind aan was gekomen toen de Griek voor dringende

zaken werd weggeroepen. Ze was in haar eentje naar huis gevlogen, in de tweede klas, hoewel ze op de heenweg eersteklas had gereisd. 'Hé, in de eerste klas komen ze je champagne brengen,' legde ze de anderen uit. 'En de stoelen zijn zo groot als banken.'
'Mag ik iedereen meebrengen?' vroeg Jonah, die blijkbaar moeite had met de beslissing.
'Laten we het beperken tot iedereen die niet getrouwd is,' zei Clay. 'Dat maakt de keuze veel kleiner.'
'Wie neem jij mee?' vroeg Paulette.
'Misschien niemand,' zei Clay en het werd even stil in de kamer. Ze hadden al gefluisterd over Rebecca en de scheiding; vooral Jonah had daar iets van geweten. Ze wilden dat hun baas gelukkig was, al hadden ze niet zo'n nauwe band met hem dat ze zich ermee bemoeiden.
'Hoe heet die toren daar ook weer?' vroeg Rodney.
'De Eiffeltoren,' zei Paulette. 'Je kunt helemaal naar boven.'
'Mij niet gezien. Hij ziet er niet veilig uit.'
'Ik hoor het al. Jij bent een echte wereldreiziger.'
'Hoelang blijven we daar?' vroeg mevrouw Glick.
'Zeven nachten,' zei Clay. 'Zeven nachten in Parijs.' En toen praatten ze allemaal door elkaar, meegevoerd door de champagne. Een maand eerder hadden ze nog een saaie baan gehad bij het Bureau voor Rechtshulp. Behalve Jonah, die parttime computers verkocht.

Max Pace wilde praten en omdat het kantoor gesloten was, stelde Clay voor dat ze elkaar daar om twaalf uur 's middags zouden ontmoeten, als hij weer enigszins helder was.
Hij had alleen nog hoofdpijn. 'Je ziet er belabberd uit,' begon Pace opgewekt.
'We hebben het gevierd.'
'Wat ik te vertellen heb, is erg belangrijk. Kun je het aan?'
'Ik kan je wel bijhouden. Kom maar op.'
Pace had een kartonnen beker koffie die hij in zijn hand hield als hij door de kamer liep. 'De Tarvan-zaak is voorbij,' zei hij nadrukkelijk. Die zaak was voorbij als hij zei dat hij voorbij was, niet eerder. 'We hebben regelingen getroffen in de zes gevallen. Als er ooit nog iemand opduikt die beweert dat hij familie is van dat meisje Bandy, kun jij dat vast wel voor ons regelen. Maar ik ben ervan overtuigd dat ze geen familie heeft.'

'Ik ook.'
'Je hebt goed werk geleverd, Clay.'
'Ik krijg er ook goed voor betaald.'
'Ik zal de laatste termijn vandaag overmaken. Dan staat de volle vijftien miljoen dollar op je rekening. Of wat er nog van over is.'
'Wat verwacht je dan dat ik doe? In een oude auto rijden, in een armoedig flatje wonen, goedkope kleren blijven dragen? Je hebt zelf gezegd dat ik geld moest uitgeven om de juiste indruk te wekken.'
'Ik maakte maar een grapje. En het lukt je erg goed om er rijk uit te zien.'
'Dank je.'
'De overgang van armoede naar rijkdom gaat je opvallend goed af.'
'Het is een gave.'
'Wees wel voorzichtig. Je moet niet te veel aandacht trekken.'
'Zullen we het over de volgende zaak hebben?'
Pace ging zitten en schoof een dossiermap naar Clay toe. 'Het geneesmiddel is Dyloft en het wordt gemaakt door Ackerman Labs. Het is een krachtige ontstekingsremmer en het wordt gebruikt door mensen met acute artritis. Dyloft is nieuw en de artsen zijn er helemaal weg van. Het doet wonderen; patiënten zijn er gek op. Maar er zijn twee problemen. Ten eerste wordt het gemaakt door een concurrent van mijn cliënt en ten tweede lijkt het erop dat het kleine tumoren in de blaas veroorzaakt. Mijn cliënt, dezelfde als die van Tarvan, maakt een soortgelijk middel dat populair was totdat Dyloft twaalf maanden geleden op de markt kwam. Die markt is zo'n drie miljard dollar per jaar waard. Dyloft is al nummer twee en haalt dit jaar waarschijnlijk een miljard. Dat is moeilijk te voorspellen, want de omzet van het middel groeit zo snel. Het middel van mijn cliënt haalt anderhalf miljard en verliest snel terrein. Dyloft is de grote rage en dreigt alle concurrentie snel achter zich te laten. Zo goed is het. Een paar maanden geleden kocht mijn cliënt een klein farmaceutisch bedrijf in België. Dat bedrijf had ooit een divisie die later opgeslokt is door Ackerman Labs. Een paar onderzoekers werden er in die tijd uitgewerkt. Er verdwenen onderzoeksrapporten die weer opdoken op plaatsen waar ze niet thuishoorden. Mijn cliënt heeft de getuigen en de papieren om te bewijzen dat Ackerman Labs al minstens een halfjaar weet dat er mogelijke bijwerkingen aan het middel verbonden zijn. Kun je me volgen?'
'Ja. Hoeveel mensen hebben Dyloft ingenomen?'

'Dat is erg moeilijk te zeggen, want het aantal groeit zo snel. Waarschijnlijk een miljoen.'
'Hoeveel van hen krijgen de tumoren?'
'Volgens het onderzoek ongeveer vijf procent, genoeg om het middel uit de roulatie te halen.'
'Hoe weten jullie of een patiënt de tumoren heeft?'
'Urineonderzoek.'
'Wil je dat ik tegen Ackerman Labs ga procederen?'
'Wacht even. De waarheid over Dyloft komt binnenkort in de publiciteit. Op dit moment is nog nergens sprake van processen, claims of onderzoeken die het middel kunnen schaden. We hebben van onze spionnen gehoord dat Ackerman druk bezig is zijn geld te tellen en op te potten om de advocaten te kunnen betalen als de storm losbarst. Misschien doet Ackerman ook pogingen het middel te verbeteren, maar daar heb je veel tijd en ook de goedkeuring van de FDA voor nodig. Ze zitten in een lastig parket, want ze hebben geld nodig. Ze hebben veel geleend om andere ondernemingen op te kopen en het meeste daarvan hebben ze nog niet afbetaald. Hun aandelen staan op ongeveer 42 dollar. Een jaar geleden was dat nog 80.'
'Welke gevolgen zal het nieuws over Dyloft voor de onderneming hebben?'
'De aandelenprijs zal kelderen, en dat is precies wat mijn cliënten willen. Als het goed wordt aangepakt, en ik neem aan dat jij en ik dat kunnen, zal het nieuws het einde van Ackerman Labs betekenen. En omdat we kunnen bewijzen dat Dyloft niet goed is, zit er voor Ackerman niets anders op dan tot een schikking te komen. Ze kunnen geen proces riskeren, niet met zo'n gevaarlijk product.'
'Wat staat daar tegenover?'
'Vijfennegentig procent van de tumoren is goedaardig en erg klein. In die gevallen wordt er geen echte schade aan de blaas toegebracht.'
'Dus we gebruiken de zaak om de markt een schok toe te brengen?'
'Ja, en natuurlijk ook om de slachtoffers te compenseren. Ik wil geen tumoren in mijn blaas, of ze nu goedaardig of kwaadaardig zijn. De meeste juryleden zouden er ook zo over denken. Het scenario is als volgt. Je brengt een groep van zo'n vijftig eisers bij elkaar en dient dan namens alle Dyloft-patiënten een grote claim in. Tegelijk vraag je in een serie televisiespotjes om meer gevallen. Je slaat

snel en hard toe en je krijgt duizenden zaken. Die spotjes worden in het hele land uitgezonden; het zijn korte spotjes die de mensen bang maken, zodat ze je gratis nummer hier in Washington bellen, waar je een pakhuis vol assistenten hebt die de telefoontjes beantwoorden en het papierwerk doen. Het gaat je wat geld kosten, maar als je, zeg maar, vijfduizend zaken krijgt en je kunt ze schikken voor twintigduizend dollar per stuk, dan is dat honderd miljoen dollar in totaal. Jij krijgt eenderde.'

'Dat is absurd!'

'Nee, Clay, dat is claims indienen in het groot. Zo werkt het tegenwoordig. En als jij het niet doet, garandeer ik je dat iemand anders het wel doet. En heel gauw ook. Het gaat om zo veel geld dat veel advocaten als gieren zitten te wachten op zelfs maar een kleine indicatie van een foutje in een geneesmiddel. En geloof me, er zijn veel verkeerde geneesmiddelen in omloop.'

'Waarom ben ik de gelukkige?'

'Een kwestie van timing, mijn vriend. Als mijn cliënt precies weet wanneer jij de claim indient, kan hij op de markt reageren.'

'Waar vind ik vijftig cliënten?' vroeg Clay.

Max gooide nog een dossier op het bureau. 'We weten van minstens duizend gevallen. Namen, adressen, het staat er allemaal in.'

'Je had het over een pakhuis vol assistenten?'

'Zes. Zoveel heb je er nodig om de telefoontjes te beantwoorden en de dossiers op orde te houden. Misschien heb je straks wel vijfduizend individuele cliënten.'

'Televisiespotjes?'

'Ja, ik heb de naam van een firma die de spotjes binnen drie dagen kan maken. Geen dure dingen, een stem op de achtergrond, beelden van pillen die op een tafel vallen, de mogelijke schadelijke gevolgen van Dyloft, vijftien seconden die de mensen zo bang maken dat ze Advocatenkantoor Clay Carter II bellen. Die spotjes werken echt. Als je ze een week in het hele land vertoont, heb je meer cliënten dan je kunt tellen.'

'Hoeveel gaat het kosten?'

'Een paar miljoen, maar dat kun je je wel veroorloven.'

Nu was het Clays beurt om door de kamer te lopen en de bloedsomloop op gang te houden. Hij had wat spotjes gezien over dieetpillen die een verkeerde uitwerking hadden, spotjes waarin advocaten, die je niet te zien kreeg, de mensen zo bang probeerden te

maken dat ze een gratis nummer draaiden. Hij was niet van plan zo diep te zinken.
Maar een totaal honorarium van 33 miljoen dollar! Hij was nog niet helemaal van die 15 miljoen bekomen.
'Hoeveel tijd heb ik?'
Pace had een lijst met dingen die eerst moesten gebeuren. 'Je moet de cliënten binnenhalen. Dat duurt hooguit veertien dagen. Drie dagen om het spotje te maken. Een paar dagen om de televisietijd te kopen. Je moet assistenten in dienst nemen en ze in een gehuurde ruimte ergens in een buitenwijk zetten; hier is het te duur. De claim moet worden voorbereid. Het moet allemaal binnen dertig dagen te doen zijn.'
'Ik ga een week met de firma naar Parijs, maar we krijgen het wel voor elkaar.'
'Mijn cliënt wil dat de claim binnen een maand wordt ingediend. Om precies te zijn op 2 juli.'
Clay ging naar de tafel terug en keek Pace aan. 'Ik heb nog nooit met zo'n claim te maken gehad,' zei hij.
Pace haalde iets uit zijn map. 'Heb je het druk dit weekend?'
'Nee.'
'Ben je de laatste tijd nog in New Orleans geweest?'
'Zo'n tien jaar geleden.'
'Ooit van de Kring van Pleiters gehoord?'
'Misschien.'
'Het is een oude groep met een nieuw leven, een stel advocaten die zich in massaclaims specialiseren. Ze komen twee keer per jaar bij elkaar en praten dan over de nieuwste trends in de procesvoering. Het zou een productief weekend zijn.' Hij schoof de brochure naar Clay toe en die pakte hem op. Op het omslag stond een kleurenfoto van het Royal Sonesta Hotel in de Franse wijk.

Zoals altijd was het warm en vochtig in New Orleans, vooral in de Franse wijk.
Hij was alleen, en dat was goed. Zelfs wanneer hij en Rebecca nog bij elkaar waren geweest, zou ze niet zijn meegegaan. Ze zou het te druk hebben gehad met haar werk, en dat weekend zou ze met haar moeder gaan winkelen. De gebruikelijke dingen. Hij had erover gedacht om Jonah uit te nodigen, maar hij had net wat problemen met hem. Clay was uit hun flatje getrokken en in een comfortabel

herenhuis in Georgetown gaan wonen zonder Jonah te vragen of hij mee wilde verhuizen. Dat kwam als een belediging over, en Clay had dat wel verwacht, maar hij had er ook bewust voor gekozen. Hij had in zijn nieuwe herenhuis geen behoefte aan een wild levende huisgenoot die op alle uren van de dag en de nacht naar huis kwam met loslopende vrouwen.

Het geld begon hem te isoleren. Oude vrienden die hij vroeger belde, moest hij nu negeren, want hij wilde niet dat ze hem vragen stelden. Hij ging niet meer zo vaak naar de plaatsen waar hij vroeger kwam, omdat hij zich iets beters kon permitteren. Binnen een maand was hij veranderd van baan, van huis, van auto, van bank, van garderobe, van restaurants, van sportschool, en hij was duidelijk ook bezig van vriendin te veranderen, al was er nog geen nieuwe aan de horizon verschenen. Ze hadden elkaar in 28 dagen niet gesproken. Hij had gedacht dat hij haar op de dertigste dag zou bellen, zoals hij had beloofd, maar er was sindsdien zoveel veranderd.

Toen Clay de hal van het Royal Sonesta binnenkwam, was zijn overhemd nat en plakte het aan zijn rug vast. Het inschrijfgeld was vijfduizend dollar, een schandalig bedrag voor een paar dagen contact met een stel advocaten. Dat bedrag liet de juridische wereld weten dat niet iedereen was uitgenodigd, alleen de rijken die zich met grote massaclaims bezighielden. Zijn kamer kostte ook nog eens 450 dollar per nacht, en hij betaalde daarvoor met een nog niet eerder gebruikte platinum creditcard.

Er waren verschillende seminars aan de gang. Hij luisterde even naar een discussie over gifclaims, geleid door twee advocaten die tegen een chemieconcern hadden geprocedeerd omdat een fabriek drinkwater zou hebben vervuild of kanker zou hebben veroorzaakt. Misschien was dat helemaal niet het geval, maar het concern betaalde evengoed een half miljard en de twee advocaten werden rijk. Daarnaast vertelde een advocaat die Clay wel eens op televisie had gezien erg enthousiast hoe je de media kon bespelen, maar hij trok niet veel publiek. Trouwens, de meeste seminars werden maar matig bezocht. Maar het was vrijdagmiddag en de zwaargewichten kwamen pas op zaterdag.

Uiteindelijk trof Clay de meeste bezoekers in de kleine tentoonstellingsruimte aan, waar een vliegtuigmaatschappij een video over de nieuwste luxeprivé-jet liet zien, de meest geavanceerde die er was. De beelden werden vertoond op een breed scherm in een hoek van de zaal en de advocaten zaten zich zwijgend en dicht opeengepakt aan het nieuwste luchtvaartwonder te vergapen. Het toestel had een actieradius van zevenduizend kilometer: 'Van kust tot kust, of van New York naar Parijs, non-stop natuurlijk.' Het verbruikte minder brandstof dan de andere vier jets waar Clay nooit van had gehoord en het was ook nog sneller. Het interieur was ruim, met overal stoelen en banken, en er was zelfs een erg aantrekkelijke stewardess in een kort rokje die een fles champagne en een schaaltje kersen droeg. Het leer had een diep geelbruine kleur. Het was een toestel voor plezier en werk, want de Galaxy 9000 had een geavanceerde telefooninstallatie met satellietantenne die de drukbezette advocaat in staat stelde om naar alle plaatsen op de aardbol te bellen. Er waren ook een fax- en een kopieerapparaat, en natuurlijk was er ogenblikkelijke toegang tot internet. Op de video zag je een groepje streng kijkende advocatentypes met opgestroopte mouwen aan een tafeltje zitten, alsof ze over een of andere schikking aan het overleggen waren, terwijl het aantrekkelijke blondje in de korte rok en met de champagne volkomen werd genegeerd.

Clay ging wat meer naar voren staan, al voelde hij zich een indringer. De makers van de videofilm waren zo verstandig de verkoopprijs van de Galaxy 9000 niet te noemen. Er waren gunstiger regelingen mogelijk, zoals timesharing en inruil en huurkoop, en dat kon allemaal worden uitgelegd door de aanwezige verkopers. Toen het scherm wit werd, begonnen de advocaten allemaal tegelijk te praten, niet over foutieve geneesmiddelen en massaclaims, maar over jets en hoeveel piloten kostten. De verkopers werden omstuwd door enthousiaste gegadigden. Op een gegeven moment hoorde Clay iemand zeggen: 'Een nieuwe komt op ongeveer 35.'

Dat zou toch geen 35 miljoen dollar zijn?

Andere exposanten boden allerlei luxevoorwerpen aan. Een botenbouwer wist een groep ernstige advocaten voor jachten te interesseren. Er was een specialist op het gebied van onroerend goed in het Caribische gebied. Een ander probeerde ranches in Montana aan de man te brengen. Vooral bij een elektronicastand met de nieuwste, absurd dure apparaten was het erg druk.

En de auto's. Een hele wand werd in beslag genomen door een uitgebreide show van dure auto's: een Mercedes-Benz convertible coupé, een Corvette die in een beperkte editie verkrijgbaar was, een kastanjebruine Bentley die iedere zichzelf respecterende massaclaimadvocaat zou moeten hebben. Porsche liet zijn eigen terreinwagen zien en een verkoper noteerde bestellingen. De grootste menigte stond zich aan een glanzende koningsblauwe Lamborghini te vergapen. Het prijskaartje was bijna niet te zien, alsof de fabrikant er zelf bang voor was. Hij kostte maar 290.000 dollar en er was een erg beperkt aantal exemplaren beschikbaar. Sommige advocaten gingen elkaar bijna om die auto te lijf.

In een rustiger gedeelte van de zaal namen een kleermaker en zijn assistenten de maten van een nogal forse advocaat, die een Italiaans pak had besteld. Volgens een bord kwamen ze uit Milaan, maar Clay hoorde Engels met een erg Amerikaans accent.

Toen hij nog rechten studeerde, had hij eens een forum over grote schikkingen bijgewoond. Het ging er toen ook om wat advocaten moesten doen om hun eenvoudige cliënten voor de verleidingen van plotselinge rijkdom te behoeden. Een aantal advocaten had gruwelverhalen verteld over arbeidersgezinnen die hun leven hadden verwoest doordat ze al dat geld aanpakten, en dat waren fascinerende verhalen over menselijk gedrag. Op een gegeven moment had een advocaat in het forum voor de grap gezegd: 'Onze cliënten geven hun geld bijna net zo snel uit als wij.'

Toen Clay in de expositieruimte om zich heen keek, zag hij advocaten geld net zo snel uitgeven als ze het konden verdienen. Was hij daar ook schuldig aan?

Natuurlijk niet. Hij had zich tot de elementaire dingen beperkt. Wie wilde geen nieuwe auto en een beter huis? Hij kocht geen jachten en vliegtuigen en ranches. Hij wilde die dingen niet eens hebben. En als Dyloft hem nog een fortuin opleverde, zou hij zijn geld beslist niet aan jets en tweede huizen verspillen. Hij zou het op de bank zetten of in zijn tuin begraven.

De koortsachtige orgie van consumptie maakte hem misselijk en Clay verliet het hotel. Hij had behoefte aan oesters en Dixie-bier.

15

De enige sessie om negen uur zaterdagmorgen was een update over nieuwe wetgeving ten aanzien van collectieve rechtsvorderingen die momenteel in het Congres ter discussie stond. Het onderwerp trok een klein publiek. Clay wilde voor zijn vijfduizend dollar zo veel mogelijk kennis opdoen. Van de weinige aanwezigen was hij zo te zien de enige zonder kater. Overal in de balzaal werden grote bekers met dampende koffie gedronken.
De spreker was een advocaat/lobbyist uit Washington die een slechte start maakte door twee schuine moppen te tappen die allebei lauw werden ontvangen. Zijn gehoor bestond geheel uit blanke mannen, een echte broederschap, maar ze waren niet in de stemming voor smakeloze grappen. De presentatie ging algauw van slechte humor in regelrechte dufheid over. Toch was de inhoud van zijn betoog redelijk interessant en informatief, in elk geval voor Clay. Omdat hij erg weinig van massaclaims wist, was alles nieuw voor hem.
Om tien uur moest hij kiezen tussen een forum over de nieuwste ontwikkelingen in de zaak-Skinny Ben en een presentatie van een advocaat die zich had gespecialiseerd in loodhoudende verf, een onderwerp dat Clay niet erg interessant leek. Hij koos voor Skinny Ben. De zaal zat vol.
Skinny Ben was de bijnaam van een beruchte afslankpil die aan

miljoenen patiënten was voorgeschreven. De fabrikant had er miljarden aan verdiend en leek steeds maar rijker te worden, totdat een vrij groot aantal patiënten hartklachten kreeg die gemakkelijk tot het middel te herleiden waren. De claims barstten los en de fabrikant had geen zin om processen te voeren. Hij beschikte over veel kapitaal en begon de eisers met reusachtige schikkingen af te kopen. In de afgelopen drie jaar hadden massaclaimadvocaten uit het hele land zich het vuur uit de sloffen gelopen om Skinny Benzaken binnen te halen.

Vier advocaten zaten met een gespreksleider aan een tafel tegenover het publiek. De plaats naast Clay was leeg, tot een opgewonden klein advocaatje op het laatste moment binnenkwam en zich tussen de rijen door wrong. Hij maakte een aktetas open met daarin schrijfblokken, seminarmateriaal, twee mobiele telefoons en een semafoon. Toen hij zijn commandopost volledig had ingericht en Clay zo ver mogelijk van hem vandaan was geschoven, fluisterde hij: 'Goedemorgen.'

'Morgen,' fluisterde Clay terug. Hij had niet veel zin om te praten. Hij keek naar de mobiele telefoons en vroeg zich af wie hij op zaterdagmorgen om tien uur zou willen bellen.

'Hoeveel zaken heb je?' fluisterde de advocaat weer.

Een interessante vraag en Clay was echt niet van plan hem te beantwoorden. Hij was net klaar met de Tarvan-zaken en trof voorbereidingen voor de Dyloft-campagne, maar op dat moment had hij geen enkele zaak. Hier in deze zaal, waar alle aantallen kolossaal en overdreven waren, kon hij natuurlijk niet met zo'n antwoord aankomen.

'Een stuk of twintig,' loog hij.

De man fronste zijn wenkbrauwen, alsof dat volkomen onaanvaardbaar was en een paar minuten werd er geen woord meer tussen hen gewisseld. Een van de forumleden begon te praten en het werd stil in de zaal. Hij besprak het financiële rapport over Healthy Living, de fabrikant van de Skinny Ben's. Het bedrijf had een aantal divisies, waarvan de meeste winstgevend waren. De aandelenprijs had niet onder de claims geleden. Sterker nog, na elke grote schikking had de aandelenkoers standgehouden, een teken dat de beleggers wisten dat de onderneming geld genoeg had.

'Dat is Patton French,' fluisterde de advocaat naast hem.

'Wie is dat?' vroeg Clay.

'De grootste massaclaimadvocaat in het land. Vorig jaar driehonderd miljoen aan honoraria.'
'Hij is ook de lunchspreker, hè?'
'Ja. Dat moet je niet missen.'
French vertelde uiterst gedetailleerd dat ongeveer 300.000 Skinny Ben-zaken waren afgedaan voor een totaalbedrag van 7,5 miljard dollar. Hij en andere experts schatten dat er nog zo'n honderdduizend patiënten rondliepen die samen tussen de twee en drie miljard dollar waard waren. De onderneming en haar verzekeraars hadden veel geld om die claims af te doen en het was nu aan de aanwezigen in de zaal om op pad te gaan en de rest van die zaken te vinden. Dat maakte de menigte enthousiast.
Clay had geen zin om in die kuil te springen. Er viel niet aan te ontkomen dat die kleine, dikke, pompeuze klootzak achter de microfoon vorig jaar voor driehonderd miljoen dollar aan honoraria had binnengehaald en toch gemotiveerd was om nog meer te verdienen. De discussie ging nu over creatieve manieren om nieuwe cliënten aan te trekken. Een forumlid had zo veel geld verdiend dat hij nu twee artsen fulltime op zijn loonlijst had staan. Die artsen deden niets anders dan door het land trekken om de mensen te screenen die Skinny Ben hadden gebruikt. Een ander werkte uitsluitend met televisiespotjes, een onderwerp dat Clay even interesseerde maar dat algauw afzakte tot een nutteloze discussie over de vraag of de advocaat zelf op televisie moest verschijnen of een onbekende acteur moest inhuren.
Vreemd genoeg werd er niet gediscussieerd over processtrategieën – getuige-deskundigen, klokkenluiders, juryselectie, medische bewijzen – de gebruikelijke informatie die advocaten op seminars uitwisselden. Het bleek dat deze zaken zelden tot een proces kwamen. Het was niet belangrijk dat je goed in een rechtszaal kon optreden, het draaide allemaal om het binnenhalen van zaken en om het verdienen van kolossale honoraria. Diverse keren lieten alle vier de forumleden en ook een aantal mensen die vragen stelden subtiel doorschemeren dat ze de laatste tijd miljoenen hadden verdiend aan schikkingen.
Clay kreeg zin om weer onder de douche te gaan staan.
Om elf uur hield de plaatselijke Porsche-dealer een bloody mary-receptie die enorm populair was. Rauwe oesters en bloody mary's en non-stop gebabbel over de vele zaken die je had. En hoe je aan

nog meer zaken kon komen. Duizend hier, tweeduizend daar. Blijkbaar was het de gebruikelijke tactiek om zo veel mogelijk zaken te verzamelen en je dan aan te sluiten bij Patton French, die je maar al te graag wilde opnemen in zijn persoonlijke massaclaim in zijn eigen staat Mississippi, waar de rechters en jury's en vonnissen altijd in zijn voordeel werkten en de fabrikanten bijna geen stap durfden te zetten. French bespeelde het publiek als een partijbons in Chicago.

Hij sprak om één uur opnieuw, na een buffetlunch met cajungerechten en Dixie-bier. Zijn wangen waren rood en hij sprak ongedwongen en kleurrijk. Zonder gebruik te maken van aantekeningen begon hij aan een korte geschiedenis van het Amerikaanse stelsel van schadevergoedingen en hoe belangrijk dat was om het publiek te beschermen tegen de hebzucht en corruptie van de grote concerns die gevaarlijke producten maakten. En nu hij toch bezig was: hij hield ook niet van verzekeringsmaatschappijen en banken en multinationals en Republikeinen. Het ongebreidelde kapitalisme creëerde de behoefte aan mensen als die stoere kerels in de Kring van Pleiters, die in de loopgraven stonden en niet bang waren om namens de werkende mensen, de gewone mensen, de grote concerns te lijf te gaan.

Het was moeilijk om Patton French, die driehonderd miljoen dollar per jaar aan honoraria binnensleepte, als een underdog te zien. Maar hij kreeg zijn publiek mee. Clay keek om zich heen en vroeg zich niet voor het eerst af of hij hier de enige was die nog een beetje logisch kon denken. Werden al deze mensen zo verblind door het geld dat ze echt geloofden dat ze de beschermers van de armen en zieken waren?

De meesten van hen hadden een privé-vliegtuig!

French kwam met het ene oorlogsverhaal na het andere. Een collectieve regeling van vierhonderd miljoen dollar voor een slecht cholesterolverlagend middel. Een miljard voor een diabetesmedicijn dat minstens honderd patiënten had gedood. Honderdvijftig miljoen voor gebrekkige elektrische bedrading die in tweehonderdduizend huizen was aangebracht en die tot vijftienhonderd branden had geleid, waardoor zeventien mensen om het leven waren gekomen en nog eens veertig mensen brandwonden hadden opgelopen. De advocaten hingen aan zijn lippen. Tussen de bedrijven door vertelde hij waar zijn geld heen was gegaan. 'Dat kostte ze een nieuwe

Gulfstream,' grapte hij op een gegeven moment en toen begon het publiek zowaar te applaudisseren. Na bijna 24 uur in het Royal Sonesta wist Clay dat een Gulfstream de beste van alle privé-vliegtuigen was en dat een nieuwe ongeveer 45 miljoen dollar kostte.
French' rivaal was een tabaksadvocaat uit Mississippi, die een miljard of zo had verdiend en een jacht had gekocht dat 55 meter lang was. French' eigen jacht mat maar veertig meter en dus ruilde hij het in voor een van zestig meter. Het publiek vond dat ook grappig. In zijn firma werkten nu dertig advocaten en hij had er nog eens dertig nodig. Hij was aan zijn vierde huwelijk bezig. De vorige kreeg het appartement in Londen.
Enzovoort. Een fortuin verdiend, een fortuin uitgegeven. Geen wonder dat hij zeven dagen per week werkte.
Een normaal publiek zou zich hebben gegeneerd voor zoveel vulgaire praatjes over rijkdom, maar French kende zijn publiek. Zijn verhalen hadden vooral het effect dat ze deze mensen aanspoorden om nog meer geld te verdienen, nog meer geld uit te geven, nog meer te procederen, nog meer cliënten binnen te halen. Een uur lang sprak hij zonder enige schaamte of terughoudendheid, maar hij bleef zijn publiek boeien.
Zijn vijf jaar bij het Bureau voor Rechtshulp hadden Clay afgeschermd van veel aspecten van de moderne advocatuur. Hij had wel over collectieve claims gelezen, maar hij had nooit geweten dat de beoefenaren daarvan zo'n goed georganiseerde en gespecialiseerde groep vormden. Ze leken hem niet buitengewoon slim. In hun strategie stond centraal dat ze de zaken binnenhaalden en tot een schikking brachten. Van procederen hielden ze niet.
French had een eeuwigheid kunnen doorgaan, maar na een uur hield hij ermee op. Hij kreeg een staande ovatie, al klonk die een beetje onhandig. Om drie uur zou hij terugkomen voor een seminar over rechtbankshopping: hoe kreeg je je zaak in het gunstigste deel van het land voor de rechter? De middag beloofde een herhaling van de ochtend te worden en Clay had er genoeg van.
Hij wandelde door de Franse wijk en keek niet zozeer naar de bars en stripclubs als wel naar de antiekzaken en galerieën, al kocht hij niets, want hij voelde opeens een sterke aandrang om zijn geld vast te houden. Tegen het eind van de dag ging hij op een terras op Jackson Square zitten en keek naar de straattypes die voorbijkwamen. Hij nam slokjes van zijn warme cichorei en probeerde ervan te

genieten, maar het lukte niet. Hoewel hij de cijfers niet op papier had gezet, had hij in zijn hoofd het een en ander uitgerekend. Aan de Tarvan-honoraria, minus 45 procent voor belastingen en zakelijke onkosten, en minus wat hij al had uitgegeven, zou hij zo'n 6,5 miljoen dollar overhouden. Hij kon dat op een bank zetten en 300.000 dollar per jaar aan rente ontvangen, wat ongeveer acht keer zoveel was als zijn salaris bij het Bureau voor Rechtshulp. Driehonderdduizend per jaar was 25.000 per maand, en toen hij daar op een warme middag in New Orleans in de schaduw zat, kon hij zich niet voorstellen hoe hij ooit zo veel geld kon uitgeven.

Dit was geen droom. Dit was werkelijkheid. Het geld stond al op zijn rekening. Hij zou de rest van zijn leven rijk zijn en hij zou niet een van die idioten in het Royal Sonesta worden die zich druk maakten om de kosten van piloten of jachtkapiteins.

Er was wel een groot probleem. Hij had mensen in dienst genomen en hij had hun bepaalde beloften gedaan. Rodney, Paulette, Jonah en mevrouw Glick hadden allemaal een baan opgegeven die ze al een hele tijd hadden en ze hadden al hun vertrouwen in hem gesteld. Hij kon nu niet zomaar de stekker uit het contact trekken, zijn geld pakken en ervandoor gaan.

Hij schakelde over op bier en nam een verregaande beslissing. Hij zou een korte periode hard aan de Dyloft-zaak werken. Eerlijk gezegd zou hij ook wel dom zijn om die zaak af te wijzen, want Max Pace gaf hem een goudmijn in handen. Als Dyloft achter de rug was, zou hij zijn personeel kolossale premies geven en het kantoor sluiten. Hij zou een rustig leven in Georgetown leiden, de wereld bereizen als hij dat wilde, gaan vissen met zijn vader, zijn kapitaal zien aangroeien en onder geen beding zou hij ooit nog naar een bijeenkomst van de Kring van Pleiters gaan.

Hij had net bij de room service een ontbijt besteld, toen de telefoon ging. Het was Paulette, de enige die precies wist waar hij was. 'Heb je een mooie kamer?' vroeg ze.

'Ja.'

'Heb je daar een fax?'

'Natuurlijk.'

'Geef me het nummer. Ik stuur je iets.'

Het was een kopie van een krantenknipsel uit de zondagseditie van de *Washington Post*. Een huwelijksaankondiging. Rebecca Allison

Van Horn en Jason Shubert Myers IV. 'De heer en mevrouw Bennett Van Horn uit McLean, Virginia, maken de verloving bekend van hun dochter Rebecca met de heer Jason Shubert Myers IV, zoon van de heer en mevrouw D. Stephens Myers uit Falls Church...' De foto was, hoewel gekopieerd en over een afstand van meer dan 1500 kilometer gefaxt, erg duidelijk: een erg mooi meisje trouwde met iemand anders.

D. Stephens Myers was de zoon van Dallas Myers, adviseur van Amerikaanse presidenten, te beginnen met Woodrow Wilson en eindigend met Dwight Eisenhower. Volgens de bekendmaking had Jason Myers rechten gestudeerd in Harvard en was hij al in de maatschap opgenomen van Myers & O'Malley, misschien wel de oudste advocatenfirma in Washington en in elk geval de meest traditionele. Hij had de afdeling Intellectueel eigendom in het leven geroepen en was de jongste maat uit de geschiedenis van Myers & O'Malley. Afgezien van zijn ronde brillenglazen was er niets intellectueels aan hem te zien, al wist Clay dat hij daar nooit eerlijk over zou kunnen oordelen. De man was niet onaantrekkelijk maar ook duidelijk niet goed genoeg voor Rebecca.

Ze waren van plan in december te trouwen in de episcopaalse kerk in McLean, met een receptie in de Potomac Country Club.

Binnen een maand had ze iemand gevonden van wie ze genoeg hield om met hem te trouwen. Iemand die bereid was een leven met Bennett en Barb te doorstaan. Iemand met genoeg geld om alle Van Horns te imponeren.

De telefoon ging weer en het was Paulette. 'Gaat het?' vroeg ze.
'Ja,' zei hij. Hij moest erg zijn best doen.
'Ik vind het erg naar voor je, Clay.'
'Het was uit, Paulette. Het zat al een jaar niet goed meer. Dit is goed. Nu kan ik haar helemaal vergeten.'
'Dat hoop ik dan maar.'
'Ik heb er geen probleem mee. Bedankt voor je telefoontje.'
'Wanneer kom je naar huis?'
'Vandaag. Ik ben morgenvroeg op kantoor.'

Het ontbijt werd gebracht, maar hij was vergeten dat hij het had besteld. Hij dronk wat sap maar liet al het andere staan. Misschien was deze kleine romance al een tijdje aan de gang. Ze had zich alleen nog van Clay moeten ontdoen en dat had haar niet te veel moeite gekost. Naarmate de minuten verstreken, voelde hij zich

steeds meer bedrogen. Hij kon al voor zich zien hoe haar moeder op de achtergrond aan de touwtjes trok, hun breuk manipuleerde, de valkuil voor Myers groef en zich nu met alle details van de bruiloft bezighield.
'Opgeruimd staat netjes,' mompelde hij.
Toen dacht hij aan seks, en Myers die zijn plaats innam, en hij gooide het lege glas door de kamer tegen een muur kapot. Hij vloekte op zichzelf omdat hij zich als een idioot had gedragen.
Hoeveel mensen keken op dat moment naar de bekendmaking en dachten aan Clay? Dan zeiden ze dingen als: 'Ze heeft hem vlug gedumpt, hè?' 'Goh, dat was snel.'
Dacht Rebecca aan hem? Hoeveel voldoening gaf het haar als ze naar haar eigen huwelijksaankondiging keek en aan die goeie ouwe Clay dacht? Waarschijnlijk erg veel. Misschien een beetje. Wat maakte het uit? De heer en mevrouw Van Horn waren hem ongetwijfeld al helemaal vergeten. Waarom kon hij hun diezelfde dienst niet bewijzen?
Ze had haast, dat stond vast. Ze hadden een lange, intense relatie gehad en nog maar kortgeleden met elkaar gebroken. Het was toch niet mogelijk dat ze hem zomaar liet vallen en het met een ander aanlegde? Hij was vier jaar met haar naar bed geweest; Myers nog maar een maand, of korter, hopelijk niet langer.
Hij liep naar Jackson Square, waar de artiesten en tarotkaartlezers en jongleurs en straatmuzikanten al aan het werk waren. Hij kocht een ijsje en ging op een bank bij het standbeeld van Andrew Jackson zitten. Hij besloot haar te bellen en haar in elk geval het allerbeste te wensen. Toen besloot hij een blond sletje te vinden en haar te gebruiken om op de een of andere manier Rebecca de ogen uit te steken. Misschien nam hij naar mee naar de bruiloft, natuurlijk in een kort rokje met benen die een kilometer te lang waren. Met zoveel geld als hij had was het niet moeilijk om zo'n vrouw te vinden. Ach, desnoods huurde hij er een.
'Het is uit, jongen,' zei hij meer dan eens tegen zichzelf. 'Beheers je.'
Laat haar gaan.

16

De kledingcode op kantoor had zich al snel ontwikkeld tot 'alles mag'. De toon werd aangegeven door de baas, die een voorkeur voor jeans en dure T-shirts had, met een colbertje bij de hand voor het geval dat hij ging lunchen. Hij had dure pakken voor besprekingen en rechtbankzittingen, maar voorlopig hoefde hij die pakken niet vaak te dragen, want de firma had geen cliënten en geen rechtszaken. Het deed Clay goed om te zien dat ze allemaal betere kleren hadden gekocht.
Die maandag kwamen ze tegen het middaguur in de vergaderkamer bij elkaar: Paulette, Rodney en Jonah, die er nogal verwilderd uitzag. Hoewel mevrouw Glick in de korte geschiedenis van de firma veel invloed had verworven, was ze toch nog maar secretaresse/receptioniste.
'Mensen, we hebben werk te doen,' begon Clay de bespreking. Hij vertelde hun over Dyloft en gaf, afgaand op Paces summiere gegevens, een uiteenzetting over het middel en wat ermee was gebeurd. Uit het hoofd diepte hij de rauwe gegevens van Ackerman Labs op: omzet, winst, financiële reserves, concurrenten, andere juridische problemen. Toen kwam het goede nieuws: de rampzalige bijwerkingen van Dyloft, de blaastumoren en het feit dat de onderneming van die problemen op de hoogte was.
'Op dit moment is er nog geen claim ingediend. Maar daar gaan we

verandering in brengen. Op 2 juli beginnen we de oorlog door hier in Washington een collectieve claim in te dienen namens alle patiënten die door het middel zijn geschaad. Dat zal een grote chaos veroorzaken, met ons precies in het midden.'
'Hebben we al zulke cliënten?' vroeg Paulette.
'Nog niet. Maar we hebben namen en adressen. We beginnen ze vandaag te benaderen. We maken een plan om cliënten bij elkaar te krijgen en dan hebben jij en Rodney de leiding bij de uitvoering van dat plan.' Hoewel hij niet al te veel vertrouwen in televisiespotjes had, had hij zichzelf er in het vliegtuig vanuit New Orleans van overtuigd dat er geen reëel alternatief was. Zodra hij de claim had ingediend en het middel had ontmaskerd, zouden de aasgieren die hij bij de Kring van Pleiters had ontmoet over het hele land uitzwermen om de cliënten te vinden. Alleen met televisiespotjes kon hij in korte tijd grote aantallen Dyloft-patiënten bereiken.
Hij legde dat aan zijn firma uit en zei: 'Het kost minstens twee miljoen dollar.'
'Heeft deze firma twee miljoen dollar?' flapte Jonah eruit. Hij zei wat alle anderen dachten.
'Ja. We beginnen vandaag aan de spotjes te werken.'
'Je gaat er toch niet zelf in meespelen, baas?' vroeg Jonah bijna smekend. 'Alsjeblieft.' Zoals alle grote steden werd Washington in de vroege ochtend en de late avond overspoeld met televisiespotjes waarin gewonden werden gesmeekt die-en-die advocaat te bellen, want die zou er werk van maken en niets in rekening brengen voor het eerste gesprek. Vaak traden die advocaten gênant genoeg zelf in die spotjes op.
Paulette keek ook angstig en schudde van nee.
'Natuurlijk niet. Dat laat ik aan professionals over.'
'Over hoeveel cliënten hebben we het?' vroeg Rodney.
'Duizenden. Dat is moeilijk te zeggen.'
Rodney wees naar ieder van hen en telde langzaam tot vier. 'Volgens mij,' zei hij, 'zijn wij met z'n vieren.'
'Er komen er meer bij. Jonah is belast met de uitbreiding. We huren wat kantoorruimte in een buitenwijk en zetten daar juridisch assistenten neer. Die nemen de telefoon op en houden de dossiers bij.'
'Waar vind je juridisch assistenten?' vroeg Jonah.
'Via de personeelsrubrieken van de juridische bladen. Ga daar meteen aan werken. En je hebt vanmiddag een afspraak met een

makelaar in Manassas. We zoeken ongeveer vijfhonderd vierkante meter, niets bijzonders, maar met genoeg bedrading voor telefoons en een compleet computersysteem. Zoals we weten, is dat laatste jouw specialiteit. Huur het, sluit de boel aan, zet er mensen neer en organiseer het. Hoe eerder, hoe beter.'
'Ja, baas.'
'Hoeveel is een afzonderlijke Dyloft-zaak waard?' vroeg Paulette.
'Zoveel als Ackerman Labs betaalt. Dat kan variëren van tienduizend tot vijftigduizend dollar, afhankelijk van een aantal factoren, vooral de ernst van de schade die aan de blaas is toegebracht.'
Paulette was aan het rekenen op een blocnote. 'En hoeveel afzonderlijke zaken krijgen we?'
'Geen idee.'
'Wat schat je?'
'Ik weet het niet. Enkele duizenden.'
'Goed, laten we zeggen, drieduizend zaken. Drieduizend zaken maal het minimum van tienduizend dollar, dat is dertig miljoen, hè?' Ze sprak dat langzaam uit en bleef de hele tijd cijfers noteren.
'Ja.'
'En hoeveel is het advocatenhonorarium?' vroeg ze. De andere drie keken Clay erg aandachtig aan.
'Eenderde,' zei hij.
'Dat is tien miljoen,' zei ze langzaam. 'Allemaal voor deze firma?'
'Ja. En we gaan het delen.'
Het woord 'delen' galmde enkele seconden door de kamer. Jonah en Rodney keken even naar Paulette, alsof ze wilden zeggen: toe dan, ga verder.
'Hoe delen?' vroeg ze erg nadrukkelijk.
'Tien procent voor ieder van jullie.'
'Dus volgens mijn hypothetische berekening zou mijn aandeel in het honorarium een miljoen dollar zijn?'
'Dat klopt.'
'En, eh, dat geldt ook voor mij?' vroeg Rodney.
'Ook voor jou. En voor Jonah. En ik moet zeggen dat die schatting nog aan de lage kant is.'
Aan de lage kant of niet, ze deden er een hele tijd over om die bedragen zwijgend in zich op te nemen. Ieder van hen was automatisch al bezig het geld uit te geven. Voor Rodney betekende het dat zijn kinderen konden studeren. Voor Paulette betekende het dat ze

kon scheiden van de Griek die ze het afgelopen jaar maar één keer had gezien. Voor Jonah betekende het dat hij de rest van zijn leven op een zeilboot kon doorbrengen.

'Je meent dit toch serieus, Clay?' vroeg Jonah.

'Doodserieus. Als we het komende jaar keihard werken, is er een goede kans dat we vervroegd met pensioen kunnen.'

'Wie heeft je over dat Dyloft verteld?' vroeg Rodney.

'Die vraag kan ik niet beantwoorden, Rodney. Sorry. Vertrouw me maar.' En Clay hoopte op dat moment dat zijn blinde vertrouwen in Max Pace niet ongerechtvaardigd was.

'Ik ben Parijs al bijna vergeten,' zei Paulette.

'Dat hoeft niet. We gaan er volgende week heen.'

Jonah sprong overeind en pakte zijn schrijfblok op. 'Hoe heet die makelaar?' vroeg hij.

Op de tweede verdieping van zijn herenhuis had Clay een kleine werkkamer ingericht. Niet dat hij van plan was daar veel te werken, maar hij had een plek nodig voor zijn papieren. Het bureau was een oud hakblok van een slager dat hij in een antiekzaak in Fredericksburg, niet ver van zijn huis vandaan, had gevonden. Het nam een hele wand in beslag en was groot genoeg voor een telefoon, een faxapparaat en een laptop.

Daar deed hij zijn eerste aarzelende stappen in de wereld van de cliëntenwerving voor massaclaims. Hij stelde het telefoontje uit tot bijna negen uur die avond, een uur waarop sommige mensen naar bed gingen, vooral ouderen en misschien ook mensen die last hadden van artritis. Eerst een stevige borrel om moed te vatten en toen toetste hij het nummer in.

De telefoon werd aan de andere kant van de lijn opgenomen door een vrouw, misschien mevrouw Worley uit Upper Marlboro, Maryland. Clay stelde zich vriendelijk voor, zei dat hij advocaat was, alsof die de hele tijd naar de mensen belden en ze nergens van hoefde te schrikken, en vroeg of hij de heer Worley kon spreken.

'Hij kijkt naar de Orioles,' zei ze. Blijkbaar nam Ted de telefoon niet op als de Orioles speelden.

'Ja, zou ik hem even kunnen spreken?'

'U zei dat u advocaat bent?'

'Ja, ik ben advocaat hier in Washington.'

'Wat heeft hij nu weer gedaan?'

'O, niets, helemaal niets. Ik wil graag met hem praten over zijn artritis.' De eerste impuls om op te hangen en hard weg te lopen, kwam en ging. Clay was blij dat er niemand keek of luisterde. Denk aan het geld, zei hij steeds weer tegen zichzelf. Denk aan de honoraria.
'Zijn artritis? Ik dacht dat u advocaat was, geen dokter.'
'Ja, ik ben advocaat, en ik heb reden om aan te nemen dat hij misschien een gevaarlijk geneesmiddel tegen zijn artritis gebruikt. Als u geen bezwaar hebt, zou ik hem graag even willen spreken.'
Stemmen op de achtergrond. Ze riep iets naar Ted, die iets terugriep. Ten slotte nam hij de telefoon over. 'Met wie spreek ik?' vroeg hij en Clay stelde zich vlug voor.
'Wat is de stand?' vroeg Clay.
'Drie tegen één in de vijfde inning, tegen de Red Sox. Ken ik u?'
Meneer Worley was zeventig jaar.
'Nee. Ik ben advocaat hier in Washington, en ik specialiseer me in claims vanwege geneesmiddelen die niet goed zijn. Ik procedeer de hele tijd tegen farmaceutische bedrijven, als ze schadelijke producten op de markt brengen.'
'Nou, en wat wilt u?'
'Via onze internetbronnen hebben we ontdekt dat u misschien gebruiker bent van een middel tegen artritis dat Dyloft heet. Kunt u me vertellen of u dat middel gebruikt?'
'Misschien wil ik u niet vertellen wat voor medicijnen ik slik.'
Een heel begrijpelijk standpunt, maar Clay dacht dat hij daarop voorbereid was.
'Natuurlijk hoeft u dat niet, meneer Worley. Maar we kunnen alleen vaststellen of u voor een regeling in aanmerking komt als u me vertelt of u dat middel gebruikt.'
'Dat vervloekte internet,' mompelde Worley, en toen overlegde hij even met zijn vrouw, die zich blijkbaar dicht bij de telefoon bevond.
'Wat voor regeling?' vroeg hij.
'Daar kunnen we het straks over hebben. Ik moet weten of u Dyloft gebruikt. Zo niet, dan mag u van geluk spreken.'
'Nou, eh, ik neem aan dat het geen geheim is, hè?'
'Nee.' Natuurlijk was het wel geheim. Waarom zouden iemands medische gegevens niet vertrouwelijk zijn? Die kleine leugentjes waren noodzakelijk, zei Clay steeds tegen zichzelf. Je moest naar het

totaalbeeld kijken. Worley en duizenden als hij zouden misschien nooit weten dat ze een slecht product gebruikten, tenzij iemand het ze vertelde. Ackerman Labs had absoluut niet schoon schip gemaakt. Dat was Clays taak.
'Ja, ik gebruik Dyloft.'
'Hoelang?'
'Ongeveer een jaar. Het werkt erg goed.'
'Nog bijwerkingen?'
'Zoals?'
'Bloed in uw urine. Een branderig gevoel als u urineert.' Clay had zich erbij neergelegd dat hij de komende maanden met veel mensen over blaasklachten en urine zou spreken. Daar viel gewoon niet aan te ontkomen.
Zo was er wel meer waar je in je rechtenstudie niets over te horen kreeg.
'Nee. Waarom?'
'We weten dat er onderzoeksresultaten zijn die Ackerman Labs, het bedrijf dat Dyloft maakt, onder het tapijt probeert te vegen. Het is gebleken dat het middel blaastumoren veroorzaakt bij sommige mensen die het gebruiken.'
En dus zou de heer Ted Worley, die zich enkele ogenblikken geleden nog met zijn eigen zaken bemoeide en naar zijn dierbare Orioles keek, de rest van die nacht en het grootste deel van de komende week blijven piekeren over tumoren die in zijn blaas groeiden. Clay voelde zich een rotzak en wilde zich verontschuldigen, maar ja, zei hij tegen zichzelf, het moest nu eenmaal gebeuren. Hoe zou meneer Worley anders achter de waarheid kunnen komen? Als de arme man inderdaad die tumoren had, zou hij dat toch willen weten?
Met de telefoon in zijn ene hand en terwijl hij met zijn andere hand over zijn zij wreef, zei Worley: 'Weet u, nu ik erover nadenk, herinner ik me dat ik een paar dagen geleden een branderig gevoel heb gehad.'
'Waar heb je het over?' hoorde Clay mevrouw Worley op de achtergrond zeggen.
'Laat me even,' zei meneer Worley tegen mevrouw Worley.
Clay greep in voordat het gekibbel uit de hand liep. 'Mijn firma vertegenwoordigt een groot aantal Dyloft-gebruikers. Ik denk dat u er goed aan doet u te laten testen.'
'Wat voor test?'

'Het is een urineonderzoek. We hebben een arts die dat morgen kan doen. Het kost u niets.'
'En als hij iets verkeerds ontdekt?'
'Dan kunnen we bespreken wat u kunt doen. Als het nieuws over Dyloft over een paar dagen bekend wordt, komen er veel processen. Mijn firma zal het voortouw nemen in de aanval op Ackerman Labs. Ik zou u graag als cliënt willen hebben.'
'Ik kan misschien maar beter met mijn huisarts praten.'
'Dat kunt u zeker doen, meneer Worley. Maar hij is misschien ook aansprakelijk. Hij heeft het middel voorgeschreven. Het is waarschijnlijk beter als u een onpartijdige arts raadpleegt.'
'Wacht even.' Worley hield zijn hand over de hoorn en voerde een verwoed gesprek met zijn vrouw. Toen hij weer aan de lijn kwam, zei hij: 'Ik geloof niet in processen tegen dokters.'
'Ik ook niet. Ik zit achter de grote concerns aan die mensen kwaad doen.'
'Moet ik stoppen met het innemen van dat middel?'
'Doet u nu maar eerst de test. Dyloft wordt waarschijnlijk in de loop van de zomer uit de roulatie gehaald.'
'Waar doe ik die test?'
'De dokter is in Chevy Chase. Kunt u daar morgen heen gaan?'
'Ja, goed, waarom niet? Het zou dom zijn om te wachten, hè?'
'Ja.' Clay gaf hem de naam en het adres van een arts die Max Pace had gevonden. Het onderzoek van tachtig dollar zou Clay driehonderd dollar per stuk kosten, maar die prijs moest hij nu eenmaal betalen als hij zaken wilde doen.
Clay bedankte Worley voor zijn tijd en liet hem naar de rest van de wedstrijd kijken, al zou de man daar niet veel plezier meer aan beleven. Pas toen hij had opgehangen, voelde Clay de zweetdruppels boven zijn wenkbrauwen. Cliënten werven door de telefoon? Wat voor advocaat was hij geworden?
Een rijke, zei hij steeds weer tegen zichzelf.
Hij zou hier een dikke huid voor nodig hebben, en die had hij niet en kon hij misschien ook niet krijgen.

Twee dagen later reed Clay het garagepad van de Worleys in Upper Marlboro op en ontmoette hij hen bij de voordeur. De urineanalyse, die ook een cytologisch onderzoek bevatte, had afwijkende cellen in de urine aan het licht gebracht en volgens Max Pace en zijn uitgebreide en clandestien verkregen medische onderzoeksresultaten was dat een duidelijk teken dat er tumoren in de blaas zaten. Ted Worley was verwezen naar een uroloog en daar zou hij de volgende week heen gaan. De tumoren zouden door middel van cystoscopische chirurgie worden onderzocht en verwijderd. Dat hield in dat een minuscule camera en een mesje in een buis door de penis naar de blaas werden geleid, en hoewel dat een vrij routinematige ingreep werd genoemd, zag Worley het routinematige er niet van in. Hij maakte zich de grootste zorgen. Mevrouw Worley zei dat hij de laatste twee nachten niet had geslapen en zijzelf ook niet.

Hoe graag hij het ook zou willen doen, Clay kon niet tegen hen zeggen dat de tumoren waarschijnlijk goedaardig waren. Dat moesten de artsen na de operatie maar vertellen.

Terwijl ze oploskoffie met poedermelk dronken, legde Clay uit hoe het contract voor zijn diensten in elkaar zat en beantwoordde hij hun vragen over de procesvoering. Toen Ted Worley zijn handtekening zette, werd hij de eerste Dyloft-eiser in het land.

En een tijdlang leek het erop dat hij de enige zou blijven. Clay zat non-stop achter de telefoon en slaagde erin elf mensen over te halen hun urine te laten onderzoeken. Geen van die elf bleek de tumoren te hebben. 'Volhouden,' drong Max Pace aan. Ongeveer eenderde van de mensen hing op of weigerde te geloven dat Clay meende wat hij zei.

Hij, Paulette en Rodney maakten aparte lijsten van zwarte en blanke potentiële cliënten. Blijkbaar waren zwarten minder achterdochtig dan blanken, want ze lieten zich eerder overhalen om naar de dokter te gaan. Of misschien genoten ze van de medische aandacht. Of misschien had Paulette, zoals ze zelf meer dan eens zei, meer overredingskracht.

Aan het eind van de week had Clay drie cliënten met afwijkende cellen. Rodney en Paulette, die als team werkten, hadden er ook nog eens zeven gecontracteerd.

De Dyloft-massaclaim kon beginnen.

17

Het Parijse avontuur kostte hem 95.300 dollar, volgens de cijfers die zo zorgvuldig werden bijgehouden door Rex Crittle, een man die steeds meer wist van Clays leven. Crittle was eigenaar van een middelgroot boekhoudbedrijf dat direct onder Clays kantoor was gevestigd. Het was niet verrassend dat Clay door Max Pace naar hem was verwezen.
Minstens eens per week liep Clay de achtertrap af of kwam Crittle de trap op, en dan praatten ze een halfuur of zo over Clays geld en een verstandig beheer daarvan. Het boekhoudprogramma voor de advocatenfirma was eenvoudig en gemakkelijk te installeren. Mevrouw Glick voerde alle gegevens in en leidde ze gewoon naar Crittles computers.
Volgens Crittle zou zoveel plotselinge rijkdom bijna zeker tot een controle van de Belastingdienst leiden. Ondanks Paces verzekering dat het niet zou gebeuren, was Clay daar ook van overtuigd en stond hij erop dat alles perfect werd bijgehouden, zonder grijze zones op terreinen als afschrijvingen en aftrekposten. Hij had de laatste tijd meer geld verdiend dan hij ooit had kunnen dromen. Het had geen enkele zin dat hij zou proberen de overheid belastinggeld afhandig te maken. Je betaalde gewoon en dan kon je goed slapen.
'Wat is dit voor een betaling van een half miljoen dollar aan East Media?' vroeg Crittle.

'We zenden televisiespotjes uit om aan cliënten te komen. Dat is de eerste betalingstermijn.'
'Termijn? Hoeveel meer nog?' Hij tuurde over zijn leesbril en keek Clay aan zoals hij nog nooit eerder had gedaan. In zijn ogen stond te lezen: ben jij gek geworden?
'Twee miljoen in totaal. We dienen over een paar dagen een grote claim in. We werken daarvoor met een groot aantal televisiespotjes en East Media regelt dat.'
'Goed,' zei Crittle, die beslist niet van zulke grote uitgaven hield. 'En ik neem aan dat er meer honoraria binnenkomen om al die kosten te dekken.'
'Hopelijk,' zei Clay met een lachje.
'En dat nieuwe kantoor in Manassas? Een huurvoorschot van 15.000 dollar?'
'Ja, we breiden uit. Ik zet daar zes juridisch assistenten in een kantoor. De huur is daar lager.'
'Fijn om te horen dat je aan de onkosten denkt. Zes assistenten?'
'Ja, we hebben er al vier aangenomen. De contracten en salarisgegevens liggen op mijn bureau.'
Crittle keek even naar een uitdraai. Je kon zien dat er wel tien vragen door de rekenmachine achter zijn brillenglazen klikten. 'Mag ik vragen waarom je zes assistenten nodig hebt terwijl je zo weinig zaken hebt?'
'Dat is een goede vraag,' zei Clay. Hij gaf een korte uiteenzetting van de naderende massaclaim, zonder het geneesmiddel of de maker te noemen, en het was niet duidelijk of die korte samenvatting Crittles vragen afdoende beantwoordde. Als boekhouder stond Crittle sceptisch tegenover elk plan om meer mensen tot het eisen van schadevergoeding aan te sporen.
'Je zult wel weten wat je doet,' zei hij. In werkelijkheid geloofde hij dat Clay zijn verstand had verloren.
'Je zult het zien, Rex, straks stroomt het geld binnen.'
'Het stroomt nu in elk geval naar buiten.'
'Je moet geld uitgeven om geld te verdienen.'
'Dat hoor je wel meer.'

Op 1 juli, kort na zonsondergang, begon de campagne. Iedereen, behalve mevrouw Glick, zat voor de televisie in de vergaderkamer. Ze wachtten tot het precies twee minuten over halfnegen was en werden toen stil. Het was een spotje van vijftien seconden en het begon met een opname van een knappe jonge acteur in een wit jasje en met een dik boek in zijn handen. Hij keek ernstig in de camera. 'Artritispatiënten, opgelet. Als u het geneesmiddel Dyloft gebruikt, kunt u misschien een claim indienen tegen de maker van dat middel. Het is aan te tonen dat Dyloft een aantal bijwerkingen heeft, waaronder tumoren in de blaas.' Onder aan het scherm stond in vette letters: DYLOFT HOTLINE – BEL 1-800-555-DYLO. De dokter ging verder: 'Bel dit nummer onmiddellijk. De Dyloft Hotline kan een gratis medische test voor u regelen. Bel nu!'

Gedurende die vijftien seconden haalde niemand adem en toen het was afgelopen, sprak niemand. Voor Clay was het een bijzonder enerverend moment, want hij was zojuist aan een venijnige en misschien zelfs verlammende aanval op een groot concern begonnen, en dat concern zou vast en zeker hard terugslaan. Als Max Pace zich nu eens in dat geneesmiddel had vergist? Als Pace hem nu eens gebruikte als pion in een schaakspel tussen grote concerns? Als Clay nu eens niet met getuige-deskundigen kon bewijzen dat het middel die tumoren veroorzaakte? Hij worstelde al weken met die vragen en hij had ze al duizend keer aan Pace gesteld. Het was twee keer tot een heftige woordenwisseling tussen hen gekomen. Max had hem uiteindelijk de gestolen, of in elk geval clandestien verkregen, onderzoeksrapporten over de werking van Dyloft gegeven. Clay had ze laten bekijken door een vroegere medestudent die nu arts in Baltimore is. De rapporten maakten een degelijke indruk.

Clay had zichzelf er uiteindelijk van overtuigd dat hij gelijk had en Ackerman ongelijk. Maar toen hij dat spotje zag, huiverde hij bij de beschuldiging die daarin werd uitgesproken en was hij opeens lang niet meer zo zeker van zijn zaak.

'Een hard spotje,' zei Rodney, die de video van het spotje al tien keer had gezien. Toch was het veel harder als je het echt op televisie zag. East Media had beloofd dat zestien procent van elke markt het spotje te zien zou krijgen. De spotjes zouden tien dagen lang om de andere dag in negentig markten, van kust tot kust, worden vertoond. Naar schatting tachtig miljoen mensen zouden het zien.

'Het werkt,' zei Clay, altijd de leider.

In het eerste uur werd het spotje uitgezonden op dertig markten aan de oostkust en daarna op achttien markten in de Central Time Zone. Vier uur na het begin bereikte het eindelijk de andere kust en was het daar in 42 markten te zien. Clays kleine firma gaf die eerste avond ruim 400.000 dollar aan televisiereclame uit.

Het 800-nummer schakelde de bellers door naar de Sweatshop, de nieuwe bijnaam van de kantoorruimte die Advocatenkantoor J. Clay Carter II in een winkelcentrum had gehuurd. De zes nieuwe assistenten namen de telefoon op, vulden formulieren in, stelden alle op schrift gestelde vragen en verwezen de bellers naar de Dyloft Hotline Website. Ze beloofden ook dat een van de advocaten van de firma terug zou bellen. Binnen twee uur na de eerste spotjes waren alle telefoons bezet. Een computer hield bij hoeveel bellers er niet door konden komen. Een gecomputeriseerde boodschap verwees hen naar de website.

De volgende morgen om negen uur kreeg Clay een dringend telefoontje van een advocaat van een grote firma in dezelfde straat. De man vertegenwoordigde Ackerman Labs en eiste dat de spotjescampagne onmiddellijk werd stopgezet. Hij gedroeg zich pompeus en neerbuigend en dreigde met alle mogelijke keiharde juridische acties als Clay niet onmiddellijk gehoorzaamde. De gemoederen laaiden even op maar kwamen toen weer enigszins tot bedaren.

'Bent u nog een paar minuten in uw kantoor?' vroeg Clay.

'Ja, natuurlijk. Hoezo?'

'Ik heb iets voor u. Ik stuur mijn koerier. Die is er binnen vijf minuten.'

Rodney, de koerier, liep met een kopie van de twintig bladzijden tellende eis door de straat. Clay ging naar de rechtbank om het origineel in te dienen. Zoals Pace hem had opgedragen, faxte hij ook kopieën naar de *Washington Post*, de *Wall Street Journal* en de *New York Times*.

Pace had er ook op gezinspeeld dat het een slimme beleggingszet zou zijn om op een daling van het aandeel Ackerman Labs te speculeren. Het aandeel had afgelopen vrijdag een slotkoers van 42,50 dollar gehad. Toen de beurs op maandagmorgen opende, plaatste Clay een termijnorder voor de verkoop van honderdduizend aandelen. Hij zou ze over een paar dagen terugkopen, hopelijk rond de dertig dollar, en op die manier weer een miljoen dollar verdienen. Dat was het plan tenminste.

Toen hij terugkwam, heerste er grote drukte in zijn kantoor. Er liepen zes gratis telefoonlijnen naar de Sweatshop in Manassas, en

onder kantoortijd werden, als al die zes lijnen bezet waren, de telefoontjes doorgestuurd naar het hoofdkantoor aan Connecticut Avenue. Rodney, Paulette en Jonah praatten alle drie door de telefoon met Dyloft-gebruikers in heel Noord-Amerika.
'Dit zal je interesseren,' zei mevrouw Glick. Op een roze briefje had ze de naam van een verslaggever van de *Wall Street Journal* geschreven. 'En meneer Pace is in je kantoor.'
Max stond met een koffiebekertje in zijn hand voor een van de ramen.
'De eis is ingediend,' zei Clay. 'We hebben de knuppel in het hoenderhok gegooid.'
'Geniet er maar van.'
'Hun advocaten hebben al gebeld. Ik heb ze een kopie van de eis gestuurd.'
'Goed. Ze zijn al stervende. Ze zijn vanuit een hinderlaag overvallen en ze weten dat ze worden afgeslacht. Dit is de droom van iedere advocaat, Clay. Maak er goed gebruik van.'
'Ga zitten. Ik heb een vraag.'
Pace, zoals altijd in het zwart gekleed, liet zich in een stoel zakken en sloeg zijn benen over elkaar. Zijn cowboylaarzen waren zo te zien van ratelslangenleer.
'Als Ackerman Labs jou op dit moment in dienst nam, wat zou je dan doen?' vroeg Clay.
'Allereerst de publiciteit zoeken. Persberichten doen uitgaan, alles ontkennen, de schuld aan hebzuchtige advocaten geven. Mijn geneesmiddel verdedigen. Als de bom eenmaal is ontploft, is het allereerst zaak de aandelenprijs te verdedigen. Die is geopend op 42,5, en dat was erg laag; hij staat al op 33. Ik zou de presidentdirecteur op televisie alle juiste dingen laten zeggen. Ik zou de pr-mensen de propagandamachine laten aanzwengelen. Ik zou de advocaten een goed georganiseerde verdediging laten opzetten. Ik zou de verkoopmensen opdracht geven de artsen ervan te verzekeren dat het middel in orde is.'
'Maar het middel is niet in orde.'
'Daar zou ik me later pas druk over maken. De eerste paar dagen komt het allemaal op de publiciteit aan. Als de beleggers geloven dat er iets mis is met het geneesmiddel, verlaten ze het schip en blijft de aandelenprijs dalen. Als de publiciteit eenmaal was geregeld, zou ik eens met de grote jongens gaan praten. Zodra ik wist

dat er problemen met het geneesmiddel waren, zou ik de cijferaars erbij halen en erachter proberen te komen hoeveel de schikkingen met de patiënten gaan kosten. Als je met een slecht geneesmiddel zit, moet je het nooit op een rechtszaak laten aankomen. De jury mag zelf het bedrag van de schadevergoeding invullen en je krijgt de kosten nooit onder de duim. De ene jury kent de eiser een miljoen dollar toe. De volgende jury in een andere staat maakt zich kwaad en kent twintig miljoen aan smartengeld toe. Het is pure roulette. En dus kom je tot schikkingen. Zoals je al snel hebt geleerd, krijgen massaclaimadvocaten een percentage van de opbrengst en zijn ze dus gauw bereid tot een schikking.'
'Hoeveel geld kan Ackerman hieraan uitgeven?'
'Ze zijn verzekerd voor minstens driehonderd miljoen. En verder hebben ze ongeveer een half miljard aan reserves. Het grootste deel van dat bedrag komt uit Dyloft-winsten. Ze staan bijna tot aan hun nek in het krijt bij de bank, maar als ik het voor het zeggen had, zou ik een miljard dollar betalen. En ik zou dat snel doen.'
'Zal Ackerman het snel doen?'
'Ze hebben mij niet ingehuurd, dus ze zijn niet al te slim. Ik volg dat concern al een hele tijd en ze zijn niet bepaald gewiekst. Zoals alle farmaceutische bedrijven zijn ze doodsbang voor claims. Ze maken geen gebruik van een brandweerman als ik maar doen het op de ouderwetse manier, ze vertrouwen op hun advocaten, die natuurlijk geen belang bij een snelle schikking hebben. Hun voornaamste advocatenfirma is Walker-Stearns in New York. Je zult binnenkort van ze horen.'
'Dus geen snelle schikkingen?'
'Je hebt nog geen uur geleden je eis ingediend. Rustig maar.'
'Dat weet ik, maar ik geef al dat geld uit waaraan je me hebt geholpen.'
'Rustig maar. Binnen een jaar ben je nog rijker.'
'Een jaar, hè?'
'Dat denk ik. De advocaten van Ackerman moeten eerst ook rijk worden. Walker-Stearns zet vijftig advocaten op de zaak en bij alle vijftig staat de meter op zijn hoogst. Ted Worleys massaclaim is voor Ackermans eigen advocaten honderd miljoen dollar waard. Dat moet je nooit vergeten.'
'Waarom betalen ze mij niet gewoon honderd miljoen dollar om van me af te zijn?'

'Nu denk je als een echte massaclaimadvocaat. Ze zullen je nog meer betalen, maar eerst moeten ze hun advocaten betalen. Zo werkt dat.'
'Maar jij zou het niet zo doen?'
'Natuurlijk niet. In het geval van Tarvan vertelde de cliënt me de waarheid, iets wat maar zelden gebeurt. Ik deed mijn huiswerk, vond jou en regelde alles snel, discreet en goedkoop. Vijftig miljoen en geen cent voor de eigen advocaten van mijn cliënt.'
Mevrouw Glick verscheen in de deuropening en zei: 'Die journalist van de *Wall Street Journal* is weer aan de telefoon.' Clay keek Pace aan, en die zei: 'Palm hem in. En vergeet niet: de tegenpartij heeft een complete pr-afdeling die alles op alles zet.'

De *New York Times* en de *Washington Post* hadden de volgende morgen korte verhalen over de Dyloft-claim op de voorpagina van hun financiële katern. In beide gevallen werd Clays naam genoemd en daar genoot hij in stilte van. Er werd meer aandacht aan de reacties van de gedaagde besteed. De president-directeur van Ackerman noemde de eis 'onzinnig' en 'het zoveelste voorbeeld van procesmisbruik door de advocatuur'. De directeur Onderzoek verklaarde: 'Dyloft is grondig onderzocht en er zijn geen negatieve bijwerkingen gevonden.' Beide kranten vermeldden ook dat het aandeel Ackerman Labs, dat in de drie voorafgaande kwartalen al met vijftig procent in waarde was gedaald, door deze onverwachte ontwikkeling weer een klap had gekregen.
De *Wall Street Journal* zag het goed, tenminste, dat vond Clay. In het telefoongesprek had de journalist Clay naar zijn leeftijd gevraagd. 'Nog maar 31?' had hij gezegd, en dat leidde tot een aantal vragen over Clays ervaring, zijn firma enzovoort. David en Goliath is veel leesbaarder dan droge financiële gegevens of laboratoriumrapporten, en het verhaal begon een eigen leven te leiden. Er werd een fotograaf gestuurd en Clay poseerde onder de geamuseerde blikken van zijn medewerkers.
Op de voorpagina, de meest linkse kolom, luidde de kop: GROENTJE STRIJDT TEGEN MACHTIGE ACKERMAN LABS. Daarnaast stond een gecomputeriseerde karikatuur van Clay Carter die breed glimlachte. De eerste alinea luidde: 'Nog geen twee maanden geleden zwoegde de Washingtonse advocaat Clay Carter als een onbekende en slecht betaalde pro-Deoadvocaat op het Bureau voor Rechts-

hulp. Gisteren diende hij, als eigenaar van zijn eigen advocatenfirma, een eis van een miljard dollar in tegen de op twee na grootste farmaceutische onderneming ter wereld. Hij beweert dat het nieuwste wondergeneesmiddel van dat bedrijf, Dyloft, niet alleen de acute pijn van artritispatiënten bestrijdt maar ook tumoren in hun blaas veroorzaakt.'

Het artikel stond vol met vragen over de manier waarop Clay die snelle verandering in zo korte tijd voor elkaar had gekregen. En omdat hij niets kon vertellen over Tarvan en alles wat daarmee te maken had, verwees hij vaag naar snelle schikkingen waarmee hij als toegevoegd advocaat te maken had gehad. Ackerman Labs sleepte ook wat publiciteit in de wacht met zijn afgezaagde klachten over procesmisbruik en advocaten die achter ambulances aanreden en daardoor de economie te gronde richtten, maar het verhaal ging grotendeels over Clay en zijn verbazingwekkende opmars naar de voorste gelederen van de massaclaimprocessen. Er werden vriendelijke dingen gezegd over zijn vader, een 'legendarische procesvoerder in Washington', die inmiddels op de Bahama's 'van zijn pensioen genoot'.

Glenda van het Bureau voor Rechtshulp prees Clay als een 'verwoed verdediger van de armen', een stijlvolle opmerking die haar een lunch in een duur restaurant zou opleveren. De voorzitter van de Nationale Academie voor Procesadvocaten gaf toe dat hij nog nooit van Clay Carter had gehoord, maar was toch 'erg onder de indruk van zijn werk'.

Een hoogleraar in de rechten in Yale klaagde over 'het zoveelste voorbeeld van misbruik van massaclaims', terwijl een collega van hem in Harvard sprak van 'een perfect voorbeeld van de manier waarop massaclaims kunnen worden gebruikt om ondernemingen die in de fout gaan ter verantwoording te roepen'.

'Zorg dat dit op de website komt,' zei Clay toen hij Jonah het artikel gaf. 'Onze cliënten zullen ervan smullen.'

18

Tequila Watson verklaarde zich schuldig aan de moord op Ramón Pumphrey en werd tot levenslange gevangenisstraf veroordeeld. Over twintig jaar zou hij in aanmerking komen voor voorwaardelijke invrijheidstelling, al stond dat niet in het artikel in de *Washington Post* vermeld. Er stond wel dat behalve zijn slachtoffer in Washington in korte tijd nog een aantal andere mensen was doodgeschoten zonder dat er een duidelijke reden voor was. Dat aantal ogenschijnlijk willekeurige moorden was zelfs voor een stad waar zinloos geweld tamelijk gewoon was geworden nogal groot. De politie had er geen verklaring voor. Clay nam zich voor om Adelfa te bellen en te vragen hoe het met haar ging.

Hij zou iets voor Tequila moeten doen, maar hij wist niet wat. Hij kan op geen enkele manier zijn ex-cliënt een compensatie geven. Hij redeneerde dat Tequila het grootste deel van zijn leven aan de drugs was geweest en waarschijnlijk toch al de rest van zijn leven achter de tralies zou hebben doorgebracht, met of zonder Tarvan, maar toch zat het hem niet lekker. Hij had zich verkocht, zo simpel lag het. Hij had het geld gepakt en de waarheid begraven.

Twee pagina's verder trok een ander artikel zijn aandacht en dacht hij niet meer aan Tequila Watson. Er stond daar een foto van Bennett Van Horns pafferige gezicht, onder zijn helm met monogram. Die foto was ergens op een bouwplaats genomen. Bennett keek aandachtig naar een aantal tekeningen, samen met een andere man van wie vermeld werd dat hij de projectingenieur van de BVH Group was. De onderneming was verwikkeld geraakt in een keihard gevecht om een nieuwbouwproject in de buurt van het slagveld van Chancellorsville, ongeveer een uur rijden ten zuiden van Washington. Zoals altijd kwam Bennett met plannen voor een afzichtelijke verzameling huizen, appartementengebouwen, winkels, sportterreinen, tennisbanen en de nimmer ontbrekende vijver, en dat alles binnen anderhalve kilometer van het midden van het slagveld, erg dicht bij de plaats waar generaal Stonewall Jackson door schildwachten van de tegenpartij werd neergeschoten. Natuurbeschermers, advocaten, krijgshistorici, milieuactivisten en de Confederate Society hadden hun zwaard getrokken en waren druk bezig Bennett de Bulldozer in mootjes te hakken. Zoals te verwachten was, prees de *Washington Post* die mensen en zei de krant niets goeds over Bennett. Aan de andere kant was de grond in kwestie blijkbaar eigendom van een stel oudere boeren. Het leek erop dat Bennett aan de winnende hand was, voorlopig althans.

Het artikel ging verder met een opsomming van andere slagvelden in heel Virginia die door projectontwikkelaars met beton waren bedekt. Een organisatie die zich de Civil War Trust noemde, had het voortouw genomen in de strijd tegen Van Horn. De advocaat van die organisatie werd geportretteerd als een radicaal die er niet voor terugdeinsde processen aan te spannen als hij daarmee historische plaatsen kon beschermen. 'Maar we hebben geld nodig om te kunnen procederen,' citeerde de krant hem.

Twee uur later had Clay hem aan de telefoon. Ze praatten een halfuur, en toen Clay ophing, schreef hij een cheque van honderdduizend dollar uit, ten gunste van Civil War Trust, proceskostenfonds Chancellorsville.

Mevrouw Glick gaf hem de telefoonboodschap toen hij langs haar bureau liep. Hij keek twee keer naar de naam en was nog steeds sceptisch toen hij in de vergaderkamer zat en het nummer intoetste. 'Patton French,' zei hij in de telefoon. Volgens de boodschap was het dringend.

'Wie kan ik zeggen?'

'Clay Carter uit Washington.'

'O, ja, hij verwacht u.'

Het was bijna onvoorstelbaar dat zo'n machtige, drukbezette advocaat als Patton French op Clays telefoontje zat te wachten. Binnen enkele seconden had hij de grote man zelf aan de telefoon. 'Hallo, Clay, bedankt dat je terugbelt,' zei hij zo nonchalant dat Clay er even verbouwereerd van was. 'Mooi verhaal in de *Wall Street Journal*, hè? Niet slecht voor een beginneling. Zeg, sorry dat ik er niet aan toe ben gekomen om je gedag te zeggen toen je in New Orleans was.' Het was dezelfde stem die vanachter de microfoon was gekomen, maar veel meer ontspannen.

'Geen punt,' zei Clay. Er waren daar in New Orleans tweehonderd advocaten bijeengekomen. Er was geen enkele reden geweest waarom Clay met Patton French zou praten en geen enkele reden waarom French zou weten dat Clay daar was. Blijkbaar had French zijn research gedaan.

'Ik zou je graag willen ontmoeten, Clay. Ik denk dat we zaken kunnen doen. Ik zat twee maanden geleden ook op het Dyloft-spoor. Je bent me voor, maar er zijn bergen geld mee te verdienen.'

Clay had geen zin om met Patton French onder één hoedje te spelen. Aan de andere kant was de man een legende. Hij stond erom bekend dat hij enorme bedragen van farmaceutische bedrijven los kon krijgen. 'We kunnen praten,' zei Clay.

'Zeg, ik ben op dit moment op weg naar New York. Als ik je nu eens in Washington oppik en met me meeneem? Ik heb een nieuwe Gulfstream 5 die ik je graag wil laten zien. We logeren in Manhattan en gaan vanavond eens geweldig dineren. We praten over zaken. Morgen weer naar huis. Wat zeg je daarvan?'

'Nou, ik heb het nogal druk.' Clay herinnerde zich meteen weer hoe hij zich in New Orleans had geërgerd toen French het in zijn toespraak over zijn speelgoed had gehad. De nieuwe Gulfstream, het jacht, een kasteel in Schotland.

'Dat wil ik wel geloven. Ik heb het ook druk. Ach, we hebben het allemaal druk. Maar dit zou wel eens de profijtelijkste reis kunnen worden die je ooit zult maken. Ik sta erop. Ik zie je over drie uur op het vliegveld Reagan National. Afgesproken?'

Afgezien van een paar telefoontjes en een partijtje squash die avond, had Clay weinig te doen. De telefoons op kantoor werden voortdurend bezet gehouden door angstige Dyloft-gebruikers, maar Clay nam zelf niet op. Hij was al enkele jaren niet in New York geweest. 'Goed,' zei hij. Hij verheugde zich net zo op die Gulfstream 5 als op dat geweldige diner.

'Slimme zet, Clay. Slimme zet.'
In de privé-terminal op Reagan National wemelde het van de jachtige managers en bureaucraten. In de buurt van de receptiebalie hield een lieftallige brunette in een kort rokje een bord met Clays naam omhoog. Hij stelde zich aan haar voor. Ze heette Julia, zonder achternaam. 'Kom mee,' zei ze met een volmaakte glimlach. Ze gingen door een uitgang en werden in een busje van de luchthaven over het vliegveld gereden. Tientallen Lears, Falcons, Hawkers, Challengers en Citations stonden geparkeerd of taxieden heen en weer naar de terminal. Luchthavenpersoneel loodste de privé-vliegtuigen met uiterste precisie over het terrein. Soms scheelde het maar een paar centimeter of hun vleugels raakten elkaar. Er gierden motoren en er heerste een zenuwslopende drukte.
'Waar kom je vandaan?' vroeg Clay.
'We werken vanuit Biloxi,' zei Julia. 'Daar heeft meneer French zijn hoofdkantoor.'
'Ik hoorde hem een paar weken geleden in New Orleans spreken.'
'Ja, daar waren we. We zijn bijna nooit thuis.'
'Hij maakt zeker veel uren?'
'Ongeveer honderd per week.'
Ze stopten bij de grootste privé-jet die daar stond. 'Die is van ons,' zei Julia en ze stapten uit het busje. Een piloot pakte Clays weekendtas en liep ermee weg.
Patton French was natuurlijk aan het telefoneren. Hij stak zijn hand even naar Clay op toen die aan boord kwam, en Julia nam zijn jasje en vroeg hem wat hij wilde drinken. Gewoon water, met een beetje citroen. Hij keek in de privé-jet om zich heen en stond versteld van wat hij zag. De videofilms die hij in New Orleans had gezien, deden de werkelijkheid geen eer aan.
Het rook hier naar leer, erg duur leer. De stoelen, banken, hoofdsteunen, panelen, zelfs de tafels waren uitgevoerd in verschillende nuances van blauw en geelbruin leer. De lampen en deurknoppen en de knoppen van de apparaten waren verguld. Het donkere houtwerk, waarschijnlijk mahoniehout, glansde. Het was een luxesuite in een vijfsterrenhotel, maar dan met vleugels en motoren.
Clay was een meter tachtig en er was nog genoeg ruimte boven zijn hoofd. De cabine was langgerekt en had achterin een soort kantoor. Daar zat French, die druk aan het telefoneren was. De bar en de keuken bevonden zich vlak achter de cockpit. Julia kwam met een

glas water terug. 'Ga maar zitten,' zei ze. 'We gaan straks taxiën.'
Toen het vliegtuig zich in beweging zette, maakte French abrupt een eind aan zijn telefoongesprek en kwam hij naar voren. Hij ging Clay met een krachtige handdruk en een stralende glimlach te lijf en verontschuldigde zich opnieuw voor het feit dat ze elkaar in New Orleans waren misgelopen. Hij was een beetje te dik en had dik, golvend haar dat stijlvol begon te grijzen. Waarschijnlijk was hij vijfenvijftig, maar nog geen zestig. Uit al zijn poriën dampte energie.
Ze gingen aan een van de tafels tegenover elkaar zitten.
'Mooie kist, hè?' zei French en hij maakte een armgebaar naar het interieur van het vliegtuig.
'Niet gek.'
'Heb je al een jet?'
'Nee.' En hij had zowaar het gevoel dat hij tekortschoot omdat hij geen jet had. Wat voor een advocaat was hij?
'Dat duurt niet lang, jongen. Je kunt niet zonder. Julia, haal eens een wodka voor me. Ik heb er vier, vliegtuigen bedoel ik, geen wodka's. Je hebt twaalf piloten nodig om vier vliegtuigen te kunnen gebruiken. En vijf Julia's. Ze ziet er leuk uit, hè?'
'Ja.'
'Veel kosten, maar ja, er zijn ook veel honoraria te verdienen. Heb je me in New Orleans horen spreken?'
'Ja. Ik vond het erg interessant.' Clay loog maar een beetje. Hoe irritant French ook was geweest toen hij op het podium stond, hij was ook amusant en informatief geweest.
'Ik praat niet graag op die manier over geld, maar ik bespeelde het publiek. Veel van die kerels komen uiteindelijk met een grote massaclaim naar me toe. Je moet ze een beetje opzwepen, weet je. Ik heb de grootste massaclaimfirma in Amerika opgebouwd en we zitten de hele tijd achter de grote jongens aan. Als je procedeert tegen concerns als Ackerman Labs en die andere ondernemingen uit de 500-lijst van *Fortune*, moet je munitie hebben. Hun geldkisten zijn onuitputtelijk. Je moet laten zien dat je ook rijk bent.'
Julia bracht hem zijn wodka en ging in de gordels zitten voor het opstijgen.
'Wil je lunchen?' vroeg French. 'Ze kan alles klaarmaken.'
'Nee, bedankt.'
French nam een grote slok van de wodka en leunde toen plotseling achterover, sloot zijn ogen en leek wel te bidden, terwijl de Gulf-

stream met grote snelheid over de startbaan reed en opsteeg. Clay gebruikte deze onderbreking om nog eens in het vliegtuig om zich heen te kijken. Het was zo luxe ingericht dat het bijna obsceen was. Veertig, vijfenveertig miljoen dollar voor een privé-vliegtuig! En volgens de geruchten op de Kring van Pleiters kon Gulfstream ze niet snel genoeg maken. Je stond twee jaar op de wachtlijst!

Na enkele minuten vlogen ze weer horizontaal en ging Julia naar de keuken. French ontwaakte uit zijn meditatie en nam weer een slok. 'Zijn al die dingen in de *Wall Street Journal* waar?' vroeg hij, veel rustiger. Clay had de indruk dat French bliksemsnel van stemming kon veranderen.

'Ja.'

'Ik heb twee keer op de voorpagina gestaan en ze hadden niets goeds over me te vertellen. Dat is ook geen verrassing, want ze hebben de pest aan ons massaclaimjongens. Iedereen heeft de pest aan ons; dat zul je nog wel merken. Daar staat tegenover dat je een heleboel geld verdient. Je went er vanzelf aan. Wij allemaal. Ik heb trouwens je vader een keer ontmoet.' Zijn ogen gingen half dicht en bewogen zich onrustig heen en weer als hij sprak, alsof hij de hele tijd drie zinnen vooruit dacht.

'O, ja?' Clay wist niet of hij hem kon geloven.

'Twintig jaar geleden werkte ik op het ministerie van Justitie. We procedeerden om wat indiaanse grond. De indianen haalden Jarrett Carter uit Washington erbij en toen was de oorlog voorbij. Hij was erg goed.'

'Dank je,' zei Clay trots.

'Dat moet ik je nageven, Clay, die Dyloft-hinderlaag van je is een schitterende manoeuvre. En ook erg ongewoon. In de meeste gevallen verspreidt het nieuws over een slecht geneesmiddel zich langzaam. Geleidelijk gaan steeds meer patiënten klagen. Artsen communiceren verrekte traag. Ze worden door de farmaceutische bedrijven in de watten gelegd en zullen dus niet zo gauw alarm slaan. Daar komt nog bij dat in de meeste delen van het land de artsen een proces aan hun broek kunnen krijgen omdat ze het middel hebben voorgeschreven. Geleidelijk raken er advocaten bij betrokken. Oom Luke heeft opeens bloed in zijn urine. Hij kijkt er een maand of zo naar en gaat dan naar zijn huisarts, een of andere dorpsdokter. En de dokter haalt hem uiteindelijk van het nieuwe wondermiddel af dat hij had voorgeschreven. Oom Luke gaat mis-

schien naar een advocaat, zeg maar iemand met een klein kantoortje die testamenten en scheidingen doet en in de meeste gevallen geen verstand heeft van claims. Er gaat dus meestal veel tijd overheen voordat die slechte geneesmiddelen worden ontdekt. Wat jij hebt gedaan, is uniek.'
Clay knikte en luisterde alleen maar. French praatte maar door. Dit leidde ergens naartoe.
'Daaruit leid ik af dat jij over informatie van binnenuit beschikt.'
Een korte stilte waarin Clay de gelegenheid kreeg om te bevestigen dat hij inderdaad over zulke informatie beschikte. Maar hij liet niets blijken.
'Ik beschik over een enorm netwerk van advocaten en contactpersonen in het hele land. Niemand, niet één van hen, had tot voor een paar weken ooit van problemen met Dyloft gehoord. Ik liet twee advocaten in mijn firma wat research doen naar dat middel, maar we konden nog lang geen eis indienen. En opeens lees ik dat jij in de aanval bent gegaan en zie ik je grijnzende gezicht op de voorpagina van de *Wall Street Journal*. Ik weet hoe het spel wordt gespeeld, Clay, en ik weet dat jij over informatie van binnenuit beschikt.'
'Dat is ook zo. En ik vertel niemand daarover.'
'Goed. Nu voel ik me beter. Ik heb je televisiespotjes gezien. We volgen zulke dingen op alle markten. Niet slecht. Het is trouwens gebleken dat die spotjes van vijftien seconden het effectiefst zijn. Wist je dat?'
'Nee.'
'Je slaat ze er laat op de avond of vroeg in de morgen mee om de oren. Een snelle boodschap om ze bang te maken en dan een telefoonnummer waar ze hulp kunnen krijgen. Ik heb dat al duizend keer gedaan. Hoeveel zaken heb je binnengehaald?'
'Dat is moeilijk te zeggen. Ze moeten eerst het urineonderzoek laten doen. De telefoons rinkelen aan een stuk door.'
'Mijn spotjes beginnen morgen. Ik heb zes mensen in mijn firma die met niets anders bezig zijn dan met reclamecampagnes. Niet te geloven, hè? Zes fulltime reclamemensen. En ze zijn niet goedkoop.'
Julia kwam twee schalen met voedsel brengen – een garnalenschotel en een schaal met diverse soorten kaas en vlees – prosciutto, salami en nog meer soorten waarvan Clay de naam niet wist. 'Een fles van die Chileense witte,' zei Patton. 'Die moet nu wel koel zijn.'

'Hou je van wijn?' vroeg hij terwijl hij een garnaal bij de staart pakte.
'Gaat wel. Ik ben geen kenner.'
'Ik ben gek op wijn. Ik heb honderd flessen in dit toestel.' Weer een garnaal. 'Hoe dan ook, we denken dat er tussen de vijftig- en honderdduizend Dyloft-zaken zijn. Komen we in de buurt?'
'Honderdduizend is misschien aan de hoge kant,' zei Clay voorzichtig.
'Ik maak me een beetje zorgen over Ackerman Labs. Ik heb al twee keer tegen ze geprocedeerd, weet je.'
'Dat wist ik niet.'
'Tien jaar geleden, toen ze een heleboel geld hadden. Daarna kregen ze een paar slechte president-directeuren. Ze namen bedrijven over en dat ging mis. Nu staan ze voor tien miljard in de schuld. Domme dingen. Typerend voor de jaren negentig. Banken gooiden geld naar de grote concerns, die het aanpakten en links en rechts andere bedrijven gingen opkopen. Hoe dan ook, Ackerman loopt geen gevaar failliet te raken of zoiets. En ze zijn verzekerd.' French was nu aan het vissen en Clay besloot toe te happen.
'Ze zijn voor minstens driehonderd miljoen verzekerd,' zei hij. 'En misschien kunnen ze een half miljard aan Dyloft uitgeven.'
French glimlachte en kwijlde bijna bij het horen van die informatie. Hij kon zijn bewondering niet verborgen houden en probeerde dat ook niet. 'Geweldig, jongen, geweldig goed gedaan. Hoe goed is je informatie van binnenuit?'
'Uitmuntend. We hebben insiders die alles vertellen en we hebben laboratoriumrapporten die we niet zouden mogen hebben. Ackerman moet zich met Dyloft verre van elke jury houden.'
'Indrukwekkend.' French deed zijn ogen dicht en nam die woorden in zich op. Een uitgehongerde advocaat met zijn eerste fatsoenlijke verkeersongeluk zou niet gelukkiger kunnen zijn.
Julia kwam terug met de wijn, die ze in twee kostbare kleine glazen schonk. French snoof er als een kenner aan en vormde zich langzaam een oordeel. Toen hij tevreden was, nam hij een slokje. Hij smakte met zijn lippen en knikte goedkeurend, waarna hij zich naar voren boog om verder te praten. 'Als je een grote, rijke, trotse onderneming die in de fout is gegaan bij de strot hebt, is dat nog beter dan seks, Clay, nog beter dan seks. Het is het mooiste gevoel dat ik ken. Je betrapt de hebzuchtige rotzakken op het verkopen

van slechte producten die onschuldige mensen schaden, en jij, de advocaat, mag ze straffen. Daar leef ik voor. Zeker, het geld is ook geweldig, maar het geld komt pas als je ze te pakken hebt gekregen. Ik hou er nooit mee op, al verdien ik nog zoveel geld. De mensen denken dat ik hebberig ben, omdat ik ermee zou kunnen stoppen en de rest van mijn leven op een strand zou kunnen zitten. Ik moet er niet aan denken! Ik werk liever honderd uur per week om de grote schurken te pakken te krijgen. Dat is mijn leven.'
Zijn enthousiasme was bijna aanstekelijk. Zijn gezicht gloeide van fanatisme. Hij ademde langzaam uit en zei toen: 'Vind je deze wijn lekker?'
'Nee, hij smaakt naar benzine,' zei Clay.
'Je hebt gelijk. Julia! Spoel dit weg! Breng ons een fles van die Meursault die we gisteren hebben ingeslagen.'
Maar eerst bracht ze een telefoon. 'Het is Muriel.' French pakte hem aan en zei: 'Hallo.'
Julia boog zich naar Clay toe en zei bijna fluisterend: 'Muriel is de hoofdsecretaresse, de moeder-overste. Ze dringt gemakkelijker tot hem door dan zijn vrouwen.'
French klapte de telefoon dicht en zei: 'Laat me een scenario voor je schetsen, Clay. En ik verzeker je dat het je in minder tijd meer geld zal opleveren. Veel meer.'
'Ik luister.'
'Ik zal uiteindelijk net zoveel Dyloft-zaken hebben als jij. Nu je de deur hebt opengezet, komen er honderden advocaten die op die patiënten gaan jagen. Wij, jij en ik, kunnen alles onder de duim houden als we je eis uit Washington weghalen en naar mijn achtertuin in Mississippi verplaatsen. Dat zal Ackerman Labs pas goed de stuipen op het lijf jagen. Ze maken zich nu natuurlijk zorgen omdat je ze in Washington te pakken hebt, maar ze denken ook: nou, hij is maar een beginneling. Hij heeft nooit eerder zo'n massaclaim gedaan. Het is voor hem de eerste keer. Enzovoort. Maar als we jouw zaken met de mijne combineren en er één grote collectieve claim van maken, en als we de zaak dan ook nog naar Mississippi verplaatsen, krijgt Ackerman Labs een kolossale, catastrofale hartaanval.'
Clay was bijna duizelig van de twijfels en vragen. 'Ik luister,' was het enige wat hij kon uitbrengen.
'Jij houdt jouw zaken, ik hou de mijne. We voegen ze samen. Er

komen nog meer zaken bij en er stappen nog meer advocaten aan boord. Ik ga naar de rechter en vraag hem een stuurgroep van eisers te benoemen. Dat doe ik de hele tijd. Ik word daar voorzitter van. Jij komt ook in de stuurgroep, want je was de eerste die met een Dyloft-claim kwam. We volgen de processen tegen Dyloft, proberen de dingen ordelijk te laten verlopen, al is dat verrekte moeilijk als je met zo'n stel arrogante advocaten te maken hebt. Ik heb het al tientallen keren gedaan. Als stuurgroep hebben we de leiding. We beginnen op korte termijn met Ackerman te onderhandelen. Ik ken hun juridisch adviseurs. Als jouw informatie van binnenuit zo goed is als je zegt, zetten we Ackerman onder druk om tot een snelle regeling te komen.'
'Hoe snel?'
'Dat hangt van een aantal factoren af. Hoeveel zaken zijn er? Hoe snel kunnen we de cliënten binnenhalen? Hoeveel andere advocaten springen in het strijdgewoel? En vooral: hoe ernstig is de schade die onze cliënten is toegebracht?'
'Niet erg ernstig. Bijna al die tumoren zijn goedaardig.'
French nam dat in zich op. Hij fronste even zijn wenkbrauwen toen hij het slechte nieuws hoorde, maar zag ook algauw een lichtpuntje. 'Dat is nog beter. De behandeling bestaat uit cystoscopische chirurgie.'
'Precies. Een poliklinische ingreep die voor zo'n duizend dollar te doen is.'
'En de langetermijnprognose?'
'Niks aan de hand. Als je van de Dyloft afblijft, wordt je leven net zo als vroeger. Dat is voor de meesten van die artritislijders trouwens niet zo plezierig.'
French snoof aan zijn glas, liet de wijn erin rondwalsen en nam ten slotte een slokje. 'Veel beter, vind je niet?'
'Ja,' zei Clay.
'Ik heb vorig jaar een wijnproeversreis door de Bourgogne gemaakt. Een hele week snuiven en spuwen. Heel leuk.' Weer een slokje. Hij dacht na over de volgende drie gedachten en zette ze op een rijtje, zonder te spuwen.
'Dat is nog beter,' zei French. 'Beter voor onze cliënten natuurlijk, want die zijn niet zo ziek als had gekund. Beter voor ons, omdat de schikkingen sneller totstandkomen. Het gaat er nu vooral om dat we de zaken binnenhalen. Hoe meer zaken we krijgen, des te beter

hebben we de collectieve claim onder de duim. Hoe meer zaken, hoe meer honoraria.'
'Uiteraard.'
'Hoeveel geef je aan reclame uit?'
'Zo'n twee miljoen.'
'Niet slecht, helemaal niet slecht.' French wilde vragen waar zo'n beginneling twee miljoen dollar vandaan haalde om reclame te maken, maar hij hield zich in.
Er werd voelbaar minder stuwkracht op het vliegtuig uitgeoefend. De neus begon enigszins omlaag te gaan. 'Hoelang duurt het voor we in New York zijn?' vroeg Clay.
'Vanaf Washington is het ongeveer veertig minuten. Dit vogeltje vliegt duizend kilometer per uur.'
'Welk vliegveld?'
'Teterboro. Dat is in New Jersey. Alle privé-jets gaan daarheen.'
'Daarom heb ik er nog nooit van gehoord.'
'Jouw privé-jet zit er ook aan te komen, Clay, wees daar maar op voorbereid. Je mag me al mijn speelgoed afpakken, als je maar een jet voor me overlaat. Je moet er een hebben.'
'Ik gebruik de jouwe wel.'
'Begin met een kleine Lear. Die kun je overal krijgen voor een paar miljoen. Je hebt twee piloten nodig. Die kosten 75.000 dollar de man. Dat zijn gewoon je onkosten. Je moet zo'n ding hebben. Wacht maar af.'
Voor het eerst in zijn leven kreeg Clay advies over de aanschaf van een vliegtuig.
Julia haalde de dienbladen weg en zei dat ze over vijf minuten zouden landen. Clay keek gefascineerd naar de skyline van Manhattan in het oosten. French viel in slaap.
Ze landden en taxieden langs een rij particuliere terminals, waar tientallen ranke jets geparkeerd stonden of onderhouden werden. 'Je ziet hier meer privé-jets dan waar ook ter wereld,' legde French uit, terwijl ze allebei naar buiten keken. 'Alle grote jongens in Manhattan parkeren hier hun vliegtuig. Het is drie kwartier rijden naar de stad. Als je het echt hebt gemaakt, heb je hier je eigen helikopter klaarstaan die je naar de stad brengt. Dat is maar tien minuten.'
'Hebben wij een helikopter?' vroeg Clay.
'Nee. Maar als ik hier woonde, zou ik er een hebben.'
Een limousine haalde hen van het vliegveld af, een paar meter van

hun vliegtuig vandaan. De piloten en Julia bleven achter om op te ruimen en ongetwijfeld ook om ervoor te zorgen dat de wijn gekoeld werd voor de volgende vlucht.

'Het Peninsula,' zei French tegen de chauffeur.

'Ja, meneer French,' antwoordde hij. Was deze limousine gehuurd of eigendom van Patton zelf? De grootste massaclaimadvocaat ter wereld zou toch niet gebruikmaken van een verhuurbedrijf? Clay vroeg er maar niet naar. Wat maakte het uit?

'Ik ben nieuwsgierig naar je televisiespotjes,' zei French, toen ze door het drukke verkeer van New Jersey reden. 'Wanneer zijn jullie begonnen ze uit te zenden?'

'Zondagavond, op negentig markten, van kust tot kust.'

'Hoe verwerken jullie de reacties?'

'Er zitten negen mensen aan de telefoon: zeven assistenten, twee advocaten. Maandag kregen we tweeduizend telefoontjes en gisteren drieduizend. Onze Dyloft-website krijgt achtduizend bezoekers per dag. Als het gaat zoals die dingen gemiddeld gaan, kunnen we al op zo'n duizend cliënten rekenen.'

'En hoe groot is de totale groep die in aanmerking komt?'

'Vijftig- tot vijfenzeventigduizend, volgens mijn bron, die tot nu toe erg accuraat is geweest.'

'Ik zou je bron graag willen ontmoeten.'

'Vergeet het maar.'

French liet zijn knokkels knakken en probeerde die afwijzing te accepteren. 'We moeten die zaken binnenhalen, Clay. Mijn spotjes beginnen morgen. Als we het land nu eens opsplitsen? Jij neemt het noorden en oosten en je geeft mij het zuiden en westen. Het is gemakkelijker om kleinere markten te bewerken, en het is dan ook veel gemakkelijker om de zaken af te handelen. Er is iemand in Miami die binnen enkele dagen op televisie komt. En er is er een in Californië die, dat verzeker ik je, op dit moment al bezig is jouw spotjes te kopiëren. Ja, wij zijn haaien, echte aasgieren. Het is een race naar de rechtbank, Clay. We hebben een flinke voorsprong, maar de meute komt er al aan.'

'Ik doe mijn best.'

'Wat is je budget?' vroeg French, alsof hij en Clay al jarenlang zakendeden.

Wat geeft het ook, dacht Clay. Zoals ze daar samen achter in die limousine zaten, leken ze sterk op zakenpartners. 'Twee miljoen

voor de spotjes, nog eens twee miljoen voor het urineonderzoek.'
'We doen het volgende,' zei French zonder enige onderbreking in het gesprek. 'Je besteedt al je geld aan reclame. Haal die verrekte zaken binnen! Ik schiet het geld voor de urineonderzoeken voor, alle tests, en als we gaan schikken, laten we Ackerman Labs alles terugbetalen. Dat is normaal voor elke schikking: het farmaceutisch bedrijf vergoedt alle onderzoeken.'
'Die tests kosten driehonderd dollar per stuk.'
'Je laat je naaien. Ik zoek wat laboranten bij elkaar en we doen het veel goedkoper.' Dat herinnerde French aan een verhaal uit de begintijd van de Skinny Ben-zaken. Hij verbouwde toen vier oude Greyhound-bussen tot rijdende klinieken en reed in volle vaart door het hele land om potentiële cliënten te screenen. Clay luisterde met steeds minder belangstelling. Intussen staken ze de George Washington Bridge over. Er volgde nog een verhaal.
Clays suite in het Peninsula keek uit over Fifth Avenue. Zodra hij zich veilig in zijn kamer had opgesloten, bij Patton French vandaan, pakte hij de telefoon op zoek naar Max Pace.

19

Op het derde mobiele nummer trof hij Pace, die zich op een onbekende locatie bevond. De man zonder huis was de laatste weken steeds minder in Washington. Natuurlijk was hij ergens anders bezig een brand te blussen, een cliënt die in de fout was gegaan voor lastige processen te behoeden, al gaf hij dat niet toe. Hij hoefde het ook niet toe te geven. Clay kende hem inmiddels goed genoeg om te weten dat hij een veelgevraagde brandweerman was. Er was op de wereld geen tekort aan slechte producten.
Het verbaasde Clay hoe geruststellend het was om Paces stem te horen. Clay legde uit dat hij in New York was, met wie hij daar was en waarom hij daar was. Paces eerste woord was al beslissend. 'Schitterend,' zei hij. 'Gewoonweg schitterend.'
'Je kent hem?'
'Iedereen in dit vak kent Patton French,' zei Pace. 'Ik heb nooit zaken met hem gedaan, maar hij is een legende.'
Clay vertelde wat French hem had aangeboden. Pace begreep het meteen en begon vooruit te denken. 'Als je nu ook nog een eis indient in Biloxi, Mississippi, krijgt het aandeel Ackerman opnieuw een dreun,' zei hij. 'Ze staan al onder ontzaglijke druk van hun banken en van hun aandeelhouders. Dit is schitterend, Clay! Doe het!'
'Goed. Afgesproken.'
'En kijk morgenvroeg in de *New York Times*. Groot verhaal over Dy-

loft. Het eerste medische rapport is verschenen. Het is vernietigend.'
'Prachtig.'
Hij pakte een biertje uit de minibar – acht dollar, maar wat gaf het – en zat een hele tijd voor het raam naar de drukte op Fifth Avenue te kijken. Het was niet zo'n geruststellend idee dat hij op de adviezen van Max Pace moest afgaan, maar hij had nu eenmaal niemand anders tot wie hij zich kon wenden. Niemand, zelfs zijn vader niet, had ooit voor zo'n keuze gestaan: 'Als we jouw vijfduizend zaken hierheen brengen en ze samenvoegen met mijn vijfduizend zaken, dan komen we met één massaclaim, in plaats van twee, en dan gooi ik er een miljoentje of zo bij voor de medische tests, terwijl jij je reclamebudget vertweevoudigt. We halen veertig procent van het geld naar ons toe, eisen los daarvan onze onkosten op en verdienen een fortuin. Wat zeg je daarvan, Clay?'
In de afgelopen maand had hij meer geld verdiend dan hij ooit had kunnen dromen. Nu de dingen boven zijn macht dreigden te gaan, was het of hij het geld nog veel sneller uitgaf dan hij het verdiende. Moed houden, zei hij steeds weer tegen zichzelf, dit is de kans van je leven. Je moet lef hebben, snel toeslaan, risico's nemen, de dobbelsteen laten rollen, en dan word je misschien wel stinkend rijk. Een ander stemmetje drong er bij hem op aan om voorzichtig te zijn, het geld niet te vergooien, het ergens veilig weg te stoppen.
Hij had een miljoen naar een rekening in het buitenland overgemaakt, niet om het te verstoppen maar om het te beschermen. Hij zou dat geld nooit aanraken, onder geen beding. Als hij verkeerde beslissingen nam en alles vergokte, zou hij nog steeds dat geld hebben om op het strand te zitten. Hij zou de stad uitglippen zoals zijn vader had gedaan, en nooit terugkomen.
De miljoen dollar op die geheime rekening was zijn compromis.
Hij probeerde zijn kantoor te bellen, maar alle lijnen waren bezet. Dat was een goed teken. Hij kreeg Jonah op zijn mobiele telefoon te pakken. 'Het is hier een gekkenhuis,' zei Jonah, die doodmoe achter zijn bureau zat. 'Totale chaos.'
'Goed.'
'Waarom kom je niet terug om ons te helpen?'
'Morgen.'
Om twee minuten over halfacht zette Clay de televisie aan en zag zijn reclamespotje op een kabelkanaal. Het leek wel of het hier in New York nog onheilspellender klonk.

Ze dineerden in het Montrachet, niet vanwege het eten, dat erg goed was, maar vanwege de wijnlijst, die het uitgebreidst was van de restaurants in New York. French wilde een aantal rode bourgognes bij zijn kalfsvlees proeven. Er werden vijf flessen naar de tafel gebracht, met een apart glas voor elke wijn. Er was weinig ruimte voor het brood en de boter.
De sommelier en Patton leken in een vreemde taal te vervallen toen ze de inhoud van de flessen bespraken. Clay vond het allemaal maar onzin. Hij zou liever een hamburger met een biertje hebben gehad, al had hij wel het vermoeden dat zijn smaak in de komende tijd drastisch zou veranderen.
Toen de flessen wijn geopend waren en stonden te ademen, zei French: 'Ik heb naar mijn kantoor gebeld. Die advocaat in Miami is zijn Dyloft-spotjes al aan het uitzenden. Hij heeft twee klinieken opgezet en drijft zijn patiënten er als vee doorheen. Hij heet Carlos Hernández en hij is erg, erg goed.'
'Mijn mensen kunnen niet alle telefoontjes beantwoorden,' zei Clay.
'Doen we dit samen?' vroeg French.
'Laten we het nog eens doornemen.'
French haalde meteen een opgevouwen papier tevoorschijn. 'Dit is het memorandum van wat we overeenkomen,' zei hij en hij gaf het aan Clay terwijl hij de eerste fles te lijf ging. 'Hierin staat samengevat wat we tot nu toe hebben besproken.'
Clay las het zorgvuldig door en zette zijn handtekening aan de onderkant. French tekende ook, tussen twee slokken door, en ze waren partners.
'Laten we morgen de eis in Biloxi indienen,' zei French. 'Ik doe het zodra ik thuis ben. Ik laat er op dit moment al twee advocaten aan werken. Zodra de eis is ingediend, kun je die van jou in Washington intrekken. Ik ken de juridisch adviseur van Ackerman Labs. Ik denk dat ik wel met hem kan praten. Als het concern rechtstreeks met ons onderhandelt en zijn externe advocaten erbuiten houdt, kan het zich een immens kapitaal besparen en dat kunnen wij dan krijgen. Het zal de zaak ook flink bespoedigen. Als hun externe advocaten zich met de onderhandelingen belasten, kost ons dat een halfjaar aan verspilde tijd.'
'Zo'n honderd miljoen, hè?'
'Ja, zoiets. Dat zou van ons kunnen zijn.' In een van French' zakken ging een telefoon en hij haalde het apparaatje met zijn linkerhand tevoorschijn terwijl hij met zijn rechterhand het wijnglas vasthield.

'Neem me niet kwalijk,' zei hij tegen Clay.
Het was een Dyloft-gesprek met een andere advocaat, iemand in Texas, blijkbaar een oude vriend, iemand die sneller kon praten dan Patton French. Het was een beleefd gesprek, maar French was behoedzaam. Toen hij de verbinding had verbroken, zei hij: 'Verdomme!'
'Concurrentie?'
'Gevaarlijke concurrentie. Vic Brennan, een groot advocaat in Houston, erg intelligent en agressief. Hij zit achter Dyloft aan en hij wil weten hoe het zit.'
'Je hebt hem niets verteld.'
'Hij weet het al. Hij begint morgen met een reclamecampagne: radio, televisie, kranten. Reken maar dat hij duizenden zaken binnenhaalt.' Hij troostte zich met een slok wijn en moest toen glimlachen. 'De race is begonnen, Clay. We moeten die patiënten te pakken krijgen.'
'Straks wordt het nog gekker,' zei Clay.
French had zijn mond vol Pinot Noir en kon niets zeggen. Wat? zei zijn gezicht.
'Morgenvroeg staat er een groot verhaal in de *New York Times*. Het eerste negatieve bericht over Dyloft, volgens mijn bronnen.'
Dat had hij niet moeten zeggen, tenminste niet tijdens het diner. French vergat zijn kalfsvlees, dat nog in de keuken was. En hij vergat de dure wijnen die op tafel stonden, al lukte het hem in de volgende drie uren wel om de flessen leeg te maken. Maar welke massaclaimadvocaat kon zich op voedsel en wijn concentreren als de *New York Times* binnen enkele uren zijn volgende gedaagde en diens gevaarlijke geneesmiddel aan de kaak ging stellen?

De telefoon ging, al was het buiten nog donker. Toen hij de wekker eindelijk goed kon zien, zag hij dat het kwart voor zes was. 'Opstaan!' gromde French tegen hem. 'En doe de deur open.' Zodra Clay de deur van het slot had, duwde French hem open en stormde hij met kranten en een kop koffie naar binnen. 'Ongelooflijk!' zei hij en hij gooide de *New York Times* op Clays bed.
'Je kunt niet de hele dag slapen, jongen. Lees dit eens!' Hij droeg spullen van het hotel, de gratis badstoffen ochtendjas en witte doucheschoenen.
'Het is nog geen zes uur.'

'Ik ben in geen dertig jaar later dan vijf uur opgestaan. Er zijn te veel rechtszaken in de wereld.'
Clay droeg alleen maar zijn boxershorts. French dronk koffie en las het verhaal nog eens, turend door de leesbril die op de punt van zijn mopsneus balanceerde.
Geen spoor van een kater. Clay had genoeg gekregen van de wijnen, die volgens hem allemaal hetzelfde smaakten, en had de rest van de avond mineraalwater gedronken. French was manmoedig doorgegaan, vast van plan de winnaar van de vijf bourgognes aan te wijzen, al werd hij zo door Dyloft afgeleid dat hij zich niet goed op de wijn kon concentreren.
De *Atlantic Journal of Medicine* meldde dat dylofedamint, beter bekend als Dyloft, in verband was gebracht met blaastumoren bij ongeveer zes procent van degenen die het een jaar lang hadden ingenomen.
'Meer dan vijf procent,' zei Clay toen hij het las.
'Fantastisch toch?' zei French.
'Niet als je tot die zes procent behoort.'
'Ik niet.'
Er waren al artsen die het middel niet meer voorschreven. Ackerman Labs kwam met een nogal zwakke ontkenning en gaf zoals gewoonlijk de schuld aan hebzuchtige advocaten, al hield het concern zich tamelijk koest. Geen commentaar van de FDA. Een arts in Chicago had een halve kolom nodig om te vertellen hoe geweldig het middel was en hoe blij zijn patiënten ermee waren. Er was ook goed nieuws, als je het zo kon noemen: de tumoren waren blijkbaar niet kwaadaardig, tenminste tot nu toe niet. Toen Clay het verhaal las, kreeg hij het gevoel dat Max Pace het een maand geleden al onder ogen had gehad.
Er was maar één alinea over de collectieve eis die op maandag in Washington was ingediend en de jonge advocaat die dat had gedaan werd niet genoemd.
De prijs van het aandeel Ackerman was gekelderd van 42,50 dollar op maandagmorgen tot een slotkoers van 32,50 dollar op woensdag.
'Ik had op die daling moeten speculeren,' mompelde French. Clay beet op zijn tong en gaf zijn geheim niet prijs. Het was een van de weinige geheimen die hij in de afgelopen 24 uur voor zich had gehouden.
'We kunnen het in het vliegtuig nog een keer lezen,' zei French.
'Kom, we gaan.'

Het aandeel Ackerman stond op 28 dollar toen Clay zijn kantoor binnenliep en zijn vermoeide medewerkers probeerde te begroeten. Hij ging achter de computer zitten en riep een website met de nieuwste aandelenkoersen op. Elke vijf minuten keek hij naar de stand en berekende hij zijn winst. Omdat hij handenvol geld uitgaf, was het een prettig idee dat hij ook een heleboel winst maakte.

Jonah was de eerste die naar hem toe kwam. 'We hebben hier gisteravond tot twaalf uur gezeten,' zei hij. 'Het is gekkenwerk.'

'Het wordt nog gekker. We gaan de televisiespotjes twee keer zo vaak uitzenden.'

'Dat houden we niet vol.'

'Neem wat tijdelijke assistenten aan.'

'We hebben computermensen nodig, minstens twee. We kunnen de gegevens niet snel genoeg verwerken.'

'Kun je ze vinden?'

'Misschien een paar parttimers. Ik ken wel een paar mensen die ons misschien 's avonds kunnen helpen.'

'Prima.'

Jonah wilde al weglopen, maar draaide zich toen om en deed de deur achter zich dicht. 'Clay, zeg, we zijn hier met z'n tweeën, hè?'

Clay keek in het kantoor om zich heen en zag niemand. 'Wat is er?'

'Nou, jij bent een slimme jongen en zo, maar weet je wel wat je aan het doen bent? Ik bedoel, je geeft het geld sneller uit dan iemand ooit heeft gedaan. Als er nu eens iets mis gaat?'

'Maak je je zorgen?'

'We maken ons allemaal een beetje zorgen. Deze firma is geweldig van start gegaan. We willen hier blijven en plezier in ons werk hebben en geld verdienen en zo. Maar als jij nu eens een vergissing begaat en bankroet gaat?'

Clay liep naar de rand van zijn bureau en ging op de hoek zitten. 'Ik zal heel eerlijk tegen je zijn. Ik denk dat ik weet wat ik doe, maar omdat ik het nooit eerder heb gedaan, kan ik daar niet zeker van zijn. Het is een grote gok. Als ik win, verdienen we allemaal enorm veel geld. Als ik verlies, hebben we nog steeds ons werk. Alleen zijn we dan niet rijk.'

'Zou je dit ook tegen de anderen willen zeggen?'

'Goed.'

De lunch was een broodjespauze van tien minuten in de vergaderkamer. Jonah had de nieuwste cijfers. In de eerste drie dagen hadden ze 7100 telefoontjes op de hotline ontvangen en had de website gemiddeld 8000 bezoekers per dag getrokken. De informatiepakketten en contracten voor juridische diensten waren zo snel mogelijk verzonden, al hadden ze daarmee een achterstand opgelopen. Clay gaf Jonah toestemming twee parttime computerassistenten aan te nemen. Paulette kreeg opdracht nog drie of vier juridisch assistenten voor in de Sweatshop op te duikelen. En mevrouw Glick kreeg opdracht zo veel tijdelijk administratief personeel in te huren als maar nodig was om de correspondentie met cliënten af te handelen.

Clay vertelde over zijn gesprekken met Patton French en legde uit wat hun nieuwe juridische strategie was. Hij liet kopieën van het artikel in de *New York Times* zien; ze hadden nog geen tijd gehad om de krant te lezen.

'De race is begonnen, mensen.' Hij deed zijn best om het vermoeide stelletje mensen te motiveren. 'De haaien komen op onze cliënten af.'

'Wij zijn de haaien,' zei Paulette.

Patton French belde laat in de middag om te vertellen dat zijn Mississippi-cliënten bij de collectieve eis waren gevoegd en dat die eis was ingediend bij de rechtbank in Biloxi. 'We hebben alles precies zoals we het willen hebben, jongen,' zei hij.

'Ik trek mijn eis hier in Washington morgen in,' zei Clay. Hij hoopte maar dat hij daarmee niet alles uit handen gaf.

'Laat je dat aan de pers uitlekken?'

'Dat was ik niet van plan,' zei Clay. Hij had geen idee hoe je iets naar de pers liet uitlekken.

'Laat mij het maar doen.'

Het aandeel Ackerman stond aan het eind van de dag op 26,25 dollar. Als Clay nu kocht en zijn termijnverkopen van de vorige week daarmee afdekte, zou dat hem een winst van 1.625.000 dollar opleveren. Hij besloot te wachten. De volgende morgen zou het nieuws uit Biloxi de kranten halen en dat kon het aandeel alleen maar kwaad doen.

Om twaalf uur die avond zat hij aan zijn bureau te praten met een man in Seattle die al bijna een jaar Dyloft gebruikte en nu doodsbang was dat hij tumoren had. Clay raadde hem aan om zo gauw mogelijk naar de dokter te gaan voor een urineonderzoek. Hij vertelde hem over de website en beloofde hem de volgende morgen een informatiepakket te sturen. Toen ze ophingen, stond de man op het punt in tranen uit te barsten.

20

Het slechte nieuws bleef het wondergeneesmiddel Dyloft achtervolgen. De resultaten van nog twee medische onderzoeken werden bekendgemaakt. In een van die artikelen werd overtuigend aangetoond dat ze het bij Ackerman Labs niet zo nauw met hun eigen onderzoek hadden genomen en aan alle touwtjes hadden getrokken om het geneesmiddel goedgekeurd te krijgen. Uiteindelijk gaf de FDA opdracht Dyloft uit de roulatie te nemen.

Al dat slechte nieuws was natuurlijk geweldig nieuws voor de advocaten, en de wedloop werd des te verhitter doordat steeds meer laatkomers eraan gingen deelnemen. Patiënten die Dyloft gebruikten, kregen schriftelijke waarschuwingen van Ackerman Labs en van hun eigen artsen, en die afschrikwekkende boodschappen werden bijna altijd gevolgd door onheilspellende wervingsbrieven van advocaten. Die brieven waren erg effectief. Op alle grote markten werden krantenadvertenties gebruikt. En je kon geen televisie aanzetten of je kreeg het nummer van een hotline te zien. Bijna alle Dyloft-gebruikers, die zich door woekerende tumoren bedreigd voelden, namen contact op met een advocaat.

Patton French had nog nooit meegemaakt dat een massaclaim zo geweldig goed totstandkwam. Omdat hij en Clay de race naar het gerechtsgebouw van Biloxi hadden gewonnen, was hun claim als eerste geregistreerd. Alle andere Dyloft-eisers die aan een collectieve eis wilden deelnemen, moesten zich bij hen aansluiten en accepteren dat de stuurgroep een extra honorarium van het totaal afroomde. French' bevriende rechter had de stuurgroep van vijf advocaten al benoemd: French, Clay, Carlos Hernández uit Miami en twee vriendjes uit New Orleans. In theorie zou de stuurgroep het grote en gecompliceerde proces tegen Ackerman Labs afhandelen. In de praktijk zouden de vijf vooral de papierwinkel bijhouden om ervoor te zorgen dat de gegevens van de ongeveer vijftigduizend cliënten en hun advocaten enigszins op orde bleven.

Een Dyloft-eiser kon altijd uit de massaclaim stappen en op eigen houtje een proces tegen Ackerman Labs aanspannen. Advocaten in het hele land verzamelden patiënten en sloten coalities, en natuurlijk kwamen uit dat alles conflicten voort. Sommigen waren het er niet mee eens dat de eis in Biloxi werd ingediend en wilden hun eigen eis indienen. Anderen hadden een hekel aan Patton French. Weer anderen wilden een proces in hun eigen staat, met de kans op een reusachtige schadevergoeding.

Maar French had al veel vaker met dit bijltje gehakt. Hij leefde in zijn Gulfstream, vloog van kust naar kust, sprak met de advocaten die honderden zaken binnenhaalden en zag op de een of andere manier kans de kwetsbare coalitie bijeen te houden. In Biloxi konden ze een hogere schadevergoeding eisen, beloofde hij.

Hij praatte elke dag met de juridisch adviseur van Ackerman Labs, een geharde oude krijger die twee keer had geprobeerd met pensioen te gaan maar telkens door de president-directeur was tegengehouden. French' boodschap was volkomen duidelijk: laten we nu over een schikking praten, zonder jullie externe advocaten, want je weet dat jullie het niet op een proces kunnen laten aankomen. Ackerman Labs begon te luisteren.

In het midden van augustus organiseerde French een topconferentie van zijn Dyloft-advocaten op zijn enorme ranch in Ketchum, Idaho. Hij legde Clay uit dat hij daar als lid van de stuurgroep van eisers niet mocht ontbreken. Bovendien wilden de andere jongens graag die jonge nieuwkomer ontmoeten die met de zaak-Dyloft was begonnen. 'En als je met die kerels te maken hebt, mag je niet één bijeenkomst missen, want anders kun je een dolkstoot in je rug verwachten.'

'Ik zal er zijn,' zei Clay.

'Ik stuur een jet,' bood French aan.

'Nee, dank je. Ik kom er wel.'
Clay charterde een Lear 35, een mooie kleine jet. Het toestel was een stuk kleiner dan een Gulfstream 5, maar omdat hij toch in zijn eentje reisde, was het groot genoeg. Hij ontmoette de piloten in de privé-terminal van Reagan National, waar hij zich tussen de andere rijke patsers bewoog, die allemaal ouder waren dan hij. Hij deed zijn uiterste best om te doen alsof het voor hem de gewoonste zaak van de wereld was om in zijn eigen jet te stappen. Zeker, het toestel was eigendom van een chartermaatschappij, maar de komende drie dagen was het van hem.
Toen ze naar het noorden vlogen, zag hij de Potomac en het Lincoln Memorial, en meteen daarna zag hij alle bekende gebouwen van de binnenstad. Daar was zijn eigen kantoorgebouw en in de verte, niet te ver weg, was het Bureau voor Rechtshulp. Wat zouden Glenda en Jermaine en alle anderen die hij had achtergelaten, denken als ze hem nu zagen?
Wat zou Rebecca denken?
Als ze hem nog maar één maand had gehouden.
Hij had zo weinig tijd gehad om aan haar te denken.
Ze gingen de wolken in en het uitzicht was weg. Washington lag alweer kilometers achter hen. Clay Carter ging naar een geheime bijeenkomst van sommigen van de rijkste advocaten in Amerika, de koningen van de massaclaim, de advocaten die de hersenen en het lef hadden om het tegen de machtigste concerns op te nemen.
En ze wilden hem ontmoeten!

Zijn jet was de kleinste op het vliegveld Ketchum-Sun Valley in Friedman, Idaho. Toen hij daar langs Gulfstreams en Challengers taxiede, had hij de belachelijke gedachte dat zijn jet ontoereikend was, dat hij een grotere moest hebben. Toen lachte hij om zichzelf, hij zat in de met leer beklede cabine van een Lear van drie miljoen dollar, en hij vroeg zich af of hij iets groters nodig had. In elk geval kon hij er nog om lachen. Wat zou hij voor iemand zijn als er een eind aan het lachen kwam?
Ze parkeerden naast een bekend vliegtuig met het registratienummer 000MC. Nul, Nul, Nul, MassaClaim, het tweede huis van Patton French zelf. Daarmee vergeleken was Clays vliegtuig een dwerg, en hij keek even jaloers naar de mooiste luxejet ter wereld.
Er stond een busje te wachten met een nepcowboy achter het stuur.

Gelukkig was de chauffeur niet zo'n prater en Clay genoot ervan om drie kwartier in stilte door Idaho te rijden. Ze reden over slingerende wegen die steeds smaller werden. Zoals hij had verwacht, was Pattons ranch erg nieuw en zo volmaakt dat hij niet op een ansichtkaart zou misstaan. Het huis had genoeg vleugels en verdiepingen om een vrij grote advocatenfirma te kunnen huisvesten. Een andere cowboy nam Clays tas over. 'Meneer French wacht op het terras aan de achterkant,' zei hij, alsof Clay daar al vele malen was geweest.
Toen Clay bij de anderen aankwam, bleek het gesprek over Zwitserland te gaan, welk afgelegen wintersporthotel ze prefereerden. Hij luisterde even toen hij naar hen toe kwam lopen. De vier andere leden van de stuurgroep van eisers zaten onderuitgezakt in een stoel naar de bergen te kijken. Ze rookten donkere sigaren en hadden een glas bij de hand. Toen ze beseften dat Clay er was, sprongen ze overeind alsof een rechter de zaal was binnengekomen. In de eerste drie minuten van hun opgewonden conversatie noemden ze hem 'briljant', 'geslepen', 'een kerel met lef' en, zijn favoriete term, 'een man met visie'.
'Je moet ons vertellen hoe je Dyloft hebt gevonden,' zei Carlos Hernández.
'Hij wil het niet zeggen,' zei French terwijl hij een of ander smerig drankje voor Clay mixte.
'Kom op nou,' zei Wes Saulsberry, Clays nieuwste vriend. Binnen enkele minuten zou Clay te horen krijgen dat Wes drie jaar geleden een half miljard aan de zaak tegen de tabaksfabrikanten had gewonnen.
'Ik heb geheimhouding moeten zweren,' zei Clay.
De andere advocaat uit New Orleans was Damon Didier, een van de sprekers op een sessie die Clay op het congres van de Kring van Pleiters had bijgewoond. Didier had een ijzig gezicht en glasharde ogen. Clay had zich in dat weekend afgevraagd hoe zo iemand ooit indruk op een jury kon maken. Didier, zo hoorde hij gauw genoeg, had een fortuin verdiend toen een rivierboot boordevol studenten in Lake Pontchartrain was gezonken. Wat verschrikkelijk.
Ze hadden behoefte aan insignes en medailles, net als oorlogshelden. Deze hier hebben ze me gegeven voor die tankerexplosie waarbij twintig mensen om het leven kwamen. Ik kreeg deze voor die jongens die levend verbrand zijn op dat booreiland. Deze grote hier heb ik met de Skinny Ben-campagne behaald. Deze kreeg ik voor

de oorlog tegen de tabaksfabrikanten. Deze voor de strijd tegen de ziekenfondsen.

Omdat Clay geen oorlogsverhalen te vertellen had, luisterde hij alleen maar. Tarvan zou ze versteld doen staan, maar daar kon hij niets over vertellen.

Een butler in een Roy Rogers-shirt vertelde meneer French dat het diner over een uur geserveerd zou worden. Ze gingen naar de benedenverdieping, waar een kamer met biljarttafels en grote schermen was ingericht. Een stuk of tien blanke mannen waren daar aan het drinken en praten en sommigen van hen hadden een biljartkeu in hun hand. 'De rest van het complot,' fluisterde Hernández in Clays oor.

Patton stelde hem aan de groep voor. De namen, gezichten en woonplaatsen vervaagden al snel. Seattle, Houston, Topeka, Boston en andere plaatsen die hij niet goed verstond. En ook Effingham, Illinois. Ze betuigden allemaal eer aan de 'briljante' jonge advocaat die hen met zijn gewaagde aanval op Dyloft volkomen had verrast.

'Ik zag het spotje op de eerste avond dat het werd uitgezonden,' zei Bernie Huppeldepup uit Boston. 'Ik had nog nooit van Dyloft gehoord. Dus ik bel jullie hotline en ik krijg een vriendelijke man aan de lijn. Ik zeg tegen hem dat ik het middel gebruik, speel het spelletje mee, je kent dat wel. Ik ga naar de website. Het was schitterend. Ik zei tegen mezelf: "Iemand is me te vlug af geweest." Drie dagen later ben ik met mijn eigen Dyloft-hotline op televisie.'

Ze lachten allemaal, waarschijnlijk omdat ze elkaar soortgelijke verhalen konden vertellen. Clay had er nooit bij stilgestaan dat andere advocaten zijn hotline en zijn website konden gebruiken om zelf ook patiënten binnen te halen. Maar waarom werd hij daar nog door verrast?

Toen ze eindelijk klaar waren met hem te bewonderen, zei French dat ze een paar dingen te bespreken hadden voor het diner, waarop ze overigens ook een fabelachtige selectie Australische wijnen konden proeven. Clay was al duizelig van de puike Cubaanse sigaar en de dubbele wodka. Hij was verreweg de jongste advocaat die hier aanwezig was en hij voelde zich in alle opzichten een groentje. Vooral wanneer het op drinken aankwam. Hij bevond zich in het gezelschap van professionals.

De jongste advocaat. De kleinste jet. Geen oorlogsverhalen. De zwakste lever. Hoog tijd dat hij volwassen werd.

Ze verdrongen zich om French, die voor zulke momenten leefde. Hij begon: 'Zoals jullie weten, heb ik veel contact gehad met Wicks, de juridisch adviseur van Ackerman Labs. Het komt erop neer dat ze gaan schikken en wel snel ook. Ze worden van alle kanten aangevallen, en ze willen dat dit zo gauw mogelijk achter de rug is. Hun aandelen staan nu zo laag dat ze bang zijn voor een overname. De aasgieren, onder wie wij, staan op het punt om zich op hen te storten. Als ze weten hoeveel Dyloft ze gaat kosten, kunnen ze wat schulden herstructureren en misschien komen ze het dan nog wel te boven. Ze willen absoluut geen langdurige juridische procedures op veel fronten, met links en rechts juryuitspraken in hun nadeel. En ze hebben ook geen zin om tientallen miljoenen aan hun eigen advocaten uit te geven.'
'Arme stumpers,' zei iemand.
'In *Business Week* was sprake van een faillissement,' zei iemand anders. 'Hebben ze daarmee gedreigd?'
'Nog niet. En ik verwacht ook niet dat ze dat gaan doen. Daar heeft Ackerman veel te veel activa voor. We zijn net klaar met de financiële analyse – we nemen morgenvroeg de cijfers door – en onze deskundigen denken dat het concern tussen de twee en drie miljard heeft om Dyloft af te handelen.'
'Voor hoeveel zijn ze verzekerd?'
'Voor maar driehonderd miljoen. Maar ze hebben hun cosmeticadivisie al een jaar te koop staan. Ze willen een miljard. De werkelijke waarde is ongeveer driekwart daarvan. Als ze die divisie voor een half miljard dumpen, hebben ze genoeg geld om onze cliënten tevreden te stellen.'
Het was Clay opgevallen dat die cliënten bijna nooit werden genoemd.
De aasgieren hingen aan French' lippen. Hij ging verder: 'We moeten twee dingen vaststellen. Ten eerste: hoeveel potentiële eisers lopen er rond? Ten tweede: wat is de waarde van elk geval?'
'Laten we ze optellen,' zei iemand met een zwaar Texaans accent. 'Ik heb er duizend.'
'Ik heb er achttienhonderd,' zei French. 'Carlos?'
'Tweeduizend,' zei Hernández terwijl hij aantekeningen begon te maken.
'Wes?'
'Negenhonderd.'

De advocaat uit Topeka had er zeshonderd, het kleinste aantal. Tweeduizend was het hoogste, maar French had het beste voor het laatst bewaard. 'Clay?' zei hij en iedereen luisterde aandachtig.

'Tweeëndertighonderd,' zei Clay met een grimmig pokergezicht. Maar zijn nieuwe vrienden waren opgetogen. Of in elk geval wekten ze die indruk.

'Bravo,' zei iemand.

Clay vermoedde dat onder die stralende gezichten en 'Bravo's' erg jaloerse mensen schuilgingen.

'Dat is 24.000,' zei Carlos, die het snel had uitgerekend.

'Dat kunnen we rustig vertweevoudigen en dan komen we dicht bij vijftigduizend, het aantal waar Ackerman van uitgaat. Twee miljard gedeeld door vijftigduizend is veertigduizend dollar per patiënt. Niet slecht.'

Clay sloeg zelf ook aan het rekenen. Veertigduizend dollar maal zijn eigen tweeëndertighonderd patiënten, dat betekende iets boven de honderdtwintig miljoen. En eenderde daarvan... Het was of zijn hersenen verstijfden bij die gedachte.

'Weet Ackerman in hoeveel van die gevallen kwaadaardige tumoren zijn ontstaan?' vroeg Bernie uit Boston.

'Nee. Ze schatten ongeveer één procent.'

'Dat zijn vijfhonderd gevallen.'

'Voor minimaal een miljoen dollar per stuk.'

'Dat is weer een half miljard.'

'Vijf miljoen per stuk in Seattle.'

'We hebben het hier over dood door schuld.'

Zoals te verwachten was, had iedere advocaat een mening naar voren te brengen en ze deden dat allemaal tegelijk. Toen French de orde had hersteld, zei hij: 'Heren, we gaan aan tafel.'

Het diner was een fiasco. De tafel in de eetkamer was een plaat glanzend hout die uit één boom kwam, een enorme, majestueuze rode esdoorn, die er eeuwenlang had gestaan totdat rijke Amerikanen hem nodig hadden. Er konden minstens veertig mensen aan die tafel zitten. Er waren achttien gasten en die waren zo verstandig om een beetje uit elkaar te gaan zitten. Anders was het misschien nog knokken geworden.

In een kamer vol flamboyante ego's, waar iedereen de grootste advocaat was die God had geschapen, was de irritantste windbuil

Victor K. Brennan, een luidruchtige, nasaal pratende Texaan uit Houston. Onder het derde en vierde glas wijn, ongeveer halverwege de dikke steaks, begon Brennan te klagen dat er veel meer geld uit de individuele gevallen te slepen was. Hij had een veertigjarige cliënt die grof geld verdiende en nu kwaadaardige tumoren had, dankzij Dyloft. 'Ik kan van elke jury in Texas tien miljoen schade en twintig miljoen smartengeld krijgen,' pochte hij. De meeste anderen waren het daarmee eens. Sommigen overtroefden hem zelfs door te beweren dat ze in hun eigen staat nog meer konden krijgen. French verdedigde zich met de theorie dat als sommigen miljoenen kregen de grote massa weinig kreeg. Brennan wilde dat niet accepteren maar kon niet met goede tegenargumenten komen. Hij had het vage gevoel dat Ackerman Labs meer geld had dan het concern liet blijken.

De groep reageerde verdeeld, maar de scheidslijnen verschoven zo snel en de standpunten waren van zo tijdelijke aard dat Clay er moeite mee had vast te stellen hoe de meesten erover dachten. French was het niet met Brennan eens dat ze gemakkelijk smartengeld los konden krijgen. Ze zouden problemen krijgen met de bewijslast. 'Je hebt toch die papieren?' vroeg Brennan.

'Clay heeft wat papieren verstrekt. Ackerman weet dat nog niet. Jullie hebben ze niet gezien. En misschien krijgen jullie ze ook niet te zien, als jullie niet in het gareel blijven.'

Men hield op met eten en alle zeventien (Clay niet) begonnen tegelijk te schreeuwen. De obers verlieten de kamer. Clay zag al voor zich hoe ze de keuken in vluchtten en daar achter de tafels wegkropen. Brennan had zin om erop los te slaan. Wes Saulsberry gaf zich niet gewonnen. Er werd steeds grovere taal uitgeslagen. En te midden van al dat lawaai keek Clay naar het eind van de tafel en zag Patton French aan een wijnglas snuiven, een slokje nemen, zijn ogen sluiten en de zoveelste nieuwe wijn beoordelen.

Hoeveel van deze ruzies had French al meegemaakt? Waarschijnlijk wel honderd. Clay sneed een stukje steak af.

Toen de gemoederen tot bedaren kwamen, vertelde Bernie uit Boston een grap over een katholieke priester en barstte iedereen in lachen uit. Ongeveer vijf minuten genoten ze van het eten en de wijn en toen stelde Albert uit Topeka voor dat ze een strategie zouden ontwikkelen om Ackerman Labs te dwingen failliet te gaan. Hij had dat al twee keer met andere ondernemingen gedaan, in beide gevallen met bevredigend resultaat. Beide keren hadden de ondernemingen de faillissementswetgeving gebruikt om de banken en andere crediteuren naar hun geld te laten fluiten, zodat Albert en zijn duizenden cliënten des te meer kregen. De tegenstanders kwamen met bezwaren, Albert voelde zich persoonlijk beledigd, en algauw was het weer ruzie.

Ze maakten ruzie om alles: weer om de papieren, of ze al dan niet een snelle schikking moesten afwijzen en op een proces moesten aandringen, om het territorium waar een en ander zich moest afspelen, om valse reclame, om manieren om de overige patiënten binnen te halen, om onkosten, om honoraria. Clay was vreselijk nerveus en hij zei geen woord. De rest scheen enorm van het eten te genieten en dat terwijl ze de hele tijd ook nog twee of drie ruzies tegelijk uitvochten.

Een kwestie van ervaring, zei Clay tegen zichzelf.

Na het langste diner uit Clays leven leidde French hen weer naar de biljartkamer, waar ze cognac dronken en nog meer sigaren rookten. De mannen die elkaar drie uur lang hadden uitgescholden, dronken en lachten nu als corpsstudenten. Bij de eerste de beste gelegenheid glipte Clay weg. Na enig zoeken vond hij zijn kamer.

De Barry en Harry-show stond voor zaterdagmorgen tien uur op de agenda, zodat iedereen de tijd had om zijn roes uit te slapen en een stevig ontbijt naar binnen te werken. French bood de mogelijkheid om op forel te vissen of kleiduiven te schieten, maar er was niet één advocaat die dat deed.

Barry en Harry hadden een firma in New York die niets anders deed dan de financiën analyseren van ondernemingen die het doelwit van een massaclaim waren. Ze hadden informanten en contactpersonen en spionnen en de reputatie dat ze de huid van die ondernemingen afstroopten om de harde waarheid bloot te leggen. French had hen laten overvliegen voor een presentatie van een uur. 'Dat kost ons tweehonderdduizend dollar,' fluisterde hij trots tegen Clay. 'En dat laten we ons door Ackerman Labs vergoeden. Stel je voor.'

Ze hadden een vaste routine. Barry zorgde voor het beeldmateriaal en Harry had de aanwijsstok: twee hoogleraren voor een collegezaal. Ze stonden op het podium van het kleine theater, een verdieping lager dan de biljartkamer. De advocaten waren nu eindelijk stil.

Ackerman Labs was verzekerd voor minstens vijfhonderd miljoen dollar: driehonderd miljoen voor wettelijke aansprakelijkheid bij hun vaste verzekeraar en nog eens tweehonderd miljoen bij een herverzekeraar. De cashflowanalyse was ingewikkeld en Harry en Barry moesten op een gegeven moment tegelijk praten om het af te ronden. De cijfers en percentages vlogen door de zaal en algauw kon niemand het meer volgen.
Ze praatten over Ackermans cosmeticadivisie, die in de aanbieding gegooid kon worden en dan zo'n zeshonderd miljoen zou kunnen opbrengen. De onderneming had een plasticdivisie in Mexico die ze voor tweehonderd miljoen wilde dumpen. Het kostte de twee experts een kwartier om uit te leggen wat voor schulden de onderneming allemaal had.
Barry en Harry waren ook juristen en konden dus goed beoordelen hoe een onderneming waarschijnlijk op zo'n rampzalige massaclaim zou reageren. Als Ackerman Labs verstandig was, kwamen ze snel tot een gefaseerde schikking. 'Een pannenkoekschikking,' noemde Harry dat.
Clay was blij dat hij de enige in de zaal was die absoluut niet wist wat een pannenkoekschikking was.
'Fase één: twee miljard voor alle eisers van niveau één,' ging Harry verder en daarna was hij zo goed om alle elementen van zo'n plan uiteen te zetten.
'We denken dat ze dat binnen negentig dagen doen,' voegde Barry eraan toe.
'Fase twee: een half miljard voor eisers van niveau twee, degenen die kwaadaardige tumoren hebben maar niet doodgaan.'
'En dan kunnen we fase drie nog vijf jaar openlaten. We hebben het dan over de patiënten die zijn gestorven.'
'We denken dat Ackerman in het komende jaar iets tussen de tweeënhalf en drie miljard kan betalen, en in de komende vijf jaar nog eens een half miljard.'
'Als jullie daarboven willen gaan, bestaat het gevaar dat Ackerman failliet gaat.'
'En dat is in dit geval niet gunstig. Er zijn te veel banken met preferente vorderingen.'
'En een faillissement zou betekenen dat de geldkraan wordt dichtgedraaid. Dan duurt het drie tot vijf jaar voordat jullie een fatsoenlijke schikking hebben.'

Natuurlijk wilden de advocaten meteen weer gaan argumenteren. Vooral Vincent uit Pittsburgh wilde de anderen met zijn financiële deskundigheid imponeren, maar Harry en Barry zetten hem meteen op zijn nummer. Na een uur verlieten ze de zaal om te gaan vissen.

French nam hun plaats op het podium in. Alle argumenten waren uitgesproken. Er werd niet meer geruzied. Nu moesten ze het eens worden over een plan.

Ten eerste moesten ze de overige patiënten binnenhalen. Ieder voor zich. Alle middelen waren geoorloofd. Omdat ze nog maar de helft van het totaal hadden, liepen er nog genoeg Dyloft-eisers rond, die ze moesten vinden. Zoek de kleine advocaten op die maar twintig of dertig gevallen hebben en laat ze met ons meedoen. Doe alles wat nodig is om de patiënten binnen te halen.

Ten tweede zou er over zestig dagen een schikkingsbijeenkomst met Ackerman Labs worden gehouden. De stuurgroep van eisers zou dat organiseren en de anderen op de hoogte stellen.

Ten derde zouden ze alles op alles zetten om iedereen in het gareel te houden. Ze waren sterk omdat ze met zoveel waren. Degenen die 'eruit stapten' en hun eigen proces wilden voeren, zouden geen toegang krijgen tot de vernietigende papieren. Zo simpel lag het. Het was hard, maar het was niet anders.

Iedere advocaat in de zaal had wel bezwaar tegen een of ander deel van het plan, maar het bondgenootschap hield stand. Het zag ernaar uit dat de zaak-Dyloft tot de snelste schikking uit de geschiedenis van de massaclaims zou leiden en de advocaten roken het geld.

21

De volgende reorganisatie van de jonge firma voltrok zich op dezelfde chaotische manier als de vorige reorganisaties en om dezelfde redenen: te veel nieuwe cliënten, te veel nieuwe papieren, niet genoeg mankracht, een onduidelijke hiërarchie en een erg onzekere managementstijl omdat niemand aan de top ooit eerder een managementfunctie had gehad, misschien met uitzondering van mevrouw Glick. Drie dagen nadat Clay uit Ketchum was teruggekeerd, legden Paulette en Jonah in zijn kantoor een hele waslijst van dringende problemen aan hem voor. Er hing muiterij in de lucht. De zenuwen waren tot het uiterste gespannen en de vermoeidheid maakte alles nog erger.

Volgens de gunstigste schattingen beschikte de firma nu over 3320 Dyloft-gevallen en omdat al die gevallen nieuw waren, vereisten ze ogenblikkelijke aandacht. Paulette was daarvoor niet beschikbaar, want ze had met tegenzin de rol van kantoormanager op zich genomen, en Jonah was ook niet beschikbaar, want hij werkte tien uur per dag aan een computersysteem om alle zaken bij te houden, en natuurlijk was Clay ook niet beschikbaar, want hij was de baas en moest interviews geven en reisjes naar Idaho maken. De firma had inmiddels twee advocaten in dienst genomen en beschikte nu over tien assistenten, die geen van allen meer dan drie maanden ervaring hadden, met uitzondering van Rodney. 'Ik kan de goeden niet van

de slechten onderscheiden,' zei Paulette. 'Daar is het te vroeg voor.' Ze schatte dat iedere assistent tussen de honderd en tweehonderd gevallen kon afhandelen. 'Die cliënten zijn bang,' zei ze. 'Ze zijn bang omdat ze die tumoren hebben. Ze zijn bang omdat je geen krant kunt openslaan of het gaat over Dyloft. En ze zijn vooral bang omdat wij ze bang hebben gemaakt.'
'Ze willen dat er met ze wordt gepraat,' zei Jonah. 'En ze willen een advocaat aan de andere kant van de lijn, geen assistent die geen tijd heeft. Als we niet oppassen, raken we binnenkort cliënten kwijt.'
'We raken geen cliënten kwijt,' zei Clay, die aan al die sympathieke haaien dacht die hij in Idaho had leren kennen. Die zouden het geen enkel punt vinden om zijn ontevreden cliënten in te pikken.
'We verzuipen in de papieren,' zei Paulette, die Clays woorden negeerde en de klaagzang van Jonah overnam. 'Alle eerste medische tests moeten worden geanalyseerd en geverifieerd met een tweede test. Op dit moment zitten we met zo'n vierhonderd mensen die opnieuw getest moeten worden. Dat zouden de ernstige gevallen kunnen zijn; die mensen zijn misschien stervende, Clay. Maar iemand moet in overleg met de artsen hun medische verzorging regelen. Dat gebeurt nu niet, Clay.'
'Ik luister,' zei hij. 'Hoeveel advocaten hebben we nodig?'
Paulette wierp Jonah een vermoeide blik toe. Ze hadden geen antwoord op die vraag. 'Tien?' zei ze.
'Minstens tien,' zei Jonah. 'Voorlopig tien, op dit moment tien. Later misschien nog meer.'
'We gaan de reclamecampagne opvoeren,' zei Clay.
Er volgde een lange, vermoeide stilte waarin Jonah en Paulette zijn woorden in zich opnamen. Hij had hun in het kort verteld wat er in Ketchum was besproken, maar hij had geen bijzonderheden verstrekt. Hij had hun verzekerd dat iedere patiënt die ze binnenhaalden binnenkort een grote winst zou opleveren, maar hij had de afgesproken strategie voor zich gehouden. Veel gebabbel, zaak te grabbel, om met French te spreken, en als je met zulke onervaren personeelsleden werkte, kon je ze maar beter in het ongewisse laten.
Een advocatenkantoor in de straat had kort daarvoor 35 medewerkers ontslagen: het ging niet goed met de economie, de omzet liep terug, er was een fusie op komst. Maar wat de echte reden ook was, het verhaal had in Washington veel publiciteit gekregen, want de

arbeidsmarkt was altijd kogelvrij geweest. Afvloeiingen? In de advocatuur? In Washington?

Paulette stelde voor een aantal van die advocaten in dienst te nemen. Ze konden ze een contract van één jaar aanbieden, zonder verder iets te beloven. Clay bood aan ze de volgende morgen meteen te bellen. Hij zou ook kantoorruimte en meubilair huren.

Jonah kwam met het nogal ongewone idee om voor één jaar een arts in dienst te nemen, iemand die de tests en de stroom van medische gegevens kon coördineren. 'Voor honderdduizend per jaar kunnen we er eentje krijgen die pas is afgestudeerd,' zei hij. 'Die zou niet veel ervaring hebben, maar wat geeft dat? Hij hoeft niet te opereren, alleen maar te administreren.'

'Doe dat maar,' zei Clay.

Toen begon Jonah over de website. Die was door alle reclame erg populair geworden, maar ze hadden fulltime mensen nodig om alle reacties af te handelen. Bovendien moest de site wekelijks worden bijgewerkt met de nieuwste ontwikkelingen in de massaclaim en het laatste slechte nieuws over Dyloft. 'Al die cliënten hunkeren naar informatie, Clay,' zei hij.

Voor degenen die geen gebruikmaakten van internet – en Paulette schatte dat minstens de helft van hun cliënten tot die categorie behoorde – was een Dyloft-nieuwsbrief van groot belang. 'We hebben één fulltime persoon nodig die de nieuwsbrief schrijft en verzendt,' zei ze.

'Kun je iemand vinden?' vroeg Clay.

'Ik denk van wel.'

'Doe het dan.'

Ze keek Jonah aan, alsof het nu weer van hem moest komen. Jonah gooide een schrijfblok op het bureau en liet zijn knokkels knakken. 'Clay, we geven smakken geld uit,' zei hij. 'Weet je echt wel wat je doet?'

'Nee, maar ik denk van wel. Vertrouw me nou maar. We staan op het punt om enorm veel geld te verdienen. Maar daarvoor moeten we eerst wat uitgeven.'

'En je hebt het geld?' vroeg Paulette.

'Ja.'

Pace wilde die avond nog iets drinken in een bar in Georgetown, binnen loopafstand van Clays herenhuis. Hij was even in de stad en deed

zoals altijd nogal vaag over de plaatsen waar hij was geweest en de brand die hij aan het blussen was. Hij droeg iets lichtere kleren en gaf nu blijkbaar de voorkeur aan bruin: bruine laarzen van slangenleer met spitse punten, bruin suède jasje. Dat hoorde bij zijn vermomming, dacht Clay. Halverwege het eerste biertje begon Pace over Dyloft en het werd meteen duidelijk dat wat hij verder op dit moment ook deed, het nog steeds iets met Ackerman Labs te maken had. Met de flair van een kersverse claimadvocaat gaf Clay hem een kleurrijke beschrijving van zijn trip naar French' ranch en de dievenbende die hij daar had ontmoet, en het rumoerige diner van drie uur, de dinergasten die allemaal dronken waren en door elkaar heen schreeuwden, en de Barry en Harry-show. Hij zat er niet mee dat allemaal aan Pace te vertellen, want Pace wist toch al meer dan iedereen.
'Ik weet wie Barry en Harry zijn,' zei Pace, alsof het figuren uit de onderwereld waren.
'Ze schenen goed op de hoogte te zijn. En dat mag ook wel voor tweehonderdduizend dollar.'
Clay vertelde over Carlos Hernández en Wes Saulsberry en Damon Didier, zijn nieuwe vrienden in de stuurgroep van eisers. Pace zei dat hij van hen had gehoord.
Onder het tweede biertje zei Pace: 'Je hebt op de daling van de Ackerman-aandelen gespeculeerd, hè?' Hij keek om zich heen, maar er luisterde niemand. Het was een studentenkroeg op een stille avond.
'Honderdduizend aandelen voor 42,50,' zei Clay trots.
'Ackerman sloot vandaag op 23.'
'Dat weet ik. Ik reken het elke dag uit.'
'Het wordt tijd om ze in te kopen. Doe dat morgenvroeg meteen.'
'Is er iets op komst?'
'Ja, en als je toch bezig bent, koop er dan zoveel als je kunt voor 23 en hou ze een tijdje vast.'
'Waar denk je dat de koers heen gaat?'
'Het tweevoudige.'
Zes uur later was Clay voor zonsopgang op kantoor en probeerde hij zich op weer een dag van jachtige drukte voor te bereiden. Hij wachtte ook gespannen op het openen van de effectenbeurs. De lijst van dingen die hij wilde doen, besloeg twee bladzijden. Hij stond vooral voor de enorme opgave dat hij tien nieuwe advocaten in dienst moest

nemen en werkruimte voor sommigen van hen moest vinden. Het leek hopeloos, maar hij had geen keus. Om halfacht belde hij een makelaar onder de douche vandaan. Om halfnegen had hij een gesprek van tien minuten met een pas ontslagen jonge advocaat, een zekere Oscar Mulrooney. Die arme jongen was een briljante student aan Yale geweest en daarna had hij een topbaan gekregen, maar toen een megafirma in elkaar zakte, was hij die baan opeens kwijt geweest. Hij was ook twee maanden geleden getrouwd en zocht wanhopig naar werk. Clay nam hem direct in dienst voor 75.000 dollar per jaar. Mulrooney had vier vrienden, ook van Yale, die ook op straat stonden en werk zochten. Ga ze halen, zei Clay.

Om tien uur belde Clay zijn effectenmakelaar en wikkelde hij zijn termijncontracten in aandelen Ackerman af. Hij maakte een winst van 1.900.000 dollar en nog wat wisselgeld. Met hetzelfde telefoontje kocht hij nog eens 200.000 aandelen voor 23 dollar per stuk. Hij gebruikte daarvoor zijn hele winst en ook zijn marge en het krediet dat hij had. De hele morgen volgde hij de markt via internet. Er veranderde niets.

Oscar Mulrooney was om twaalf uur terug met zijn vrienden, die allemaal zo enthousiast als padvinders waren. Clay nam de anderen in dienst en gaf ze vervolgens opdracht meubilair te huren, telefoons te laten aansluiten en al het overige te doen dat nodig was om hen aan hun nieuwe carrière als ondergeschikte massaclaim-advocaat te laten beginnen. Oscar kreeg ook opdracht nog eens vijf advocaten in dienst te nemen die hun eigen kantoorruimte moesten zoeken enzovoort.

Zo kwam de Yale-afdeling tot stand.

Om vijf uur 's middags maakte Philo Products bekend dat ze de uitstaande aandelen Ackerman Labs voor vijftig dollar per aandeel zou kopen, een overname waar een prijskaartje van veertien miljard dollar aan vastzat. Clay zag het op het grote scherm in zijn vergaderkamer, waar hij alleen was omdat alle anderen die verrekte telefoontjes moesten beantwoorden. De financiële televisiestations konden het nieuws bijna niet verwerken. CNN stuurde verslaggevers naar White Plains, New York, waar het hoofdkantoor van Ackerman Labs zich bevond. Ze hingen daar bij de poort rond, alsof de belaagde onderneming elk moment naar buiten kon komen om voor de camera's in huilen uit te barsten.

Een eindeloze rij experts en marktanalisten verscheen in beeld om allerlei ongefundeerde opinies te spuien. Dyloft werd algauw genoemd, en vaak. Hoewel Ackerman Labs al jaren onder een slecht management gebukt ging, leed het geen enkele twijfel dat Dyloft het bedrijf een heel stuk verder naar de afgrond had geduwd.

Was Philo de maker van Tarvan? Paces cliënt? Was Clay gemanipuleerd om een overname van veertien miljard tot stand te brengen? En wat hem nog het meest dwarszat: wat betekende dit alles voor de toekomst van Ackerman Labs en Dyloft? Het was erg opwindend om uit te rekenen hoeveel winst hij met zijn aandelen Ackerman had gemaakt, maar hij moest zich ook afvragen of dit het einde van de Dyloft-droom betekende.

Hij kon er alleen maar naar gissen. Hij speelde maar een kleine rol in een gigantische transactie tussen twee mammoetconcerns. Ackerman Labs had activa, stelde hij zich gerust. En de onderneming maakte een erg slecht product dat veel mensen kwaad deed. Het recht zou zegevieren.

Patton French belde vanuit zijn vliegtuig, ergens tussen Florida en Texas, en vroeg Clay om een uur of zo te blijven waar hij was. De stuurgroep van eisers moest met spoed een telefonische vergadering houden. Zijn secretaresse was bezig dat voor elkaar te krijgen.

Een uur later belde French terug. Hij was inmiddels geland in Beaumont, waar hij de volgende dag advocaten zou ontmoeten die tegen een fabrikant van een cholesterolverlagend middel wilden procederen en zijn hulp nodig hadden, een zaak waarmee gigantisch veel geld te verdienen was, maar hoe dan ook, hij kon de rest van de stuurgroep niet vinden. Hij had al met Barry en Harry in New York gesproken en die maakten zich geen zorgen over de overname door Philo. 'Ackerman bezit twaalf miljoen van de eigen aandelen en die zijn nu minstens vijftig dollar per aandeel waard, en misschien loopt die waarde nog wel op voordat het stof is gaan liggen. Het concern heeft zojuist zeshonderdduizend miljoen dollar winst gemaakt op die aandelen. Daar komt nog bij dat de overheid de fusie moet goedkeuren en die zegt meestal pas ja als de claims zijn afgehandeld. Bovendien staat Philo bekend als een bedrijf dat niet graag in rechtszalen komt. Ze schikken snel en discreet.'

Dat klinkt als Tarvan, vond Clay.

'Over het geheel genomen is het goed nieuws,' zei French, bij wie op de achtergrond een faxapparaat zoemde. Clay kon zich voorstellen hoe de man door zijn Gulfstream op en neer liep terwijl die op het vliegveld van Beaumont klaarstond. 'Ik hou je op de hoogte.' En weg was hij.

22

Rex Crittle wilde tekeergaan, gerustgesteld worden, preken afsteken, uitleg verschaffen, maar zijn cliënt, die aan de andere kant van het bureau zat, maakte zich blijkbaar absoluut niet druk om de cijfers.
'Je firma is zes maanden oud,' zei Crittle, turend over zijn leesbril met een stapel rapporten voor zich. Het bewijsmateriaal! Hij had het bewijs dat het Advocatenkantoor J. Clay Carter II door idioten werd gerund. 'Jullie onkosten begonnen met een indrukwekkende 75.000 dollar per maand: drie advocaten, een assistent, een secretaresse, een hoge huur, een mooi kantoor. Nu is het een half miljoen dollar per maand en het wordt elke dag meer.'
'Je moet geld uitgeven om geld te verdienen,' zei Clay, die slokjes koffie nam en van het ongemak van zijn boekhouder genoot. Dat was het kenmerk van de cententeller: iemand die meer wakker lag van de onkosten dan de cliënt zelf.
'Maar je verdient geen geld,' zei Crittle voorzichtig. 'Er is de afgelopen drie maanden niets binnengekomen.'
'Het is een goed jaar geweest.'
'Ja zeker. Vijftien miljoen dollar aan honoraria, dat betekent dat het een geweldig goed jaar was. Maar het punt is dat het verdwijnt. De afgelopen maand heb je 14.000 dollar uitgegeven aan het huren van vliegtuigen.'

'Nu je het er toch over hebt, ik denk dat ik er een ga kopen. Ik heb jou nodig voor het rekenwerk.'
'Ik ben nu ook aan het rekenen. Zulke uitgaven zijn niet te rechtvaardigen.'
'Daar gaat het niet om. Het gaat erom of ik me een vliegtuig kan permitteren of niet.'
'Nee, je kunt je geen vliegtuig permitteren.'
'Wacht nou even, Rex. Er is geld op komst.'
'Nu heb je het zeker over de Dyloft-zaken? Vier miljoen dollar aan reclame. Drieduizend per maand voor een Dyloft-website. En nu drieduizend per maand voor de Dyloft-nieuwsbrief. Al die assistenten in Manassas. Al die nieuwe advocaten.'
'De vraag is, denk ik: moet ik er een voor vijf jaar huren of moet ik er gewoon een kopen?'
'Wat?'
'Een Gulfstream.'
'Wat is een Gulfstream?'
'De mooiste privé-jet ter wereld.'
'Wat ga je met een Gulfstream doen?'
'Vliegen.'
'Waarom denk je dat je er een nodig hebt?'
'Alle grote massaclaimadvocaten heben er een.'
'O, ja, nu is het duidelijk.'
'Ik dacht wel dat je zou bijdraaien.'
'Enig idee hoeveel zo'n vliegtuig kost?'
'Veertig, vijfenveertig miljoen.'
'Clay, je hébt geen veertig miljoen.'
'Je hebt gelijk. Ik denk dat ik er gewoon een huur.'
Crittle zette zijn leesbril af en wreef over zijn lange, smalle neus, alsof daar een zware hoofdpijn begon op te komen. 'Hoor eens, Clay, ik ben maar je boekhouder. Maar ik weet niet of er iemand anders is die tegen je zegt dat je niet zo hard van stapel moet lopen. Doe nou even rustig aan. Je hebt een fortuin verdiend; geniet daar dan ook van. Je hebt helemaal geen grote firma met zoveel advocaten nodig. Je hebt geen privé-jet nodig. Wat komt hierna? Een jacht?'
'Ja.'
'Meen je dat nou?'
'Ja.'
'Ik dacht dat je de pest had aan boten.'

'Heb ik ook. Hij is voor mijn vader. Kan ik zo'n boot afschrijven?'
'Nee.'
'Vast wel.'
'Hoe dan?'
'Ik verhuur hem als ik hem niet gebruik.'
Toen Crittle klaar was met zijn neus, zette hij zijn bril weer op en zei: 'Het is jouw geld, jongen.'

Ze ontmoetten elkaar op neutraal terrein in New York, in de vervallen balzaal van een oud hotel bij Central Park, de laatste plaats waar iemand zo'n belangrijke bijeenkomst zou verwachten. Aan de ene kant van de tafel zat de Dyloft-stuurgroep. Ze waren er alle vijf, ook Clay Carter, die zich een vreemde eend in de bijt voelde. Achter hen zaten allerlei assistenten en medewerkers en duvelstoejagers van Patton French. Aan de andere kant van de tafel zat het Ackerman-team, geleid door Cal Wicks, een eminente veteraan. Wicks werd geflankeerd door een gelijk aantal medewerkers.
Een week eerder had de overheid de fusie met Philo Products voor 53 dollar per aandeel goedgekeurd. Voor Clay betekende dat een nieuwe winst van zo'n zes miljoen dollar. Hij had de helft daarvan in het buitenland belegd en zich voorgenomen daarvan af te blijven. En nu zou de eerbiedwaardige onderneming, die een eeuw geleden door de gebroeders Ackerman was opgericht, worden opgeslokt door Philo, een bedrijf met amper de helft van de jaaromzet maar met veel minder schulden en een veel beter management.
Toen Clay ging zitten, zijn papieren voor zich neerlegde en zichzelf ervan probeerde te overtuigen dat hij hier wel degelijk thuishoorde, meende hij norse blikken aan de andere kant van de tafel te zien. Eindelijk zaten de mensen van Ackerman Labs oog in oog met de jonge nieuwkomer uit Washington die de aanzet tot de Dyloft-nachtmerrie had gegeven.
Patton French had veel mensen meegenomen, maar eigenlijk had hij niemand nodig. Hij nam de leiding van de eerste sessie en algauw hield iedereen zijn mond, met uitzondering van Wicks, die alleen sprak als het nodig was. Ze waren de hele ochtend bezig om het aantal zaken vast te stellen. De collectieve eis die in Biloxi was ingediend, bevatte 36.700 namen van eisers. Een afvallige groep advocaten in Georgia had er 5200 en dreigde zelf ook met een collectieve eis te komen. French had er alle vertrouwen in dat hij hen

op andere gedachten kon brengen. Andere advocaten waren uit de collectieve claim gestapt en wilden actie op hun eigen territorium ondernemen, maar daar maakte French zich ook niet druk om. Die advocaten beschikten niet over de benodigde papieren en zouden die waarschijnlijk ook niet in handen krijgen.

De cijfers vlogen over tafel en Clay begon zich algauw te vervelen. Het enige cijfer dat er voor hem iets toe deed, was 5380, zijn aandeel in de Dyloft-zaken. Hij had er nog steeds meer dan welke advocaat dan ook, al had French zelf de achterstand schitterend ingelopen en had hij er nu iets meer dan vijfduizend.

Na die uren van non-stop gegoochel met cijfers besloten ze een lunchpauze van een uur in te lassen. De stuurgroep ging naar een kamer in het hotel, waar ze broodjes aten en alleen water dronken. French was algauw weer aan het telefoneren. Hij praatte en schreeuwde tegelijk. Wes Saulsberry wilde even frisse lucht happen en nodigde Clay uit voor een wandelingetje. Ze slenterden over Fifth Avenue, tegenover het park. Het was half november, het was kil en licht en de bladeren waaiden over de straat. Een geweldige tijd om in de stad te zijn.

'Ik kom hier graag en ik ga hier ook graag weer weg,' zei Saulsberry. 'In New Orleans is het nu dertig graden, met een luchtvochtigheid van negentig procent.'

Clay luisterde alleen maar. Hij werd te veel in beslag genomen door de opwinding van die dag, door de schikking die over enkele uren tot stand zou komen, de enorme honoraria, de volledige vrijheid die hij zou hebben: jong, ongebonden en schatrijk.

'Hoe oud ben je, Clay?' zei Wes.

'Eenendertig.'

'Toen ik 33 was, schikten mijn partner en ik een tankerexplosiezaak voor een ongelooflijke smak geld. Een vreselijke zaak, twaalf man verbrand. We deelden een honorarium van 28 miljoen, ieder de helft. Mijn partner nam zijn veertien miljoen en ging met pensioen. Ik investeerde mijn veertien miljoen in mezelf. Ik bouwde een advocatenfirma vol hardwerkende medewerkers op, voor een deel erg getalenteerde mensen met liefde voor hun vak. Ik zette een kantoor neer in het centrum van New Orleans en ik bleef de beste mensen aannemen die ik kon vinden. We hebben nu negentig advocaten en in de afgelopen tien jaar hebben we achthonderd miljoen dollar aan honoraria binnengehaald. Mijn oude partner? Een

triest geval. Je moet niet op je 33e met pensioen gaan, dat is niet normaal. Hij raakte aan de cocaïne en het meeste geld ging zijn neus in. Drie slechte huwelijken. Gokproblemen. Twee jaar geleden heb ik hem als juridisch assistent in dienst genomen voor zestigduizend dollar per jaar, en eigenlijk is hij dat niet waard.'
'Ik pieker er niet over om met pensioen te gaan,' zei Clay. Een leugen.
'Niet doen. Je staat op het punt een heleboel geld binnen te halen, en je verdient het. Geniet ervan. Neem een vliegtuig, koop een mooie boot, een huis aan het strand, een huis in Aspen, al het speelgoed. Maar stop het meeste geld in je firma. Neem een goede raad aan van iemand die het heeft meegemaakt.'
'Nou, bedankt.'
Ze liepen Seventy-third Street in. Saulsberry was nog niet klaar. 'Je kent de loodverfzaken?'
'Niet goed.'
'Ze zijn niet zo bekend als de geneesmiddelenzaken, maar wel verdomd lucratief. Ik ben er zo'n tien jaar geleden mee begonnen. Onze cliënten zijn scholen, kerken, ziekenhuizen, kantoorgebouwen, allemaal met lagen loodhoudende verf op de muren. Erg gevaarlijk spul. We hebben tegen de verffabrikanten geprocedeerd. Met sommigen zijn we tot een schikking gekomen. Tot nu toe hebben we twee miljard binnengehaald. Hoe dan ook, in een procedure tegen een bedrijf kwam ik de mogelijkheid van een leuke kleine collectieve claim op het spoor die je misschien zal interesseren. Ik kan het zelf niet doen omdat ik dan met tegenstrijdige belangen te maken krijg.'
'Zeg het maar.'
'Dat bedrijf is gevestigd in Reedsburg, Pennsylvania, en het maakt specie die metselaars in de nieuwbouw gebruiken. Het is niet hightech, maar het is wel een potentiële goudmijn. Het schijnt dat ze problemen met die specie hebben. Een slechte partij. Na een jaar of drie begint het spul te verkruimelen. Als de specie het begeeft, vallen de bakstenen naar beneden. Het blijft beperkt tot Baltimore en omgeving en het gaat waarschijnlijk om zo'n tweeduizend huizen. En ze beginnen het nog maar net te merken.'
'Hoe groot is de schade?'
'Het herstelwerk kost ongeveer vijftienduizend dollar per huis.'
Vijftienduizend keer tweeduizend huizen. Eenderde deel als hono-

rarium, dus tien miljoen aan honorarium. Clay had het hoofdrekenen al aardig onder de knie.
'Het bewijs is niet moeilijk te leveren,' zei Saulsberry. 'Het bedrijf weet dat het kwetsbaar is. Een schikking moet geen punt zijn.'
'Ik zou het graag eens bekijken.'
'Ik stuur je het dossier, maar je moet mijn naam overal buiten houden.'
'Je wilt een deel?'
'Nee. Ik geef je dit uit dank voor Dyloft. En als je nog eens de kans krijgt om mij een wederdienst te bewijzen, stel ik dat natuurlijk op prijs. Zo werken sommigen van ons, Clay. De wereld van de massaclaimadvocaten zit vol dieven en egomaniakken, maar sommigen proberen elkaar een handje te helpen.'

Laat in de middag verklaarde Ackerman Labs zich bereid een bedrag van minimaal 62.000 dollar uit te keren aan ieder van de Dylofteisers uit groep 1, degenen met goedaardige tumoren die te verwijderen waren door middel van een vrij eenvoudige chirurgische ingreep, waarvan de kosten ook door de onderneming zouden worden gedragen. Er zaten ongeveer veertigduizend eisers in deze groep en het geld zou onmiddellijk beschikbaar komen. Daarna werd langdurig onderhandeld over de methode om vast te stellen wie voor die regeling in aanmerking kwamen. En de gemoederen liepen nog hoger op toen de kwestie van de advocatenhonoraria ter tafel kwam. Zoals de meeste andere advocaten gebruikte Clay een standaardcontract dat hem eenderde van een eventuele uitbetaling toekende, maar in zulke gevallen werd dat percentage meestal verlaagd. Er werd over een ingewikkelde formule gediscussieerd, waarbij vooral French zich erg agressief opstelde. Per slot van rekening was het zijn geld. Ackerman ging er uiteindelijk mee akkoord dat, wat groep 1 betrof, het advocatenhonorarium 28 procent zou bedragen.
De eisers van groep 2 waren de patiënten met kwaadaardige tumoren en omdat hun behandeling maanden of jaren in beslag zou nemen, werd deze regeling opengelaten. Er werd geen maximum aan deze schadevergoedingen gesteld. Volgens Barry en Harry wees dat erop dat Philo Products ergens op de achtergrond aanwezig was en Ackerman van geld voorzag. Wat groep 2 betrof, zouden de advocaten 25 procent krijgen, al had Clay geen idee waarom. French rekende zo snel dat niemand het kon bijhouden.

De eisers van groep 3 waren degenen uit groep 2 die door Dyloft zouden overlijden. Aangezien zich tot nu toe geen sterfgevallen hadden voorgedaan, werd deze ook categorie opengelaten. Het honorarium zou maximaal 22 procent zijn.

Om zeven uur gingen ze uiteen, nadat ze hadden afgesproken dat ze de volgende dag de bijzonderheden voor de groepen 2 en 3 zouden vaststellen. In de lift naar beneden gaf French hem een uitdraai. 'Niet slecht voor een dag werken,' zei hij grijnzend. Het was een overzicht van Clays zaken en de te verwachten honoraria, inclusief een bonus van zeven procent voor de rol die hij in de stuurgroep van eisers had gespeeld.

Alleen al groep 1 zou hem een brutohonorarium van 106 miljoen dollar opleveren.

Toen hij eindelijk alleen was, keek hij in zijn kamer naar de vallende schemering in Central Park. Blijkbaar had de Tarvan-zaak hem nog niet gehard tegen de schok van plotselinge rijkdom. Hij was verdoofd, sprakeloos en keek een eeuwigheid verstijfd uit het raam. Allerlei willekeurige gedachten vlogen door zijn overbelaste hersenen. Hij dronk twee pure whisky's uit de minibar, maar die hadden geen enkele uitwerking.

Nog steeds bij het raam, belde hij Paulette, die al opnam toen de telefoon nog maar net overging. 'Vertel,' zei ze toen ze zijn stem herkende.

'Ronde één is voorbij,' zei hij.

'Draai er niet omheen!'

'Je hebt vandaag tien miljoen dollar verdiend,' zei hij. De woorden kwamen uit zijn mond, maar zijn stem behoorde toe aan iemand anders.

'Echt waar?' Haar woorden stierven weg.

'Ja, echt waar.'

Het was even stil en toen begon ze te huilen. Hij liep achteruit en ging op de rand van het bed zitten, en een ogenblik had hij zelf ook zin om eens lekker uit te huilen. 'O, mijn god,' zei ze twee keer.

'Ik bel je over een paar minuten terug,' zei Clay.

Jonah was nog op kantoor. Hij begon in de telefoon te schreeuwen en gooide hem toen neer om Rodney te halen. Clay hoorde hen op de achtergrond praten. Er klapte een deur dicht. Rodney nam de telefoon op en zei: 'Zeg het maar.'

'Jouw aandeel is tien miljoen,' zei Clay voor de derde keer. Hij

speelde Sinterklaas zoals hij dat nooit meer zou doen.
'Wat een geluk, wat een geluk,' zei Rodney. Jonah schreeuwde iets op de achtergrond.
'Het is bijna niet te geloven,' zei Clay. Hij zag weer voor zich hoe Rodney aan zijn oude bureau op het Bureau voor Rechtshulp had gezeten, overal mappen en papieren, foto's van zijn vrouw en kinderen met punaises aan de muur, een beste kerel die hard werkte voor weinig geld.
Wat zou hij tegen zijn vrouw zeggen als hij over een paar minuten naar huis belde?
Jonah nam zijn eigen toestel op en ze praatten een tijdje over de schikkingsbespreking: wie er waren, waar het was, hoe het ging. Ze wilden niet ophangen, maar Clay zei dat hij Paulette had beloofd haar opnieuw te bellen.
Toen hij met iedereen had gesproken, ging hij een hele tijd op het bed zitten, bedroefd omdat hij niemand anders had die hij kon bellen. Hij kon Rebecca voor zich zien, en plotseling hoorde hij haar stem en voelde hij haar, raakte hij haar aan. Ze konden een huis in Toscane of Maui kopen, of waar ze maar wilde. Ze konden daar een gelukkig leven leiden, met tien kinderen en zonder schoonouders, met kindermeisjes en dienstmeisjes en koks en misschien zelfs een butler. Hij zou haar twee keer per jaar met de jet naar huis sturen, dan kon ze ruziemaken met haar ouders.
Of misschien zouden de Van Horns zich niet zo irritant opstellen als er zo'n honderd miljoen dollar in de familie zat, weliswaar net buiten hun bereik maar toch zo dichtbij dat ze erover konden pochen.
Hij klemde zijn kaken op elkaar en draaide haar nummer. Het was woensdag, een stille avond op de country club. Ze was vast wel thuis. Toen de telefoon drie keer was overgegaan, zei ze 'Hallo', en zodra hij haar stem hoorde, voelde hij zich zwak.
'Hé, met Clay,' zei hij zo nonchalant mogelijk. Geen woord in zes maanden, maar het ijs was onmiddellijk gebroken.
'Hallo, vreemdeling,' zei ze. Hartelijk.
'Hoe gaat het met je?'
'Goed. Druk, zoals altijd. En jij?'
'Ongeveer hetzelfde. Ik ben in New York om wat zaken te regelen.'
'Ik hoor dat het goed met je gaat.'
Een understatement. 'Niet slecht. Ik mag niet klagen. Hoe is het met je baan?'

'Ik werk daar nog zes dagen.'
'Je neemt ontslag?'
'Ja. Ik ga trouwen, weet je.'
'Dat heb ik gehoord. Wanneer is dat?'
'Op 20 december.'
'Ik heb geen uitnodiging ontvangen.'
'Nou, die heb ik je niet gestuurd. Ik dacht dat je niet zou willen komen.'
'Waarschijnlijk niet. Weet je zeker dat je wilt trouwen?'
'Zullen we het over iets anders hebben?'
'Eigenlijk is er niets anders.'
'Ga je met iemand?'
'Ik heb overal vrouwen achter me aan. Waar had je die kerel ontmoet?'
'En je hebt een huis in Georgetown gekocht?'
'Dat is oud nieuws.' Maar hij was blij dat ze het wist. Misschien was ze nieuwsgierig naar zijn succes. 'Die kerel is een worm,' zei hij.
'Kom nou, Clay. Laten we het prettig houden.'
'Hij is een worm en dat weet jij ook, Rebecca.'
'Ik hang nu op.'
'Trouw niet met hem, Rebecca. Er gaat een gerucht dat hij homo is.'
'Hij is een worm. Hij is homo. Wat nog meer? Gooi het er maar uit, Clay, als je je daardoor beter voelt.'
'Doe het niet, Rebecca. Hij wordt levend opgevreten door je ouders. Plus dat je kinderen op hem zullen lijken. Een stel kleine wormpjes.'
De verbinding werd verbroken.
Hij strekte zich uit op het bed en keek naar het plafond. Hij hoorde haar stem nog en besefte nu pas goed hoe erg hij haar miste. Toen ging de telefoon; hij schrok ervan. Het was Patton French vanuit de hal. Hij had een limousine klaarstaan. Dineren en wijn drinken in de komende drie uur. De plicht riep.

23

Alle betrokkenen hadden geheimhouding gezworen. De advocaten hadden dikke documenten getekend waarin ze beloofden niets bekend te maken over de onderhandelingen en de schikking ten aanzien van Dyloft. Voordat ze uit New York vertrokken, had Patton French tegen zijn groep gezegd: 'Het staat binnen 48 uur in de kranten. Philo laat het uitlekken, want dan gaat haar aandeel omhoog.'

De volgende morgen had de *Wall Street Journal* het verhaal. Natuurlijk werd alle schuld bij de advocatuur gelegd. ADVOCATEN DWINGEN SNELLE SCHIKKING DYLOFT AF, luidde de kop. De niet met naam genoemde bronnen hadden heel wat nieuws te vertellen. De gegevens klopten. Er zou een bedrag van tweeënhalf miljard dollar worden vrijgemaakt voor de eerste ronde van schikkingen, terwijl nog eens anderhalf miljard in reserve werd gehouden voor eventuele ernstiger gevallen.

Het aandeel Philo Products opende op 82 dollar en ging vlug naar 85. Volgens een analist waren de beleggers blij met het nieuws van de schikking. De onderneming zou de kosten in de hand houden. Geen langdurige gerechtelijke procedures. Geen gevaar dat jury's absurde schadevergoedingen toekenden. De advocaten van Ackerman waren in toom gehouden, en niet met naam genoemde bronnen bij Philo noemden het een overwinning. Clay volgde het nieuws op televisie in zijn kantoor.

Hij kreeg ook telefoontjes van verslaggevers. Om elf uur kwam een journalist van de *Wall Street Journal* naar zijn kantoor, met een fotograaf. Tijdens het inleidende gesprekje bleek dat de man net zoveel van de schikking wist als Clay zelf. 'Die dingen blijven nooit geheim,' zei de journalist. 'We wisten in welk hotel jullie je schuilhielden.'

Officieus beantwoordde Clay alle vragen, maar officieel wilde hij geen commentaar op de schikking geven. Hij vertelde iets over zichzelf, over zijn snelle opkomst vanuit de diepten van het Bureau voor Rechtshulp naar het multimiljonairschap in de wereld van massaclaims, dat alles binnen een paar maanden, en over de indrukwekkende firma die hij aan het opbouwen was enzovoort, enzovoort. Hij zag al voor zich hoe het verhaal gestalte kreeg. Het zou spectaculair zijn.

De volgende morgen las hij het al voor zonsopkomst op internet. Daar stond zijn gezicht, een van die afschuwelijke karikaturen waar de *Wall Street Journal* bekend om stond, en daarboven stond de kop DE CLAIMKONING, IN ZES MAANDEN VAN $ 40.000 NAAR $ 100.000.000. Er stond een kleinere kop onder: 'Het recht is geweldig!'

Het was een erg lang verhaal en het ging helemaal over Clay. Zijn achtergrond, zijn jeugd in Washington, zijn vader, zijn studie aan de Georgetown University, uitgebreide citaten van Glenda en Jermaine op het Bureau voor Rechtshulp, opmerkingen van een hoogleraar die hij al vergeten was, een korte samenvatting van de zaak-Dyloft. Het mooiste nog was een langdurig gesprek met Patton French, waarin de 'beruchte massaclaimadvocaat' hem beschreef als onze 'grootste jonge ster', 'een onversaagde advocaat, iemand om rekening mee te houden'. 'Het Amerikaanse bedrijfsleven zou moeten beven bij zijn naam,' ging de bombast verder. En ten slotte: 'Ongetwijfeld is Clay de nieuwste koning der claims.'

Clay las het twee keer door en e-mailde het toen naar Rebecca. Aan de boven- en onderkant schreef hij erbij: 'Rebecca. Alsjeblieft. Wacht. Clay.' Hij stuurde het naar haar woning en haar kantoor, en toen hij toch bezig was, verwijderde hij de woorden die hij erbij had geschreven en e-mailde hij het bericht naar het kantoor van de BVH Group. De bruiloft zou over een maand plaatsvinden.

Toen hij eindelijk op kantoor kwam, gaf mevrouw Glick hem een stapel boodschappen. Ongeveer de helft was afkomstig van vroegere studievrienden die voor de grap om leningen vroegen, en de

andere helft was grotendeels van allerlei journalisten. Het kantoor was nog chaotischer dan anders. Paulette, Jonah en Rodney liepen nog verdoofd rond. Alle cliënten wilden die dag hun geld.
Gelukkig was de afdeling Yale, onder de steeds betere leiding van Oscar Mulrooney, tegen het werk opgewassen. Ze maakten een schema om de tijd tot aan de uitbetaling door te komen. Clay verhuisde Mulrooney naar een andere kamer, vertweevoudigde zijn salaris en gaf hem de leiding over de chaos.
Clay had rust nodig.

Omdat Jarrett Carters paspoort stilletjes door het Amerikaanse ministerie van Justitie was geconfisqueerd, was hij enigszins beperkt in zijn bewegingsvrijheid. Hij wist niet eens zeker of hij naar zijn eigen land kon terugkeren, al had hij dat in die zes jaar nooit geprobeerd. Het discrete akkoord dat hij bij zijn vertrek met het Openbaar Ministerie had gesloten, was niet in alle opzichten even duidelijk. 'We kunnen maar beter op de Bahama's blijven,' zei hij door de telefoon tegen Clay.
Ze verlieten Abaco met een Cessna Citation V, ook een speelgoedje dat Clay inmiddels had ontdekt. Ze gingen op weg naar Nassau, een halfuur vliegen. Jarrett wachtte tot ze in de lucht waren en zei toen: 'Nou, voor de dag ermee.' Hij zat al bier te drinken. En hij droeg een gerafelde korte broek van spijkerstof en sandalen en een oude visserspet, het toonbeeld van iemand die naar de Caribische eilanden was verbannen en een piratenleven leidde.
Clay trok zelf ook een biertje open. Hij begon met Tarvan en eindigde met Dyloft. Jarrett had geruchten over het succes van zijn zoon gehoord, maar hij las geen kranten en deed zijn best om al het nieuws uit Amerika te negeren. Onder het volgende biertje probeerde hij zich voor te stellen hoe het was om vijfduizend cliënten tegelijk te hebben.
Bij de honderd miljoen dollar deed hij zijn ogen dicht. Hij werd bleek, of tenminste een beetje lichter dan gebronsd bruin, en hij fronste zijn voorhoofd. Hij schudde zijn hoofd, dronk nog wat bier en begon toen te lachen.
Clay ging verder, hij wilde klaar zijn met zijn verhaal voordat ze landden.
'Wat doe je met het geld?' vroeg Jarrett, nog niet van de schok bekomen.

'Ik smijt ermee.'
Op het vliegveld van Nassau namen ze een taxi, een gele Cadillac uit 1974 met een chauffeur die hasj rookte. Ze kwamen veilig aan bij het Sunset Hotel and Casino op Paradise Island, tegenover Nassau Harbor.
Jarrett ging met de vijfduizend dollar die zijn zoon hem had gegeven naar de blackjacktafels. Clay ging naar het zwembad en de zonnebrandcrème. Hij verlangde naar zon en bikini's.

De boot was een twintig meter lange catamaran, gemaakt door een bouwer van eersteklas zeilboten in Fort Lauderdale. De kapitein/verkoper was een excentrieke oude Brit die Maltbee heette, en zijn helper was een magere matroos van de Bahama's. Maltbee snauwde en mopperde, tot ze Nassau Harbor uit waren en op de baai voeren. Ze waren op weg naar de zuidkant van de zeestraat, waar hun een halve dag in de stralende zon en op het kalme water te wachten stond, een langdurige testvaart met een boot waarmee volgens Jarrett veel geld te verdienen was.
Toen de motor was afgezet en de zeilen waren gehesen, ging Clay naar beneden om de hut te inspecteren. Officieel konden daar acht mensen slapen, plus twee bemanningsleden. Het was krap, maar ja, alles was van klein formaat. De douche was zo klein dat je je niet kon omdraaien. De grote slaapkamer paste in zijn kleinste kast. Het leven op een zeilboot.
Volgens Jarrett was het onmogelijk om geld te verdienen met het vangen van vis. Daar was gewoon te weinig vraag naar. Om winst te maken moest je elke dag een charter hebben, maar daar was het werk te zwaar voor. Matrozen liepen steeds weer weg. De fooien waren nooit genoeg. Met de meeste cliënten was het wel uit te houden, maar er zaten veel rotzakken tussen die het verpestten. Hij was nu vijf jaar kapitein van een visboot en dat begon zijn tol te eisen.
Het echte geld was te verdienen met zeilboten die je verhuurde aan kleine groepen rijke mensen die niet in de watten gelegd wilden worden maar wilden werken. Half serieuze matrozen. Je nam een grote boot – je eigen boot, bij voorkeur zonder hypotheek erop – en zeilde daarmee telkens een maand door het Caribische gebied. Jarrett had een vriend in Freeport die jarenlang twee van zulke boten had gehad en daar grof geld mee verdiende. De cliënten zetten hun koers uit, kozen de tijd en routes, kozen de menu's en drank, en

daar ging het dan, een maand varen met een kapitein en een stuurman. 'Tienduizend dollar per week,' zei Jarrett. 'En je kunt varen en van wind en zon en zee genieten, zonder dat je ergens heen gaat. Dat is heel wat anders dan vissen, want dan moet je een grote marlijn vangen of ze worden allemaal kwaad.'
Toen Clay uit de hut kwam, stond Jarrett aan het roer. Zo te zien voelde hij zich volkomen op zijn gemak, alsof hij al jaren met zulke mooie zeiljachten over de oceaan voer. Clay liep over het dek en ging ergens in de zon liggen.
Er stond wat wind en ze gleden door het kalme water naar het oosten van de baai. Nassau werd steeds kleiner in de verte. Clay droeg alleen nog zijn korte broek en had zich ingesmeerd met crème; hij stond op het punt om een dutje te doen toen Maltbee naar hem toe kwam.
'Je vader zegt dat jij degene met het geld bent.' Maltbees ogen gingen schuil achter dikke brillenglazen.
'Ja, dat is wel zo,' zei Clay.
'Het is een boot van vier miljoen dollar, praktisch nieuw, een van onze beste. Gebouwd voor zo'n IT-figuur die zijn geld sneller kwijtraakte dan dat hij het verdiende. Dat is een zielig zootje, als je het mij vraagt. Hoe dan ook, we zijn ermee blijven zitten. De markt is niet erg happig. We verlagen de prijs naar drie miljoen en eigenlijk zouden ze je dan voor diefstal moeten oppakken. Als je de boot onder een chartermaatschappij laat vallen die op de Bahama's geregistreerd staat, zijn er allerlei belastingtrucs mogelijk. Ik kan ze niet uitleggen, maar we hebben een advocaat in Nassau die de papieren doet. Als hij nuchter is.'
'Ik ben ook advocaat.'
'Waarom ben je dan nuchter?'
Ha, ha, ha; ze konden er allebei een beetje om lachen.
'En de afschrijving?' vroeg Clay.
'Fors, heel fors, maar nogmaals, dat laat ik aan jullie advocaten over. Ik ben maar een verkoper. Maar ik geloof dat je ouweheer er wel iets in ziet. Zulke boten als deze zijn helemaal de rage, van hier tot Bermuda tot Zuid-Amerika. Je kunt er geld mee verdienen.'
Dat was het praatje van een verkoper en nog een slechte ook. Als Clay een boot voor zijn vader kocht, kon hij alleen maar hopen dat het ding zichzelf een beetje financierde en geen bodemloze put werd. Maltbee verdween even snel als hij was opgedoken.

Drie dagen later kocht Clay de boot voor 2,9 miljoen dollar. De advocaat, die inderdaad de beide keren dat Clay hem ontmoette niet helemaal nuchter was, zette de Bahamiaanse onderneming uitsluitend op Jarretts naam. De boot was een geschenk van de zoon aan de vader en moest verborgen blijven op de eilanden, ongeveer net als Jarrett zelf.

De avond ervoor hadden ze gegeten in Nassau. Ze hadden achter in een louche tent gezeten, met allemaal drugshandelaren en belastingontduikers en alimentatievluchtelingen, bijna stuk voor stuk Amerikanen. Clay knakte kreeftenpootjes en stelde ten slotte een vraag die al weken door zijn hoofd spookte. 'Is er een kans dat je ooit naar de Verenigde Staten terug kunt?'

'Waarvoor?'

'Om de advocatuur uit te oefenen. Om partner in mijn firma te worden. Om weer te procederen en stennis te maken.'

Jarrett moest glimlachen. De gedachte aan vader en zoon die samenwerkten. Alleen al het idee dat Clay wilde dat hij terugging, terug naar een kantoor, terug naar iets respectabels. De jongen was nog steeds niet over het vertrek van zijn vader heen. Maar nu hij zoveel succes had, kon hij zijn verdriet vast wel gemakkelijker verwerken.

'Ik denk het niet, Clay. Ik heb mijn advocatenvergunning ingeleverd en ik heb beloofd dat ik weg zou blijven.'

'Zou je terug willen komen?'

'Misschien om mijn naam te zuiveren, maar niet om weer advocaat te worden. Er zijn te veel belemmeringen, te veel oude vijanden die nog op de loer liggen. Ik ben 55, en dat is een beetje oud om opnieuw te beginnen.'

'Waar ben je over tien jaar?'

'Zo denk ik liever niet. Ik geloof niet in kalenders en tijdschema's en lijsten van dingen die je moet doen. Het is een domme Amerikaanse gewoonte om altijd maar een doel na te streven. Ik doe dat niet. Ik probeer de dag van vandaag door te komen en denk misschien ook nog even aan de dag van morgen, meer niet. Toekomstplannen zijn belachelijk.'

'Ik had het niet moeten vragen.'

'Leef voor het moment, Clay. Morgen zie je wel weer verder. Jij hebt je handen nu vol, geloof ik.'

'Het geld houdt me nog wel even bezig.'

'Zorg dat je het niet kwijtraakt, jongen. Ik weet dat het onmogelijk lijkt, maar je komt nog voor verrassingen te staan. Opeens heb je allemaal nieuwe vrienden. En het is of de vrouwen uit de hemel komen vallen.'
'Wanneer?'
'Wacht maar af. Ik heb eens een boek gelezen, *Het goud der dwazen*, of zoiets, het ene na het andere verhaal over grote vermogens die verkwanseld werden door de idioten die ze hadden. Fascinerend boek. Je moet het ook lezen.'
'Liever niet.'
Jarrett stak een garnaal in zijn mond en veranderde van onderwerp. 'Ga je je moeder helpen?'
'Waarschijnlijk niet. Ze heeft geen hulp nodig. Haar man is rijk, nietwaar?'
'Wanneer heb je haar het laatst gesproken?'
'Elf jaar geleden, pa. Wat kan het jou schelen?'
'Ik ben alleen maar nieuwsgierig. Gek is dat. Je trouwt met een vrouw, leeft 25 jaar met haar en soms vraag je je af hoe het met haar gaat.'
'Zullen we het over iets anders hebben?'
'Rebecca?'
'Volgende onderwerp.'
'Laten we naar de dobbeltafels gaan. Ik sta vierduizend dollar op winst.'

Toen Ted Worley uit Upper Marlboro, Maryland, een dikke envelop van Advocatenkantoor J. Clay Carter II ontving, maakte hij hem meteen open. Hij had alle nieuwsberichten over de Dyloftschikking gevolgd. Hij had ook telkens weer op de Dyloft-website gekeken, wachtend tot hij zijn geld van Ackerman Labs in ontvangst zou nemen.
De brief begon: 'Geachte heer Worley, Hartelijk gelukgewenst. Uw collectieve eis tegen Ackerman Labs is op de rechtbank van het zuidelijk district van Mississippi tot een schikking gekomen. Als eiser uit groep 1 ontvangt u een brutobedrag van $ 62.000. Overeenkomstig het contract voor juridische diensten dat door u en deze advocatenfirma is aangegaan, is in dit geval een advocatenhonorarium van 28% van toepassing. Daarnaast heeft de rechtbank ingestemd met een aftrek van $ 1400 voor juridische kosten. Het

nettobedrag dat u zult ontvangen, bedraagt $ 43.240. Ik verzoek u de bijgesloten overeenkomst en bevestigingsformulieren te ondertekenen en ze per ommegaande in de bijgesloten envelop te retourneren. Met vriendelijke groeten, Oscar Mulrooney, advocaat en procureur.'
'Het is verdomme elke keer een andere advocaat,' zei Worley terwijl hij de bladzijden omsloeg. Er zat een kopie bij van de gerechtelijke uitspraak waarmee de schikking werd goedgekeurd en een mededeling voor alle deelnemers aan de collectieve eis, en nog wat meer papieren waarvoor hij zich plotseling helemaal niet meer interesseerde.
$ 43.240! Dat was dus het kapitaal dat hij zou krijgen van een louche farmaceutisch concern dat met opzet een geneesmiddel op de markt bracht dat vier tumoren in zijn blaas had laten ontstaan? $ 43.240 voor maanden van angst en stress en onzekerheid of hij zou blijven leven of dood zou gaan? $ 43.240 voor de beproeving van een microscopisch mes en een cameraatje in een buis die door zijn penis werd geschoven, tot in zijn blaas, waar de vier gezwellen een voor een werden verwijderd en door zijn penis naar buiten werden gehaald? $ 43.240 voor drie dagen waarin bloed en stukjes weefsel met zijn urine naar buiten kwamen?
Hij kromp ineen bij de herinnering.
Hij belde zes keer en sprak zes opgewonden boodschappen in en wachtte zes uur, totdat Mulrooney hem terugbelde. 'Wie ben jij nou weer?' begon Worley vriendelijk.
Oscar Mulrooney was in de afgelopen tien dagen een expert in het afhandelen van zulke telefoontjes geworden. Hij legde uit dat hij advocaat was en met Worleys zaak was belast.
'Dat bedrag is een aanfluiting!' zei Worley. 'Drieënveertigduizend dollar, dat is idioot weinig.'
'Het bedrag van uw schikking is 62.000, meneer Worley,' zei Oscar.
'Ik krijg 43, jongeman.'
'Nee, u krijgt 62. U bent ermee akkoord gegaan dat eenderde naar uw advocaat ging, zonder wie u helemaal niets zou hebben gekregen. Dat is bij de schikking teruggebracht tot 28 procent. De meeste advocaten brengen vijfenveertig of vijftig procent in rekening.'
'Bof ik even! Ik accepteer het niet.'
Oscar gaf hem een korte, goed ingestudeerde uitleg. Hij vertelde dat Ackerman Labs niet meer zou kunnen betalen zonder failliet te

gaan en als dat laatste gebeurde, zou meneer Worley nog minder krijgen en misschien wel helemaal niets.

'Leuk om te horen,' zei Worley. 'Maar ik accepteer deze schikking niet.'

'U hebt geen keus.'

'Nou en of ik een keus heb!'

'Kijkt u maar eens in het contract voor juridische diensten, meneer Worley. Dat is pagina 11 van het informatiepakket dat u hebt ontvangen. Paragraaf 8 heeft het opschrift "Machtiging". Leest u dat maar, meneer, dan zult u zien dat u onze firma hebt gemachtigd om akkoord te gaan met elke schikking boven de vijftigduizend dollar.'

'Dat kan ik me herinneren, maar ze zeiden dat die vijftigduizend dollar alleen maar het minimum was. Ik verwachtte veel meer.'

'Uw schikking is al goedgekeurd door de rechter, meneer Worley. Zo gaat dat bij collectieve claims. Als u het acceptatieformulier niet tekent, blijft uw deel in de pot en gaat het uiteindelijk naar iemand anders.'

'Jullie zijn een stelletje oplichters, weet je dat? Ik weet niet wie erger is, de onderneming die dat geneesmiddel maakte of mijn eigen advocaten die me belazeren en me een eerlijke regeling onthouden.'

'Jammer dat u er zo over denkt.'

'Jij vindt helemaal niks jammer. Volgens de krant krijgen jullie honderd miljoen dollar. Stelletje dieven!'

Worley gooide de hoorn op de haak en smeet de papieren door de keuken.

24

Op de cover van het decembernummer van *Capitol Magazine* stond Clay Carter. Hij zag er gebruind en aantrekkelijk uit, gekleed in een Armani-pak en zittend op de hoek van zijn bureau in zijn fraai ingerichte kantoor. Het verhaal was op het allerlaatste moment in de plaats gekomen van een ander verhaal, 'Kerstmis op de Potomac', het gebruikelijke kerstnummer waarin een rijke oude senator en zijn nieuwste echtgenote hun nieuwe villa in Washington aan het publiek lieten zien. Het echtpaar werd, inclusief hun onderscheidingen en katten en favoriete recepten, op een binnenpagina gedumpt, want Washington was bovenal een stad waar alles draait om geld en macht. Hoe vaak zou het tijdschrift de kans krijgen om het ongelooflijke verhaal te publiceren van een straatarme jonge advocaat die in zo korte tijd zo rijk werd?
Er was een foto van Clay op zijn patio met een hond, die hij van Rodney had geleend, en een van Clay die in een lege rechtszaal naast de jurybank poseerde, alsof hij zojuist voor elkaar had gekregen dat de schurken tot kolossale schadevergoedingen werden veroordeeld. En natuurlijk was er ook een foto van Clay die zijn nieuwe Porsche aan het wassen was. Hij vertrouwde de lezers toe dat hij van zeilen hield en daar had je al een foto van een nieuwe boot in een jachthaven op de Bahama's. Hij had op dat moment geen partner en de auteurs bestempelden hem meteen

tot een van de meest begeerde vrijgezellen in de stad.

Een paar bladzijden verderop in het tijdschrift stonden foto's van bruiden, gevolgd door bekendmakingen van huwelijken die in de nabije toekomst zouden worden voltrokken. Iedere debutante, leerlinge van een particuliere school of country club-jongedame in Washington droomde van het moment waarop ze op de pagina's van *Capitol Magazine* te zien zou zijn. Hoe groter de foto, des te belangrijker de familie. Het scheen dat ambitieuze moeders een liniaal gebruikten om de foto van hun dochters en die van hun rivalen te meten, om vervolgens van hun overwinning te genieten of nog jaren wrok te koesteren.

Daar was Rebecca Van Horn, schitterend om te zien op een rieten bankje ergens in een tuin, een prachtige foto die bedorven werd door het gezicht van haar bruidegom en toekomstige echtgenoot, de heer Jason Shubert Myers IV, die tegen haar aan stond en blijkbaar erg van de camera genoot. Bruiloften zijn er voor bruiden, niet voor bruidegommen. Waarom wilden ze met alle geweld ook op de huwelijksaankondiging staan?

Bennett en Barbara hadden aan de juiste touwtjes getrokken; Rebecca's huwelijksaankondiging was de op een na grootste van een stuk of tien. Zes pagina's verder zag Clay een paginagrote advertentie van de BVH Group. Zo deed je dat.

Clay genoot van de ellende die het tijdschrift op datzelfde moment in huize Van Horn zou veroorzaken. Rebecca's huwelijk, het grote society-evenement waaraan Bennett en Barbara geld konden vergooien om indruk te maken op de wereld, werd in de schaduw gesteld door haar ex-vriend. Hoeveel keer zou hun dochter haar huwelijksaankondiging in *Capitol Magazine* krijgen? Hoe hard hadden ze eraan gewerkt om haar aan een opvallende plaats in dat tijdschrift te helpen? En dat alles was nu bedorven door Clays daverende succes.

En hier zou het niet bij blijven.

Jonah had al bekendgemaakt dat hij overwoog om met pensioen te gaan. Hij had tien dagen op Antigua doorgebracht, niet met één meisje maar met twee, en toen hij begin december in een sneeuwstorm naar Washington terugkwam, vertrouwde hij Clay toe dat hij er mentaal en psychologisch niet tegen opgewassen was om nog langer de advocatuur uit te oefenen. Hij hield het niet langer uit.

Zijn juridische carrière was voorbij. Hij keek zelf ook uit naar een zeilboot. Hij had een meisje gevonden dat van zeilen hield en omdat ze net een slecht huwelijk achter de rug had, wilde ze graag een hele tijd op zee doorbrengen. Jonah kwam uit Annapolis en had in tegenstelling tot Clay zijn hele leven al gezeild.
'Ik heb een mooie meid nodig, bij voorkeur een blondje,' zei Clay toen hij in een stoel tegenover Jonahs bureau ging zitten. Zijn deur zat op slot. Het was woensdagavond na zes uur en Jonah had al een flesje bier opengetrokken. Ze hadden op kantoor de ongeschreven regel dat er voor zes uur niet werd gedronken. Anders zou Jonah meteen na de lunchpauze beginnen.
'De meest begeerde vrijgezel van de stad ziet geen kans om een meisje op te pikken?'
'Ik ben uit de roulatie geweest. Ik ga naar Rebecca's bruiloft en ik heb een mooie meid nodig die de show kan stelen.'
'O, dat is een goeie,' zei Jonah lachend en hij trok de la van zijn bureau open. Alleen Jonah hield de gegevens van vrouwen bij. Hij rommelde wat in de papieren en vond wat hij zocht. Hij gooide een opgevouwen krant over het bureau. Het was een lingeriereclame voor een warenhuis. De beeldschone jonge godin droeg praktisch niets onder haar middel en bedekte haar borsten nog net met haar over elkaar geslagen armen. Clay kon zich nog goed herinneren dat hij die reclame zag toen die voor het eerst verscheen. De krant was vier maanden oud.
'Ken je haar?'
'Natuurlijk ken ik haar. Dacht je dat ik zomaar wat lingeriereclames bewaarde?'
'Dat zou me niet verbazen.'
'Ze heet Ridley. Tenminste, zo noemt ze zich.'
'Ze woont hier?' Clay vergaapte zich nog aan de oogverblindende schoonheid die in zwart-wit in de krant stond.
'Ze komt uit Georgië.'
'O, uit Georgia. Een meisje uit het zuiden.'
'Nee, een Russisch meisje. Het land Georgië. Ze is hier als studente gekomen, in een uitwisselingsproject, en ze is nooit meer weggegaan.'
'Ze lijkt achttien.'
'Midden twintig.'
'Hoe lang is ze?'
'Een meter vijfenzeventig of zoiets.'

'Haar benen lijken anderhalve meter lang.'
'Is dat erg?'
Om een beetje nonchalant over te komen gooide Clay de krant op het bureau. 'Nog negatieve aspecten?'
'Ja, het schijnt dat ze bi is.'
'Wat?'
'Ze houdt van jongens en meisjes.'
'Oei.'
'Het is niet zeker, maar het geldt voor veel van die modellen. Misschien is het alleen maar een gerucht.'
'Je hebt iets met haar gehad.'
'Nee. Een vriend van een vriend. Ze staat op mijn lijst. Ik wacht alleen nog op een bevestiging. Je kunt het proberen. Als ze je niet aanstaat, vinden we een ander.'
'Kun jij voor me bellen?'
'Ja, geen punt. Het is een gemakkelijk telefoontje, want je bent nu de man van de coverstory, de felbegeerde vrijgezel, de claimkoning. Zouden ze daar in Georgië ook massaclaims hebben?'
'Ik hoop het niet voor ze. Bel nou maar.'

Ze dineerden met elkaar in de eetgelegenheid van de maand, een Japans restaurant waar veel jonge, welvarende mensen kwamen. Ridley zag er in het echt nog beter uit dan op de foto. Mensen keken om toen ze naar het midden van het restaurant werden geleid en aan een erg belangrijke tafel werden gezet. Gesprekken stokten midden in een zin. Obers zwermden om hen heen. Haar Engels met een licht accent was perfect en net exotisch genoeg om nog een beetje meer seks aan het totaalpakket toe te voegen, voorzover ze daar nog behoefte aan had.
Oude kleren van een vlooienmarkt zouden Ridley nog goed staan. Ze kleedde zich niet erg opvallend, want het was niet de bedoeling dat haar kleren gingen concurreren met haar blonde haar, haar blauwe ogen, haar hoge jukbeenderen en de rest van haar perfecte anatomie.
Haar echte naam was Ridal Petashnakol, en dat moest ze twee keer spellen voordat Clay het in zijn hoofd had. Gelukkig konden modellen, net als voetballers, met maar één naam toe, en daarom noemde zij zich alleen Ridley. Ze dronk geen alcohol maar bestelde in plaats daarvan cranberrysap. Clay hoopte dat ze straks geen bord wortelen zou bestellen.

Zij had het uiterlijk en hij had het geld, en omdat ze over geen van beide konden praten, spartelden ze enkele minuten in het diepe, op zoek naar veilig terrein. Ze was Georgisch, niet Russisch, en gaf niets om politiek of terrorisme of sport. Ah, de film! Ze zag alles en vond alles prachtig. Zelfs afschuwelijke dingen waarvoor niemand anders naar de bioscoop ging. Ridley was gek op films waar geen hond naar kwam kijken en Clay kreeg zo zijn twijfels.
Ze is maar een meisje om mee te pronken, zei hij tegen zichzelf. Vanavond een diner, daarna Rebecca's bruiloft en dan is ze verleden tijd.
Ze sprak vijf talen, maar omdat die voor het merendeel in Oost-Europa thuishoorden, had ze daar in Amerika niet veel aan. Tot zijn opluchting bestelde ze een eerste gang, een tweede gang en een dessert. De conversatie verliep niet vlot, maar ze deden allebei erg hun best. Hun achtergrond was zo verschillend. De advocaat in hem wilde zo veel mogelijk over de getuige weten: echte naam, leeftijd, bloedgroep, beroep van vader, salaris, eventuele huwelijken, seksuele voorgeschiedenis: is het waar dat je bi bent? Maar hij kon zich inhouden en stelde dat soort vragen niet. Een paar keer ging hij een eindje in die richting, maar het leverde niets op en het gesprek kwam weer op films. Ze kende iedere twintigjarige B-acteur en wist ook met welk meisje hij op dat moment omging; stomvervelende dingen, maar ja, waarschijnlijk niet zo vervelend als een stel advocaten die over hun nieuwste overwinningen of massaclaimwinsten praatten.
Clay sloeg de wijn achterover en kwam een beetje los. Het was een rode bourgogne. Patton French zou trots op hem zijn geweest. Zijn massaclaimvriendjes moesten hem eens zien, zoals hij daar tegenover die barbiepop zat.
Het enige wat hem dwarszat, was dat vervelende gerucht. Ze kon toch niet op vrouwen vallen? Ze was te volmaakt, te mooi, te aantrekkelijk voor de andere sekse. Ze was voorbestemd om de echtgenote van een rijke stinkerd te worden! Toch had ze iets vreemds. Zodra hij over de eerste schok van haar uiterlijk heen was – en dat duurde minstens twee uur en een hele fles wijn – besefte Clay dat hij niet verder kwam dan de oppervlakte. Er was niet veel diepgang, en als er wel iets was, schermde ze dat heel zorgvuldig af.
Onder het dessert, een chocolademousse waar ze mee speelde maar die ze niet at, nodigde hij haar uit om met hem naar een huwelijks-

receptie te gaan. Hij bekende dat de bruid zijn ex-verloofde was maar loog toen hij zei dat ze goede vrienden waren gebleven. Ridley haalde haar schouders op alsof ze liever naar de film ging. 'Waarom niet?' zei ze.

Toen hij de oprijlaan van de Potomac Country Club insloeg, was Clay zich bewust van de betekenis daarvan. Meer dan zeven maanden geleden was hij voor het laatst op deze vermaledijde club geweest. Hij had toen een verschrikkelijk diner met Rebecca's ouders gehad. Destijds had hij zijn oude Honda achter de tennisbanen verstopt. Nu wilde hij iedereen zijn fonkelnieuwe Porsche Carrera laten zien. Destijds wilde hij zijn auto niet door een personeelslid laten parkeren om geen fooi te hoeven geven. Nu zou hij de jongen wat extra's geven. Destijds was hij alleen en zag hij op tegen de uren die hij met de Van Horns moest doorbrengen. Nu was hij in het gezelschap van de adembenemend mooie Ridley, die zijn elleboog vasthield en haar benen zo over elkaar sloeg dat de split in haar rok helemaal tot aan haar middel openhing; en waar haar ouders op dat moment ook waren, ze bemoeiden zich in elk geval niet met haar leven. Destijds had hij zich een schooier op heilige grond gevoeld. Nu zou de Potomac Country Club hem meteen als lid accepteren, als hij maar de juiste cheque uitschreef.
'Huwelijksreceptie Van Horn,' zei hij tegen de bewaker en die liet hem doorrijden.
Ze waren een uur te laat en dat was het perfecte moment. De balzaal was stampvol en aan het andere eind speelde een rhythm and blues-band.
'Blijf dicht bij me,' fluisterde Ridley toen ze naar binnen gingen. 'Ik ken hier niemand.'
'Maak je geen zorgen,' zei Clay. Hij wilde maar al te graag dicht bij haar blijven. En hoewel hij deed alsof het anders was, kende hij hier ook niemand.
Ze vielen meteen op. Monden vielen open. De mannen, die al wat borrels achter de knopen hadden, vergaapten zich openlijk aan Ridley, die samen met Clay naar voren schuifelde. 'Hé, Clay!' riep iemand en toen Clay zich omdraaide, keek hij in het grijnzende gezicht van Randy Spino, een vroegere studiegenoot die nu op een groot advocatenkantoor werkte en onder normale omstandigheden Clay nooit in zo'n omgeving zou hebben begroet. Als ze elkaar bij

toeval op straat waren tegengekomen, had Spino misschien 'Hoe gaat het ermee?' gezegd, zonder de pas in te houden. Maar nooit op een country club, zeker niet waar al die kopstukken uit het bedrijfsleven bij waren.

Maar daar was hij dan en hij stak Clay zijn hand toe en keek Ridley met een stralende lach aan. Hij werd gevolgd door een kleine menigte. Spino nam de leiding en stelde al zijn goede vrienden aan zijn goede vriend Clay Carter en Ridley zonder achternaam voor. Ze kneep nog harder in Clays elleboog. Alle jongens wilden haar gedag zeggen.

Om dicht bij Ridley te komen moesten ze met Clay praten en dus duurde het maar een paar seconden voordat iemand zei: 'Hé, Clay, gefeliciteerd met je overwinning op Ackerman Labs.' Clay had degene die hem feliciteerde nooit eerder gezien. Hij nam aan dat het een advocaat was, vermoedelijk iemand van een grote firma, waarschijnlijk een grote firma die voor grote concerns als Ackerman Labs werkte, en al voordat de man zijn zin had uitgesproken, wist Clay dat er achter die valse lofprijzing alleen maar jaloezie zat. En ook het verlangen om Ridley aan te staren.

'Dank je,' zei Clay, alsof het allemaal de gewoonste zaak van de wereld was.

'Honderd miljoen. Wauw!' Ook dat was een vreemde, en nog wel een vreemde die lang niet nuchter meer was.

'Nou ja, de helft gaat naar de belasting,' zei Clay. Wie kon tegenwoordig nog van vijftig miljoen dollar rondkomen?

De menigte barstte in lachen uit, alsof Clay de grappigste opmerking aller tijden had gemaakt. Nog meer mensen verzamelden zich om hen heen, allemaal mannen, allemaal geleidelijk op weg naar dat opvallende blonde meisje dat iedereen vaag bekend voorkwam. Misschien herkenden ze haar niet in kleur, met haar kleren aan.

Een gespannen, conventioneel type zei: 'Wij hebben Philo. Waren wij even blij dat die puinhoop van Dyloft geregeld was!' Dat was typisch een uitspraak van een Washingtonse advocaat. Alle ondernemingen op de wereld hadden een advocaat in Washington, al was het alleen maar in naam, en dus had elke onenigheid en elke transactie ernstige gevolgen voor de advocaten in deze stad. In Thailand vloog een raffinaderij de lucht in en een advocaat zei: 'Ja, wij hebben Exxon.' Een grote film flopte: 'Wij hebben Disney.' Een terreinwagen sloeg over de kop en doodde vijf mensen: 'Wij hebben

Ford.' 'Wij-hebben' was een spel waar Clay van had gehoord tot hij zijn buik er vol van had.
Ik heb Ridley, wilde hij zeggen, dus handjes thuis.
Op het podium zou iets bekend worden gemaakt en het werd stiller in de zaal. De bruid en bruidegom zouden gaan dansen, gevolgd door de bruid en haar vader en dan de bruidegom en zijn moeder enzovoort. De menigte ging ernaar staan kijken. De band begon 'Smoke Gets in Your Eyes' te spelen.
'Ze is erg mooi,' fluisterde Ridley erg dicht bij zijn rechteroor. Dat was ze inderdaad. En ze danste met Jason Myers. Hij was weliswaar vijf centimeter kleiner dan zij, maar voor Rebecca was hij blijkbaar de enige persoon op de hele wereld. Ze glimlachte en straalde en draaide langzaam over de dansvloer. De bruid deed het meeste werk, want de bruidegom was zo stijf als een plank.
Clay wilde in de aanval gaan, zich een weg door de menigte banen en Myers een stomp voor zijn kop geven met alle kracht die hij kon verzamelen. Hij zou zijn meisje redden en haar meenemen en haar moeder doodschieten als die hen vond.
'Je houdt nog steeds van haar, hè?' fluisterde Ridley.
'Nee, het is uit,' fluisterde hij terug.
'Je houdt van haar. Ik merk het.'
'Nee.'
De pasgehuwden zouden die avond ergens heen gaan om hun huwelijk te consummeren, al kende hij Rebecca goed genoeg om te weten dat ze in de afgelopen tijd geen seks tekort was gekomen. Waarschijnlijk had ze die worm van een Myers het een en ander op dat gebied geleerd. Had die even geluk. De dingen die Clay haar had geleerd, gaf ze nu door aan iemand anders. Het was niet eerlijk. Het was pijnlijk om naar die twee te kijken en Clay vroeg zich af wat hij daar deed. Een afsluiting, dat was het. Een afscheid. Maar hij wilde dat Rebecca hem zag en dat ze Ridley zag en dat ze wist dat het goed met hem ging en dat hij haar niet miste.
Het was ook pijnlijk om Bennett de Bulldozer te zien dansen, zij het om een andere reden. Bennett danste zoals de gemiddelde blanke man: hij bewoog zijn voeten niet bij het dansen. En als hij met zijn achterste probeerde te schudden, moest zelfs de band lachen. Zijn wangen waren al rood van te veel Chivas.
Jason Myers danste met Barbara Van Horn, die er van een afstand uitzag alsof ze weer een sessie of twee bij haar voordelige plastisch

chirurg had doorgebracht. Ze was in een jurk gegoten die wel mooi was maar ook een aantal maten te klein, zodat het teveel aan vlees er op de verkeerde plaatsen uitpuilde en op het punt stond helemaal vrij te komen en iedereen misselijk te maken. Op haar gezicht had ze de onechtste glimlach geplakt die ze ooit had geproduceerd – maar rimpels had ze niet, dankzij de plastische chirurgie – en Myers grijnsde naar haar terug alsof die twee altijd de beste maatjes zouden blijven. Ze diende hem al messteken in de rug toe en hij was te dom om het te merken. Triest genoeg wist ze het zelf waarschijnlijk ook niet. Het was gewoon de aard van het beestje.
'Zou je willen dansen?' vroeg iemand aan Ridley.
'Rot op,' zei Clay en hij leidde haar naar de dansvloer, waar al een hele menigte aan het swingen was op vrij goede Motownmuziek. Als een stilstaande Ridley een kunstwerk was, behoorde een Ridley in snelle beweging tot het nationale erfgoed. Ze bewoog zich met een natuurlijk ritme en een soepele gratie, haar laag uitgesneden jurk was amper hoog genoeg en de split in haar rok vloog open en liet erg veel van haar zien. Mannen stonden er in groepjes naar te kijken.
Rebecca keek ook. Toen ze even pauze nam om met haar gasten te praten, zag ze de commotie en keek ze naar de menigte, en toen zag ze Clay met een stoot van een vrouw dansen. Ook zij was diep onder de indruk van Ridley, zij het om andere redenen. Ze bleef nog even praten en ging toen de dansvloer weer op.
Intussen lette Clay erg goed op Rebecca, zonder dat hem een beweging van Ridley ontging. Het nummer was afgelopen, er begon een langzaam nummer en Rebecca ging tussen hen in staan. 'Hallo, Clay,' zei ze, zonder acht te slaan op de vrouw met wie hij gekomen was. 'Zullen we dansen?'
'Goed,' zei hij. Ridley haalde haar schouders op en liep weg. Ze was maar een seconde alleen en toen was ze omringd door een hele meute. Ze koos de langste uit, sloeg haar armen om hem heen en begon te deinen.
'Ik kan me niet herinneren dat ik jou heb uitgenodigd,' zei Rebecca met haar arm over zijn schouder.
'Wil je dat ik wegga?' Hij trok haar iets dichter tegen zich aan maar kon door de omvangrijke trouwjapon niet zo nauw met haar in contact komen als hij wilde.
'Er kijken mensen,' zei ze, glimlachend met het oog op hen. 'Waarom ben je gekomen?'

'Om je bruiloft te vieren. En om je nieuwe jongen eens goed te bekijken.'
'Doe niet zo lelijk, Clay. Je bent alleen maar jaloers.'
'Ik ben meer dan jaloers. Ik zou zijn nek willen breken.'
'Waar heb je dat sletje vandaan?'
'Wie is er nu jaloers?'
'Ik.'
'Maak je geen zorgen, Rebecca, in bed kan ze niet aan jou tippen.'
Bij nader inzien dacht hij: misschien zou ze dat wel willen.
'Jason is niet slecht.'
'Ik wil daar echt niet over horen. Wil je wel zorgen dat je niet zwanger wordt?'
'Daar heb jij niets mee te maken.'
'Daar heb ik een heleboel mee te maken.'
Ridley en haar danspartner vlogen langs hen. Voor het eerst kon Clay haar rug goed zien, haar hele rug, want haar jurk hield er al een paar centimeter boven haar ronde en perfecte achterste mee op. Rebecca zag die rug ook. 'Staat ze op de loonlijst?' vroeg ze.
'Nog niet.'
'Is ze minderjarig?'
'Nee. Ze is erg volwassen. Zeg tegen me dat je nog van me houdt.'
'Ik hou niet van je.'
'Je liegt.'
'Misschien is het beter als je nu weggaat en haar met je meeneemt.'
'Goed, het is jouw feest. We wilden het niet verstoren.'
'Dat is de enige reden waarom je hier bent, Clay.' Ze trok zich enigszins van hem terug maar bleef dansen.
'Wil je nog een jaar wachten?' zei hij. 'Tegen die tijd heb ik tweehonderd miljoen. Dan springen we in mijn jet, maken dat we hier wegkomen en blijven de rest van ons leven op een jacht. Je ouders vinden ons nooit.'
Ze hield op met dansen en zei: 'Vaarwel, Clay.'
'Ik wacht,' zei hij en toen werd hij opzij geduwd door Bennett die al strompelend 'Sorry' zei. Hij pakte zijn dochter vast en redde haar door naar de andere kant van de dansvloer te schuifelen.
Barbara was de volgende. Ze pakte Clays hand vast en keek hem met een stralende maar kunstmatige glimlach aan. 'Maak nu geen scène,' zei ze zonder haar lippen te bewegen. Ze begon stijve bewegingen te maken die niemand voor dansen zou aanzien.

'En hoe gaat het met u, mevrouw Van Horn?' zei Clay, in de greep van de adder.
'Prima, tot ik jou zag. Ik weet zeker dat jij niet op dit feestje bent uitgenodigd.'
'Ik wilde net weggaan.'
'Goed. Ik zou niet graag de bewakers willen roepen.'
'Dat hoeft niet.'
'Wil je dit moment niet voor haar bederven?'
'Zoals ik al zei: ik wilde net weggaan.'
De muziek hield op en Clay ging meteen bij mevrouw Van Horn vandaan. Er ontstond een kleine menigte rondom Ridley, maar Clay leidde haar weg. Ze trokken zich in het achterste deel van de zaal terug, waar een bar meer liefhebbers trok dan de band. Clay nam een biertje en keek rond naar de uitgang, toen ze opeens weer omringd werden door een andere groep nieuwsgierigen. Advocaten onder hen wilden over de vreugden van de massaclaims praten en gingen intussen steeds dichter bij Ridley staan.
Na een paar minuten van idioot gebabbel met mensen voor wie hij alleen maar minachting kon opbrengen, stond er opeens een dikke jongeman in een gehuurde smoking naast hem, die fluisterde: 'Ik ben van de beveiliging.' Hij had een vriendelijk gezicht en maakte een erg professionele indruk.
'Ik ga al weg,' fluisterde Clay terug.
Van de trouwreceptie van de Van Horns verwijderd. Uit de grootse Potomac Country Club gegooid. Onder het wegrijden, met Ridley dicht tegen zich aan, realiseerde hij zich dat dit een van de beste momenten uit zijn leven was.

25

Volgens de huwelijksaankondiging zou het jonge paar op huwelijksreis gaan naar Mexico. Clay besloot zelf ook een reisje te maken. Als iemand een maand op een eiland verdiende, was hij het wel.
Zijn ooit zo formidabele team had alle gevoel voor richting verloren. Misschien kwam het door de feestdagen, misschien door het geld. Hoe dan ook, Jonah, Paulette en Rodney waren steeds minder op kantoor.
Clay trouwens ook. Op kantoor heerste een sfeer van spanning en ruzie. Veel Dyloft-cliënten waren ontevreden over het schamele bedrag dat ze kregen. Er kwamen agressieve brieven binnen. Het was een sport geworden om de telefoon te ontwijken. Een aantal cliënten had hun adres gevonden en eiste van mevrouw Glick dat ze meneer Carter te spreken kregen, maar die was toevallig altijd ergens een belangrijk proces aan het voeren. Meestal zat hij in zijn kamer met de deur op slot te wachten tot de zoveelste storm was overgewaaid. Na een van de ergste dagen belde hij Patton French en vroeg hem om advies.
'Kop op, ouwe jongen,' zei French. 'Dat hoort bij het baantje. Met massaclaims maak je een fortuin. Dit is gewoon een van de minder prettige aspecten. Je moet een dikke huid hebben.'
De dikste huid op de firma zat om het lichaam van Oscar Mul-

rooney, die Clay steeds weer met zijn organisatietalent en ambitie verraste. Mulrooney werkte vijftien uur per dag en zette zijn afdeling Yale onder druk om het Dyloft-geld zo snel mogelijk binnen te halen. Hij stortte zich enthousiast op alle onaangename taken. Nu Jonah geen geheim meer maakte van zijn plannen om rond de wereld te zeilen en Paulette liet doorschemeren dat ze een jaar naar Afrika wilde gaan om de kunst daar te bestuderen en Rodney hun voorbeeld volgde door te suggereren dat hij misschien gewoon ontslag zou nemen, was het duidelijk dat er binnenkort topfuncties zouden vrijkomen.

Het was ook duidelijk dat Oscar zijn best deed om in de maatschap te worden opgenomen of in elk geval een deel van de winst te krijgen. Hij bestudeerde de enorme processen die nog om Skinny Ben's werden gevoerd, de dieetpillen die een verkeerde uitwerking hadden, en was ervan overtuigd dat er minstens tienduizend patiënten te vinden waren die ondanks vier jaar van non-stop publiciteit nog steeds geen claim hadden ingediend.

De afdeling Yale bestond nu uit elf advocaten, van wie er zeven aan Yale hadden gestudeerd. Het zweethok was uitgegroeid tot twaalf assistenten, die allemaal tot aan hun oren in de dossiers en papieren zaten. Clay vond het geen enkel punt om beide eenheden enkele weken onder de hoede van Mulrooney achter te laten. Hij was er zeker van dat het kantoor bij zijn terugkeer beter zou draaien dan bij zijn vertrek.

De laatste jaren had hij zijn best gedaan om de kerstdagen min of meer over te slaan, al viel dat niet mee. Hij had geen familie om de feestdagen mee door te brengen. Rebecca had altijd haar best gedaan om hem te betrekken bij wat het ook maar was dat de Van Horns deden, maar hoewel hij haar pogingen op prijs stelde, had hij gemerkt dat hij op kerstavond veel liever alleen in zijn flat zat, goedkope wijn dronk en naar oude films keek dan dat hij cadeaus openmaakte met andere mensen. Geen enkel cadeau dat hij ooit gaf, was goed genoeg.

Ridleys familie was nog in Georgië en zou daar waarschijnlijk blijven. Eerst dacht ze dat ze haar afspraken als model niet kon verzetten om wekenlang de stad uit te gaan, maar hij vond het hartverwarmend dat ze toch alles op alles zette om dat voor elkaar te krijgen. Ze wilde echt graag naar de eilanden vliegen en met hem

op het strand spelen. Ten slotte zei ze tegen een opdrachtgever dat hij haar desnoods maar moest ontslaan; het kon haar niet schelen.
Het was haar eerste vlucht met een privé-jet. Hij merkte dat hij op allerlei manieren indruk op haar probeerde te maken. Non-stop van Washington naar St. Lucia, vier uur en onnoemelijk veel kilometers. Toen ze uit Washington vertrokken, was het daar koud en grijs, en toen ze uit het vliegtuig stapten, baadden ze in de zon en de hitte. Bij de douane werd nauwelijks een blik op hen geworpen, in elk geval niet op Clay. Alle mannen keken vol bewondering naar Ridley. Vreemd genoeg begon Clay daaraan gewend te raken. Zijzelf scheen het niet te merken. Het was al zo gewoon voor haar dat ze iedereen gewoon negeerde, wat het voor de mannen die zich aan haar vergaapten alleen maar erger maakte. Zo'n adembenemend wezen, perfect van top tot teen, en toch zo afstandelijk, zo onbereikbaar.
Ze stapten in een pendelvliegtuig voor de vlucht van vijftien minuten naar Mustique, het exclusieve eiland dat eigendom is van rijken en beroemdheden, een eiland dat alles heeft, behalve een landingsbaan die lang genoeg is voor privé-jets. Popsterren en actrices en miljardairs hadden hier een villa. Het huis waar ze de komende week zouden verblijven, was vroeger eigendom geweest van een prins, die het aan een IT-miljonair verkocht, die het verhuurde als hij niet op het eiland was.
Het eiland was een berg die omringd werd door de stille wateren van de Caribische Zee. Vanaf een hoogte van duizend meter leek het donker en weelderig, net een ansichtkaart. Ridley greep haar armleuningen vast toen ze daalden en de kleine airstrip in zicht kwam. De piloot droeg een strohoed en had geblinddoekt ook nog wel kunnen landen.
Marshall, de chauffeur/butler, stond met een stralende lach en een open jeep te wachten. Ze gooiden de weinige bagage achterin en reden over een kronkelende weg omhoog. Geen hotels, geen appartementengebouwen, geen toeristen, geen verkeer. Tien minuten lang zagen ze geen enkel ander voertuig. Het huis stond op de helling van een berg, zoals Marshall het noemde, al was het eigenlijk maar een heuvel. Het uitzicht was adembenemend: zestig meter boven de eindeloze oceaan. Er was geen enkel ander eiland te zien; geen boten op het water, geen mensen.
Er waren vier of vijf slaapkamers, Clay raakte de tel kwijt. Die

kamers lagen verspreid rond het eigenlijke huis en je kon er via betegelde looppaden komen. Ze bestelden een lunch; ze konden krijgen wat ze maar wilden, want er was een fulltime kok. En een tuinman, twee huishoudsters, en een butler. Vijf personeelsleden – plus Marshall – en ze woonden allemaal ergens op het terrein. Voordat ze in de grote suite hun bagage konden uitpakken, had Ridley zich al van vrijwel al haar kleren ontdaan en lag ze in het zwembad. Topless, en als ze niet een minuscule string had gedragen die nauwelijks te zien was, zou ze helemaal naakt zijn geweest. Net nu Clay dacht dat hij eraan gewend begon te raken om naar haar te kijken, merkte hij dat hij weer bijna duizelig werd.
Ze kleedde zich aan om te gaan lunchen. Natuurlijk was alles vers en kwam alles uit zee: gegrilde garnalen en oesters. Nog twee biertjes en Clay wankelde naar een hangmat voor een lange siësta. Over twee dagen was het Kerstmis en dat liet hem koud. Rebecca zat ergens in een toeristenval van een hotel te knuffelen met kleine Jason.
En ook dat liet hem koud.

Twee dagen na Kerstmis kwam Max Pace met een vriendin naar het eiland. Ze heette Valeria en ze was een grof, onbehouwen buitenmens met brede schouders, geen make-up en een nogal nors gezicht. Max was een erg aantrekkelijke man, maar zijn vriendin had niets aantrekkelijks. Hopelijk zou Valeria haar kleren aanhouden als ze bij het zwembad was. Toen Clay haar hand schudde, voelde hij eelt. Nou ja, in elk geval zou ze geen verleiding voor Ridley vormen.
Pace trok meteen een korte broek aan en ging naar het zwembad. Valeria haalde haar bergschoenen tevoorschijn en vroeg waar de wandelroutes waren. Dat moesten ze aan Marshall vragen en hij zei dat hij van geen wandelroutes wist. Natuurlijk vond Valeria dat niet leuk, maar ze ging toch op pad, op zoek naar rotsen die ze kon beklimmen. Ridley ging naar de huiskamer, waar ze een stapel video's had liggen die ze wilde bekijken.
Omdat Pace geen achtergrond had, waren er niet veel dingen waarover ze konden praten. Tenminste, in het begin niet. Algauw werd duidelijk dat hij iets belangrijks te zeggen had. 'En nu over zaken,' zei hij na een dutje in de zon. Ze gingen naar de bar en Marshall bracht hun iets te drinken.
'Er is weer een geneesmiddel,' begon Pace en Clay zag meteen geld.

'En het kan een grote zaak worden.'
'Daar gaan we weer.'
'Maar deze keer is het plan een beetje anders. Ik wil een deel van de winst.'
'Voor wie werk je?'
'Voor mezelf. En voor jou. Ik wil 25 procent van de bruto-advocatenhonoraria.'
'Waar gaat het om?'
'Het zou wel eens groter dan Dyloft kunnen zijn.'
'Dan krijg je 25 procent. Nog meer, als je wilt.' Ze hadden zoveel vuile was met elkaar gemeen, hoe zou Clay nee kunnen zeggen?
'Vijfentwintig is redelijk,' zei Max en hij stak zijn hand uit om die van Clay te schudden. De transactie was rond.
'Nou, vertel maar.'
'Het gaat om het geneesmiddel Maxatil, een vrouwelijk hormoon. Het wordt door minstens vier miljoen vrouwen in de overgang en daarna gebruikt, dus vrouwen tussen de 45 en 75 jaar. Het is vijf jaar geleden op de markt gekomen als het zoveelste wondermiddel. Het verlicht opvliegers en andere symptomen van de menopauze. De werking is erg goed. Het zou ook voor sterke botten zorgen, hoge bloeddruk verlagen en de kans op een hartkwaal verkleinen. Het bedrijf heet Goffman.'
'Goffman? Scheermesjes en mondwater?'
'Ja. Vorig jaar een omzet van 21 miljard dollar. De lieveling van de beurs. Erg weinig schulden, een goed management. Een Amerikaanse traditie. Maar zoals dat dan gaat: ze kregen haast met Maxatil. De winst beloofde enorm te worden, het middel leek veilig, ze werkten het snel door de FDA-controle en de eerste paar jaar was iedereen tevreden. De artsen vonden het een geweldig middel. De vrouwen waren er gek op, want het werkt fenomenaal.'
'Maar?'
'Maar er doen zich problemen voor. Grote problemen. De overheid heeft onderzoek laten doen onder twintigduizend vrouwen die het middel vier jaar gebruiken. Het onderzoek is nog maar net voltooid en over een paar weken verschijnt het rapport. Dat zal vernietigend zijn. Bij een bepaald percentage van de vrouwen wordt het risico van borstkanker, hartaanvallen en beroerten sterk door het middel verhoogd.'
'Welk percentage?'

'Ongeveer acht procent.'
'Wie zijn van het rapport op de hoogte?'
'Erg weinig mensen. Ik heb een exemplaar.'
'En dat verbaast me dus niet.' Clay nam een grote slok uit de fles en keek om zich heen of hij Marshall zag. Zijn hart bonkte. Hij had plotseling genoeg van Mustique.
'Er zijn advocaten op strooptocht, maar die hebben het onderzoeksrapport niet gezien,' ging Pace verder. 'Er is een eis ingediend in Arizona, maar dat is geen collectieve eis.'
'Wat dan wel?'
'Gewoon een ouderwetse eis wegens onrechtmatige daad. Een eenmalige claim.'
'Wat oninteressant.'
'Nou, dat valt wel mee. De advocaat in kwestie is een zekere Dale Mooneyham uit Tucson. Hij procedeert altijd met één geval tegelijk en hij verliest nooit. Hij maakt goede kans om Goffman als eerste te grazen te nemen. Dat kan de toon zetten voor de hele zaak. Het gaat er nu om dat we met de eerste massaclaim komen. Dat heb je van Patton French geleerd.'
'We kunnen de eersten zijn,' zei Clay, alsof hij het al jaren deed.
'En je kunt het in je eentje, zonder French en die schurken. Je dient de eis in Washington in en komt dan met een stortvloed van reclamespotjes. Het wordt kolossaal.'
'Net als Dyloft.'
'Alleen heb jij nu de leiding. Ik blijf op de achtergrond, trek aan de touwtjes, knap het vuile werk op. Ik heb veel contacten met de juiste louche personen. Het wordt jouw claim, en als jouw naam onder de papieren staat, zoeken ze bij Goffman meteen dekking.'
'Een snelle schikking?'
'Waarschijnlijk niet zo snel als met Dyloft, maar dat was ook wel heel erg snel. Je zult je huiswerk moeten doen, het juiste bewijsmateriaal verzamelen, de experts inhuren, tegen de medici procederen die het middel hebben verkocht, hard aandringen op het eerste proces. Je zult Goffman ervan moeten overtuigen dat je niet geïnteresseerd bent in een schikking, dat je een proces wilt, een gigantisch spektakel van een proces, in je eigen woonplaats.'
'De nadelen,' vroeg Clay, die niet te hard van stapel wilde lopen.
'Die zie ik niet, of het moest zijn dat het je miljoenen aan reclame en procesvoorbereidingen gaat kosten.'

'Dat is geen punt.'
'Je schijnt nogal goed met geld te kunnen smijten.'
'Ik heb amper iets van de bovenkant afgekrabd.'
'Ik zou graag een voorschot van een miljoen willen hebben. Op mijn honorarium.' Pace nam een slokje. 'Ik ben thuis nog wat oude zaakjes aan het afwerken.'
Clay vond het vreemd dat Pace geld wilde. Maar omdat er zoveel op het spel stond en ook vanwege hun Tarvan-geheim, verkeerde hij niet in de positie om nee te zeggen. 'Goed,' zei hij.
Ze lagen in hun hangmat toen Valeria terugkwam, nat van het zweet en blijkbaar enigszins ontspannen. Ze trok alles uit en sprong het zwembad in. 'Een Californisch meisje,' zei Pace zachtjes.
'Is het serieus?' vroeg Clay aarzelend.
'Af en aan, al heel wat jaren.' En daar liet hij het bij.
Het Californische meisje vroeg om een avondmaaltijd zonder vlees, vis, kip, eieren of kaas. Ze gebruikte ook geen alcohol. Clay liet voor de rest van hen gegrilde zwaardvis maken. Het eten was snel voorbij, want Ridley wilde zich zo gauw mogelijk in haar kamer terugtrekken en Clay was net zo ongeduldig om bij Valeria vandaan te komen.
Pace en zijn vriendin bleven twee dagen en dat was minstens één dag te lang. Hij was uitsluitend gekomen om zaken te doen en zodra dat was gebeurd, wilde hij weer vertrekken. Clay keek hen na; Marshall reed harder dan ooit.
'Nog meer gasten?' vroeg Ridley voorzichtig.
'Nee,' zei Clay.
'Mooi.'

26

Aan het eind van het jaar kwam de hele verdieping boven zijn firma leeg te staan. Clay huurde de helft en consolideerde zijn operaties. Hij haalde de twaalf assistenten en vijf secretaresses uit het zweethok naar zijn kantoor, en de advocaten van de afdeling Yale, die vanuit een andere kantoorruimte hadden gewerkt, gingen nu ook naar Connecticut Avenue, naar het land van de hogere huren, waar ze zich meer op hun gemak voelden. Hij wilde zijn hele firma onder één dak hebben, dicht bij de hand, want hij was van plan om al zijn mensen te laten werken tot ze erbij neervielen.

Hij begon het nieuwe jaar met een meedogenloos werkschema: om zes uur op kantoor en ontbijten, lunchen en soms ook dineren aan zijn bureau. Hij bleef daar meestal tot acht of negen uur 's avonds en liet duidelijk blijken dat hij van medewerkers die wilden blijven, verwachtte dat ze ook zulke uren draaiden.

Jonah deed dat niet. Hij vertrok halverwege januari. Hij maakte zijn kamer leeg en nam vlug afscheid. Zijn zeilboot lag klaar. Je hoeft niet meer te bellen. Maak gewoon het geld over naar een rekening op Aruba.

Oscar Mulrooney was Jonahs kantoor al aan het opmeten voordat hij de deur uit was. Het was groter en had een beter uitzicht, iets wat hem niet veel zei, maar de kamer was dichter bij die van Clay en daar ging het hem om. Mulrooney rook geld, hoge honoraria.

Hij was Dyloft misgelopen, maar zoiets zou hem geen tweede keer gebeuren. Hij en de rest van de afdeling Yale waren aan de kant gezet door de grote gerenommeerde advocatenkantoren die ze altijd als het allerhoogste hadden beschouwd, en ze waren nu vast van plan om wraak te nemen door schatrijk te worden. En hoe kon je dat beter doen dan door cliënten te werven en achter ambulances aan te racen? Er was niets waar die bekakte types van de grote advocatenkantoren zich meer aan ergerden. In hun ogen behoorden massaclaims niet tot de serieuze rechtspraktijk. Het was ordinaire zakkenvullerij.

De oude Griekse playboy die met Paulette Tullos was getrouwd en haar daarna had verlaten, had op de een of andere manier lucht gekregen van haar nieuwe rijkdom. Hij dook in Washington op, belde haar in het luxeappartement dat hij haar had gegeven en sprak een boodschap op haar antwoordapparaat in. Toen Paulette zijn stem hoorde, vluchtte ze meteen naar Londen, waar ze de feestdagen doorbracht en nog steeds ondergedoken zat. Ze e-mailde Clay tien keer terwijl hij op Mustique was, vertelde hem over het lastige parket waarin ze verkeerde en vroeg hem haar scheiding te regelen zodra hij terug was. Clay diende de noodzakelijke papieren in, maar de Griek was nergens te vinden. Paulette trouwens ook niet. Misschien kwam ze over een paar maanden terug; misschien ook niet. 'Sorry, Clay,' zei ze door de telefoon. 'Maar ik wil echt niet meer werken.'

En zo werd Mulrooney de vertrouweling, de officieuze partner met grote ambities. Hij en zijn team hadden het grillige landschap van de massaclaims bestudeerd. Ze leerden hoe de dingen wettelijk geregeld waren en wat de procedures waren. Ze lazen de wetenschappelijke artikelen daarover en ze lazen de verhalen uit de praktijk van de advocaten zelf. Er waren tientallen websites, waaronder een die beweerde alle massaclaims te vermelden die op dat moment in de Verenigde Staten aanhangig waren. Er was ook een website die potentiële eisers vertelde hoe ze zich bij een massaclaim konden aansluiten om geld te krijgen. Een andere site specialiseerde zich in eisen die met medische problemen van vrouwen te maken hadden; er was er ook een voor mannen. Er waren verschillende websites die zich met het fiasco van de Skinny Ben-afslankpil bezighielden, en ook de claims tegen de tabaksfabrikanten hadden nog voldoende belangstelling. Nooit eerder in de geschiedenis waren zo veel kennis en energie, ondersteund door zo veel geld, tegen de makers van slechte producten ingezet.

Mulrooney had een plan. Omdat er zo veel massaclaims waren ingediend, kon de firma zijn aanzienlijke middelen gebruiken om nieuwe cliënten te verzamelen. Omdat Clay het geld voor reclame en marketing had, konden ze de lucratiefste massaclaims uitkiezen en daar nieuwe eisers voor zoeken. Zoals ook met Dyloft was gebeurd, was bij de schikking van bijna elke collectieve eis bepaald dat de claim nog enkele jaren bleef openstaan, zodat nieuwe deelnemers het geld konden opeisen waarop ze recht hadden. Clays firma kon gewoon meeliften met andere massaclaimadvocaten en in zekere zin de kruimels oprapen, maar dan wel voor gigantische honoraria. Hij nam Skinny Ben als voorbeeld. Volgens de beste schatting lag het aantal potentiële eisers rond de driehonderdduizend, en zo'n honderdduizend daarvan waren nog onbekend en werden in elk geval nog niet vertegenwoordigd door een advocaat. De claim was afgehandeld; de onderneming schoof miljoenen dollars af. Een eiser hoefde zich alleen maar bij de administrateur van de claim aan te melden, de medische gegevens over te leggen en het geld te incasseren.

Als een generaal die zijn troepen her- en derwaarts zendt, stuurde Clay twee advocaten en een assistent naar het Skinny Ben-Front. Mulrooney had daar graag meer mensen voor ingezet, maar Clay had grotere plannen. Hij maakte zich op om ten strijde te trekken tegen Maxatil, een zaak die hij persoonlijk zou leiden. Het onderzoeksrapport, dat nog niet was gepubliceerd en blijkbaar door Max was gestolen, besloeg 140 pagina's en stond vol met vernietigende resultaten. Clay had het twee keer gelezen voordat hij het aan Mulrooney gaf.

Op een besneeuwde avond, eind januari, waren ze tot na middernacht bezig het rapport door te nemen en daarna maakten ze gedetailleerde plannen voor de aanval. Clay zette Mulrooney en twee andere advocaten, twee assistenten en drie secretaresses op de Maxatil-zaak.

Om twee uur in de nacht, toen een sneeuwbui tegen het raam van de vergaderkamer sloeg, zei Mulrooney dat hij iets onprettigs te bespreken had. 'We hebben meer geld nodig.'

'Hoeveel?' vroeg Clay.

'We zijn nu met zijn dertienen, allemaal afkomstig van grote fir-

ma's, waar we het vrij goed deden. Tien van ons zijn getrouwd; de meesten hebben kinderen. We staan onder grote druk, Clay. Je gaf ons contracten voor één jaar met een salaris van 75.000 dollar, en geloof me, we zijn daar blij mee. Je hebt geen idee hoe het is om naar Yale te gaan, of zo'n soort universiteit, en door de grote firma's te worden gefêteerd, een baan te krijgen, te trouwen en dan platzak op straat te worden gegooid. Dat doet je ego geen goed.'
'Dat snap ik.'
'Je hebt mijn salaris vertweevoudigd en dat stel ik meer op prijs dan je ooit zult weten. Ik red me wel. Maar de anderen hebben het moeilijk. En ze zijn erg trots.'
'Hoeveel?'
'Ik zou niet graag iemand willen verliezen. Ze zijn intelligent. Ze werken zich uit de naad.'
'Laten we het als volgt doen, Oscar. Ik ben tegenwoordig erg royaal. Ik geef jullie allemaal een nieuw contract voor één jaar met een salaris van tweehonderdduizend dollar. In ruil daarvoor krijg ik een heleboel uren. We staan nu op het punt om aan iets gigantisch te beginnen, iets wat nog groter is dan dat van vorig jaar. Als jullie goed presteren, geef ik premies. Dikke, vette premies. Ik hou van premies, Oscar, om voor de hand liggende redenen. Afgesproken?'
'Akkoord, baas.'
Omdat er toch te veel sneeuw lag om te rijden, gingen ze verder met hun marathonsessie. Clay had rapporten over de onderneming in Reedsburg, Pennsylvania, die verkeerde metselspecie maakte. Wes Saulsberry had hem het geheime dossier gegeven waarover hij in New York had gesproken. Cement was niet zo opwindend als blaastumoren of bloedproppen of lekkende hartkleppen, maar de dollarbiljetten waren net zo groen. Ze zetten twee advocaten en een assistent op de zaak. Die zouden de massaclaim voorbereiden en op zoek gaan naar eisers.
Ze zaten tien uur achtereen in de vergaderkamer, dronken koffie, aten muffe broodjes, zagen hoe de gestage sneeuwval in een regelrechte sneeuwstorm overging, maakten plannen voor het komende jaar. Hoewel de sessie als een uitwisseling van ideeën was begonnen, nam het belang van wat ze bespraken geleidelijk toe. Ze gaven gestalte aan een nieuwe firma, een advocatenkantoor dat duidelijk wist waar het heen ging en wat het zou worden.

De president had hem nodig! Hoewel de herverkiezing nog twee jaar in het verschiet lag, waren zijn vijanden al druk bezig geld voor hun campagne in te zamelen. De president had de advocatuur al gesteund sinds de tijd dat hij pas in de senaat was gekozen, en nu had hij Clays hulp nodig om zich te beschermen tegen de egoïstische belangen van de grote concerns. De commissie die hij wilde gebruiken om Clay persoonlijk te leren kennen, heette de Presidentiële Commissie, een selecte groep machtige advocaten en vakbondsleiders die mooie cheques uitschreven en uitgebreid over actuele vraagstukken praatten.

De vijanden maakten plannen voor een nieuwe grootscheepse aanval, onder de leus 'Claimhervorming nu'. Ze wilden godbetert maxima stellen aan zowel schadevergoedingen als smartengelden. Ze wilden een eind maken aan het systeem van collectieve claims dat hen (massaclaimjongens) zo goed van pas was gekomen. Ze wilden voorkomen dat mensen tegen artsen gingen procederen.

De president zou voet bij stuk houden, zoals altijd, maar hij had wel hulp nodig. De mooie, drie pagina's tellende brief met goudreliëf eindigde met een verzoek om geld, liefst veel geld. Clay belde Patton French, die vreemd genoeg in zijn kantoor in Biloxi was. Zoals gewoonlijk, had French meteen een antwoord. 'Schrijf die verrekte cheque uit,' zei hij.

Er werd heen en weer gebeld tussen Clay en de directeur van de Presidentiële Commissie. Later wist hij niet meer hoeveel hij aanvankelijk had willen bijdragen, maar het was in elk geval lang niet zoveel als de 250.000 dollar waarvoor hij uiteindelijk een cheque uitschreef. Een koerier kwam de cheque halen en bracht hem naar het Witte Huis. Vier uur later bracht een andere koerier Clay een kleine envelop van het Witte Huis. Het briefje was met de hand op een correspondentiekaart van de president geschreven:

> Beste Clay, ik zit in een kabinetsbespreking (en probeer wakker te blijven), anders zou ik hebben gebeld. Bedankt voor je steun. We moeten eens dineren en elkaar leren kennen.

Ondertekend door de president.

Leuk, maar voor een kwart miljoen dollar verwachtte hij ook niets minder. De volgende dag bracht een koerier hem een dikke envelop met een uitnodiging van het Witte Huis. Op de buitenkant was ANTWOORD DRINGEND VERZOCHT gestempeld. Clay en een gast werden verzocht aanwezig te zijn op een officieel staatsdiner ter ere van de president van Argentinië. Smoking, uiteraard. Verzoeke zo spoedig mogelijk te antwoorden, want het diner zou over vier dagen al plaatsvinden. Verbazingwekkend wat je in Washington met 250.000 dollar kon kopen.

Ridley had natuurlijk een gepaste jurk nodig en omdat Clay ervoor betaalde, ging hij met haar mee winkelen. En hij deed dat zonder te klagen, want hij wilde iets te zeggen hebben over wat ze droeg. Als hij dat aan haar overliet, zou ze de Argentijnen, en ook alle anderen, misschien choqueren met een doorkijkblouse en een split tot aan haar taille. Nee, Clay wilde het allemaal zelf zien, voordat ze het kocht.

Maar ze bleek een verrassend terughoudende smaak te hebben en hield ook de kosten binnen de perken. Alles stond haar goed. Per slot van rekening was ze een model, al werkte ze blijkbaar steeds minder. Ten slotte koos ze voor een prachtige maar eenvoudige rode japon die veel minder bloot liet zien dan bij haar gebruikelijk was. De japon kostte drieduizend dollar, een koopje. Schoenen, een snoer met kleine pareltjes, een gouden armband met diamanten, en Clay hield de schade beperkt tot 15.000 dollar.

Toen ze in de limousine voor het Witte Huis zaten te wachten, terwijl de auto's voor hen door een zwerm van bewakers werden doorzocht, zei Ridley: 'Ik kan dit gewoon niet geloven. Ik, een arm meisje uit Georgië, ga naar het Witte Huis.' Ze hing aan Clays rechterarm. Zijn hand zat halverwege haar dij. Haar accent was erg zwaar, een teken dat ze nerveus was.

'Moeilijk te geloven,' zei hij, zelf ook erg opgewonden.

Toen ze uit de limousine waren gestapt, onder een luifel aan de East Wing, pakte een marinier in galatenue Ridleys arm vast en begeleidde hij hen naar de East Room van het Witte Huis, waar de gasten bijeenkwamen en iets dronken. Clay liep achter hen. Hij keek naar Ridleys achterkant en genoot van elke seconde. De marinier liet haar met tegenzin los en ging terug om de volgende gast op te halen. Een fotograaf maakte een foto van hen.

Ze liepen naar het eerste het beste groepje pratende personen en stelden zich voor aan mensen die ze nooit terug zouden zien. Het diner werd aangekondigd en de gasten gingen naar de State Dining Room, waar vijftien tafels voor tien personen stonden, met daarop

meer porselein en zilver en kristal dan Clay ooit op één plaats bijeen had gezien. De tafelschikking was van tevoren geregeld en niemand zat naast zijn of haar partner of gast. Clay begeleidde Ridley naar haar tafel, vond haar stoel, liet haar plaatsnemen, gaf haar een kus op de wang en zei: 'Veel succes.' Ze keek hem aan met haar modellenglimlach, stralend en zelfverzekerd, maar hij wist dat ze op dat moment een angstig klein meisje uit Georgië was. Voordat hij drie meter bij haar vandaan was, waren er al twee mannen die zich naar haar toe bogen en haar hand vastpakten om zich allerhartelijkst aan haar voor te stellen.
Er stond Clay een lange avond te wachten. Rechts van hem zat een societykoningin uit Manhattan, een verschrompelde oude feeks met een pruimengezicht die zichzelf al zo lang had uitgehongerd dat ze net een kadaver leek. Ze was doof en praatte op volle sterkte. Links van hem zat de dochter van een winkelcentrummagnaat uit het middenwesten. Ze had met de president gestudeerd. Clay richtte zijn aandacht op haar en deed vijf minuten enorm zijn best, totdat hij besefte dat ze niets te zeggen had.
De wijzers van de klok kropen vooruit.
Hij zat met zijn rug naar Ridley toe en had geen idee hoe het met haar ging.
De president hield een toespraak en het diner werd opgediend. Een operazanger tegenover Clay had te diep in het wijnglas gekeken en begon schuine moppen te tappen. Hij sprak luid en ook met nasale stem, want hij kwam ergens uit de bergen, en als het op obsceniteiten in gemengd gezelschap aankwam, voelde hij zich absoluut niet geremd, zelfs niet in het Witte Huis.
Drie uur nadat hij was gaan zitten, stond Clay op en nam hij afscheid van al zijn geweldige nieuwe vrienden. Het diner was voorbij. In de East Room begon een orkestje te spelen. Hij pakte Ridleys arm en ze gingen op de muziek af. Kort voor middernacht, toen er nog maar enkele tientallen mensen over waren, sloten de president en de First Lady zich bij de gasten aan om een paar dansjes te maken. De president was blijkbaar echt blij Clay Carter te ontmoeten. 'Ik lees veel over je, jongen. Goed werk,' zei hij.
'Dank u, president.'
'Wie is dat stuk?'
'Een vriendin.' Wat zouden de feministes doen als ze wisten dat hij het woord 'stuk' gebruikte?

'Mag ik met haar dansen?'
'Natuurlijk, president.'
En zo kwam het dat Ridal Petashnakol, een 24-jarige ex-uitwisselingsstudente uit Georgië, werd beknepen en omhelsd en anderszins genetwerkt door de president van de Verenigde Staten van Amerika.

27

De levering van een nieuwe Gulfstream 5 zou minstens 22 maanden op zich laten wachten, waarschijnlijk langer, maar die lange levertijd was niet het grootste obstakel. De huidige prijs was 44 miljoen dollar, uiteraard voor een toestel dat voorzien was van alle nieuwe apparaten en speeltjes. Dat was gewoon te veel geld, al kwam Clay wel in de verleiding. De vliegtuigmakelaar legde uit dat de meeste nieuwe G-5's gekocht werden door grote ondernemingen, miljardenconcerns die er twee of drie tegelijk bestelden en er veel gebruik van maakten. Hij als enige eigenaar kon beter een iets ouder vliegtuig voor een periode van bijvoorbeeld zes maanden huren. Dan kon hij nagaan of hij echt zo'n vliegtuig wilde. Besloot hij het alsnog te kopen, dan zou negentig procent van de huur die hij had betaald van de verkoopprijs worden afgetrokken.
De makelaar had precies het vliegtuig dat hij nodig had. Het was een Gulfstream 4 SP (Special Performance) uit 1998 die kortgeleden door een groot concern was ingeruild voor een nieuwe G-5. Toen Clay hem majestueus op het vliegveld Reagan National zag staan, maakte zijn hart een sprongetje en begon te bonzen. Het vliegtuig was sneeuwwit met smaakvolle blauwe strepen. In zes uur in Parijs. In vijf uur in Londen.
Hij ging met de verkoper aan boord. Als dit toestel vijf centimeter kleiner was dan Patton French' G-5, kon Clay dat niet zien. Overal

was leer, mahoniehout, glanzend koper. Achterin waren een keuken, een bar en een rustvertrek; voorin beschikten de piloten over de nieuwste luchtvaartelektronica. Een bank was uit te klappen tot een bed en even dacht hij aan Ridley, zij tweeën op twaalfduizend meter hoogte onder de lakens. Uitgebreide stereo-, video- en telefooninstallaties. Fax, pc, toegang tot internet.
Het vliegtuig zag er gloednieuw uit en de verkoper vertelde dat de buitenkant kortgeleden was overgespoten en het interieur opnieuw ingericht. Na enige aandrang zei hij ten slotte: 'Het is van u voor dertig miljoen.'
Ze gingen aan een kleine tafel zitten en begonnen zaken te doen. Het idee dat hij het vliegtuig zou kunnen huren, moest hij laten varen. Met Clays inkomen zou het geen punt zijn om een gunstig financieringspakket te krijgen. Als hij een hypotheek op het vliegtuig nam, zou het maar driehonderdduizend dollar per maand kosten, weinig meer dan wat hij aan huur zou betalen. En als hij op een gegeven moment een duurder toestel wilde, zou de verkoper het voor de hoogste taxatieprijs terugnemen en hem voorzien van wat hij wilde.
Twee piloten zouden tweehonderdduizend dollar per jaar kosten, inclusief sociale lasten, trainingen enzovoort. Clay zou kunnen overwegen het vliegtuig op de lijst van een charterbedrijf te zetten. 'Afhankelijk van uw eigen gebruik zou u zo'n miljoen dollar per jaar aan charters kunnen verdienen,' zei de verkoper, die een order rook. 'Daarmee dekt u de onkosten voor piloten, hangarruimte en onderhoud.'
'Enig idee hoeveel gebruik ik ervan zal maken?' vroeg Clay. Al die verschillende mogelijkheden wervelden door zijn hoofd.
'Ik heb veel vliegtuigen aan advocaten verkocht,' zei de verkoper, die de juiste papieren erbij pakte. 'Ze vliegen maximaal driehonderd uur per jaar. Via een chartermaatschappij kunt u het toestel voor twee keer zoveel uren verhuren.'
Wauw, dacht Clay. Dat ding zou misschien zelfs nog wat inkomsten kunnen opleveren.
Een redelijk stemmetje in zijn achterhoofd zei dat hij voorzichtig moest zijn, maar waarom zou hij wachten? En wie zou hij om raad kunnen vragen? De enige mensen die hij kende die ervaring met zulke dingen hadden, waren zijn vriendjes van de massaclaims, en die zouden stuk voor stuk zeggen: 'Je hebt nog geen eigen jet? Kopen!'
En dus kocht hij hem.

De inkomsten van Goffman in het vierde kwartaal waren hoger dan in het jaar daarvoor en de omzet was een record. Het aandeel Goffman stond op 65 dollar, de hoogste stand in twee jaar. Vanaf de eerste week van januari had het concern een ongewone reclamecampagne gevoerd waarin niet alleen zijn vele producten maar ook het concern zelf werd gepromoot. 'Goffman is er altijd al geweest', was de slogan, en alle televisiespotjes waren montages van bekende producten die werden gebruikt om het Amerikaanse leven prettiger en veiliger te maken: een moeder die een pleister op de wond van haar zoontje plakte; een aantrekkelijke jongeman met de obligate platte buik die zich stond te scheren en daar enorm van genoot; een grijsharig echtpaar op het strand, blij dat ze van hun aambeien verlost waren; een jogger die een pijnstiller nam enzovoort. Goffmans lijst van vertrouwde consumentenproducten was erg lang.

Mulrooney volgde de onderneming aandachtiger dan een aandelenanalist en hij was ervan overtuigd dat de reclamecampagne alleen maar een truc was om beleggers en consumenten voor te bereiden op de schok van Maxatil. Uit zijn research bleek dat de marketingmensen van Goffman nooit eerder met dat soort algemene positieve boodschappen waren gekomen. De onderneming behoorde tot de vijf grootste adverteerders in het land maar had haar reclamegeld altijd aan één specifiek product tegelijk besteed, met voortreffelijke resultaten.

Zijn mening werd gedeeld door Max Pace, die zijn intrek in het Hay-Adams Hotel had genomen. Clay ging naar zijn suite voor een laat diner dat door de room service werd gebracht. Pace was nerveus en stond te popelen om Goffman te grazen te nemen. Hij las de nieuwste versie van de collectieve eis die in Washington zou worden ingediend. Zoals altijd maakte hij aantekeningen in de marge.

'Wat is het plan?' zei hij, zonder iets van zijn voedsel en wijn te nemen. Clay nam wel iets van wat hij zelf voor zich had staan. 'De spotjes beginnen om acht uur 's morgens,' zei hij met zijn mond vol kalfsvlees. 'Een bliksemaanval op tachtig markten, van kust tot kust. De hotline is geïnstalleerd. De website is af. Mijn kleine firma is er helemaal klaar voor. Ik ga om een uur of tien naar de rechtbank en dien de eis zelf in.'

'Klinkt goed.'

'We hebben dit al eerder gedaan. Advocatenkantoor J. Clay Carter II is een massaclaimmachine, vooral dankzij jou.'

'Je nieuwe vriendjes weten er niets van?'
'Natuurlijk niet. Waarom zou ik het ze vertellen? We werken samen aan Dyloft, maar French en die kerels zijn ook mijn concurrenten. Ik heb ze toen verrast en dat doe ik nu ook weer. Ik sta te popelen.'
'Dit is geen Dyloft, vergeet dat niet. Je had daar geluk mee omdat je een zwakke onderneming op een slecht moment te pakken kreeg. Goffman zal veel lastiger zijn.'
Pace gooide eindelijk het papier op het dressoir en ging zitten eten.
'Maar ze hebben een slecht middel gemaakt,' zei Clay. 'En met een slecht middel laat je het niet op een rechtszaak aankomen.'
'Niet in het geval van een collectieve eis. Volgens mijn bronnen laat Goffman die zaak in Flagstaff misschien wel voor de rechter komen, want daar is het maar één eiser.'
'Die zaak van Mooneyham?'
'Ja. Als ze verliezen, staan ze welwillender tegenover een schikking. Als ze winnen, kan dit nog een lang gevecht worden.'
'Je zei dat Mooneyham niet kan verliezen.'
'Dat is al zo'n twintig jaar zo. Jury's zijn gek op hem. Hij draagt cowboyhoeden en suède jasjes en rode laarzen en zo. Een herinnering aan de tijd dat procesadvocaten echt nog zelf hun processen voerden. Een heel bijzonder type. Je zou eens naar hem toe moeten gaan. Dat zou de moeite waard zijn.'
'Ik zal het op mijn lijst zetten.' De Gulfstream stond in de hangar klaar voor gebruik.
Een telefoon ging en Pace voerde vijf minuten een gedempt gesprek aan de andere kant van de kamer. 'Valeria,' zei hij toen hij naar de tafel terugkwam. Clay stelde zich weer even dat seksloze wezen voor dat op een wortel zat te knagen. Arme Max. Hij had iets veel beters kunnen krijgen.
Clay sliep op kantoor. Hij had een kleine slaapkamer met een bad naast de vergaderkamer laten inrichten. Vaak bleef hij op tot na middernacht en dan sliep hij een paar uur en nam snel een douche en zat 's morgens om zes uur weer achter zijn bureau. Zijn werkgewoonten waren legendarisch aan het worden, niet alleen binnen zijn eigen firma maar ook in de hele stad. Veel van de roddels in advocatenkringen gingen over hem, in elk geval voorlopig, en degenen die in bars en op feestjes over hem praatten, rekten zijn werkdagen van zestien uur vaak uit tot achttien of twintig uur.
En waarom zou hij ook niet de klok rond werken? Hij was 32 jaar,

vrijgezel, zonder verplichtingen die zijn tijd in beslag namen. Met geluk en een klein beetje talent had hij een unieke kans gekregen om succes te hebben als weinig anderen. Waarom zou hij ook niet een paar jaar zijn ziel en zaligheid in zijn firma steken, om het daarna allemaal te verkopen en zich de rest van zijn leven te amuseren?
Mulrooney kwam even na zes uur. Hij had al vier koppen koffie op en honderd ideeën in zijn hoofd. 'D-Day?' vroeg hij toen hij Clays kantoor kwam binnenstormen.
'D-Day!'
'De beuk erin!'
Om zeven uur krioelde het in het kantoor van de medewerkers en assistenten die naar de klok keken, wachtend op de invasie. Secretaresses brachten koffie en broodjes van kamer naar kamer. Om acht uur gingen ze met z'n allen naar de vergaderkamer en keken naar een breedbeeld-tv. Het ABC-station voor Washington bracht het volgende spotje:

> Een aantrekkelijke vrouw van begin zestig, kort grijs haar, leuk gekleed, moderne bril, zit aan een kleine keukentafel en kijkt verdrietig uit het raam. Voice-over (nogal onheilspellende stem): 'Als u het middel Maxatil, een vrouwelijk hormoon, hebt genomen, hebt u misschien een verhoogde kans op borstkanker, hartkwalen of een beroerte.' Close-up van de handen van de vrouw; op de tafel, een close-up van een pillenflesje met het woord MAXATIL in hoofdletters. (Een schedel met gekruiste botten had niet angstaanjagender kunnen zijn.) Voice-over: 'Raadpleeg onmiddellijk uw huisarts. Maxatil kan ernstig gevaar voor uw gezondheid opleveren.' Close-up van het gezicht van de vrouw, die nu nog verdrietiger kijkt, en dan worden haar ogen vochtig. Voice-over: 'Bel voor meer informatie de Maxatil Hotline.' Een 800-nummer verschijnt met grote cijfers onder op het scherm. Op het laatst zien we dat de vrouw haar bril afzet en een traan van haar wang veegt.

Ze klapten en juichten alsof het geld al per koerier naar hen onderweg was. Toen stuurde Clay ze allemaal naar hun plaats. Ze moesten bij de telefoon gaan zitten en cliënten binnenhalen. Binnen enkele minuten werd er gebeld. Om negen uur precies werden, precies volgens schema, kopieën van de eis naar de kranten en financiële kabelkanalen gestuurd. Clay belde zijn oude vriend bij de *Wall Street Journal* en liet het nieuws uitlekken. Hij zei dat hij misschien over een dag of zo een interview zou geven.

Goffman opende op 65,25 dollar maar vloog omlaag zodra het nieuws van de Maxatil-eis in Washington bekend werd. Clay zelf liet zich door de pers fotograferen toen hij de eis op de rechtbank indiende.

Om twaalf uur was het aandeel Goffman naar 61 dollar gezakt. Het bedrijf kwam vlug met een persbericht waarin het glashard ontkende dat Maxatil al die verschrikkelijke dingen deed die in de eis werden genoemd. Het zou zich fel verdedigen.

Patton French belde onder de 'lunch'. Clay at een broodje terwijl hij achter zijn bureau stond en de berg telefoonbriefjes zag groeien.

'Ik hoop dat je weet wat je doet,' zei French argwanend.

'Goh, dat hoop ik ook, Patton. Hoe is het met je?'

'Fantastisch. We hebben zo'n zes maanden geleden erg grondig naar Maxatil gekeken. We besloten het niet te doen. Oorzaak en gevolg zijn moeilijk aan te tonen.'

Clay liet zijn broodje vallen en kreeg moeite met ademhalen. Patton French die nee zei tegen een massaclaim? Hij had afgezien van een massaclaim tegen een van de rijkste ondernemingen van het land? Clay besefte dat ze niets zeiden, dat er een pijnlijke stilte in het gesprek was gevallen. 'Nou, eh, Patton, wij zien de dingen anders.' Hij tastte achter zich naar zijn stoel. Ten slotte liet hij zich erin vallen.

'Weet je, iedereen heeft ervan afgezien, totdat jij ermee kwam. Saulsberry, Didier, Carlos in Miami. Iemand in Chicago heeft een stel zaken, maar hij heeft nog geen eis ingediend. Misschien heb je wel gelijk maar zagen wij het gewoon niet.'

French was aan het hengelen. 'We hebben de bewijzen,' zei Clay. Het onderzoeksrapport! Dat was het. Clay had dat en French had het niet. Hij haalde diep adem en zijn hart begon weer te pompen.

'Ik hoop dat je alles goed voor elkaar hebt, Clay. Die kerels zijn erg goed. Vergeleken met hen zijn die ouwe Wicks en de jongens van Ackerman een soort padvinders.'

'Je klinkt bang, Patton. Ik verbaas me over je.'

'Ik ben helemaal niet bang. Maar als er een gat in je aansprakelijk-

heidstheorie zit, vreten ze je levend op. En denk maar niet aan een snelle schikking.'
'Doe je mee?'
'Nee. Zes maanden geleden stond het me niet aan en nu ook niet. Daar komt nog bij dat ik te veel ijzers in het vuur heb. Veel succes.'
Clay sloot de deur van zijn kamer en deed hem op slot. Hij liep naar het raam en stond daar al zo'n vijf minuten toen hij voelde dat zijn overhemd aan zijn rug plakte. Hij wreef over zijn voorhoofd en merkte dat het drijfnat was van het zweet.

28

De kop in de *Daily Profit* schreeuwde: DIE POVERE HONDERD MILJOEN ZIJN NIET GENOEG. En daarna werd het nog erger. Het verhaal begon met een korte alinea over de 'buitensporige' eis die de vorige dag in Washington was ingediend tegen Goffman, een van de meest vooraanstaande makers van consumentenproducten in Amerika. Het geweldige middel Maxatil had talloze vrouwen door de nachtmerrie van de menopauze heen geholpen, maar nu werd het aangevallen door dezelfde aasgieren die A.H. Robins, Johns Manville, Owens-Illinois en praktisch de hele Amerikaanse asbestindustrie tot een faillissement hadden gebracht.

Het verhaal kwam pas goed op gang toen het zich tegen de ergste aasgier richtte, een brutale jonge schreeuwer, de advocaat Clay Carter, die volgens hun bronnen nog nooit een civiel proces voor een jury had gevoerd. Niettemin had hij het jaar daarvoor meer dan honderd miljoen dollar verdiend in de massaclaimloterij. Blijkbaar beschikte de journalist over een goed reservoir van praatgrage bronnen. De eerste was een functionaris van de Amerikaanse Kamer van Koophandel die tekeerging tegen claims in het algemeen en dit soort advocaten in het bijzonder. 'De Clay Carters van de wereld inspireren anderen tot het indienen van zulke absurde eisen. Er zijn een miljoen advocaten in dit land. Wanneer een onbekende als meneer Carter in zo korte tijd zoveel kan verdienen, is geen enkele fatsoenlijke onderneming meer veilig.' Een hoogleraar in de rechten aan een universiteit waar Clay nooit van had gehoord, zei: 'Die kerels gaan over lijken. Hun hebzucht is grenzeloos, en daarom zullen ze uiteindelijk de kip met de gouden eieren slachten.' Een pompeuze afgevaardigde uit Connecticut greep het moment aan om op te roepen tot onmiddellijke invoering van een wet tegen massaclaims die hij had voorgesteld. Er zouden commissiehoorzittingen plaatsvinden en misschien zou Clay worden gedagvaard om voor het Congres te verschijnen.

Niet met naam genoemde bronnen binnen Goffman zeiden dat het bedrijf zichzelf krachtig zou verdedigen, dat het niet aan de chantage van zo'n massaclaim zou toegeven en dat het vanwege het buitensporige karakter van de claims te zijner tijd vergoeding van zijn eigen advocaten- en proceskosten zou eisen.

Het aandeel van de onderneming was elf procent in prijs gezakt, een verlies van beleggerswaarde van ongeveer twee miljard dollar, en dat allemaal door die onzinnige zaak. 'Waarom procederen de aandeelhouders van Goffman niet tegen kerels als Clay Carter?' vroeg de hoogleraar van de onbekende universiteit.

Het was niet prettig om te lezen, maar Clay kon er niet zomaar aan voorbijgaan. Een hoofdartikel in de *Investment Times* deed een oproep aan het Congres om aan nieuwe wetgeving inzake dit soort processen te werken. Het maakte ook veel werk van het feit dat de jongeheer Carter in nog geen jaar tijd een groot fortuin had verdiend. Hij was niets meer dan een 'bullebak' wiens vuige winsten alleen maar andere straatvechters zouden inspireren om een proces aan te spannen tegen iedereen die ze tegenkwamen.

De bijnaam 'bullebak' bleef op kantoor nog een paar dagen hangen, als tijdelijke vervanging van 'de koning'. Clay glimlachte en gedroeg zich alsof het een eer was. 'Een jaar geleden praatte niemand over me,' pochte hij. 'En nu kunnen ze er geen genoeg van krijgen.' Maar als hij de deur van zijn kamer achter zich op slot had gedaan, maakte hij zich grote zorgen en was hij bang dat het overijld was geweest om Goffman zo snel een proces aan te doen. Het feit dat zijn massaclaimvriendjes niet met hem meededen, was uiterst zorgwekkend. De ongunstige berichten in de pers knaagden aan hem. Er was tot nu toe nog niemand geweest die hem verdedigde. Pace was verdwenen, en al kwam dat wel vaker voor, op dit moment zat dat Clay erg dwars.

Zes dagen nadat de eis was ingediend, belde Pace vanuit Californië. 'Morgen is de grote dag,' zei hij.
'Ik heb wat goed nieuws nodig,' zei Clay. 'Het onderzoeksrapport?'
'Daar kan ik niets over zeggen,' antwoordde Pace. 'En geen telefoongesprekken meer. Misschien luistert er iemand mee. Ik leg het je wel uit als ik in New York ben. Later.'
Misschien luisterde er iemand mee? Aan welk eind van de lijn, van Clay of van Pace? En wie dan? Daar ging weer een nacht slaap.
Het onderzoek van de American Council on Aging richtte zich oorspronkelijk op 20.000 vrouwen tussen de 45 en 75 jaar. Het zou zich over een periode van zeven jaar uitstrekken. Er waren twee even grote groepen vrouwen. De ene groep kreeg een dagelijkse dosis Maxatil, de andere groep kreeg een placebo. Maar na vier jaar gaven de onderzoekers het project op omdat de resultaten zo ongunstig waren. Ze constateerden een toename van het risico van borstkanker, hartklachten en beroerten bij een verontrustend percentage van de deelnemers. Bij degenen die het middel gebruikten ging het risico van borstkanker met 33 procent omhoog, dat van hartaanvallen met 21 procent en dat van beroerten met 20 procent. De onderzoekers voorspelden dat op iedere honderdduizend vrouwen die Maxatil vier jaar of langer gebruikten vierhonderd borstkanker, driehonderd een al dan niet ernstige hartkwaal en driehonderd een redelijk zware tot zware beroerte zouden krijgen.
De volgende morgen werd het onderzoeksrapport gepubliceerd. Het aandeel Goffman kreeg weer een dreun en zakte meteen naar 51 dollar. Clay en Mulrooney keken de hele middag naar websites en kabeltelevisiestations, want ze verwachtten een reactie van de onderneming, maar die kwam niet. De financiële journalisten die Clay de grond in hadden geboord toen hij de eis indiende, belden niet om hem naar zijn reactie op het onderzoek te vragen. De volgende dag stonden er korte stukjes over het onderzoek in de krant. De *Washington Post* kwam met een nogal droge opsomming van de feiten, maar Clays naam werd niet genoemd. Hij had het gevoel dat hij zijn gelijk had gekregen, maar hij voelde zich ook genegeerd. Hij had zijn critici veel te zeggen, maar niemand wilde luisteren.
Gelukkig stond daar een stortvloed van telefoontjes van Maxatil-patiëntes tegenover.

De Gulfstream kon eindelijk eens ergens heen. Hij had acht dagen in de hangar gestaan en Clay stond te popelen om de stad uit te gaan. Hij nam Ridley mee en zette koers naar het westen, eerst naar Las Vegas, al wist niemand op kantoor dat hij daar heen ging. Het was een zakenreis en nog een erg belangrijke ook. Hij zou met de grote Dale Mooneyham in Tucson over Maxatil gaan praten.

Ze bleven twee nachten in Vegas. Hun hotel had bij de voordeur een zogenaamd wildreservaat met echte cheeta's en panters. Clay verloor 30.000 dollar aan de blackjacktafel en Ridley gaf 25.000 dollar aan kleren uit in de vele designwinkeltjes rondom het atrium van het hotel. De Gulfstream vloog naar Tucson.

De firma Mott & Mooneyham had een oud station in de binnenstad verbouwd tot een gezellig, rommelig kantoor. De hal was de vroegere wachtkamer, een langgerekte overwelfde ruimte waar twee secretaresses in de twee uiteinden zaten weggestopt, alsof ze van elkaar vandaan gehouden moesten worden om de vrede te bewaren. Bij nader inzien leken ze niet in staat te zijn tot ruziemaken: beiden waren in de zeventig en gingen helemaal op in hun eigen wereld. Het was een soort museum, een verzameling voorwerpen die Dale Mooneyham naar de rechtbank had meegenomen om ze aan de jury te laten zien. In een hoge kast stond een geiser en op een bronzen plaatje boven de deur stond de naam van de zaak en de hoogte van de toegekende schadevergoeding te lezen: 4,5 MILJOEN DOLLAR, 3 OKTOBER 1988, DISTRICT STONE, ARKANSAS. Er stond een beschadigde driewieler die Honda in Californië drie miljoen dollar had gekost en er was een goedkoop geweer dat juryleden in Texas zo kwaad had gemaakt dat ze de eiser elf miljoen dollar toekenden. Het waren tientallen voorwerpen: een grasmaaier, een uitgebrand frame van een Toyota Celica, een boormachine, een defect reddingsvest, een in elkaar gedrukte ladder. En aan de muren hingen de krantenknipsels en grote foto's van de grote man die cheques aan zijn door slechte producten benadeelde cliënten overhandigde. Clay, in z'n eentje omdat Ridley aan het winkelen was, bekeek al die dingen. Hij werd zo door al die trofeeën gefascineerd dat hij niet eens merkte dat hij bijna een uur moest wachten.

Ten slotte haalde een assistent hem op en leidde hem door een brede gang met grote kamers. De muren hingen vol met ingelijste, vergroot afgedrukte krantenberichten, allemaal over sensationele overwinningen op de rechtbank. Wie Mott ook was, erg belangrijk kon hij niet zijn. In het briefhoofd stonden maar vier andere advocaten vermeld. Dale Mooneyham zat achter zijn bureau en kwam maar half overeind toen Clay binnenkwam. Clay was niet aangekondigd en voelde zich bijna een indringer. De handdruk was koud en plichtmatig. Hij was daar niet welkom, en dat verbaasde hem. Mooneyham was minstens zeventig, een forsgebouwde man met een brede borst en een dikke buik. Blauwe spijkerbroek, opzichtige rode laarzen, verkreukeld cowboyshirt en beslist geen das. Hij had zijn grijze haar zwart geverfd, maar dat moest nodig opnieuw gebeuren want het was aan de zijkanten alweer wit. Het haar op de kruin was donker en met te veel vet naar achteren gekamd. De man had een lang en breed gezicht en de ogen van een drinker.

'Mooi kantoor. Echt uniek,' zei Clay om de ijzige sfeer enigszins te ontdooien.

'Veertig jaar geleden gekocht,' zei Mooneyham. 'Voor vijfduizend dollar.'

'Een mooie verzameling aandenkens hebt u daar.'

'Ik heb goed geboerd, jongen. Ik heb in 21 jaar geen enkel juryproces verloren. Het wordt hoog tijd dat ik er een verlies, tenminste, dat zeggen mijn tegenstanders altijd.'

Clay keek om zich heen en probeerde zich in de lage, oude leren stoel te ontspannen. Het kantoor was minstens vijf keer zo groot als het zijne, met de koppen van opgezet wild langs de muren, dierenkoppen die al zijn bewegingen leken te volgen. Er rinkelden geen telefoons en er waren geen faxapparaten in de verte te horen. Er stond in Mooneyhams kantoor niet één computer.

'Tja, ik ben hier om over Maxatil te praten,' zei Clay, die het gevoel had dat hij er elk moment uitgegooid kon worden.

Een aarzeling, geen enkele beweging, behalve dat hij nonchalant zijn donkere kleine oogjes weer op Clay richtte. 'Het is een slecht geneesmiddel,' zei hij simpelweg, alsof Clay daar geen idee van had. 'Ik heb zo'n vijf maanden geleden een eis ingediend in Flagstaff. De rechters hier in Arizona werken snel, dus aan het begin van de herfst zal er wel een uitspraak zijn. In tegenstelling tot jou dien ik pas een eis in als ik mijn zaak grondig heb bestudeerd en voorbereid, en ik ben bereid het op een proces te laten aankomen. Als je het op die manier doet, is de andere kant je nooit te slim af. Ik heb een boek over procesvoorbereiding beschreven. Ik lees daar nog steeds in. Dat zou jij ook moeten doen.'

Moet ik nu gewoon weggaan, wilde Clay vragen. 'En uw cliënt?'
'Ik heb er maar één. Collectieve eisen zijn oplichterij, tenminste wel zoals jij en je vriendjes het aanpakken. Massaclaims zijn pure oplichterij, diefstal ten koste van de consument, een loterij die door hebzucht is ontstaan en die ons allemaal nog eens grote schade zal toebrengen. De ongebreidelde hebzucht zal de slinger naar de andere kant laten doorslaan. Er komen hervormingen en die zullen streng zijn. Jullie zullen geen werk meer hebben, maar dat kan jullie niet schelen, want jullie hebben het geld. De mensen die uiteindelijk geschaad worden, zijn alle toekomstige eisers, alle gewone mensen die niet meer tegen de fabrikanten van slechte producten kunnen procederen omdat jullie het recht hebben verpest.'
'Ik vroeg naar uw cliënt.'
'Een 66-jarige blanke vrouw. Ze rookt niet en heeft Maxatil vier jaar gebruikt. Ik heb haar een jaar geleden ontmoet. We nemen hier de tijd. We doen ons huiswerk, voordat we in de aanval gaan.'
Clay was van plan geweest om over grote dingen, grote ideeën te praten, bijvoorbeeld hoeveel potentiële Maxatil-cliënten er waren en wat Mooneyham van Goffman verwachtte en wat voor deskundigen hij op het proces wilde gebruiken. In plaats daarvan zocht hij naar een snelle uitweg. 'U verwacht geen schikking?' vroeg hij. Het lukte hem om een beetje geïnteresseerd te klinken.
'Ik schik niet, jongen. Mijn cliënten weten dat van het begin af. Ik neem drie zaken per jaar aan en die kies ik zorgvuldig uit. Ik heb graag steeds nieuwe zaken, producten en theorieën waar ik nog niet eerder mee te maken heb gehad. Rechtbanken waar ik nog nooit ben geweest. Ik kan kiezen omdat ik steeds weer door advocaten word gebeld. En ik ga altijd procederen. Als ik een zaak aanneem, weet ik dat het niet tot een schikking komt. Dus daar word ik niet door afgeleid. Dat zeg ik ook meteen tegen mijn cliënten: "We gaan onze tijd niet verspillen aan gedachten over een schikking."' Hij bewoog nu eindelijk, een nauwelijks waarneembare verplaatsing van zijn gewicht, alsof hij last van zijn rug had. 'Dat is goed nieuws voor jou, jongen. Ik los het eerste schot op Goffman en als de jury het met mij eens is, kennen ze mijn cliënt een mooie schadevergoeding toe. En dan kunnen jullie na-apers er meteen inspringen. Jullie zenden spotjes uit om een heleboel cliënten te werven, helpen ze aan een lage schadevergoeding en pikken zelf een fortuin in. Ik help jullie aan de zoveelste superwinst.'

'Ik zou graag willen procederen,' zei Clay.
'Als het klopt wat ik lees, weet jij niet eens waar de rechtbank staat.'
'Ik weet dat heus wel.'
Hij haalde zijn schouders op. 'Waarschijnlijk hoef je dat niet. Als ik met Goffman klaar ben, gaan ze voor elke jury op de loop.'
'Ik hoef niet te schikken.'
'Maar dat zul je wel doen. Je zult duizenden zaken hebben. Je zult niet het lef hebben om naar de rechtbank te gaan.'
En na die woorden stond hij op, stak Clay een slappe hand toe en zei: 'Ik moet aan het werk.'
Clay liep vlug de kamer uit, de gang door, de museumhal door, en toen stond hij weer buiten, in de felle hitte van de woestijn.

Pech in Las Vegas en een ramp in Tucson, maar de reis werd ergens boven Oklahoma, op 14.000 meter hoogte, gered. Ridley lag op de bank, in diepe slaap verzonken, toen de fax begon te zoemen. Clay ging naar het achterste deel van de donkere cabine en haalde een bericht van één pagina uit het apparaat. Het kwam van Oscar Mulrooney, op kantoor. Oscar had een verhaal van internet geplukt: de jaarlijkse ranglijst van advocatenfirma's en honoraria in het tijdschrift *American Attorney*. In de lijst van de twintig hoogst betaalde advocaten in het land stond ook Clay Carter, die binnenkwam op een indrukwekkende achtste plaats, met een geschat inkomen van 110 miljoen dollar in het afgelopen jaar. Er stond zelfs een kleine foto van Clay bij, met het bijschrift 'Nieuwkomer van het jaar'.
Geen slechte schatting, dacht Clay. Jammer genoeg was dertig miljoen van zijn Dyloft-beloning naar Paulette, Jonah en Rodney gegaan, premies die hij in het begin alleen maar royaal had gevonden maar die hij nu ronduit stom vond. Dat zou hij nooit meer doen. Die beste mensen van *American Attorney* hadden natuurlijk geen weet van zulke vorstelijke premies. Niet dat Clay het slecht had. Er stond geen enkele andere advocaat uit Washington in de top-20.
Nummer één was een legende uit Amarillo, Jock Ramsey, die een gifbeltzaak aanhangig had gemaakt tegen een aantal olie- en chemieconcerns. De zaak had zich negen jaar voortgesleept. Ramseys deel van de beloning werd geschat op 450 miljoen dollar. Een tabaksadvocaat uit Palm Beach had waarschijnlijk 400 miljoen dollar verdiend. Een collega van hem uit New York stond met 325 mil-

joen op de derde plaats. Patton French stond op vier, iets wat hem ongetwijfeld mateloos ergerde.

Toen hij daar in de privacy van zijn Gulfstream zat en naar dat tijdschriftartikel met zijn foto keek, zei Clay weer tegen zichzelf dat het allemaal een droom was. Er waren 76.000 advocaten in Washington en hij was nummer één. Een jaar geleden had hij nog nooit van Tarvan of Dyloft of Maxatil gehoord en had hij ook nooit veel aandacht aan massaclaims geschonken. Een jaar geleden was het zijn grootste droom geweest om bij het Bureau voor Rechtshulp weg te gaan en een baan bij een respectabele firma te krijgen, een baan die hem genoeg geld opleverde om nieuwe pakken en een betere auto te kopen. Als zijn naam op briefpapier stond, zou dat indruk op Rebecca maken en haar ouders op een afstand houden. Een mooier kantoor en betere cliënten, dan hoefde hij zijn vroegere studievrienden niet meer uit de weg te gaan. Wat een bescheiden dromen.

Hij besloot het artikel niet aan Ridley te laten zien. Ze begon helemaal gewend te raken aan het geld en interesseerde zich steeds meer voor sieraden en reizen. Ze was nog nooit in Italië geweest en had laten doorschemeren dat ze wel eens naar Rome en Florence zou willen.

Iedereen in Washington zou over Clays naam in de top-20 praten. Hij dacht aan zijn vrienden en zijn rivalen, zijn vroegere medestudenten en de ex-collega's op het Bureau voor Rechtshulp. Maar hij dacht vooral aan Rebecca.

29

De Hanna Portland Cement Company was in 1946 opgericht in Reedsburg, Pennsylvania, nog net op tijd om van de naoorlogse nieuwbouwgolf te profiteren. Het bedrijf was meteen de grootste werkgever in het stadje geworden. De gebroeders Hanna hadden de teugels strak in handen, maar ze waren eerlijk tegen hun werknemers, die ook hun buren waren. Als de zaken goed gingen, kregen de werknemers royale lonen. Als het wat moeilijker ging, trok iedereen de buikriem aan en konden ze zich ook redden. Er vielen bijna nooit ontslagen, en dan nog alleen als allerlaatste redmiddel. De werknemers waren tevreden en sloten zich niet bij een vakbond aan.
De Hanna's investeerden een groot deel van hun winst in hun fabriek en machines, en ook in het stadje. Ze financierden een gemeenschapshuis, een ziekenhuis, een theater en het mooiste footballveld uit de hele omgeving. In de loop der jaren kwamen ze wel eens in de verleiding om het bedrijf te verkopen, een enorm bedrag te incasseren en te gaan golfen, maar de gebroeders Hanna konden er dan nooit zeker van zijn dat hun fabriek in Reedsburg zou blijven staan. En dus verkochten ze niet.
Na vijftig jaar van goed management had de onderneming vierduizend van de elfduizend inwoners van het stadje in dienst. De jaarlijkse omzet was zestig miljoen dollar, al werd er niet veel winst

gemaakt. Door de zware concurrentie in het buitenland en een afname van het aantal nieuwbouwprojecten stond de winst nogal onder druk. Het was een erg cyclische bedrijfstak. De jongere Hanna's hadden vergeefs geprobeerd daar iets aan te doen door andere, aanverwante producten te gaan maken. Op de balans stond momenteel meer schuld dan gewoonlijk.

Marcus Hanna was de huidige president-directeur, al gebruikte hij die titel nooit. Hij was gewoon de baas, de nummer één van het bedrijf. Zijn vader was een van de oprichters van het bedrijf geweest en Marcus had zijn hele leven op de fabriek doorgebracht. Er zaten maar liefst negen Hanna's in de leiding en van de volgende generatie werkten er ook al enkelen in de fabriek. Die veegden de vloer en deden hetzelfde eenvoudige werk als hun ouders vroeger hadden moeten doen.

Op de dag dat de dagvaarding arriveerde, had Marcus een bespreking met zijn neef Joel Hanna, de officieuze huisjurist van het bedrijf. Een deurwaarder baande zich een weg langs de receptioniste en secretaresses en kwam met een dikke envelop naar Marcus en Joel toe.

'Bent u Marcus Hanna?' vroeg de man.

'Ja. Wie bent u?'

'Een deurwaarder. Ik heb een dagvaarding voor u.' Hij gaf Marcus de envelop en ging weg.

De dagvaarding had betrekking op een eis die was ingediend in het district Howard in Maryland. Een groep huiseigenaren eiste een niet nader gespecificeerde schadevergoeding van Hanna, die verkeerd portlandcement zou hebben gemaakt. Joel las het allemaal langzaam door en legde het aan Marcus uit, en toen hij klaar was, zaten de twee mannen een tijdlang tegenover elkaar en vloekten op advocaten in het algemeen.

Een secretaresse ging snel op onderzoek uit en vond een indrukwekkende verzameling recente artikelen over de advocaat van de eisers, een zekere Clay Carter uit Washington.

Het was geen verrassing dat zich moeilijkheden voordeden in het district Howard. Een paar jaar geleden was daar een slechte partij van hun portlandcement terechtgekomen. Het was via de normale kanalen door allerlei aannemers voor het metselwerk van nieuwe huizen gebruikt. De klachten waren van recente datum; het bedrijf wist nog niet precies hoe groot het probleem was. Blijkbaar duurde

het ongeveer drie jaar voordat het cement zwakker werd en de bakstenen los begonnen te raken. Marcus en Joel waren naar het district Howard gegaan en hadden daar met leveranciers en aannemers gesproken. Ze hadden ook een aantal van de huizen geïnspecteerd. Volgens de meest actuele schatting kwam het aantal potentiële claims op vijfhonderd en bedroegen de herstelkosten per huis ongeveer twaalfduizend dollar. Het bedrijf had een productaansprakelijkheidsverzekering die vijf miljoen dollar aan claims zou dekken. Maar in de eis was sprake van een groep van 'minstens tweeduizend potentiële eisers', die ieder een schadevergoeding van vijfentwintigduizend dollar wilden hebben.
'Dat is vijftig miljoen,' zei Marcus.
'En die vervloekte advocaat pikt daar veertig procent van in,' zei Joel.
'Dat kan hij niet doen,' zei Marcus.
'Ze doen het elke dag.'
Ze vloekten nog wat meer op advocaten in het algemeen en de heer Carter in het bijzonder. Joel ging met de dagvaarding weg. Hij zou hun verzekeringsmaatschappij in kennis stellen en die zou de zaak overdragen aan een advocatenkantoor, waarschijnlijk een kantoor in Philadelphia. Zoiets gebeurde minstens één keer per jaar, maar nooit op zo'n grote schaal. Omdat de geëiste schadevergoeding veel hoger was dan de verzekeringsdekking, zou Hanna zich gedwongen zien zijn eigen advocatenfirma in te huren die met de verzekeringsmaatschappij zou samenwerken. Die advocaten zouden niet goedkoop zijn.

De paginagrote advertentie in de *Larkin Gazette* wekte nogal wat beroering in het kleine stadje dat afgelegen in de bergen van Zuidwest-Virginia lag. Omdat Larkin drie fabrieken had, woonden er iets meer dan tienduizend mensen en vervulde het een centrumfunctie in deze mijnstreek. Oscar Mulrooney vond een inwonertal van tienduizend het minimum voor een paginagrote advertentie en Skinny Ben-screenings. Hij had onderzoek gedaan naar de reclame van andere advocatenfirma's en was tot de conclusie gekomen dat de kleinere markten over het hoofd werden gezien. Bovendien was gebleken dat vrouwen op het platteland en in de Appalachianbergen zwaarder waren dan vrouwen in de stad. Skinny Ben-territorium!

Volgens de advertentie zou de screening de volgende dag in een motel ten noorden van het stadje plaatsvinden. Het zou worden uitgevoerd door een echte arts. Het was gratis. Het was beschikbaar voor eenieder die benafoxadil, alias Skinny Ben, had gebruikt. De resultaten bleven geheim. En het zou ertoe kunnen leiden dat de maker van het geneesmiddel een schadevergoeding uitkeerde.
Onder aan de pagina stonden in kleinere letters de naam, het adres en het telefoonnummer van Advocatenkantoor J. Clay Carter II, al kwam niet iedereen zover. Sommigen lazen de advertentie niet uit, anderen waren te opgewonden over de screening.
Nora Tackett woonde zo'n anderhalve kilometer buiten Larkin in een stacaravan. Ze zag de advertentie niet, want ze las geen kranten. Ze las niets. Ze keek zestien uur per dag televisie, meestal terwijl ze zat te eten. Nora woonde daar met de twee stiefkinderen die haar ex-man had achtergelaten toen hij er twee jaar geleden vandoor ging. Die kinderen waren van hem, niet van haar, en ze wist nog steeds niet precies hoe ze eraan gekomen was. Maar hij was weg; geen woord, geen cent alimentatie, geen kaartje of brief of telefoongesprek om te vragen hoe het met de twee jongens ging die hij was vergeten mee te nemen toen hij ervandoor ging. En dus at ze.
Ze werd cliënt van J. Clay Carter toen haar zus de *Larkin Gazette* zag en met haar afsprak dat ze haar voor de screening zou komen halen. Nora had een jaar Skinny Ben geslikt, totdat haar arts het middel niet meer voorschreef omdat het niet meer verkrijgbaar was. Als ze door die pillen was afgevallen, was daar niets van te merken.
Haar zus zette haar in een busje en hield haar de paginagrote advertentie voor. 'Lees dit,' beval MaryBeth. MaryBeth had al twintig jaar geleden de eerste schreden op de weg naar de zwaarlijvigheid gezet, maar toen ze op haar 26e een beroerte kreeg, was ze tot inkeer gekomen. Ze had er genoeg van om preken af te steken tegen Nora; ze hadden er jaren ruzie om gehad. En ze kregen weer ruzie toen ze op weg naar het motel door Larkin reden.
De Village Inn was door Oscar Mulrooneys secretaresse gekozen, omdat het blijkbaar het nieuwste motel in de omgeving was. Het was het enige motel op internet en hopelijk betekende dat iets. Oscar had daar de vorige nacht geslapen en toen hij een stevig ontbijt zat te eten in de smerige cafetaria van het motel, vroeg hij zich weer eens af hoe hij zo snel zo diep gezonken was.
Derde van zijn jaar op de rechtenfaculteit van Yale! Gefêteerd door

de grote advocatenkantoren aan Wall Street en de topkantoren in Washington. Zijn vader was een vooraanstaand arts in Buffalo. Zijn oom zat in het gerechtshof van de staat Vermont. Zijn broer zat in de maatschap van een advocatenkantoor in New York dat zich in de entertainmentsector had gespecialiseerd en grote winsten maakte.

Zijn vrouw schaamde zich omdat hij hier ergens in de bergen op cliënten aan het jagen was. En hij schaamde zichzelf net zo erg!

Hij was daar samen met een Boliviaanse arts, die Engels sprak met zo'n zwaar accent dat zelfs zijn 'Goedemorgen' bijna niet te verstaan was. Hij was 25 en zag eruit als 16, zelfs in zijn groene ziekenhuiskleding, die hij van Oscar moest dragen omdat hij dan geloofwaardiger overkwam. Hij had medicijnen gestudeerd op het Caribische eiland Grenada. Oscar had dokter Livan in een advertentierubriek gevonden en betaalde hem het forse bedrag van tweeduizend dollar per dag.

Oscar zat voor en Livan zat achter. De enige vergaderkamer van het motel had een nietige, inklapbare scheidingswand die ze met grote moeite uit de kreukels hadden gehaald en door de kamer hadden getrokken, zodat die ruwweg in tweeën werd verdeeld. Toen Nora om kwart voor negen aan de voorkant naar binnen kwam, keek Oscar op zijn horloge en zei toen zo vriendelijk mogelijk: 'Goedemorgen, mevrouw.' Ze was een kwartier te vroeg, maar dat was niets bijzonders. Ze kwamen vaak al voordat het begon.

Die mag er wezen, zei hij tegen zichzelf toen hij Nora zag. Minstens honderdveertig kilo en waarschijnlijk tegen de honderdtachtig. Eigenlijk triest dat hij hun gewicht kon schatten, als een kwakzalver op de kermis. Triest dat hij dit werk deed.

'U bent de advocaat?' vroeg MaryBeth met grote achterdocht. Oscar had dit nu al duizend keer meegemaakt.

'Ja, mevrouw, de dokter is hier achter. Ik heb wat papieren voor u om in te vullen.' Hij gaf haar een klembord met vragenlijsten die ook voor de allereenvoudigste lezers te begrijpen waren. 'Als u vragen hebt, laat u het me maar weten.'

MaryBeth en Nora gingen op klapstoelen zitten. Nora plofte nogal zwaar op de hare neer; ze zweette al. Algauw waren ze helemaal in de formulieren verdiept. Alles bleef rustig, tot de deur weer openging en er een dikke vrouw naar binnen keek. Ze richtte haar blik meteen op Nora, die terugkeek als een hert in het schijnsel van koplampen. Twee dikzakken die schadevergoeding wilden en elkaar daarop betrapten.

'Komt u binnen,' zei Oscar met een warme glimlach. Hij voelde zich net een autoverkoper. Hij liet haar binnenkomen, stopte haar de formulieren in handen en leidde haar naar de andere kant van de kamer. Tussen de honderdtwintig en honderdveertig kilo.

Elke test kostte duizend dollar. Eén op de tien zou een Skinny Ben-cliënt worden. De gemiddelde zaak was tussen de honderdvijftig- en tweehonderdduizend dollar waard. En ze pikten alleen maar de restjes op, want tachtig procent van de gevallen was al bij advocatenfirma's in het hele land terechtgekomen.

Maar die restjes waren evengoed een fortuin waard. Geen Dyloft-geld maar toch nog wel miljoenen.

Toen Nora de vragen had beantwoord, lukte het haar om overeind te komen. Oscar nam de formulieren aan, bekeek ze, vergewiste zich ervan dat ze inderdaad Skinny Ben had genomen en zette toen ergens onderaan zijn handtekening. 'Die deur door, mevrouw. De dokter wacht op u.'

Nora liep door een grote opening in de scheidingswand; MaryBeth bleef achter en begon een praatje met de advocaat te maken.

Livan stelde zich aan Nora voor, die niets verstond van wat hij zei. En hij kon haar ook niet verstaan. Hij mat haar bloeddruk en schudde ontevreden met zijn hoofd: 180 en 140. Haar hart had een dodelijk tempo van 130 slagen per minuut. Hij wees naar een goederenweegschaal en ze stapte er met tegenzin op: 176 kilo.

Ze was 44 jaar. Als ze zo doorging, mocht ze blij zijn als ze haar vijftigste verjaardag nog beleefde.

Hij maakte een zijdeur open en leidde haar naar buiten, waar een medisch busje geparkeerd stond. 'We doen de test daar binnen,' zei hij. De achterdeuren van het busje stonden open. Twee laboranten zaten in het busje te wachten, allebei in een wit jasje. Ze hielpen Nora met instappen en lieten haar op een bed liggen.

'Wat is dat?' vroeg ze angstig, wijzend naar het dichtstbijzijnde apparaat.

'Daarmee maken we ECG's,' zei een van hen in Engels dat ze kon verstaan.

'Hiermee scannen we uw borst,' zei de ander, een vrouw. 'En we maken ook een digitale foto van uw hart. Het is in tien minuten voorbij.'

'Het is pijnloos,' voegde de ander eraan toe.
Nora deed haar ogen dicht en bad dat ze het zou overleven.
De Skinny Ben-claims waren zo lucratief omdat het bewijs zo gemakkelijk te leveren was. In de loop van de tijd had het middel, dat uiteindelijk ook weinig gewichtsverlies veroorzaakte, een verzwakkend effect op de aorta. En die schade was onherstelbaar. Een aorta-insufficiëntie, of onvoldoende sluiting van de mitraalkleppen, van minstens twintig procent leidde automatisch tot een claim.
Dokter Livan keek naar Nora's uitdraai terwijl zij nog lag te bidden en stak zijn duimen op naar de laboranten: 22 procent. Hij ging naar voren, waar Oscar met de vragenlijsten van een hele kamer vol gegadigden in de weer was. Oscar ging met hem terug naar achteren, waar Nora nu op een stoel zat. Ze was bleek en dronk sinaasappelsap. Hij wilde zeggen: 'Gefeliciteerd, mevrouw Tackett, uw aorta heeft voldoende schade opgelopen,' maar eigenlijk kon je alleen de advocaten gelukwensen. MaryBeth werd erbij gehaald en Oscar vertelde hun hoe het allemaal in zijn werk ging. Hij beperkte zich tot de voornaamste punten.
De ECG zou worden bestudeerd door een cardioloog en diens rapport zou aan de claim worden toegevoegd. De honoraria waren al goedgekeurd door de rechter.
'Hoeveel?' vroeg MaryBeth, die zich blijkbaar meer voor het geld interesseerde dan voor haar zus. Nora was zo te zien weer aan het bidden.
'Op grond van Nora's leeftijd zou ik zeggen: iets in de buurt van de honderdduizend dollar,' zei Oscar. Hij vertelde er maar niet bij dat dertig procent daarvan naar het Advocatenkantoor J. Clay Carter II zou gaan.
Nora was opeens klaarwakker: 'Honderdduizend dollar!'
'Ja, mevrouw.' Oscar had geleerd om, net als een chirurg voor een routineoperatie, niet al te hoog op te geven van de kans van slagen. Je wekte geen hoge verwachtingen, want dan kwam de schok van het advocatenhonorarium niet zo hard aan.
Nora dacht aan een nieuwe, grotere stacaravan en een nieuwe schotelantenne. MaryBeth dacht aan een vrachtwagenlading Ultra Slim-Fast. De papieren werden ingevuld en Oscar bedankte hen voor hun komst.
'Wanneer krijgen we het geld?' vroeg MaryBeth.

'We?' vroeg Nora.
'Binnen twee maanden,' zei Oscar en hij leidde hen door de zijdeur naar buiten.
Jammer genoeg hadden de volgende zeventien onvoldoende aortabeschadiging. Oscar kreeg trek in alcohol. Maar het was weer bingo met de negentiende bezoeker, een jongeman die de weegschaal naar 233 kilo liet doorslaan. Zijn ECG was prachtig: veertig procent insufficiëntie. Hij had twee jaar lang Skinny Ben ingenomen. Omdat hij 26 jaar was en, in elk geval statistisch, met een slecht hart nog 31 jaar te leven had, was zijn zaak minstens 500.000 dollar waard.
Tegen het eind van de middag deed zich een lelijk incident voor. Een omvangrijke jongedame werd kwaad toen dokter Livan haar vertelde dat haar hart in orde was. Ze had geen enkele schade geleden. Maar ze had in de stad gehoord dat Nora Tackett honderdduizend dollar kreeg, ze had dat in de schoonheidssalon gehoord, om precies te zijn, en hoewel ze minder woog dan Nora, had zij de pillen ook ingenomen en had ze dus recht op dezelfde uitkering. 'Ik heb het geld echt nodig,' drong ze aan.
'Sorry,' zei dokter Livan steeds weer.
Oscar werd erbij gehaald. De jongedame werd luidruchtig en vulgair, en om haar het motel uit te krijgen beloofde hij haar dat hun cardioloog haar ECG evengoed zou bekijken. 'We doen een revisie en laten de artsen in Washington ernaar kijken,' zei hij, alsof hij wist waar hij het over had. Dat bracht haar voldoende tot rust om haar weg te krijgen.
Wat doe ik hier, vroeg Oscar zichzelf steeds weer af. Hij betwijfelde of er in heel Larkin iemand was die ooit in Yale had gestudeerd, maar toch was hij bang. Als dit bekend werd, was zijn reputatie voorgoed naar de maan. Het geld, denk nou maar aan het geld, zei hij steeds weer tegen zichzelf.
Ze testten 41 Skinny Ben-gebruikers in Larkin. Drie van hen kwamen in aanmerking. Oscar liet hen de contracten tekenen en verliet het stadje met het prettige vooruitzicht dat hij zo'n tweehonderdduizend dollar aan honoraria had binnengehaald. Geen slecht uitstapje. Hij reed hard in zijn BMW naar Washington. De volgende keer dat hij zich in de binnenlanden waagde, zou hij een soortgelijke geheime trip naar West-Virginia maken. Hij had voor de komende maand meer dan tien van zulke trips op het programma staan.

Gewoon geld verdienen. Het was een truc. Het had niets met de advocatuur te maken. Je vond ze, je liet ze het contract tekenen, je voegde ze bij de claim, je pakte het geld en je ging verder.

30

Op 1 mei verliet Rex Crittle de boekhoudfirma waar hij achttien jaar had gewerkt en verhuisde hij een verdieping naar boven om zakelijk manager van JCC te worden. Er was hem een enorme salarisverhoging aangeboden en hij kon gewoon geen nee zeggen. Het advocatenkantoor was ongelooflijk succesvol, maar in de chaos groeide het zo snel dat alles uit de hand dreigde te lopen. Clay gaf hem grote bevoegdheden en zette hem in een kamer tegenover de zijne.

Hoewel Crittle zijn eigen hoge salaris zeker op prijs stelde, stond hij sceptisch tegenover het salaris van alle anderen. Naar zijn mening, die hij voorlopig voor zich hield, werden de meeste personeelsleden overbetaald. De firma had nu 14 advocaten, die allemaal minstens 200.000 dollar per jaar verdienen, 21 juridisch assistenten voor 75.000 dollar per stuk, 26 secretaresses voor elk 50.000 dollar, met uitzondering van mevrouw Glick, die 60.000 verdiende, een stuk of tien administratieve personeelsleden die gemiddeld 20.000 dollar verdienden, en vier loopjongens van 15.000 dollar per stuk. In totaal 77 personen, Crittle en Clay zelf niet meegerekend. Met inbegrip van de sociale lasten bedroegen de salariskosten in totaal 8,4 miljoen dollar, en dat bedrag nam bijna wekelijks toe.

De huur bedroeg 72.000 dollar per maand. De kantoorkosten – computers, telefoons, elektriciteit, de lijst was lang – beliepen zo'n 40.000 dollar per maand. De Gulfstream, die de allergrootste verspilling was en het enige waar Clay niet zonder kon, kostte de firma 300.000 dollar per maand aan hypotheekaflossingen en nog eens 30.000 dollar aan piloten, onderhoud en hangarkosten. Clay verwachtte inkomsten uit verhuur van het vliegtuig, maar die waren nog niet in de boeken verschenen, al was het alleen maar omdat hij niet echt wilde dat iemand anders zijn vliegtuig gebruikte.

Volgens de cijfers die Crittle dagelijks bijhield, gaf de firma zo'n één miljoen driehonderdduizend dollar per maand aan vaste onkosten uit – 15,6 miljoen dollar per jaar. Dat was al genoeg om een boekhouder de stuipen op het lijf te jagen, maar na de schok van de Dyloft-schikking en de enorme honoraria die waren binnengestroomd, verkeerde hij niet in een positie om te klagen. Tenminste, nog niet. Hij sprak nu minstens drie keer per week met Clay en telkens als hij het over dubieuze uitgaven had, reageerde Clay op dezelfde manier: 'Je moet geld uitgeven om het te verdienen.'

En uitgeven deden ze. Crittle huiverde al van de vaste onkosten, maar de reclame en de tests bezorgden hem maagzweren. Wat Maxatil betrof, de firma had in de eerste vier maanden 6,2 miljoen dollar uitgegeven aan kranten-, radio-, televisie- en internetreclame. Daar had hij over geklaagd. 'Volle kracht vooruit,' was Clays antwoord geweest. 'Ik wil vijfentwintigduizend zaken!' Momenteel waren dat er ongeveer achttienduizend en dat cijfer veranderde met het uur.

Volgens een nieuwsbrief uit de branche die Crittle elke dag on line raadpleegde, kreeg de firma Carter in Washington zoveel Maxatilzaken omdat maar weinig andere advocaten daar agressief achteraanzaten. Maar hij hield dat roddelverhaal voor zich.

'Maxatil zal nog meer opleveren dan Dyloft,' zei Clay vaak in het kantoor om de troepen aan te moedigen. En hij scheen daar echt in te geloven.

Skinny Ben kostte de firma veel minder, maar de kosten stapelden zich op en de honoraria deden dat niet. Tot aan 1 mei hadden ze zeshonderdduizend dollar aan reclame en ongeveer evenveel aan medische tests uitgegeven. De firma had honderdvijftig cliënten, en Oscar Mulrooney had een memo laten rondgaan waarin hij beweerde dat de zaken gemiddeld honderdtachtigduizend dollar per stuk zouden opleveren. Als ze dertig procent kregen, zei Mulrooney, konden ze in de komende 'paar maanden' op honoraria van zo'n negen miljoen dollar rekenen.

Iedereen vond het opwindend dat een afdeling van de firma op het punt stond zulke resultaten te boeken, maar ze vonden wel dat ze er lang op moesten wachten. De Skinny Ben-operatie, die automatisch geld had moeten opleveren, had nog geen dubbeltje opgebracht. Er waren honderden advocaten bij betrokken, en zoals te verwachten was, deed zich veel onenigheid voor. Crittle begreep de juridische finesses niet, maar hij leerde er steeds iets bij. En hij wist al alles van onkosten en ontoereikende honoraria.

De dag nadat Crittle op het kantoor was gekomen, vertrok Rodney, al stonden die twee gebeurtenissen niet met elkaar in verband. Rodney verhuisde naar een buitenwijk, naar een erg mooi huis in een erg veilige straat, met een kerk aan het ene en een school aan het andere eind, en een park om de hoek. Hij was van plan om fulltime coach van zijn vier kinderen te worden. Later zou hij misschien nog gaan werken, of misschien ook niet. Hij was niet meer van plan rechten te gaan studeren. Met bruto tien miljoen dollar op de bank had hij geen echte plannen, maar hij was wel van plan een goede vader en echtgenoot te zijn, en ook een vrek. Enkele uren voordat hij het kantoor voorgoed verliet, glipten hij en Clay naar een broodjeszaak in de straat om daar afscheid van elkaar te nemen. Ze hadden zes jaar samengewerkt, vijf jaar op het Bureau voor Rechtshulp, het laatste jaar in de nieuwe firma.

'Geef het niet allemaal uit, Clay,' waarschuwde hij zijn vriend.

'Dat kan ik niet. Het is te veel.'

'Doe geen domme dingen.'

Eigenlijk had de firma ook geen behoefte meer aan iemand als Rodney. De Yale-jongens en de andere advocaten gingen beleefd en eerbiedig met hem om, vooral omdat hij een vriend van Clay was, maar evengoed was hij maar een assistent. En Rodney had de firma niet meer nodig. Hij wilde zijn geld verbergen en beschermen. Eigenlijk vond hij het verschrikkelijk dat Clay zo roekeloos met al zijn geld omsprong. Als je iets verspilde, betaalde je daar altijd een prijs voor.

Nu Jonah op een zeilboot zat en Paulette zich nog in Londen schuilhield en blijkbaar niet meer naar huis kwam, was het oorspronkelijke team verdwenen. Dat was jammer, maar Clay had het te druk om zich aan nostalgische gevoelens over te geven.

Patton French had om een bijeenkomst van de stuurgroep gevraagd. Dat was een logistiek probleem dat minstens een maand kostte. Clay vroeg waarom ze de dingen niet per telefoon, fax, e-mail of via secretaresses konden afhandelen, maar French zei dat ze een dag bij elkaar moesten zijn, met z'n vijven in dezelfde kamer. Aangezien de eis in Biloxi was ingediend, wilde hij ze daar hebben.

Ridley had wel zin in dat reisje. Ze werkte bijna niet meer als model. Vaak was ze op de sportschool te vinden en ze ging ook een paar uur per dag winkelen. Clay zei niets over de tijd die ze op de sportschool doorbracht; daar had hij zelf ook iets aan. Wel maakte hij zich zorgen over al dat winkelen, maar ze kon zich erg goed inhouden. Soms was ze urenlang aan het winkelen en gaf ze toch maar een bescheiden bedrag uit.

Een maand eerder waren ze na een lang weekend in New York naar Washington teruggekeerd en naar zijn herenhuis gereden. Ze bracht de nacht daar door, niet voor het eerst en blijkbaar ook niet voor het laatst. Hoewel ze nooit echt besloten dat ze bij hem zou intrekken, gebeurde het gewoon. Clay wist niet meer wanneer hij besefte dat haar ochtendjas en tandenborstel en make-up en lingerie er waren. Hij zag haar nooit haar spullen naar zijn huis versjouwen; op een gegeven moment waren ze er gewoon. Ze drong niet aan; er werd niets gezegd. Ze bleef drie nachten achtereen, deed alles zoals het hoorde en zat hem niet in de weg, en toen fluisterde ze dat ze een nacht in haar eigen huis wilde doorbrengen. Ze praatten twee dagen niet met elkaar en toen was ze terug.

Er werd nooit over een huwelijk gepraat, al kocht hij zoveel sieraden en kleren voor haar dat een harem er genoeg aan zou hebben. Blijkbaar streefden ze geen van beiden naar een vaste relatie. Ze genoten van elkaars gezelschap, maar keken toch ook naar anderen. Ze had iets raadselachtigs en Clay had geen zin om dat raadsel op te lossen. Ze was beeldschoon en leuk in de omgang en prima in bed, en ze had het blijkbaar niet op zijn geld voorzien. Maar ze had geheimen.

Clay trouwens ook. Het was zijn grootste geheim dat als Rebecca op het juiste moment belde, hij alles zou verkopen, behalve de Gulfstream, haar daarin zou zetten en met haar naar Mars zou vliegen.

In plaats daarvan vloog hij naar Biloxi met Ridley, die een suède minirokje droeg dat nauwelijks de essentiële lichaamsdelen bedekte. Ze hoefde trouwens ook niet veel te bedekken, want ze waren de

enige twee passagiers in het vliegtuig. Toen ze boven West-Virginia vlogen dacht Clay er even over om de bank uit te trekken en haar te lijf te gaan. Die gedachte bleef nog even hangen, maar hij zette hem uit zijn hoofd, deels uit frustratie. Waarom was hij altijd degene die het initiatief nam tot zulke spelletjes? Ze speelde graag mee, maar ze begon nooit iets.
Trouwens, zijn tas zat vol met papieren van de stuurgroep.

Ze werden van het vliegveld van Biloxi afgehaald door een limousine. Na een korte rit kwamen ze in een haven, waar een speedboot klaarlag. Patton French bracht het grootste deel van zijn tijd op zijn jacht door, vijftien kilometer uit de kust. Hij had op dat moment geen echtgenote en was nog in een lelijke scheiding verwikkeld. Zijn vorige echtgenote wilde de helft van zijn geld en verder alles wat los en vast zat. Het leven was rustiger als je op een boot zat, zoals hij zijn zestig meter lange luxejacht noemde.
Hij begroette hen in korte broek en op blote voeten. Wes Saulsberry en Damon Didier waren er al. Ze hadden een vol glas in hun hand. Carlos Hernández uit Miami kon elk moment arriveren. French gaf hun een korte rondleiding en Clay telde minstens acht mensen in smetteloos wit matrozentenue, die allemaal klaarstonden voor het geval dat French iets nodig had. De boot had vijf verdiepingen en zes luxehutten en kostte twintig miljoen dollar enzovoort. Ridley dook een slaapkamer in en begon kleren uit te trekken.
De jongens gingen iets drinken 'op de veranda', zoals French het noemde, een klein houten terras op de bovenste verdieping. French zou over twee weken een proces voeren, iets wat hij niet vaak deed, want de bedrijven waartegen hij het opnam gooiden hem meestal gauw geld toe om van hem af te zijn. Hij beweerde dat hij zich op het proces verheugde, en terwijl ze hun wodka dronken, verveelde hij hen met alle details.
Hij verstijfde midden in een zin toen hij beneden iets zag. Op een lager dek verscheen Ridley, topless en op het eerste gezicht ook bottomless. Toch droeg ze nog een minuscule bikini, die op de een of andere manier aan de juiste plaatsen vastgeplakt zat. De drie oudere mannen schoten overeind en hapten naar adem. 'Ze is Europees,' legde Clay uit terwijl hij op de eerste hartaanval wachtte. 'Als ze bij water komt, gaan haar kleren uit.'

'Koop dan een boot voor haar,' zei Saulsberry.
'Ze mag deze hebben,' zei French, die zich weer onder controle probeerde te krijgen.
Ridley keek op, zag de commotie die ze veroorzaakte en liep weg. Ongetwijfeld werd ze gevolgd door alle obers en personeelsleden die aan boord waren.
'Waar was ik?' zei French, die weer begon te ademen.
'Je was klaar met het verhaal dat je vertelde,' zei Didier.
Er kwam weer een speedboot aan. Het was Hernández, met niet één maar twee jongedames. Toen ze waren overgestapt en French hen comfortabel had geïnstalleerd, kwam Carlos naar de jongens op de veranda.
'Wie waren die meisjes?' vroeg Wes.
'Mijn juridisch assistentes,' zei Carlos.
'Als je ze maar geen partners maakt,' zei French. Ze praatten enkele minuten over vrouwen. Blijkbaar hadden ze allemaal al een aantal echtgenotes versleten. Misschien was dat de reden waarom ze zo hard bleven werken. Clay zei niets en luisterde alleen maar.
'Hoe staat het met Maxatil?' vroeg Carlos. 'Ik heb duizend zaken en ik weet niet goed wat ik ermee moet doen.'
'Je vraagt mij wat je met je zaken moet doen?' zei Clay.
'Hoeveel heb jij er?' vroeg French. De stemming was drastisch omgeslagen; het ging nu over serieuze dingen.
'Twintigduizend,' zei Clay met een klein beetje overdrijving. In werkelijkheid wist hij niet hoeveel zaken hij had. Maar wat was een beetje overdrijving in de wereld van de massaclaims?
'Ik heb die van mij niet ingediend,' zei Carlos. 'De bewijslast kan nog een heel probleem worden.' Woorden die Clay al vaak genoeg had gehoord en niet opnieuw wilde horen. Al bijna vier maanden wachtte hij tot een andere grote advocaat in de Maxatil-kuil sprong.
'Het bevalt me nog steeds niet,' zei French. 'Ik praatte gisteren met Scotty Gaines in Dallas. Hij heeft tweeduizend zaken, maar hij weet ook niet wat hij ermee moet doen.'
'Het is erg moeilijk om met niets anders dan een onderzoek te bewijzen dat een middel een bepaalde bijwerking heeft,' zei Didier in Clays richting, bijna alsof hij een lezing gaf. 'Het bevalt mij ook niet.'
'We zitten met het probleem dat de ziekten die door Maxatil worden veroorzaakt ook veel andere oorzaken kunnen hebben,' zei

Carlos. 'Ik heb vier deskundigen onderzoek naar dat middel laten doen. Ze zeggen allemaal dat als een Maxatil-gebruikster borstkanker krijgt je niet kunt bewijzen dat het middel de oorzaak is.'
'Nog iets van Goffman gehoord?' vroeg French. Clay, die al op het punt stond overboord te springen, nam een grote slok van zijn erg sterke drankje en deed net alsof hij het concern recht in het vizier had. 'Niets,' zei hij. 'De procedure is nog maar net begonnen. Ik denk dat we allemaal op Mooneyham wachten.'
'Ik heb gisteren met hem gesproken,' zei Saulsberry. Misschien beviel Maxatil ze niet, maar ze volgden de zaak wel degelijk. Clay zat al lang genoeg in de massaclaims om te weten dat ze allemaal bang waren de grote klapper mis te lopen. En Dyloft had hem geleerd dat je een verrassingsaanval moest doen als alle anderen lagen te slapen.
Hij wist nog niet hoe het verder zou gaan met Maxatil. Deze kerels waren de zaak nog aan het aftasten. Ze probeerden hem uit te horen en hoopten iets uit de frontlinie te horen. Maar omdat Goffman voet bij stuk hield vanaf de dag dat de eis was ingediend, kon Clay hun niets vertellen.
Saulsberry zei: 'Ik ken Mooneyham erg goed. We hebben vroeger samen een aantal zaken gedaan.'
'Hij is een opschepper,' zei French, alsof de gemiddelde advocaat een stil type was en iemand met een grote mond de hele beroepsgroep te schande zette.
'Klopt, maar hij is ook erg goed. Die ouwe kerel heeft in twintig jaar geen zaak verloren.'
'Eenentwintig jaar,' zei Clay. 'Tenminste, dat heeft hij me verteld.'
'Het maakt niet uit,' zei Saulsberry, en hij maakte een ongeduldig gebaar want hij had nieuws. 'Je hebt gelijk, Clay, iedereen let op Mooneyham. Zelfs Goffman. Het proces wordt in september gevoerd. Ze zeggen dat Goffman zelf een proces wil. Als Mooneyham de aansprakelijkheid van Goffman kan bewijzen, is er een goede kans dat de onderneming met een landelijk schadevergoedingsplan komt. Maar als de jury met Goffman meegaat, is het oorlog, want dan vertikken ze het om iemand ook maar een stuiver te betalen.'
'Je citeert nu Mooneyham?' vroeg French.
'Ja.'
'Hij is een opschepper.'

'Nee, ik heb het ook gehoord,' zei Carlos. 'Ik heb een bron en die zei hetzelfde wat Wes zegt.'
'Ik heb nog nooit gehoord van een gedaagde die op een proces aandringt,' zei French.
'Die lui van Goffman zijn een keihard stel,' voegde Didier eraan toe. 'Ik heb vijftien jaar geleden tegen ze geprocedeerd. Als je aansprakelijkheid kunt bewijzen, betalen ze een redelijke schadevergoeding. Maar als dat je niet lukt, kun je het wel schudden.'
Opnieuw had Clay zin om te gaan zwemmen. Gelukkig dachten ze even niet meer aan Maxatil, want op dat moment kwamen de twee Cubaanse juridisch assistentes in hun piepkleine outfits het benedendek op.
'Juridisch assistentes, kom nou!' zei French, die zich uitrekte om ze beter te kunnen zien.
'Welke is van jou?' vroeg Saulsberry, die zich vanuit zijn stoel naar voren boog.
'Jullie mogen kiezen, jongens,' zei Carlos. 'Het zijn professionals. Ik heb ze als cadeautjes meegebracht. We geven ze aan elkaar door.'
En na die woorden waren de praatgrage heren op het bovendek opeens doodstil.

Kort voor zonsopgang stak er een storm op die de rust op het jacht verstoorde. French, die een lelijke kater had en met een van de juridisch assistentes onder de lakens lag, belde de kapitein uit zijn bed en beval hem naar de kust te gaan. Het ontbijt werd uitgesteld; niet dat iemand honger had. Het diner was een vier uur durende marathon geweest, compleet met rechtbankverhalen, schuine grappen en het verplichte gekibbel op de late avond, veroorzaakt door te veel alcohol. Clay en Ridley hadden zich vroeg teruggetrokken en hun deur goed op slot gedaan.
In de haven van Biloxi, waar ze lagen te wachten tot de storm voorbij was, slaagde de stuurgroep erin alle papieren en memo's te bekijken die van belang waren. Het ging om instructies voor hun administrateur en om andere papieren die allemaal door hen ondertekend moesten worden. Toen ze klaar waren, was Clay misselijk. Hij wilde niets liever dan op vaste grond staan.
In die papierwinkel ging de nieuwste honorariumverdeling niet verloren. Clay, of beter gezegd zijn advocatenkantoor, zou binnenkort weer eens vier miljoen dollar ontvangen. Dat was opwindend

genoeg, maar hij wist niet of hij erg opgewonden zou zijn als het geld kwam. Het zou een mooie bres in de onkosten slaan, maar dan wel een tijdelijke.

Toch zou het hem wel voor een paar weken van Rex Crittles gezeur verlossen. Rex liep als een aanstaande vader door de gangen te ijsberen, wachtend op honoraria.

Nooit meer, nam hij zich voor toen hij van het jacht stapte. Nooit zou hij zich meer 24 uur laten opsluiten met mensen die hij niet mocht. Een limousine bracht hen naar het vliegveld. De Gulfstream bracht hen naar het Caribische gebied.

31

Ze hadden de villa voor een week gehuurd, al betwijfelde Clay of hij zo lang van kantoor vandaan kon blijven. De villa stond op een heuvel en keek uit over het drukke havenstadje Gustavia, waar het krioelde van het verkeer en de toeristen en allerlei boten die kwamen en gingen. Ridley had hem in een catalogus van exclusieve vakantiehuizen gevonden. Het was een mooi huis, traditionele Caribische architectuur, rode dakpannen, lange balkons en veranda's. Er waren te veel slaapkamers en badkamers om ze allemaal te vinden, en er waren ook een kok, twee dienstmeisjes en een tuinman. Ze installeerden zich snel en Clay begon in huizengidsen te bladeren die iemand had laten liggen.
Clays eerste kennismaking met een naaktstrand was een grote teleurstelling. De eerste naakte vrouw die hij zag was een oma, een verschrompeld oud besje dat zo verstandig had moeten zijn veel meer af te dekken en veel minder bloot te leggen. Toen kwam haar man voorbij slenteren, met een grote buik die zo ver over zijn geslachtsdelen hing dat je die niet meer kon zien, en met uitslag op zijn kont en nog ergere dingen. Zo kreeg de naaktheid een slechte reputatie. Natuurlijk was Ridley in haar element. Ze liep trots het strand op en neer, nagekeken door alle mannen die daar waren. Na een paar uur in het zand trokken ze zich uit de hitte terug en genoten van een twee uur durende lunch in een fabelachtig goed Frans

restaurant. Alle goede restaurants waren Frans en ze waren overal op het eiland.

Het was druk in Gustavia. Het was erg heet en het was buiten het toeristenseizoen, maar iemand was vergeten dat aan de toeristen te vertellen. Ze schuifelden van winkel naar winkel over de trottoirs en veroorzaakten opstoppingen met hun gehuurde jeeps en kleine auto's. In de haven kwam nooit een eind aan de drukte. Kleine vissersboten manoeuvreerden zich om de jachten van de rijken en beroemdheden heen.

Terwijl Mustique een privé-eiland was, afgezonderd van de rest van de wereld, waren er op St. Barth te veel huizen en te veel mensen. Toch was het een charmant eiland. Clay hield van beide eilanden. Ridley, die veel belangstelling voor huizen op eilanden had gekregen, hield meer van St. Barth, want daar kon je beter winkelen en waren betere restaurants. Ze hield van drukke plaatsen met veel mensen die zich aan haar konden vergapen.

Na drie dagen deed Clay zijn horloge af en begon in een hangmat op de veranda te slapen. Ridley las boeken en keek uren achtereen naar oude films. De verveling begon al om de hoek te kijken, toen Jarrett Carter met zijn schitterende catamaran, *The ExLitigator*, de haven van Gustavia kwam binnenvaren. Clay zat met een glas frisdrank in een havenbar op zijn vader te wachten.

Jarretts bemanning bestond uit een Duitse vrouw van een jaar of veertig met benen zo lang als die van Ridley en een schelmachtige oude Schot die MacKenzie heette, zijn zeilinstructeur. De vrouw, Irmgard, werd in eerste instantie zijn scheepsmaat genoemd en in zeilkringen werd daarmee iets erg vaags bedoeld. Clay reed ze in zijn jeep naar zijn villa, waar ze een eeuwigheid onder de douche stonden en zaten te drinken tot de zon in de zee gezakt was. MacKenzie nam een overdosis whisky en lag algauw in een hangmat te snurken.

De zeilbootverhuur liet te wensen over, net als de vliegtuigverhuur. *The ExLitigator* was in zes maanden tijd maar vier keer geboekt. Op de langste reis waren ze van Nassau naar Aruba en terug gevaren, drie weken die dertigduizend dollar van een gepensioneerd Brits echtpaar hadden opgeleverd. De kortste reis was een uitstapje naar Jamaica geweest, waar de boot bijna in een storm was vergaan. MacKenzie, zowaar nuchter, had hen gered. In de buurt van Cuba waren ze door piraten belaagd. Het ene verhaal volgde op het andere.

Zoals te verwachten was, was Jarrett meteen gek op Ridley. Hij was trots op zijn zoon. Irmgard had er genoeg aan te drinken en te roken en naar de lichtjes beneden in Gustavia te kijken.

Lang na het avondeten, toen de vrouwen zich in hun slaapvertrek hadden teruggetrokken, gingen Jarrett en Clay naar een andere veranda om nog wat te praten. 'Waar heb je haar gevonden?' vroeg Jarrett en Clay vertelde het hem in het kort. Ze woonden praktisch samen, maar ze hadden geen van beiden over een meer permanente regeling gesproken. Irmgard was ook tijdelijk.

Jarrett had ook veel vragen over het juridische front. Hij schrok van de grootte van Clays nieuwe firma en voelde zich gedwongen om zijn zoon van ongevraagd advies te dienen over de manier waarop je zo'n kantoor moest leiden. Clay luisterde geduldig. De zeilboot had een computer met internettoegang en Jarrett wist van Maxatil en de negatieve dingen die de pers over zijn zoon had geschreven. Toen Clay vertelde dat hij nu twintigduizend zaken had, dacht zijn vader dat één firma nooit zoveel zaken tegelijk kon afhandelen.

'Jij weet niets van massaclaims,' zei Clay.

'Het risico is net zo massaal als die claims,' wierp Jarrett tegen. 'Wat is de limiet van je aansprakelijkheidsverzekering?'

'Tien miljoen.'

'Dat is niet genoeg.'

'Meer wilde de verzekeringsmaatschappij me niet verkopen. Rustig maar, pa, ik weet wat ik doe.'

En tegen het succes kon Jarrett niets inbrengen. Bij de gedachte aan het geld dat zijn zoon binnenhaalde, verlangde hij terug naar zijn glorietijd in de rechtszaal. De magische woorden van de juryvoorzitter drongen weer van verre tot hem door: 'Edelachtbare, wij, de juryleden, honoreren de eis en kennen een schadevergoeding ten bedrage van tien miljoen dollar toe.' Dan sloeg hij zijn armen om de eiser heen en zei iets vriendelijks tegen de verdediging van de gedaagde, en daarna liep Jarrett Carter voor de zoveelste keer als overwinnaar een rechtszaal uit.

Het was een hele tijd stil. Beide mannen hadden behoefte aan slaap. Jarrett stond op en liep naar de rand van de veranda. 'Heb je ooit nog aan die zwarte jongen gedacht?' vroeg hij, starend in de duisternis. 'Die opeens was gaan schieten zonder te weten waarom?'

'Tequila?'

'Ja, je vertelde me over hem toen we in Nassau de boot aan het kopen waren.'

'Ja, ik denk wel eens aan hem.'
'Goed. Geld is niet alles.' En na die woorden ging Jarrett naar bed.

De trip om het eiland heen nam het grootste deel van de dag in beslag. De kapitein scheen wel zo ongeveer te weten hoe de boot werkte en hoe je de wind moest gebruiken, maar als MacKenzie er niet was geweest, zouden ze op zee zijn gebleven en nimmer meer gevonden zijn. De kapitein deed zijn uiterste best om zijn schip op koers te houden, maar hij werd ook erg afgeleid door Ridley, die het grootste deel van de tijd naakt in de zon lag. Jarrett kon zijn blik niet van haar afhouden. MacKenzie trouwens ook niet, maar die kon zelfs in zijn slaap nog een zeilboot besturen.
Ze lunchten in een afgelegen baai aan de noordkant van het eiland. Toen ze in de buurt van St. Maarten kwamen, nam Clay het roer over, terwijl zijn vader aan het bier ging. Clay was al ongeveer acht uur half misselijk en dat werd er niet beter op toen hij voor kapitein ging spelen. Het leven op een boot was niets voor hem. De romantiek van een zeiltocht om de wereld oefende geen enkele aantrekkingskracht op hem uit; hij zou kotsen in alle wereldzeeën. Hij zat liever in een vliegtuig.
Twee nachten op het droge en Jarrett hunkerde alweer naar de zee. Ze namen de volgende morgen in alle vroegte afscheid en even later tufte de catamaran van zijn vader de haven van Gustavia uit, op weg naar nergens in het bijzonder. Clay hoorde zijn vader en MacKenzie kibbelen toen ze de zee opvoeren.
Hij wist niet hoe het kon dat er opeens een makelaar op de veranda van de villa stond. Ze was er toen hij terugkwam, een charmante Française die met Ridley praatte en een kopje koffie dronk. Ze zei dat ze toch in de buurt was en even langs kwam om te kijken of alles met het huis in orde was. Het huis was van een van hun cliënten, een Canadees echtpaar dat net een akelige echtscheiding aan het uitvechten was, en hoe ging het hier?
'Het kon niet beter,' zei Clay terwijl hij ging zitten. 'Een mooi huis.'
'Is het niet geweldig?' zei de makelaar enthousiast. 'Een van onze mooiste objecten. Ik zei net tegen Ridley dat het nog maar vier jaar geleden door die Canadezen is gebouwd en ze zijn er maar twee keer geweest, geloof ik. Het ging slecht met zijn bedrijf, zij begon iets met de dokter, kortom, het werd een echte puinhoop daar in

Ottawa, en dus bieden ze het huis nu voor een erg schappelijke prijs te koop aan.'
Een veelbetekenende blik van Ridley. Clay stelde de vraag die in de lucht bleef hangen. 'Hoeveel?'
'Maar drie miljoen. Het begon bij vijf, maar eerlijk gezegd is de markt op dit moment niet zo gunstig.'
Toen ze weg was, ging Ridley hem in de slaapkamer te lijf. Ochtendseks was ongehoord, maar ze deed een indrukwekkende poging. En 's middags ook. Diner in een goed restaurant; ze kon haar handen niet van hem af houden. De middernachtsessie begon in het zwembad, verplaatste zich naar de jacuzzi en toen naar de slaapkamer, en nadat ze de hele nacht waren doorgegaan, was de makelaar er de volgende dag alweer voor de lunch.
Clay was doodmoe en eigenlijk was hij ook niet in de stemming voor nog een huis. Maar Ridley wilde het huis dolgraag, en dus kocht hij het. De prijs was inderdaad niet hoog. Het was een koopje, de markt zou aantrekken en hij kon het altijd met winst verkopen.
Toen ze met de papieren bezig waren, vroeg Ridley stilletjes aan Clay of het niet verstandig zou zijn om het huis op haar naam te zetten, om belastingtechnische redenen. Ze wist net zoveel van de Franse en Amerikaanse belastingwetgeving als hij van het erfrecht in Georgië, als ze dat daar al hadden. Mooi niet, zei hij tegen zichzelf, maar tegen haar zei hij op besliste toon: 'Nee, dat werkt niet, om belastingtechnische redenen.'
Ze maakte een gekwetste indruk, maar dat verdriet was snel voorbij toen hij eigenaar van het huis werd. Clay ging in z'n eentje naar een bank in Gustavia en liet het geld van een buitenlandse rekening overkomen. Toen hij naar de notaris ging, deed hij dat zonder Ridley.
'Ik zou hier graag een tijdje willen blijven,' zei ze toen ze weer een lange middag op de veranda doorbrachten. Hij was van plan de volgende morgen te vertrekken en hij had aangenomen dat zij dat ook zou doen. 'Ik wil dit huis graag op orde brengen,' zei ze. 'De binnenhuisarchitect laten komen. En ik wil me graag een weekje of zo ontspannen.'
Waarom niet, dacht Clay. Nu ik dat verrekte huis heb, moeten we er ook gebruik van maken.
Hij ging alleen naar Washington terug en genoot voor het eerst in weken van de eenzaamheid van zijn huis in Georgetown.

Joel Hanna had een aantal dagen overwogen er een solo-optreden van te maken, hij in zijn eentje aan de ene kant van de tafel, tegenover een legertje van advocaten en hun assistenten aan de andere kant. Hij zou het overlevingsplan van de onderneming aan hen presenteren. Eigenlijk had hij niemands hulp daarbij nodig, want het was zijn eigen geesteskind.
Maar Babcock, de advocaat van hun verzekeringsmaatschappij, wilde er absoluut bij zijn. Zijn cliënt dreigde vijf miljoen dollar te moeten betalen en als hij erbij wilde zijn, kon Joel hem niet tegenhouden.
Samen liepen ze het gebouw aan Connecticut Avenue in. De lift stopte op de derde verdieping en ze betraden de luxueuze en indrukwekkende vertrekken van Advocatenkantoor J. Clay Carter II. Het logo 'JCC' prijkte in grote bronzen letters aan een wand die zo te zien van kersenhout of misschien zelfs van mahoniehout was. Het meubilair op de receptie was gestroomlijnd en Italiaans. Een aantrekkelijk jong blondje achter een bureau van glas en chroom begroette hen met een efficiënte glimlach en verwees hen naar een kamer aan de gang. Daar werden ze bij de deur opgewacht door een advocaat die Wyatt heette. Hij ging met hen mee naar binnen, stelde hen en de bende van de andere kant aan elkaar voor, en terwijl Joel en Babcock de papieren uit hun tas pakten, dook er uit het niets een andere erg aantrekkelijke jongedame op die vroeg of ze koffie wensten. Ze bracht de koffie in zilveren koffieservies. Het JCC-logo was in de pot en ook op de fraaie porseleinen kopjes gegraveerd. Toen iedereen aan tafel zat en helemaal klaar was met de voorbereidingen, blafte Wyatt tegen een assistent: 'Zeg tegen Clay dat we er allemaal zijn.'
Er ging een minuut voorbij waarin JCC iedereen liet wachten. Ten slotte kwam hij haastig binnen, zijn jasje uit, al lopend nog in gesprek met een secretaresse, een erg drukbezette man. Hij ging regelrecht naar Joel Hanna en Babcock toe en stelde zich aan hen voor alsof ze daar allemaal uit vrije wil waren en zich voor het algemeen belang zouden inzetten. Toen liep hij vlug naar de andere kant en ging op de koningstroon in het midden van zijn team zitten, tweeënhalve meter van Hanna en Babcock vandaan.
Onwillekeurig dacht Joel Hanna: die kerel heeft vorig jaar honderd miljoen dollar verdiend.
Babcock dacht hetzelfde, maar hij dacht ook aan het gerucht dat

die jongen nog nooit een civiele procedure had gevoerd. Hij had vijf jaar met de junks op de rechtbank gezeten, maar hij had nog nooit een jury om zelfs maar een stuiver gevraagd. Ondanks al zijn bravoure maakte hij ook een nerveuze indruk, vond Babcock.
'U zei dat u een plan had,' begon JCC. 'Vertel het maar.'
Het overlevingsplan was erg eenvoudig. Het bedrijf wilde – uitsluitend in het kader van deze bijeenkomst – toegeven dat het een slechte partij portlandcement had gemaakt en dat daardoor een aantal nieuwe huizen in Baltimore en omgeving opnieuw moest worden opgemetseld. Er moest een fonds komen om de huiseigenaren te compenseren, zonder dat het bedrijf eraan bezweek. Hoe eenvoudig het plan ook was, Joel deed er een halfuur over om het te presenteren.
Babcock sprak namens de verzekeringsmaatschappij. Hij gaf toe dat er een dekking van vijf miljoen was, iets waarover hij in zo'n vroeg stadium van een eis bijna nooit iets wilde zeggen. Zijn cliënt en de firma Hanna zouden samenwerken.
Joel Hanna legde uit dat zijn bedrijf niet over veel geld beschikte maar bereid was veel te lenen om de slachtoffers te compenseren. 'Dit is onze schuld en we willen het goed maken,' zei hij meer dan eens.
'Weet u precies om hoeveel huizen het gaat?' vroeg JCC en al zijn hielenlikkers noteerden dat.
'Negenhonderdtweeëntwintig,' zei Joel. 'We zijn naar de leveranciers gegaan en toen naar de aannemers, en naar de onderaannemers die het metselwerk deden. Het lijkt me een nauwkeurig aantal, maar we kunnen er vijf procent naast zitten.'
JCC was ook notities aan het maken. Toen hij daarmee klaar was, zei hij: 'Dus als we uitgaan van 25.000 dollar als adequate compensatie voor iedere cliënt, hebben we het over ruim 23 miljoen dollar.'
'We zijn ervan overtuigd dat het herstelwerk geen twintigduizend dollar per huis kost,' zei Joel.
JCC kreeg een vel papier van een assistent. 'We hebben hier verklaringen van vier metselbedrijven in het district Howard. Elk van die vier is ter plaatse geweest om de schade te bekijken. Ze hebben elk een offerte ingediend. De laagste is 18,9, de hoogste is 21,5. Het gemiddelde van de vier is 20.000 dollar.'
'Ik zou die offertes willen zien,' zei Joel.
'Misschien later. En er is nog meer schade. De huiseigenaren heb-

ben recht op compensatie voor hun ergernis, ongemak, beperking van woongenot en emotionele nood. Een van onze cliënten lijdt aan zware migraine door deze zaak. Een ander kon zijn huis niet voor een goede prijs verkopen omdat de bakstenen los raakten.'
'Wij hebben offertes van rond de twaalfduizend dollar,' zei Joel.
'We gaan deze zaken niet voor twaalfduizend dollar schikken,' zei JCC, en overal aan de tafel werd met hoofden geschud.
Vijftienduizend dollar zou een redelijk compromis zijn, genoeg om alle huizen van nieuwe bakstenen te voorzien. Maar in zo'n geval zou er maar negenduizend dollar naar de cliënt gaan, want JCC kreeg eenderde van het bedrag. Voor tienduizend dollar gingen de oude bakstenen eraf, werden de nieuwe bakstenen naar de percelen gebracht maar konden de metselaars het karwei niet afmaken. Voor tienduizend dollar zou de zaak alleen maar erger worden: het huis ontdaan van de beplating, de voortuin een moddertroep, stapels nieuwe bakstenen op het garagepad, maar geen metselaar te bekennen.
Negenhonderdentweeëntwintig zaken à vijfduizend dollar per stuk: 4,6 miljoen dollar aan honoraria. JCC rekende het snel uit en stond er weer eens versteld van hoe handig hij in het rekenen met nullen was geworden. Negentig procent zou voor hem zijn; hij moest ook iets afschuiven aan een paar advocaten die er later bij gekomen waren. Geen slecht honorarium. Het zou de kosten van de nieuwe villa op St. Barth dekken, waar Ridley zich nog schuilhield zonder van plan te zijn om naar huis te komen. Als de belasting er dan ook nog afging, bleef er niet veel over.
Als er vijftienduizend dollar per claim werd uitgekeerd, zou Hanna het overleven. Babcocks cliënt zou vijf miljoen betalen en het bedrijf kon daar zo'n twee miljoen bij leggen die het momenteel beschikbaar had, geld dat bestemd was geweest voor bedrijfsgebouwen en machines. Er moest een pot van vijftien miljoen dollar komen voor eventuele claims in een later stadium. De overige acht miljoen dollar kon worden geleend van banken in Pittsburgh. Maar die informatie hielden Hanna en Babcock voor zich. Dit was nog maar de eerste bijeenkomst en ze wilden niet meteen al hun kaarten uitspelen.
Uiteindelijk kwam het er allemaal op neer hoeveel geld JCC voor zijn moeite wilde hebben. Hij kon een redelijke schikking tot stand brengen, bijvoorbeeld door zijn eigen percentage te verlagen, nog

steeds een aantal miljoenen verdienen, zijn cliënten beschermen, een goed oud bedrijf de kans geven om in leven te blijven en toch nog zeggen dat hij de overwinning had behaald.
Of hij kon zich hard opstellen en het moeilijk maken voor iedereen.

32

De stem van mevrouw Glick kwam een beetje gejaagd door de intercom. 'Het zijn er twee, Clay,' zei ze bijna fluisterend. 'Van de FBI.'
Nieuwelingen in de wereld van de massaclaims kijken vaak angstig om zich heen, alsof het op de een of andere manier illegaal is wat ze doen. Maar na verloop van tijd wordt hun huid zo dik als die van een olifant. Clay schrok toen hij 'FBI' hoorde, maar grinnikte toen om zijn eigen lafheid. Hij had absoluut niets verkeerds gedaan.
Ze leken zo uit een film te zijn weggelopen: twee jonge, gladgeschoren FBI-agenten die insignes tevoorschijn haalden en indruk probeerden te maken op iedereen die naar hen keek. De zwarte was agent Spooner en de blanke was agent Lohse. Uit te spreken als loesjjj. Ze maakten tegelijk de knoopjes van hun jasjes los en lieten zich op de stoelen in het overleggedeelte van Clays kantoor zakken.
'Kent u een zekere Martin Grace?' begon Spooner.
'Nee.'
'Mike Packer?' vroeg Lohse.
'Nee.'
'Nelson Martin?'
'Nee.'
'Max Pace?'
'Ja.'

'Ze zijn allemaal dezelfde persoon,' zei Spooner. 'Enig idee waar hij zou kunnen zijn?'
'Nee.'
'Wanneer hebt u hem voor het laatst gezien?'
CJJ liep naar zijn bureau, pakte een agenda en kwam naar zijn stoel terug. Hij probeerde tijd te winnen om zijn gedachten te ordenen. Hij hoefde absoluut geen antwoord te geven op hun vragen. Hij kon hun elk moment vragen weg te gaan en pas terug te komen als hij een advocaat bij zich had. Als ze over Tarvan begonnen, zou hij onmiddellijk een eind aan het gesprek maken. 'Dat weet ik niet zeker,' zei hij, al bladerend. 'Het is maanden geleden. Ergens in februari.'
Lohse was degene die notities maakte; Spooner was de ondervrager.
'Waar hebt u hem toen ontmoet?'
'Ik heb met hem in zijn hotel gedineerd.'
'Welk hotel?'
'Dat weet ik niet meer. Waarom bent u geïnteresseerd in Max Pace?'
De twee wisselden even een blik. Spooner ging verder: 'Dit maakt deel uit van een onderzoek op de effectenbeurs. Pace heeft in het verleden met aandelen gefraudeerd. Hij maakte zich schuldig aan handel met voorkennis. Kent u zijn achtergrond?'
'Niet echt. Hij deed daar nogal vaag over.'
'Hoe en waarom hebt u hem leren kennen?'
Clay wierp de agenda op de salontafel. 'Het was een zakelijke transactie.'
'De meeste zakenpartners van hem komen in de gevangenis terecht. U kunt beter iets anders bedenken.'
'Voorlopig blijf ik bij dit antwoord. Waarom bent u hier?'
'We zijn getuigen aan het natrekken. We weten dat hij een tijdje in Washington is geweest. We weten dat hij u met Kerstmis op Mustique heeft bezocht. We weten dat hij in januari een partij Goffman-aandelen voor 62,25 dollar op termijn heeft verkocht. Dat was de dag voordat u uw grote eis indiende. Hij kocht ze terug voor 49 dollar en verdiende daar miljoenen mee. We denken dat hij toegang had tot een vertrouwelijk onderzoeksrapport over een bepaald Goffman-geneesmiddel, Maxatil, en dat hij die informatie gebruikte om aandelenfraude te plegen.'
'Verder nog iets?'
Lohse hield op met schrijven en zei: 'Hebt u Goffman-aandelen op termijn verkocht voordat u uw eis indiende?'

'Nee.'
'Hebt u ooit Goffman-aandelen bezeten?'
'Nee.'
'Familieleden, collega's, lege vennootschappen, buitenlandse fondsen die door u worden beheerd?'
'Nee, nee, nee.'
Lohse stak zijn pen in zijn zak. Goede rechercheurs hielden hun eerste gesprek kort. Laat de getuige/verdachte maar zweten en misschien domme dingen doen. Het tweede gesprek zou veel langer duren.
Ze stonden op en liepen naar de deur. 'Als u van Pace hoort, zouden we dat graag willen weten,' zei Spooner.
'Rekent u daar maar niet op,' zei Clay. Hij kon Pace nooit verraden, want ze hadden samen zoveel geheimen.
'O, daar rekenen wij wel op, meneer Carter. De volgende keer dat we komen, praten we over Ackerman Labs.'

Na twee jaar en acht miljard dollar aan schikkingen gooide Healthy Living de handdoek in de ring. Het bedrijf vond zelf dat het zijn best had gedaan om de nachtmerrie van zijn Skinny Ben-dieetpil goed te maken. Het had moedig geprobeerd iets te doen voor de ongeveer vijfhonderdduizend mensen die op de agressieve reclame voor het product waren afgegaan en in hun onwetendheid het middel hadden ingenomen. Geduldig had het de felle aanvallen van die aasgieren van massaclaimadvocaten doorstaan. Die advocaten waren er rijk van geworden.
Gehavend, verschrompeld, straatarm, had het bedrijf keer op keer gezegd dat het gewoon niet meer kon verdragen. De druppel die de emmer deed overlopen, bestond uit twee speculatieve massaclaims, ingediend door nog louchere advocaten, die duizenden 'patiënten' vertegenwoordigen die Skinny Ben hadden geslikt maar daar geen negatieve gevolgen van ondervonden. Ze wilden een schadevergoeding van miljoenen, alleen omdat ze het middel hadden gebruikt en zich er nu zorgen over maakten en zich er in de toekomst misschien nog meer zorgen over zouden maken, zodat hun toch al kwetsbare emotionele gezondheid in gevaar kwam.
Healthy Living vroeg zijn faillissement aan en gaf het op. Drie van zijn divisies gingen onder de hamer en binnenkort zou het hele bedrijf niet meer bestaan. Het stak zijn middelvinger op naar alle advocaten en al hun cliënten en verliet het gebouw.

Het nieuws was een verrassing voor de financiële wereld maar kwam vooral erg hard aan in de wereld van de massaclaimadvocaten. Ze hadden de kip met de gouden eieren eindelijk geslacht. Oscar Mulrooney zag het on line op zijn bureau en deed zijn deur op slot. Het was allemaal zijn idee geweest. De firma had 2,2 miljoen dollar aan reclame en medische tests uitgegeven en tot nu toe had dat 215 legitieme Skinny Ben-cliënten opgeleverd. Als die gemiddeld 180.000 dollar zouden krijgen, zouden al die zaken samen een honorarium van minstens 15 miljoen dollar opleveren. Oscar zag dat bedrag als de grondslag voor zijn felbegeerde eindejaarspremie.
In de afgelopen drie maanden was het hem niet gelukt zijn claims geaccepteerd te krijgen door de administrateur van de Skinny Ben-claim. Er gingen geruchten over onenigheid onder de talloze advocaten en consumentengroepen. Anderen kostte het moeite om het geld te krijgen waarvan toch werd aangenomen dat het beschikbaar was.
Zwetend zat hij een uur te telefoneren. Hij belde andere advocaten die met de claim bezig waren en probeerde eerst tot de administrateur en toen tot de rechter door te dringen. Zijn vermoeden werd bevestigd door een advocaat in Nashville die enkele honderden zaken had, allemaal eerder ingediend dan die van Oscar. 'We kunnen het wel schudden,' zei de advocaat. 'Healthy Living heeft vier keer zoveel schulden als bezittingen en er is geen geld. We kunnen het wel schudden.'
Oscar vermande zich zelf, trok zijn das recht, maakte de knoopjes van zijn mouwen dicht en ging het Clay vertellen.
Een uur later stelde hij een brief op voor al zijn 215 cliënten. Hij bood hun geen valse hoop. De zaak zag er slecht uit. De firma zou het faillissement en het bedrijf nauwlettend volgen. Ze zouden alle mogelijkheden van compensatie agressief nastreven.
Maar er was weinig reden om optimistisch te zijn.
Twee dagen later kreeg Nora Tackett die brief. Omdat de postbode haar kende, wist hij dat ze van adres was veranderd. Nora woonde nu in een veel grotere stacaravan dicht bij de stad. Zoals altijd was ze thuis en waarschijnlijk keek ze naar soapseries op haar nieuwe breedbeeld-tv, onder het eten van koekjes met een laag vetgehalte. De postbode deed een brief van een advocatenkantoor, drie rekeningen en wat reclamepost in haar brievenbus. Ze had veel post van

de advocaten in Washington gekregen en iedereen in Larkin wist waarom. Eerst gingen er geruchten dat ze honderdduizend dollar van het dieetpillenbedrijf zou krijgen, maar toen vertelde ze iemand op de bank dat het dichter bij de tweehonderdduizend zou liggen. In het roddelcircuit van Larkin bleef het bedrag gestaag omhooggaan.

Earl Jeter, die ten zuiden van het stadje woonde, verkocht haar de nieuwe stacaravan omdat hij had gehoord dat ze binnenkort bijna een half miljoen zou krijgen. Ze zou binnen drie maanden betalen en haar zus MaryBeth had zich garant gesteld.

De postbode was ervan overtuigd dat het geld Nora in grote moeilijkheden zou brengen. Iedere Tackett in de wijde omgeving belde haar voor borgtochtgeld als hij was opgepakt. Haar kinderen, of beter gezegd de kinderen die ze grootbracht, werden op school gepest omdat hun moeder zo dik en zo rijk was. Hun vader, een man die de afgelopen twee jaar nergens te bekennen was geweest, was weer terug. Hij vertelde bij de kapper dat Nora de liefste vrouw was met wie hij ooit getrouwd was geweest. Haar vader had gedreigd hem te vermoorden en dat was ook een van de redenen waarom ze binnen bleef en de deuren op slot hield.

Maar de meeste van haar rekeningen waren over tijd. Afgelopen vrijdag nog scheen iemand op de bank gezegd te hebben dat er nog geen enkel nieuws over een regeling met dat dieetpillenbedrijf was. Waar bleef Nora's geld? Dat was de grote vraag in Larkin, Virginia. Misschien zat het in de envelop.

Een uur later waggelde ze naar buiten, nadat ze eerst goed had gekeken of er niemand in de buurt was. Ze pakte de post uit de brievenbus en ging vlug de stacaravan weer in. Ze probeerde meneer Mulrooney te bellen, maar haar telefoontjes werden niet beantwoord. Zijn secretaresse zei dat hij de stad uit was.

Het gesprek vond laat op de avond plaats, net toen Clay zijn kantoor wilde verlaten. Het begon met slecht nieuws en het werd er niet beter op.

Crittle kwam met een somber gezicht binnenlopen en zei: 'De verzekeringsmaatschappij deelt ons mee dat ze onze aansprakelijkheidsverzekering opzeggen.'

'Wat?' riep Clay uit.

'Je hebt me goed verstaan.'

'Waarom vertel je me dat nu? Ik heb een dinerafspraak.'
'Ik heb de hele dag met ze gepraat.'
Clay gooide zijn jasje op de bank en liep naar het raam. 'Waarom?' vroeg hij.
'Ze hebben je praktijk geëvalueerd en ze waren niet blij met wat ze zagen. Ze zijn erg bang voor die 24.000 Maxatil-zaken. Het aansprakelijkheidsrisico is te groot als er iets misgaat. Hun tien miljoen zouden een druppel op een gloeiende plaat zijn. En dus verlaten ze het schip.'
'Mogen ze dat?'
'Natuurlijk. Een verzekeringsmaatschappij mag eruit stappen wanneer ze maar wil. Ze moeten ons wat premie terugbetalen, maar dat stelt niks voor. We zijn zeer kwetsbaar, Clay. Geen dekking.'
'We hebben geen dekking nodig.'
'Dat zeg je nu wel, maar ik maak me toch zorgen.'
'Als ik het me goed herinner, maakte je je ook zorgen over Dyloft.'
'En toen vergiste ik me.'
'Nou, Rex, ouwe jongen, je vergist je nu ook. Als Mooneyham in Flagstaff klaar is met Goffman, willen ze maar al te graag schikken. Ze hebben daar al miljarden voor opzijgelegd. Enig idee hoeveel die 24.000 zaken waard zijn? Raad eens.'
'Zeg het maar.'
'Bijna een miljard dollar, Rex. En Goffman kan dat betalen.'
'Toch maak ik me zorgen. Als er nu eens iets misgaat?'
'Je moet er een beetje vertrouwen in hebben, jongen. Die dingen kosten tijd. Het proces in Flagstaff is in september. Als het voorbij is, komt het geld weer binnenstromen.'
'We hebben acht miljoen aan reclame en tests uitgegeven. Kunnen we niet tenminste een beetje gas terugnemen? Waarom zijn 24.000 zaken nu gewoon niet genoeg?'
'Omdat het niet genoeg is.' Clay glimlachte, pakte zijn jasje, klopte Crittle op de schouder en ging naar zijn diner.

Hij zou om halfnegen in de Old Ebbitt Grille in Fifteenth Street een vroegere studievriend ontmoeten. Hij zat bijna een uur aan de bar te wachten toen zijn mobiele telefoon ging. De studievriend zat vast in een bespreking waar geen eind aan leek te komen. Hij kwam met de gebruikelijke verontschuldigingen aanzetten.
Toen Clay wegging, keek hij om zich heen en zag Rebecca daar

dineren met twee andere dames. Hij ging een stap terug, liet zich weer op zijn barkruk zakken en bestelde nog een biertje. Hij was zich er heel goed van bewust dat hij helemaal van de kaart was geweest toen hij haar zag. Hij wilde erg graag met haar praten maar hij wilde haar ook niet storen. Misschien was het een goed idee als hij door het restaurant naar de toiletten liep.
Toen hij langs haar tafel kwam, keek ze op en lachte hem meteen toe. Rebecca stelde Clay aan haar twee vriendinnen voor en hij legde uit dat hij in de bar zat te wachten op een oude studievriend met wie hij ging dineren. Die vriend was laat, het kon nog wel even duren, sorry dat ik je stoorde. Nou, ik moet verder. Leuk je gesproken te hebben.
Een kwartier later verscheen Rebecca in de drukke bar. Ze kwam dicht naast hem staan. Erg dicht.
'Ik heb maar even,' zei ze. 'Ze wachten.' Ze knikte naar het restaurant.
'Je ziet er geweldig uit,' zei Clay, die bijna handtastelijk wilde worden.
'Jij ook.'
'Waar is Myers?'
Ze haalde haar schouders op alsof het haar niet kon schelen. 'Op zijn werk. Hij werkt altijd.'
'Hoe is het huwelijksleven?'
'Erg eenzaam.' Ze wendde haar ogen af.
Clay nam een slok uit zijn glas. Als ze niet in een drukke bar stonden en als haar vriendinnen niet op haar hadden gewacht, zou ze hem alles hebben verteld. Ze zou hem zoveel willen vertellen.
Het huwelijk was geen succes! Het kostte Clay moeite om niet te glimlachen. 'Ik wacht nog,' zei hij.
Met natte ogen boog ze zich naar hem toe en kuste hem op de wang. Toen was ze weg, zonder nog een woord te zeggen.

33

De Orioles hadden het al zes innings laten afweten tegen de Devil Rays, uitgerekend dat team. Ted Worley was deze ene keer ingedut. Hij werd wakker en vroeg zich af of hij vlug naar het toilet zou gaan of tot de zevende inning zou wachten. Het was nogal ongewoon dat hij nu was ingedommeld, want hij sliep elke middag om precies twee uur. De Orioles waren saai, maar ze hadden hem nooit eerder in slaap laten vallen.
Sinds de Dyloft-nachtmerrie ging hij voorzichtig met zijn blaas om. Niet te veel vloeistoffen, helemaal geen bier. En geen druk op de afvoerinstallatie daar beneden; als hij aandrang voelde, aarzelde hij niet. En wat gaf het als hij een paar worpen miste? Hij liep naar het kleine gastentoilet op de gang, naast de slaapkamer, waar zijn vrouw in haar schommelstoel zat te borduren, zoals altijd. Hij deed de deur achter zich dicht, maakte zijn rits los en begon te plassen. Zodra hij een heel licht branderig gevoel kreeg, keek hij naar beneden en toen hij dat deed, viel hij bijna flauw.
Zijn urine had de kleur van roest: een donkere, roodachtige vloeistof. Zijn mond viel open van schrik en hij moest zijn hand tegen de muur drukken om overeind te blijven. Toen hij klaar was, trok hij niet door. In plaats daarvan ging hij enkele minuten op de wc-klep zitten. Hij probeerde tot rust te komen.
'Wat doe je daar?' riep zijn vrouw.

'Gaat je niks aan,' snauwde hij terug.
'Alles goed, Ted?'
'Ja.'
Maar het was niet goed. Hij trok de klep omhoog, keek nog eens naar het dodelijke visitekaartje dat zijn lichaam hem zojuist had gepresenteerd, trok ten slotte door en ging naar de huiskamer terug. De Devil Rays hadden hun voorsprong vergroot, maar hij interesseerde zich niet meer voor de wedstrijd. Twintig minuten later, na drie glazen water, sloop hij naar het souterrain en urineerde daar in een kleine badkamer, zo ver mogelijk van zijn vrouw vandaan.
Het was bloed, dacht hij. De tumoren waren terug en ze waren nu veel ernstiger dan tevoren.
Hij vertelde zijn vrouw de volgende morgen de waarheid, terwijl ze toast met jam zaten te eten. Het liefst had hij het voor haar geheimgehouden, maar ze waren zo nauw met elkaar verbonden dat het moeilijk was om geheimen voor elkaar te bewaren, vooral wanneer ze met gezondheid te maken hadden. Ze nam meteen de leiding, belde zijn uroloog, blafte tegen diens secretaresse en kreeg het voor elkaar dat Ted in het begin van de middag al kon komen. Het was een spoedgeval en het kon echt geen dag wachten.
Vier dagen later werden er kwaadaardige tumoren in Worleys nieren aangetroffen. In een operatie die vijf uur duurde, verwijderden de artsen alle gezwellen die ze konden vinden.
Het hoofd van de urologieafdeling volgde de patiënt nauwlettend. Een collega van hem in een ziekenhuis in Kansas City had een maand geleden melding gemaakt van precies zo'n geval: niertumoren bij een vroegere Dyloft-gebruiker. De patiënt in Kansas City onderging momenteel chemotherapie en ging snel achteruit.
Hetzelfde was te verwachten bij Ted Worley, al wilde de oncoloog daar geen uitspraken over doen toen hij de patiënt voor het eerst na de operatie onderzocht. Mevrouw Worley zat te borduren en klaagde intussen over de kwaliteit van het eten in het ziekenhuis. Ze had niet verwacht dat het verrukkelijk zou zijn, maar waarom kon het niet warm zijn? Voor dat geld? Ted verstopte zich onder de lakens van zijn bed en keek televisie. Hij was zo goed het geluid af te zetten toen de oncoloog kwam, al was hij te neerslachtig om met hem te praten.
Hij zou over een week of zo worden ontslagen en zodra hij voldoende was aangesterkt, zouden ze aan een agressieve behandeling

van de kanker beginnen. Toen de oncoloog weer wegging, huilde Ted.

Toen het hoofd van de afdeling Urologie nog eens met de collega in Kansas City sprak, hoorde hij van nog een geval. Alle drie de patiënten waren Dyloft-eisers uit groep 1. Nu waren ze stervende. De naam van een advocaat werd genoemd. De patiënt in Kansas City werd vertegenwoordigd door een kleine advocatenfirma in New York.

Het was voor een arts een zeldzame maar bevredigende ervaring om de naam te kunnen doorgeven van de ene advocaat die tegen de andere zou procederen, en de uroloog was van plan om ten volle van dat moment te genieten. Hij ging naar Worleys kamer en stelde zich aan hem voor, want ze hadden elkaar nog niet ontmoet. Hij legde uit welke rol hij in de behandeling speelde. Worley had zijn buik vol van dokters en als er niet allemaal slangetjes over zijn geteisterde lichaam hadden gelopen, zou hij zijn spullen hebben gepakt en naar huis zijn gegaan. Het gesprek kwam algauw op Dyloft en toen op de schikking, en toen op het vruchtbare terrein van de advocatuur. Dat bracht de oude man tot leven. Hij kreeg weer wat kleur op zijn wangen en zijn ogen schoten vuur.

De schadevergoeding was tegengevallen en hij had zich er tegen zijn zin bij moeten neerleggen. Een schamele 43.000 dollar, en de advocaat kreeg de rest! Hij had gebeld en gebeld en ten slotte een of andere snotneus aan de lijn gekregen, en die had hem verteld dat hij nog maar eens naar de kleine lettertjes moest kijken van de stapel papieren die hij had getekend. Het contract bevatte een clausule die de advocaat machtigde om een schikking aan te gaan als het geld boven een erg lage drempel kwam. Worley had twee nijdige brieven aan Clay Carter geschreven, maar daar had hij geen antwoord op gekregen.

'Ik was tegen die schikking,' zei Worley steeds weer.

'Daar is het nu te laat voor,' voegde mevrouw Worley daar steeds aan toe.

'Misschien niet,' zei de dokter. Hij vertelde hun over de patiënt in Kansas City, een geval dat grote overeenkomsten vertoonde met dat van Ted Worley. 'Die heeft een advocaat ingehuurd om achter zijn advocaat aan te gaan,' zei de dokter met grote voldoening.

'Die advocaten komen me de strot uit,' zei Worley. Dokters trouwens ook, maar daar hield hij zijn mond over.

'Hebt u zijn telefoonnummer?' vroeg mevrouw Worley. Ze dacht

beter na dan haar man. Jammer genoeg keek zij ook een jaar of twee vooruit, als Ted er niet meer zou zijn.
De uroloog had het nummer toevallig bij zich.

Het enige waar massaclaimadvocaten bang voor waren, was een claim tegen henzelf. Een verrader die een eis tegen hen indiende om hun vergissingen recht te zetten. Er was een subspecialisme ontstaan: een klein aantal erg goede en erg venijnige claimadvocaten had het op collega's voorzien die slechte schikkingen tot stand hadden gebracht. Helen Warshaw was de beste van hen.
Advocaten zeiden altijd dat ze op de rechtbank in hun element waren, maar claimadvocaten trokken wit weg als ze zich voorstelden dat ze zelf aan de verdachtentafel zaten en schaapachtig naar de juryleden keken terwijl hun persoonlijke financiën publiekelijk werden besproken. Het was Helen Warshaws streven die situatie tot stand te brengen.
Maar het gebeurde bijna nooit. Hun leuzen als 'Procedeer tegen iedereen!' en 'Wij zijn gek op jury's!' waren kennelijk alleen van toepassing op anderen. Als ze met bewijzen van aansprakelijkheid werden geconfronteerd, waren massaclaimadvocaten sneller tot een schikking bereid dan ieder ander. Niemand, zelfs geen schuldige arts, deed zo zijn best om buiten de rechtszaal te blijven als zo'n televisie- en aanplakbiljettenadvocaat die op het verknoeien van een schikking was betrapt.
Warshaw had vier Dyloft-zaken in haar kantoor in New York en was nog drie zaken op het spoor, toen ze het telefoontje van mevrouw Worley kreeg. Haar kleine firma had een dossier over Clay Carter en een veel dikker dossier over Patton French. Ze volgde de grootste twintig massaclaimfirma's in het land en hield tientallen van hun grootste projecten bij. Ze had veel cliënten en verdiende veel geld, maar niets had haar ooit zo opgewonden als het Dyloft-fiasco.
Nadat ze enkele minuten door de telefoon met mevrouw Worley had gesproken, wist Helen precies wat er gebeurd was. 'Ik ben er om vijf uur,' zei ze.
'Vandaag?'
'Ja. Vanmiddag.'
Ze nam de pendelvlucht naar Dulles. Ze had geen eigen jet en daar had ze twee erg goede redenen voor. Ten eerste ging ze voorzichtig

met haar geld om en geloofde ze niet in zoveel verspilling. Ten tweede wilde ze niet dat als er ooit tegen haar werd geprocedeerd de jury iets over een jet te horen zou krijgen. Het jaar daarvoor had ze, de enige keer dat ze een zaak voor de rechter had kunnen krijgen, de juryleden grote kleurenfoto's van de jets van de gedaagde advocaat laten zien, alle jets, vanbinnen en vanbuiten. Samen met foto's van zijn jacht, zijn huis in Aspen enzovoort. De jury was erg onder de indruk geweest. Twintig miljoen dollar extra smartengeld.

Ze huurde een auto – geen limousine – en reed naar het ziekenhuis in Bethesda. Mevrouw Worley had hun papieren bij elkaar gezocht en Warshaw had een uur nodig om ze te bestuderen. Intussen deed Ted Worley een dutje. Toen hij wakker werd, wilde hij niet praten. Hij had genoeg van advocaten en zeker van zo'n bazig vrouwspersoon uit New York. Maar zijn vrouw had alle tijd van de wereld en nam de vrouw al snel in vertrouwen. Ze gingen naar de kantine, dronken koffie en praatten een hele tijd met elkaar.

Ackerman Labs was de hoofdschuldige en zou dat ook altijd blijven. Ze maakten een slecht geneesmiddel, joegen het door de toelatingsprocedure, maakten er veel reclame voor, verzuimden het afdoende te testen, verzuimden alles bekend te maken wat ze erover wisten. En nu bleek Dyloft nog geniepiger te zijn dan eerst werd gedacht. Helen Warshaw beschikte al over overtuigende medische bewijzen die de telkens terugkerende tumoren met Dyloft in verband brachten.

De tweede schuldige was de arts die het middel had voorgeschreven, al trof hem niet zo erg veel blaam. Hij had op Ackerman Labs vertrouwd. Het was een wondermiddel. Enzovoort.

Jammer genoeg waren de eerste twee schuldigen volledig van alle aansprakelijkheid ontheven toen het in de massaclaimzaak tot een schikking kwam. Hoewel nog niemand had geprocedeerd tegen de arts die Worley het middel had voorgeschreven, viel hij ook onder de wereldwijde ontheffing van aansprakelijkheid.

'Maar Ted was het niet eens met die schikking,' zei mevrouw Worley meer dan eens.

Dat deed er niet toe. Hij was een schikking aangegaan. Hij had zijn advocaat gemachtigd om tot een schikking te komen. De advocaat deed dat en werd daardoor de derde schuldige. En ook de enige die nog over was.

Een week later diende mevrouw Warshaw een eis in tegen J. Clay Carter, F. Patton French, M. Wesley Saulsberry en alle andere bekende en onbekende advocaten die hun Dyloft-zaken te snel met een schikking hadden afgedaan. De hoofdeiser was opnieuw Ted Worley uit Upper Marlboro, Maryland, namens alle benadeelde personen, of die op dat moment bekend waren of niet. De eis werd ingediend op de arrondissementsrechtbank van Washington, niet ver van het kantoor van JCC.

Ze deed ook iets wat ze van de gedaagden zelf had geleerd. Een kwartier nadat ze haar eis had ingediend, faxte ze de tekst naar een stuk of tien grote kranten.

Een potige, norse deurwaarder stelde zich voor aan de receptioniste van Clays kantoor en eiste de heer Carter te spreken. 'Het is dringend,' zei hij. Hij werd de gang door gestuurd en kreeg met mevrouw Glick te maken. Ze riep haar baas op, die met tegenzin uit zijn kamer kwam en de papieren in ontvangst nam die zijn dag zouden bederven. Misschien zijn jaar.

Clay was nog maar amper klaar met het doorlezen van de massaclaim, toen de verslaggevers al begonnen te bellen. Oscar Mulrooney was bij hem; de deur zat op slot. 'Ik heb nog nooit van zoiets gehoord,' mompelde Clay, die zich er pijnlijk van bewust was dat er in de wereld van de massaclaims heel veel was waar hij nog nooit van had gehoord.

Er was niets tegen een goede hinderlaag, maar de bedrijven waartegen hij zelf een massaclaim had ingediend, wisten tenminste dat er moeilijkheden op komst waren. Bij Ackerman Labs wisten ze dat er iets mis was met Dyloft voordat ze het middel op de markt brachten. De Hanna Portland Cement Company had mensen naar het district Howard gestuurd om te kijken wat er waar was van de klachten die binnenkwamen. Goffman had al te maken met Dale Mooneyham die namens een Maxatil-gebruiker een proces aanspande, en er lagen al andere advocaten op de loer. Maar dit? Clay wist niet dat Ted Worley weer ziek was geworden. Nergens in het land had zich ook maar iets voorgedaan wat op moeilijkheden wees. Het was gewoon niet eerlijk.

Mulrooney was sprakeloos van verbijstering.

Mevrouw Glick zei door de intercom: 'Clay, er is hier een verslaggever van de *Washington Post*.'

'Jaag een kogel door zijn kop,' gromde Clay.

'Je bedoelt "nee"!'
'Ik bedoel "nee, en rot op"!'
'Zeg tegen hem dat Clay er niet is,' kon Oscar nog uitbrengen.
'En bel de bewakingsdienst,' voegde Clay eraan toe.
De tragische dood van een goede vriend had geen grotere domper op de stemming kunnen zetten. Ze praatten over een mediacampagne: hoe moesten ze reageren, en wanneer? Moesten ze vlug een agressieve ontkenning opstellen en diezelfde dag nog bij de rechtbank indienen? Kopieën naar de pers faxen? Moest Clay met verslaggevers praten?
Ze namen geen besluiten, want dat konden ze niet. Opeens waren de rollen omgedraaid; ze bevonden zich op volslagen onbekend terrein.
Oscar bood aan het nieuws op kantoor te verspreiden en er een positieve draai aan te geven. Anders zou het moreel er misschien onder lijden.
'Als ik fout zit, betaal ik de claim,' zei Clay.
'Nu maar hopen dat die meneer Worley de enige van ons kantoor is.'
'Dat is de grote vraag, Oscar. Hoeveel Ted Worleys zijn er?'

Slaap kon hij wel vergeten. Ridley was op St. Barth, waar ze de villa opnieuw inrichtte, en daar was Clay blij om. Hij voelde zich vernederd en te schande gezet; in elk geval wist zij hier niets van.
Hij dacht aan Ted Worley. Hij was niet kwaad, verre van dat. De beschuldigingen in zo'n eis zaten er vaak volkomen naast, maar in dit geval leken ze erg accuraat. Zijn vroegere cliënt zou niet beweren dat hij kwaadaardige tumoren had als hij ze niet echt had. Worleys kanker was veroorzaakt door een slecht geneesmiddel, niet door een slechte advocaat. Maar als een advocaat een zaak vlug voor 62.000 dollar schikte terwijl er uiteindelijk miljoenen te halen waren geweest, riekte dat naar grove nalatigheid en hebzucht. Wie kon het de man kwalijk nemen dat hij terugsloeg?
In de loop van de lange nacht gaf Clay zich over aan zelfbeklag: zijn diep gekwetste ego; de volslagen vernedering ten opzichte van collega's, vrienden en werknemers; het leedvermaak van zijn vijanden; de angst voor de dag van morgen en het pak slaag dat hij in de pers zou krijgen, zonder dat iemand het voor hem op zou nemen.
Op sommige momenten was hij erg bang. Zou hij echt alles kun-

nen verliezen? Was dit het begin van het einde? Het proces zou grote aantrekkingskracht op de jury uitoefenen, maar dan voor de andere kant! En hoeveel eisers waren er? Elke zaak was miljoenen waard.

Onzin. Hij had 25.000 Maxatil-zaken op komst. Hij kon alles aan. Maar zijn gedachten keerden steeds weer terug naar Ted Worley, een cliënt die niet door zijn advocaat was beschermd. Het schuldgevoel drukte zo zwaar op hem dat hij de man bijna opbelde om hem zijn verontschuldigingen aan te bieden. Misschien zou hij hem een brief schrijven. Hij kon zich nog goed herinneren dat hij de twee brieven las die hij van zijn vroegere cliënt had ontvangen. Hij en Jonah hadden er hard om gelachen.

Kort na vier uur die nacht zette Clay een pot koffie. Na vijf uur ging hij on line en las de *Washington Post*. Geen terroristische aanslagen in de afgelopen 24 uur. Geen seriemoordenaars die hadden toegeslagen. Het Congres had geen zitting. De president was op vakantie. Een dag met weinig nieuws, dus waarom zouden ze het glimlachende gezicht van de 'claimkoning' niet op de onderste helft van de voorpagina zetten? CLAIM TEGEN CLAIMKONING, luidde de kop. De eerste alinea ging als volgt:

> De Washingtonse advocaat J. Clay Carter, de zogeheten claimkoning, kreeg gisteren een koekje van eigen deeg. Enkele ontevreden cliënten dienden een eis tegen hem in. Volgens de eis heeft Carter, die vorig jaar 100 miljoen dollar aan honoraria zou hebben geïncasseerd, voortijdig zaken voor kleine bedragen tot een schikking gebracht terwijl ze in werkelijkheid miljoenen waard waren.

De overige acht alinea's gingen in dezelfde toon door. In de loop van de nacht had Clay hevige diarree gekregen en hij rende naar de wc. Zijn vriendje bij de *Wall Street Journal* had ook zijn best gedaan. Op de linkerkant van de voorpagina stond dezelfde afschuwelijke tekening van Clays zelfvoldane gezicht. DE CLAIMKONING ONTTROOND? luidde de kop. Als je op de toon van het artikel afging, moest Clay eerder gearresteerd en in de gevangenis gegooid worden dan alleen maar onttroond. Elke bedrijfstak in Washington had een mening over dit onderwerp paraat. Ze konden hun leedvermaak nauwelijks verborgen houden. Wat ironisch dat ze zo blij waren

met de zoveelste massaclaim! De voorzitter van de Nationale Academie voor Procesadvocaten had geen commentaar.
Geen commentaar! En dat van de enige organisatie die altijd vierkant achter procesadvocaten bleef staan. In de volgende alinea werd uitgelegd waarom. Helen Warshaw was actief lid van de afdeling New York van de academie. Trouwens, ze was helemaal indrukwekkend. Ze was een volledig gekwalificeerde procesadvocate en ze was bovendien als adviseur aan de Columbia University verbonden. Ze was 38 jaar, liep marathons voor de lol en werd door een vroegere tegenstander 'briljant en hardnekkig' genoemd.
Een dodelijke combinatie, dacht Clay, terwijl hij weer naar de wc rende.
Toen hij op het toilet zat, besefte hij dat de advocaten geen partij zouden kiezen in deze zaak. Het was een familievete. Hij hoefde niet op sympathisanten of verdedigers te rekenen.
Een ongenoemde bron zei dat er twaalf eisers waren. Verwacht werd dat het formeel een collectieve eis zou worden, want het aantal eisers zou waarschijnlijk nog toenemen. Tot hoeveel, vroeg Clay zich af terwijl hij weer koffie ging zetten. Hoeveel Worleys zijn er?
De heer Carter, 32 jaar, was niet beschikbaar voor commentaar. Patton French noemde de eis 'buitensporig', een kwalificatie die hij volgens het artikel had ontleend aan maar liefst acht ondernemingen waartegen hij in de afgelopen vier jaren had geprocedeerd. Hij merkte verder nog op dat de eis '... riekt naar een samenzwering van degenen die de wetgeving inzake massaclaims willen veranderen, en hun weldoeners, de verzekeringsbranche'. Misschien had Patton een paar stevige wodka's op gehad toen de verslaggever met hem sprak.
Hij moest een beslissing nemen. Omdat hij echt ziek was, kon hij thuis blijven en de storm daar uitzitten. Hij kon ook de wrede wereld instappen en kijken wat ervan kwam. Het liefst zou hij een paar pillen nemen en weer naar bed gaan en over een week wakker worden, met de nachtmerrie ver achter zich. Of beter nog: in zijn vliegtuig springen en naar Ridley gaan.
Hij was om zeven uur met een vastbesloten gezicht op kantoor, stuiterend van de koffie. Hij liep door de gangen en maakte grappen met de vroege werkers. Het waren flauwe maar sportieve grappen over nog meer deurwaarders die op komst waren, rondsnuffelende verslaggevers en dagvaardingen die van links en rechts

kwamen aanvliegen. Het was een voortreffelijk staaltje van bravoure. Zijn firma had daar behoefte aan en stelde het op prijs.
Dat ging zo door tot halverwege de ochtend, toen mevrouw Glick er abrupt een eind aan maakte door zijn open kamer binnen te lopen en te zeggen: 'Clay, die twee FBI-agenten zijn er weer.'
'Geweldig!' zei hij en hij wreef zich in de handen alsof hij ze eens lekker van katoen ging geven.
Spooner en Lohse keken hem met een strak glimlachje aan en gaven hem geen hand. Clay sloot de deur, klemde zijn kaken op elkaar en zei tegen zichzelf dat hij komedie moest blijven spelen. Maar de vermoeidheid sloeg toe. En de angst.
Deze keer praatte Lohse en maakte Spooner aantekeningen. Blijkbaar had Clays portret op de voorpagina hen eraan herinnerd dat ze hem een tweede bezoek moesten brengen. Dat was de prijs van de roem.
'Nog iets van uw vriend Pace gehoord?' begon Lohse.
'Nee, niets.' En dat was waar. Wat zou hij Paces adviezen in deze tijd van crisis goed kunnen gebruiken!
'Weet u dat zeker?'
'Bent u doof?' viel Clay uit. Hij was volkomen bereid ze de deur te wijzen als de vragen lastig werden. Het waren maar rechercheurs, geen aanklagers. 'Ik zei nee.'
'We denken dat hij vorige week in de stad was.'
'Dat is fijn voor u. Ik heb hem niet gezien.'
'U hebt op 2 juli vorig jaar een eis tegen Ackerman Labs ingediend, nietwaar?'
'Ja.'
'Bezat u aandelen in die onderneming voordat u die eis indiende?'
'Nee.'
'Hebt u die aandelen op termijn verkocht en ze later voor een lagere prijs ingekocht?'
Natuurlijk had hij dat gedaan, op advies van zijn goede vriend Pace. Ze wisten het antwoord op die vraag. Ze hadden de gegevens van de transacties, daar was hij van overtuigd. Sinds hun eerste bezoek had hij veel studie gemaakt van effectenfraude en handel met voorkennis. Hij geloofde dat hij zich in een grijze zone bevond, dus ergens waar hij beter niet zou kunnen zijn, maar hij was verre van schuldig. Achteraf had hij niet in die aandelen moeten handelen. Hij wilde van harte dat hij dat niet had gedaan.

'Wordt er een onderzoek naar mij ingesteld?' vroeg hij.
Spooner begon al te knikken voordat Lohse het beaamde.
'Dan is dit gesprek voorbij. Mijn advocaat zal contact met u opnemen.' Clay stond op en liep naar de deur.

34

Voor de volgende bijeenkomst van de stuurgroep van Dyloft-eisers koos gedaagde Patton French een hotel in het centrum van Atlanta, waar hij deelnam aan een van zijn vele seminars over methoden om rijk te worden ten koste van farmaceutische bedrijven. Het was een spoedbijeenkomst.
French had natuurlijk de presidentiële suite gehuurd, een opzichtige hoeveelheid verspilde ruimte op de bovenste verdieping van het hotel, en daar kwamen ze nu bijeen. Het was een ongewone bijeenkomst in die zin dat ze niet over hun nieuwste auto of ranch spraken, niets van dien aard. En geen van de vijf mannen had er behoefte aan om over recente overwinningen te pochen. De sfeer was gespannen vanaf het moment dat Clay de suite betrad en er kwam geen verbetering in. De rijke jongens waren bang.
En met reden. Carlos Hernández uit Miami wist van zeven Dyloft-eisers uit groep 1 die nu kwaadaardige niertumoren hadden. Ze hadden zich bij de claim aangesloten en lieten zich vertegenwoordigen door Helen Warshaw. 'Ze duiken overal op,' zei hij opgewonden. Hij zag eruit alsof hij in geen dagen had geslapen. Ze zagen er trouwens alle vijf moe en verslagen uit.
'Dat is een ijskoud kreng,' zei Wes Saulsberry en de anderen knikten instemmend. Blijkbaar was mevrouw Warshaw algemeen bekend. Alleen waren ze vergeten Clay op de hoogte te stellen. Wes

had vier ex-cliënten die nu een eis tegen hem hadden ingediend. Damon Didier had er drie. French had er vijf.
Clay vond het een grote opluchting dat hij er maar één had, maar die opluchting was van korte duur. 'Nou, je hebt er zeven,' zei French en hij gaf hem een uitdraai met bovenaan Clays naam en daaronder een lijst van ex-cliënten die nu eisers waren.
'Wicks van Ackerman heeft me verteld dat de lijst waarschijnlijk nog langer wordt,' zei French.
'In wat voor stemming zijn ze daar?' vroeg Wes.
'Diep geschokt. Hun geneesmiddel maakt links en rechts mensen dood. Bij Philo wilden ze dat ze nog nooit van Ackerman Labs hadden gehoord.'
'Ik ook,' zei Didier en hij wierp een felle blik op Clay, alsof hij wilde zeggen dat het allemaal zijn schuld was.
Clay keek weer naar de zeven namen op zijn lijst. Afgezien van Ted Worley herkende hij niet een van die namen. Kansas, South Dakota, Maine, twee uit Oregon, Georgia, Maryland. Hoe was hij de advocaat van die mensen geworden? Een belachelijke manier om de advocatuur uit te oefenen: eisen indienen en schikkingen aangaan namens mensen die hij nooit had ontmoet! En nu dienden ze een eis in tegen hem!
'Mogen we ervan uitgaan dat de medische bewijzen deugdelijk zijn?' vroeg Wes. 'Ik bedoel, is er ruimte om ons te verzetten, om te vechten, om te proberen te bewijzen dat die terugkomende kanker niet door Dyloft is veroorzaakt? Zo ja, dan kunnen we met de schrik vrijkomen, net als Ackerman. Ik vind het niet prettig om in hetzelfde schuitje te zitten met idioten, maar dat zitten we nu eenmaal.'
'Nee! We gaan voor de bijl,' zei French. Soms was hij zo bot dat het pijn deed. Hij was niet iemand die tijd verspilde. 'Wicks heeft me verteld dat het middel nog gevaarlijker is dan een kogel in je hoofd. Vanwege deze zaak lopen hun eigen onderzoeksmensen weg. Er gaan carrières naar de bliksem. Het is de vraag of de onderneming het overleeft.'
'Je bedoelt Philo?'
'Ja, toen Philo de firma Ackerman overnam, dachten ze dat ze de Dyloft-ellende in de hand hadden. Het ziet er nu naar uit dat de groepen 2 en 3 veel groter en duurder zijn. Ze weten niet waar ze het zoeken moeten.'

'Wij toch ook niet?' mompelde Carlos en toen keek ook hij Clay aan alsof hij een kogel door diens hoofd zou willen jagen.
'Als we aansprakelijk zijn, kunnen we ons absoluut niet tegen deze zaken verdedigen,' zei Wes, al wisten ze dat allemaal al.
'We moeten onderhandelen,' zei Didier. 'We hebben het hier over onze overleving.'
'Hoeveel is een zaak waard?' vroeg Clay. Hij kon nog praten.
'Voor een jury? Twee tot tien miljoen dollar, afhankelijk van het extra smartengeld,' zei French.
'Misschien wel meer,' zei Carlos.
'Ik laat dit heus niet voor een jury komen,' zei Didier. 'Niet met al deze feiten.'
'De gemiddelde eiser is 68 en met pensioen,' zei Wes. 'Dus als de eiser sterft, is de schade economisch gezien niet zo groot. De pijn en het leed verhogen het bedrag. Maar in theorie moeten die zaken voor een miljoen per stuk te schikken zijn.'
'We doen het niet in theorie,' snauwde Didier.
'Je meent het,' snauwde Wes. 'Nee, in de praktijk zijn de gedaagden een stelletje aasgieren van massaclaimadvocaten. Dat jaagt het bedrag door het plafond.'
'Ik zou liever aan de kant van de eisers staan dan aan mijn eigen kant,' zei Carlos en hij wreef over zijn vermoeide ogen.
Clay zag dat er niet één druppel alcohol werd gedronken; alleen koffie en water. Hij verlangde naar een van French' wodkamedicijnen.
'Waarschijnlijk gaan we onze massaclaim verliezen,' zei French. 'Iedereen die er nog in zit, probeert eruit te komen. Zoals jullie weten zijn maar erg weinig eisers uit groep 2 en groep 3 tot een schikking gekomen en om voor de hand liggende redenen willen ze ook niets met de eis te maken hebben. Ik ken minstens vijf groepen advocaten die al op het punt staan om de rechter te vragen de collectiviteit van de eis te ontbinden en ons eruit te schoppen. En eigenlijk kan ik het ze niet kwalijk nemen.'
'We kunnen tegen ze vechten,' zei Wes. 'Die zaken leveren ons honorarium op. En dat zullen we nodig hebben.'
Maar ze waren niet in de stemming om te vechten, in elk geval niet op dat moment. Hoeveel geld ze ook beweerden te hebben, ieder van hen had grote zorgen. Clay luisterde meer dan dat hij sprak. Hij lette gefascineerd op de reacties van de vier anderen. Patton

French had waarschijnlijk meer geld dan alle anderen en blijkbaar had hij er vertrouwen in dat hij de financiële gevolgen van deze eis zou doorstaan. Datzelfde gold voor Wes, die een half miljard dollar aan de tabakszaken had verdiend. Carlos gedroeg zich soms arrogant, maar kon zijn nervositeit niet goed verbergen. En Didier met zijn harde gezicht was doodsbang.
Ze hadden allemaal meer geld dan Clay en Clay had meer Dyloftzaken dan ieder van hen. De rekensommen stonden hem helemaal niet aan.
Hij ging even uit van drie miljoen dollar schadevergoeding per eiser. Als zijn lijst niet verder ging dan zeven namen, moest hij zo'n twintig miljoen ophoesten en dat zou hem nog wel lukken. Maar als de lijst langer werd...
Clay bracht de verzekering ter sprake en hoorde tot zijn verbazing dat ze die geen van vieren hadden. Ze waren allemaal al jaren geleden uit hun aansprakelijkheidsverzekering gezet. Er waren niet veel verzekeraars die iets met een massaclaimadvocaat te maken wilden hebben. De juistheid van dat standpunt werd weer eens gedemonstreerd door Dyloft.
'Wees maar blij dat je die tien miljoen hebt,' zei Wes. 'Dat geld hoeft tenminste niet uit je eigen zak te komen.'
In feite deden ze niet veel meer dan klagen en jammeren. Ze hadden elkaar opgezocht om te zien dat ze niet alleen stonden in hun ellende, maar na een tijdje hadden ze genoeg van elkaar. Ze werden het eens over een erg algemeen plan. Ze zouden op een nog onbekend moment in de toekomst met mevrouw Warshaw gaan praten en voorzichtig onderzoeken of er met haar te onderhandelen viel. Ze maakte erg goed duidelijk dat ze geen schikking wilde. Ze wilde processen – grote, spectaculaire, sensationele processen waarin de huidige en vroegere claimkoningen de rechtszaal in werden gesleept en voor het oog van de jury van al hun kleren werden ontdaan.
Clay bracht een middag en avond in Atlanta door, waar niemand hem kende.

In zijn jaren op het Bureau voor Rechtshulp had Clay honderden eerste gesprekken met een cliënt gevoerd, bijna allemaal in de gevangenis. Meestal begonnen ze traag, omdat de verdachte, die bijna altijd zwart was, niet wist hoeveel hij aan zijn blanke advocaat kon vertellen. Door de achtergrondinformatie werden de dingen wat duidelijker, maar de feiten en details en waarheid van het ten laste gelegde misdrijf kwamen zelden in dat eerste gesprek naar voren.

Het was ironisch dat Clay, die nu de blanke verdachte was, nerveus naar zijn eigen eerste gesprek met zijn zwarte verdediger ging. En hij rekende erop dat Zack Battle, die 750 dollar per uur kreeg, bereid was goed naar hem te luisteren. Hij zou er niet omheen draaien. Battle zou de waarheid te horen krijgen en wel zo snel als hij de dingen kon noteren.

Maar Battle wilde eerst wat babbelen. Hij en Jarrett waren jaren geleden stapvrienden geweest, lang voordat Battle de drank vaarwel zei en de grootste strafpleiter van Washington werd. O, de verhalen die hij over Jarrett Carter zou kunnen vertellen...

Niet voor 750 dollar per uur, wilde Clay zeggen. Zet die vervloekte meter uit, dan kunnen we uren praten.

Battle had een kantoor aan Lafayette Park, met het Witte Huis op de achtergrond. Hij en Jarrett waren op een avond dronken geweest en hadden besloten wat bier te drinken met de daklozen in het park. Er kwamen politieagenten achter hen aan die dachten dat ze perverse types waren die viezigheid wilden uithalen. Ze werden allebei gearresteerd en ze moesten al hun vriendjes inzetten om te voorkomen dat het in de kranten kwam. Clay lachte, want dat werd van hem verwacht.

Battle verruilde de drank voor de pijptabak, en in zijn rommelige, stoffige kantoor hing een muffe rooklucht. Hoe gaat het met je vader? wilde hij weten. Clay schetste meteen een edelmoedig en bijna romantisch beeld van Jarrett die de wereldzeeën bevoer.

Toen ze eindelijk terzake kwamen, vertelde Clay het verhaal van Dyloft. Hij begon met Max Pace en eindigde met de FBI. Hij praatte niet over Tarvan, maar als het moest, zou hij dat ook doen. Vreemd genoeg maakte Battle geen aantekeningen. Hij luisterde alleen maar, fronste zijn wenkbrauwen en rookte zijn pijp. Nu en dan wendde hij peinzend zijn ogen af, maar je kon nooit aan hem zien wat hij dacht.

'Die gestolen onderzoeksgegevens die Max Pace had,' zei hij en toen was hij even stil en nam een trekje van zijn pijp. 'Had je die in je bezit toen je de aandelen verkocht en je eis indiende?'

'Natuurlijk. Ik moest er zeker van zijn dat ik Ackermans aansprakelijkheid kon bewijzen als het op een proces aankwam.'

'Dan is het handel met voorkennis. Je bent schuldig. Vijf jaar in de bak. Maar vertel me eens hoe de FBI het kan bewijzen.'
Toen zijn hart weer begon te slaan, zei Clay: 'Max Pace kan het ze vertellen.'
'Wie hebben die onderzoeksgegevens nog meer?'
'Patton French en misschien een of twee van die andere kerels.'
'Weet Patton French dat je die informatie bezat voordat je je eis indiende?'
'Dat weet ik niet. Ik heb hem nooit verteld wanneer ik eraan gekomen was.'
'Dus die Max Pace is de enige die je voor de bijl kan laten gaan.'
Het verhaal was duidelijk. Clay had de Dyloft-massaclaim voorbereid, maar wilde de eis pas indienen wanneer Pace voldoende bewijsmateriaal leverde. Ze hadden een paar keer ruzie gemaakt. Op een dag kwam Pace met twee dikke aktetassen vol papieren en dossiers binnen en zei: 'Dit is het en je hebt het niet van mij gekregen.' Hij ging meteen weer weg. Clay bekeek de papieren en vroeg toen aan een vroegere studievriend of die wilde nagaan in hoeverre de gegevens betrouwbaar waren. Die vriend was een vooraanstaand arts in Baltimore.
'Is die dokter te vertrouwen?' vroeg Battle.
Voordat hij iets kon zeggen, hielp Battle hem met het antwoord. 'Het komt op het volgende neer, Clay. Als de FBI niet weet dat je die geheime onderzoeksgegevens bezat toen je de aandelen op termijn verkocht, kunnen ze je niet aanklagen wegens handel met voorkennis. Ze hebben de gegevens van de aandelentransacties, maar dat is niet genoeg. Ze moeten ook bewijzen dat je voorkennis bezat.'
'Moet ik met mijn vriend in Baltimore gaan praten?'
'Nee. Als de FBI van hem weet, wordt hij misschien afgeluisterd. Dan krijg je zeven jaar gevangenisstraf in plaats van vijf.'
'Ja, ja, hou maar op.'
'En als de FBI niet van hem weet, kun jij ze onopzettelijk naar hem toe leiden. Waarschijnlijk houden ze je in de gaten. Misschien tappen ze je telefoons af. Ik zou die onderzoeksgegevens ergens dumpen. Je moet je dossiers zuiveren, voor het geval ze met een dagvaarding komen binnenlopen. En ik zou maar vurig hopen dat Max Pace overleden is of zich in Europa schuilhoudt.'
'Verder nog iets?' vroeg Clay, die zo snel mogelijk aan de slag wilde gaan.

'Ga met Patton French praten en zorg dat de onderzoeksgegevens niet naar jou te herleiden zijn. Het ziet ernaar uit dat die Dyloftprocessen nog maar net begonnen zijn.'
'Ja, dat zeggen ze.'

De brief kwam uit een gevangenis. Hoewel hij veel ex-cliënten achter de tralies had zitten, kon Clay zich niemand herinneren die Paul Watson heette. Hij maakte de envelop open en haalde er een brief van één velletje uit, erg netjes ingedeeld en geschreven met een tekstverwerker. Er stond:

> Geachte heer Carter,
> Misschien herinnert u zich mij als Tequila Watson. Ik heb mijn naam veranderd, want mijn oude naam past niet meer bij mij. Ik lees elke dag in de bijbel en mijn lievelingsfiguur is de apostel Paulus, en dus heb ik zijn naam aangenomen. Ik heb hier iemand die dat officieel voor me gaat regelen.
> Ik wil u om een dienst vragen. Misschien kunt u op de een of andere manier in contact komen met Pumpkins familie en tegen hen zeggen dat ik erg spijt heb van wat ik heb gedaan. Ik heb tot God gebeden en hij heeft me vergeven. Ik zou me veel beter voelen als Pumpkins familie me ook wilde vergeven. Ik kan nog steeds niet geloven dat ik hem op die manier heb gedood. Niet ik schoot op hem, maar de duivel, denk ik. Maar ik wil me nergens mee vrijpleiten.
> Ik ben nog clean. Er is veel dope in de gevangenis, veel slecht spul, maar God helpt me door elke dag heen.
> Het zou geweldig zijn als u me schreef. Ik krijg niet veel post. Jammer dat u niet meer mijn advocaat kon zijn. Ik vond u cool. Met de beste wensen,
> Paul Watson

Wacht maar af, mompelde Clay in zichzelf. Als het zo doorgaat, worden we misschien nog celgenoten. Hij schrok van de telefoon. Het was Ridley. Ze was nog op St. Barth maar wilde naar huis komen. Kon Clay de volgende dag de jet sturen?
Geen punt, schat. Het kost maar drieduizend dollar per uur om

met dat vervloekte ding te vliegen. Vier uur heen, vier uur terug, 24.000 dollar voor die korte trip, maar dat was niets in vergelijking met wat ze aan de villa uitgaf.

35

Je leeft dankzij uitgelekte informatie, en je sterft dankzij uitgelekte informatie. Clay had het spel al een paar keer gespeeld: journalisten eerst officieus sappige details vertellen en dan 'Geen commentaar' zeggen, iets wat dan onder de door jouzelf gelekte informatie werd afgedrukt. Vroeger was dat leuk geweest; nu was het pijnlijk. Hij kon zich niet voorstellen wie hem in nog grotere verlegenheid zou willen brengen.

In elk geval was hij een beetje gewaarschuwd. Een verslaggever van de *Washington Post* had naar Clays kantoor gebeld en was doorgestuurd naar diens verdediger Zack Battle. Hij had hem gevonden en het standaardantwoord gekregen. Zack belde Clay om verslag uit te brengen van het gesprek.

Het stond in het stadskatern, pagina drie, en dat was een aangename verrassing na maanden van eerst heldendaden en vervolgens schandalen op de voorpagina. Er waren weinig feiten, maar de ruimte moest toch met iets worden opgevuld en dus kwamen ze maar met een foto van Clay. BEURS STELT ONDERZOEK IN NAAR CLAIMKONING. 'Volgens ongenoemde bronnen...' Ze hadden wat citaten van Zack, en daardoor leek Clay nog schuldiger. Toen hij het verhaal las, herinnerde hij zich hoe vaak hij Zack datzelfde had zien doen: ontkennen en ontwijken en een krachtige verdediging beloven, altijd op de bres voor de grootste schurken uit de stad.

Hoe groter de schurk, des te harder rende hij naar het kantoor van Zack Battle, en Clay dacht voor het eerst dat hij misschien de verkeerde advocaat had ingehuurd.

Hij las het thuis, waar hij gelukkig alleen was, want Ridley bracht een dag of twee in haar nieuwe appartement door, dat Clay voor haar had gehuurd. Ze wilde de vrijheid om op twee adressen te wonen, van haar en van hem, en omdat haar oude flatje zo klein was, had Clay haar aan iets beters geholpen. Eigenlijk had ze voor haar vrijheid nog een derde adres nodig, de villa op St. Barth, die ze altijd 'onze' villa noemde.

Niet dat Ridley kranten las. Ze wist maar erg weinig van Clays problemen. Ze concentreerde zich steeds meer op het uitgeven van zijn geld, zonder zich af te vragen hoe hij het verdiende. Misschien had ze het verhaal op pagina drie wel gezien, maar ze zei er in elk geval niets over. Hij ook niet.

In de loop van die sombere dag begon Clay te beseffen dat maar weinig mensen lieten blijken dat ze het verhaal hadden gelezen. Een vroegere medestudent belde en probeerde hem op te vrolijken, maar dat was het dan ook. Hij stelde dat telefoontje op prijs, maar hij schoot er weinig mee op. Waar waren zijn andere vrienden?

Zonder dat hij het wilde, dacht hij steeds weer aan Rebecca en de Van Horns. Die waren natuurlijk groen van jaloezie geweest, verteerd door spijt, toen de nieuwe claimkoning was gekroond. Dat was nog maar kortgeleden gebeurd. Wat dachten ze nu? Het kon hem niet schelen, zei hij steeds weer tegen zichzelf. Maar als het hem niet kon schelen, waarom kon hij hen dan niet uit zijn hoofd zetten?

Tegen de middag kwam Paulette Tullos langs en ze probeerde hem in een beter humeur te brengen. Ze zag er geweldig uit, de kilo's waren eraf en ze droeg dure kleren. Ze had de afgelopen maanden door Europa gereisd, in afwachting van haar echtscheiding. Overal deden geruchten over Clay de ronde en ze maakte zich zorgen om hem. Onder een lange lunch, waar zij voor betaalde, werd langzaam duidelijk dat ze zich ook zorgen maakte om zichzelf. Haar aandeel in de Dyloft-buit was iets meer dan tien miljoen dollar geweest en ze wilde weten of ze gevaar liep. Clay verzekerde haar van niet. Ze was ten tijde van de schikking geen partner in de firma geweest, alleen maar medewerkster. Op alle papieren stond alleen Clays naam.

'Jij was slim,' zei Clay. 'Jij nam het geld en stapte eruit.'
'Het zit me niet lekker.'
'Nergens voor nodig. Ik ben stom geweest, jij niet.'
Hoewel Dyloft hem onnoemelijk veel geld zou kosten – minstens twintig van zijn cliënten hadden zich inmiddels bij Warshaws massaclaim aangesloten – rekende hij nog steeds op Maxatil. Hij had 25.000 zaken; de beloning zou gigantisch zijn. 'Het gaat op het moment allemaal niet zo geweldig, maar het komt echt wel goed. Binnen een jaar zit ik weer op een goudmijn.'
'En de FBI?' vroeg ze.
'Die kan me niets maken.'
Zo te zien geloofde ze dat. Ze keek hem opgelucht aan. Als ze alles geloofde wat Clay zei, was ze wat dat betrof de enige aan de tafel.

De derde bijeenkomst zou de laatste zijn, al wist Clay dat niet en wisten de anderen aan zijn kant van de tafel het ook niet. Joel Hanna bracht zijn neef Marcus mee, de president-directeur van de onderneming. Ditmaal was Babcock, de advocaat van hun verzekeringsmaatschappij, er niet bij. Zoals gewoonlijk zaten ze tegenover een klein leger aan de andere kant, met JCC in het midden. De koning.
Na de gebruikelijke inleidende woorden zei Joel: 'We hebben nog 18 huizen gevonden die aan de lijst moeten worden toegevoegd. Dat brengt het totaal op 940. We zijn er vrij zeker van dat er niet meer bij komen.'
'Dat is goed,' zei Clay een beetje gevoelloos. Als de lijst langer werd, had hij meer cliënten en moest de firma Hanna meer schadevergoeding betalen. Clay vertegenwoordigde bijna negentig procent van de eisers. De rest zat bij een paar andere advocaten. Zijn Hannateam was er goed in geslaagd de huizenbezitters over te halen bij zijn firma te blijven. Ze hadden die mensen verzekerd dat ze meer geld zouden krijgen omdat meneer Carter een expert op het gebied van massaclaims was. Iedere potentiële cliënt had een professioneel uitgevoerd informatiepakket over de heldendaden van de nieuwste claimkoning ontvangen. Het was een schaamteloze vorm van reclame en cliëntenwerving, maar zo waren de regels van het spel tegenwoordig nu eenmaal.
Op de laatste bespreking had Clay zijn eis van 25.000 dollar per claim teruggebracht tot 22.500, een bedrag dat hem een netto-

honorarium van rond de 7,5 miljoen dollar zou opleveren. De firma Hanna had een tegenbod van 17.000 dollar gedaan. Daarvoor zou het bedrijf al zijn kredietfaciliteiten moeten uitputten.
Als ze het eens werden over 17.000 per huis, zou JCC ongeveer 4,8 miljoen dollar aan honoraria verdienen, tenminste, wanneer hij vasthield aan zijn dertig procent. Als hij daarentegen zijn aandeel tot twintig procent beperkte, wat redelijker zou zijn, zou ieder van zijn cliënten netto 13.600 dollar ontvangen. Dat zou wel betekenen dat er ongeveer 1,5 miljoen dollar van zijn honorarium afging. Marcus Hanna had een betrouwbare aannemer gevonden die bereid was elk huis voor 13.500 dollar te repareren.
Het was op de vorige bespreking duidelijk geworden dat het advocatenhonorarium minstens zo belangrijk was als de compensatie voor de huizenbezitters. Maar sinds de vorige bespreking hadden er verhalen over JCC in de pers gestaan en die waren allemaal ongunstig. Zijn firma was niet bereid om over een verlaging van het honorarium te praten.
'Nog beweging aan uw kant?' vroeg Clay nogal bot.
In plaats van gewoon 'nee' te zeggen besprak Joel de stappen die het bedrijf had gezet om inzicht te krijgen in de eigen financiële situatie, de verzekeringsdekking en de mogelijkheden om minstens acht miljoen dollar te lenen en die aan de compensatiepot toe te voegen. Maar jammer genoeg was er in feite niets veranderd. Het ging lelijk bergafwaarts met het bedrijf. Er kwamen weinig orders binnen. Er werden steeds minder nieuwe huizen gebouwd, in elk geval in hun markt.
Voor de Hanna Portland Cement Company mochten de zaken er dan slecht voorstaan, aan de andere kant van de tafel was het zeker niet beter. Clay was plotseling gestopt met alle reclame om Maxatil-cliënten te werven, een beslissing die de rest van zijn firma opgelucht deed ademhalen. Rex Crittle maakte overuren om de kosten te beperken, al moest de cultuur van JCC zich nog bij zulke radicale ideeën aanpassen. Hij had zelfs de mogelijkheid van ontslagen geopperd, maar dat was hem op een felle reactie van zijn baas komen te staan. Er kwamen geen honoraria van betekenis binnen. Het Skinny Ben-fiasco had miljoenen gekost, in plaats van weer een fortuin op te leveren. En nu de ex-Dyloft-cliënten hun weg naar Helen Warshaw vonden, begon de firma te wankelen.
'Dus er zit geen beweging in?' vroeg Clay toen Joel klaar was.

'Nee. 17.000 is al een heel probleem voor ons. Nog beweging van uw kant?'

'22.500 is een redelijk bedrag,' zei Clay zonder met zijn ogen te knipperen. 'Als er geen beweging aan uw kant zit, dan ook niet aan onze kant.' Zijn stem was zo hard als staal. Zijn mensen waren onder de indruk van zijn hardheid, maar verlangden ook naar een compromis. Maar Clay dacht aan Patton French in New York, in die kamer vol topmensen van Ackerman Labs, blaffend en intimiderend, de situatie volkomen meester. Hij was ervan overtuigd dat als hij de druk maar bleef opvoeren Hanna wel zou bezwijken.

De enige aan Clays kant die zijn twijfel had uitgesproken, was een jonge advocaat die Ed Wyatt heette, de leider van het Hanna-team. Voordat deze bespreking begon, had hij tegen Clay gezegd dat Hanna volgens hem veel baat zou hebben bij de bescherming en herstructurering die het cementbedrijf ten deel zouden vallen als het failliet ging. In het geval van een faillissement zou een eventuele schikking met de huiseigenaren worden uitgesteld tot een bewindvoerder hun claims had bestudeerd en een redelijke vergoeding had vastgesteld. Wyatt dacht dat de eisers blij mochten zijn als ze dan nog tienduizend dollar kregen. Het bedrijf had niet met een faillissement gedreigd, al was dat een normale truc in zulke situaties. Clay had de boeken van Hanna bestudeerd en het gevoel gekregen dat er te veel activa op de balans stonden en dat de onderneming bovendien te trots was om zo'n drastische stap te overwegen. Hij liet de dobbelsteen rollen. Zijn kantoor had alle honoraria nodig die het kon krijgen.

Toen zei Marcus Hanna abrupt: 'Nou, dan moeten we maar gaan.' Hij en zijn neef gooiden hun papieren bij elkaar en stormden de vergaderkamer uit. Clay probeerde ook op een dramatische manier te vertrekken. Hij wilde zijn troepen laten zien dat niets hem uit het veld kon slaan.

Twee uur later vroeg de Hanna Portland Cement Company op de rechtbank van het oostelijk arrondissement van Pennsylvania zijn eigen faillissement aan. Het bedrijf deed dat om zich te beschermen tegen zijn crediteuren. De grootste groep daarvan nam deel aan een collectieve eis die was ingediend door J. Clay Carter II in Washington.

Blijkbaar wist ook een van de Hanna's hoe belangrijk het was om op het juiste moment iets naar de pers te laten uitlekken. De *Balti-*

more Press kwam met een lang verhaal over het faillissement van het cementbedrijf en de reacties daarop van de huiseigenaren. De gegevens in dat artikel waren dodelijk nauwkeurig. Het was duidelijk dat iemand die erg nauw bij de onderhandelingen over een schikking betrokken was geweest de journalist het een en ander in het oor had gefluisterd. De onderneming had zeventienduizend dollar per eiser aangeboden; de reparaties kostten per huis niet meer dan vijftienduizend dollar. Het had tot een redelijke schikking kunnen komen als er niet de kwestie van de advocatenhonoraria was geweest. Hanna had vanaf het begin toegegeven dat het bedrijf aansprakelijk was. Het was bereid geweest zich diep in de schulden te steken om zijn fouten goed te maken. Enzovoort.

De eisers waren bijzonder ontevreden. De verslaggever ging naar de nieuwbouwwijken en stuitte op een geïmproviseerde bijeenkomst in een garage. Hij kreeg een rondleiding langs enkele van de huizen die schade hadden geleden. Hij noteerde ook veel opmerkingen:

'We hadden rechtstreeks met Hanna moeten onderhandelen.'

'Dat bedrijf was hier al voordat die advocaat erbij kwam.'

'Ik sprak een metselaar en die zei dat hij de oude stenen kon weghalen en de nieuwe kon metselen voor elfduizend dollar. En wij hebben zeventien afgewezen? Ik snap er niks meer van.'

'Ik heb die advocaat nooit ontmoet.'

'Ik wist pas dat ik aan een massaclaim meedeed toen die claim al was ingediend.'

'Het was niet onze bedoeling dat het bedrijf failliet ging.'

'Nee, het waren beste kerels. Ze probeerden ons te helpen.'

'Kunnen we tegen die advocaat procederen?'

'Ik heb geprobeerd hem te bellen, maar de lijnen zijn altijd bezet.'

De journalist achtte zich verplicht om enige achtergrondinformatie over Clay Carter te verschaffen en natuurlijk begon hij met de Dyloft-honoraria. Daarna werd het nog erger. Drie foto's maakten het verhaal wat levendiger. Op de eerste foto zag je een huiseigenares naar haar afbrokkelende muur wijzen. Dan was er een foto van de bijeenkomst in de garage. En ten slotte was er een foto van Clay in een smoking en Ridley in een mooie jurk, poserend in het Witte Huis voordat het staatsdiner begon. Ze was oogverblindend mooi; hij was zelf ook knap, al was het in dit verband moeilijk te zeggen in hoeverre ze een aantrekkelijk paar waren. Het was een stoot onder de gordel.

'Meneer Carter, hierboven gefotografeerd op een diner in het Witte Huis, was niet te bereiken voor commentaar.'
Nee, mij zullen ze niet bereiken, dacht Clay.
En zo begon er weer een dag op het kantoor van JCC. Telefoons die non-stop overgingen, cliënten die iemand wilden om tegen te schreeuwen. Een bewaker die voor alle zekerheid in de hal was geposteerd. Medewerkers die in kleine groepjes over de overlevingskansen van het kantoor stonden te praten. Werknemers die het achteraf allemaal beter wisten. De baas die zich in zijn kamer had opgesloten. Geen echte zaken om aan te werken, want de firma had op het moment niets anders dan een treinlading Maxatil-dossiers en daar konden ze weinig mee doen, want Goffman beantwoordde ook geen telefoontjes.
In heel Washington hadden mensen leedvermaak ten koste van Clay, al wist hij dat pas toen het verhaal in de *Press* verscheen. Het was begonnen met de Dyloft-verhalen in de *Wall Street Journal*, een paar faxen hier en daar in de stad om ervoor te zorgen dat mensen die Clay kenden – uit zijn studietijd, via zijn vader of van het Bureau voor Rechtshulp – op de hoogte bleven. Er kwam wat meer vaart in, toen *American Attorney* hem op de achtste plaats van de inkomstenlijst zette, meer faxen, meer e-mails en ook een paar grappen ertussendoor. Het werd nog erger toen Helen Warshaw haar verschrikkelijke eis indiende. Een advocaat ergens in de stad, iemand met meer vrije tijd dan goed voor hem was, gaf het faxbulletin een titel, 'De Pleekoning'. Hij gaf het een ruwe opmaak en startte de faxen. Iemand met een lichtelijk artistieke inslag voegde er een primitieve cartoon aan toe van Clay die met zijn boxershorts om zijn enkels op de plee zat en verbijsterd uit zijn ogen keek. Elk nieuwtje over hem was aanleiding tot een nieuwe editie van het bulletin. De makers daarvan plukten verhalen van internet, drukten ze af en stuurden ze rond. Het rechercheonderzoek was groot nieuws. De foto uit het Witte Huis werd opgenomen, evenals verhalen over zijn vliegtuig en een verhaal over zijn vader.
De anonieme makers van het bulletin hadden het ook van het begin af aan naar Clays kantoor gefaxt, maar mevrouw Glick had het steeds weggegooid. Sommige Yale-jongens kregen ook faxen, maar ook zij beschermden hun baas. Oscar kwam met de nieuwste editie binnen en gooide hem op Clays bureau. 'Opdat je het weet,' zei hij. Het nieuwste bulletin was een kopie van het verhaal in de *Press*.

'Enig idee wie hierachter zit?' vroeg Clay.
'Nee. Ze worden door de hele stad gefaxt. Het is een soort kettingbrief.'
'Hebben die mensen niets beters te doen?'
'Blijkbaar niet. Maak je er niet druk om, Clay. Het is altijd eenzaam aan de top.'
'Dus er is een nieuwsbrief aan mij gewijd. Allemachtig, anderhalf jaar geleden kende niemand mijn naam.'
Er was tumult op de gang, felle, woedende stemmen. Clay en Oscar renden de kamer uit en zagen dat de bewaker een erg opgewonden man probeerde tegen te houden. Medewerkers en secretaresses kwamen op het lawaai af.
'Waar is Clay Carter?' schreeuwde de man.
'Hier!' schreeuwde Clay terug en hij liep naar hem toe. 'Wat wilt u?'
De man kwam plotseling tot rust, al bleef de bewaker hem vasthouden. Ed Wyatt en een andere medewerker kwamen dicht bij hem staan. 'Ik ben een van uw cliënten,' zei de man hijgend. 'Laat me los,' snauwde hij en hij schudde de bewaker van zich af.
'Laat hem los,' zei Clay.
'Ik wil graag een gesprek met mijn advocaat,' zei de man.
'Dit is niet de manier om een afspraak te maken,' antwoordde Clay ijzig. Hij wist dat zijn mensen naar hem keken.
'Ja, nou, ik probeerde het op de gewone manier, maar alle lijnen waren bezet. Je hebt ons een goede regeling met dat cementbedrijf door de neus geboord. We willen weten waarom. Niet genoeg geld voor jezelf?'
'U zult wel alles geloven wat u in de kranten leest,' zei Clay.
'Ik geloof dat we door onze eigen advocaat zijn genaaid. En dat pikken we niet.'
'Jullie moeten tot rust komen en niet alles geloven wat de kranten schrijven. We werken nog aan de zaak.' Dat was een leugen, maar dan wel om bestwil. De rebellie moest de kop worden ingedrukt, in elk geval daar op kantoor.
'Verminder je honorarium en geef ons wat geld,' snauwde de man. 'En dat zeg ik namens je cliënten.'
'Ik help jullie aan een schikking,' zei Clay met een gemaakt glimlachje. 'Maakt u zich maar niet druk.'
'Anders dienen we een klacht in bij de orde van advocaten.'
'Rustig nou maar.'

De man deinsde terug, draaide zich om en verliet het kantoor.
'Iedereen weer aan het werk,' zei Clay en hij klapte in zijn handen alsof iedereen stapels werk te verzetten had.

Rebecca kwam een uur later, als een toevallige bezoeker die even naar binnen kwam. Ze stapte het JCC-kantoor in en gaf een briefje aan de receptioniste. 'Wilt u dat aan meneer Carter geven?' zei ze. 'Het is erg belangrijk.'

De receptioniste keek even naar de bewaker, die erg op zijn hoede was, en het duurde enkele seconden voordat ze hadden vastgesteld dat die aantrekkelijke jongedame waarschijnlijk geen bedreiging vormde. 'Ik ben een oude vriendin,' zei Rebecca.

Wat ze ook was, ze slaagde erin meneer Carter razendsnel uit zijn kamer te krijgen. Ze gingen in de hoek van zijn kamer zitten, Rebecca op de bank, Clay op een stoel die hij zo dicht mogelijk bij haar had getrokken. Een hele tijd zeiden ze niets. Clay was te opgewonden om een samenhangende zin uit te brengen. Haar komst kon honderd verschillende dingen betekenen, en die waren allemaal gunstig.

Hij wilde haar bespringen, haar lichaam weer voelen, het parfum op haar hals ruiken, zijn handen over haar benen laten glijden. Er was niets veranderd: hetzelfde kapsel, dezelfde make-up, dezelfde lipstick, dezelfde armband.

'Je kijkt naar mijn benen,' zei ze ten slotte.

'Ja.'

'Clay, gaat het wel goed met je? Er staan zulke lelijke dingen in de kranten.'

'Ben je daarom gekomen?'

'Ja. Ik maak me zorgen.'

'Als je je zorgen maakt, geef je nog steeds om me.'

'Dat is zo.'

'Dus je bent me niet vergeten?'

'Nee. Ik ben een beetje op een zijspoor geraakt, met mijn huwelijk en zo, maar ik denk nog steeds aan je.'

'De hele tijd?'

'Ja, de hele tijd.'

Clay deed zijn ogen dicht en legde zijn hand op haar knie, maar ze trok die hand meteen weg. 'Ik ben getrouwd, Clay.'

'Laten we dan overspel plegen.'

'Nee.'

'Op een zijspoor geraakt? Dat klinkt alsof het tijdelijk is. Wat is er aan de hand, Rebecca?'
'Ik ben hier niet gekomen om over mijn huwelijk te praten. Ik was in de buurt, dacht aan jou en besloot even naar binnen te gaan.'
'Als een verdwaalde hond? Dat geloof ik niet.'
'Dat is ook niet de bedoeling. Hoe is het met je sletje?'
'Af en aan. Het is maar een regeling.'
Rebecca dacht daar even over na. Zo te zien was ze niet blij met de regeling. Zij mocht best met een ander trouwen, maar ze vond het geen prettig idee dat Clay iets met iemand had.
'Hoe is het met de worm?' vroeg Clay.
'Gaat wel.'
'Dat is een enthousiast antwoord van een kersverse echtgenote. Alleen maar "gaat wel"?'
'We kunnen goed met elkaar opschieten.'
'Nog geen jaar getrouwd en dat is het beste wat je erover kunt zeggen? Jullie kunnen goed met elkaar opschieten?'
'Ja.'
'Je hebt toch geen seks met hem?'
'We zijn getrouwd.'
'Maar hij is zo'n lulletje. Ik zag je dansen op je receptie en ik moest bijna overgeven. Zeg tegen me dat hij waardeloos is in bed.'
'Hij is waardeloos in bed. En het sletje?'
'Ze houdt van vrouwen.' Ze lachten allebei een hele tijd. En toen waren ze weer stil, want er was zoveel te zeggen. Ze sloeg haar benen andersom over elkaar en Clay bleef ernaar kijken. Hij kon ze bijna aanraken.
'Overleef je dit alles wel?' vroeg ze.
'Laten we niet over mij praten. Laten we over ons praten.'
'Ik wil geen verhouding,' zei ze.
'Maar je denkt er wel over, hè?'
'Nee, maar ik weet dat jij erover denkt.'
'Maar het zou leuk zijn, hè?'
'Ja, en nee. Ik ga niet op die manier leven.'
'Ik ook niet, Rebecca. Ik wil je niet delen. Vroeger had ik je helemaal en toen heb ik je laten gaan. Ik wacht tot je weer vrij bent. Maar wil je daar wel een beetje mee opschieten?'
'Dat gebeurt misschien niet, Clay.'
'Natuurlijk wel.'

36

Met Ridley naast zich in bed droomde Clay de hele nacht van Rebecca. Hij viel telkens in slaap en werd telkens met een vreemd glimlachje wakker. Maar die glimlach verdween toen even na vijf uur de telefoon ging. Hij nam op in de slaapkamer en schakelde toen over op een toestel in zijn studeerkamer.

Het was Mel Snelling, een flatgenoot uit zijn studententijd die nu arts in Baltimore was. 'We moeten praten,' zei hij. 'Het is dringend.'

'Goed,' zei Clay, met knikkende knieën.

'Tien uur vanmorgen, voor het Lincoln Memorial.'

'Ik zal er zijn.'

'En er is een grote kans dat iemand me volgt,' zei hij en toen werd de verbinding verbroken. Dokter Snelling had het gestolen Dyloftrapport voor Clay doorgenomen om hem een dienst te bewijzen. En nu had de FBI hem gevonden.

Voor het eerst kwam Clay op het wilde idee om gewoon op de vlucht te slaan. Wat er nog over was van zijn geld, kon hij naar een bananenrepubliek overmaken en dan kon hij de stad uitgaan, een baard kweken en verdwijnen. Natuurlijk met medeneming van Rebecca.

Haar moeder zou hen nog eerder vinden dan de FBI.

Hij zette koffie en stond een hele tijd onder de douche. Hij trok een spijkerbroek aan en wilde Ridley gedag zeggen, maar ze was nog in diepe slaap.

Er was een erg grote kans dat Mel een microfoontje bij zich zou dragen. Nu de FBI hem had gevonden, zouden ze natuurlijk hun gebruikelijke smerige trucjes toepassen. Ze zouden dreigen Mel in staat van beschuldiging te stellen, tenzij hij zijn oude vriend verlinkte. Ze zouden hem intimideren door hem te bezoeken, op te bellen, te schaduwen. Ze zouden hem onder druk zetten om het microfoontje bij zich te dragen en Clay in de val te laten lopen.

Omdat Zack Battle de stad uit was, was Clay op zichzelf aangewezen. Hij kwam om tien voor halftien bij het Lincoln Memorial aan en mengde zich daar onder de weinige toeristen. Een paar minuten later was Mel er ook en Clay vond dat meteen vreemd. Waarom zou Mel een halfuur te vroeg komen? Hadden ze tijd nodig om de hinderlaag te organiseren? Waren de FBI-agenten Spooner en Lohse in de buurt, met microfoons en camera's en pistolen? Clay hoefde maar één blik op Mels gezicht te werpen om te zien dat Mel slecht nieuws had.

Ze gaven elkaar een hand, begroetten elkaar, gedroegen zich hartelijk. Clay vermoedde dat elk woord op de band werd opgenomen. Het was begin september en het was fris maar niet koud. Toch was Mel zo dik ingepakt alsof er sneeuw op komst was. Er zouden camera's onder al die kleren kunnen zitten. 'Zullen we een eindje gaan lopen?' zei Clay en hij wees vaag door de Mall in de richting van het Washington Monument.

'Goed.' Mel haalde zijn schouders op. Het kon hem niet schelen. Blijkbaar was het niet de bedoeling dat hij bij het Lincoln Memorial in een val liep.

'Ben je gevolgd?' vroeg Clay.

'Ik geloof van niet. Ik ben van Baltimore naar Pittsburgh gevlogen en van Pittsburgh naar Reagan National, en heb daar een taxi genomen. Ik geloof niet dat er iemand achter me aan zit.'

'Zijn het Spooner en Lohse?'

'Ja, ken je ze?'

'Ze zijn een paar keer bij me langs geweest.' Ze liepen langs de Reflecting Pool, op het trottoir aan de zuidkant. Clay wilde niets zeggen wat hij niet terug zou willen horen. 'Mel, ik weet hoe de FBI werkt. Ze zetten getuigen onder druk. Ze laten mensen met microfoontjes rondlopen en gebruiken allerlei hightechspullen en handi-

ge apparaatjes om hun bewijsmateriaal te verzamelen. Hebben ze je gevraagd een microfoontje bij je te dragen?'
'Ja.'
'En?'
'Ik zei: mooi niet.'
'Dank je.'
'Ik heb een erg goede advocaat, Clay. Ik heb met hem zitten praten, heb hem alles verteld. Ik heb niets verkeerds gedaan want ik heb niet in dat aandeel gehandeld. Ik hoorde dat jij dat wel hebt gedaan en dat zou je nu vast wel willen terugdraaien, als je de kans kreeg. Ik bezat wel voorkennis, maar ik heb daar niets mee gedaan. Ik ben onschuldig. Maar ik kom in de problemen als ze me dagvaarden en voor een jury van onderzoek laten verschijnen.'
De zaak was nog niet aan een jury van onderzoek voorgelegd. Mel had inderdaad een goede advocaat. Voor het eerst in vier uur kon Clay weer enigszins rustig ademhalen.
'Ga verder,' zei hij voorzichtig. Zijn handen zaten diep in de zakken van zijn spijkerbroek. Zijn ogen, achter de donkere glazen van zijn zonnebril, keken naar alle mensen om hen heen. Als Mel de FBI alles had verteld, waarom zouden ze dan nog microfoontjes nodig hebben?
'De grote vraag is: hoe hebben ze me gevonden? Ik heb niemand verteld dat ik dat rapport had doorgekeken. Aan wie heb jij het verteld?'
'Aan helemaal niemand, Mel.'
'Dat is moeilijk te geloven.'
'Ik zweer het je. Waarom zou ik het iemand vertellen?'
Ze bleven even staan voor het verkeer in Seventeenth Street. Toen liepen ze naar rechts, van de drukte vandaan. Mel zei bijna fluisterend: 'Als ik tegen de jury van onderzoek over dat rapport lieg, wordt het moeilijk voor ze om jou aan te klagen. Maar als ik op liegen word betrapt, ga ik zelf de bak in. Wie weten er nog meer dat ik het rapport heb doorgenomen?' vroeg hij opnieuw.
En op dat moment besefte Clay dat er geen microfoontjes waren en dat er niemand meeluisterde. Mel was geen bewijs aan het verzamelen, hij wilde alleen maar gerustgesteld worden. 'Jouw naam staat nergens in de papieren, Mel,' zei Clay. 'Ik heb dat rapport naar je toe gestuurd. Je hebt toch niets gekopieerd?'
'Nee.'

'Je hebt het naar mij teruggestuurd. Ik heb het nog eens bekeken. Er was nergens een spoor van jou. We hebben een keer of vijf door de telefoon met elkaar gepraat. Niets van wat je over dat rapport dacht en zei, is op schrift gesteld.'
'En de andere advocaten die aan de zaak werkten?'
'Een paar van hen hebben het onderzoeksrapport gezien. Ze weten dat ik het had voordat we de eis indienden. Ze weten dat ik het door een arts heb laten nakijken, maar ze weten niet welke arts dat was.'
'Kan de FBI hen onder druk zetten om te getuigen dat je het rapport had voordat je de eis indiende?'
'Nee. Ze kunnen het proberen, maar die jongens zijn advocaten, groot advocaten, Mel. Die laten zich niet zo gauw bang maken. Ze hebben niets verkeerds gedaan – ze hebben zelf niet in het aandeel gehandeld – en ze zullen de FBI niets vertellen. Wat dat betreft, ben ik veilig.'
'Weet je dat zeker?' vroeg Mel, die er zelf allesbehalve zeker van was.
'Absoluut.'
'Wat moet ik doen?'
'Naar je advocaat blijven luisteren. Er is een grote kans dat deze zaak niet voor een jury van onderzoek komt,' zei Clay, bij wie de wens de vader van de gedachte was. 'Als je voet bij stuk houdt, gebeurt er waarschijnlijk niets.'
Ze liepen zo'n honderd meter zwijgend door. Het Washington Monument kwam dichterbij. 'Als ik een dagvaarding krijg,' zei Mel langzaam, 'moeten we nog eens praten.'
'Natuurlijk.'
'Ik ga hiervoor niet de bak in, Clay.'
'Ik ook niet.'
Ze bleven op een trottoir bij het monument staan, met allemaal mensen om hen heen. Mel zei: 'Ik ga. Tot ziens. Wat mij betreft, is geen nieuws goed nieuws.' En meteen daarop liep hij vlug door een groep scholieren heen en verdween uit het zicht.

Op de rechtbank van het district Coconino in Flagstaff was het op de dag voor het proces betrekkelijk stil. Er werden alleen routinekwesties afgehandeld en uit niets bleek dat hier binnenkort een historisch conflict met verregaande gevolgen zou worden uitgevochten. Het was de tweede week van september en het liep al tegen de veertig graden. Clay en Oscar liepen door het centrum van de stad en gingen vlug het gerechtsgebouw binnen om van de airconditioning te genieten.

Maar in de rechtszaal werd over allerlei procedurele verzoeken beslist en was de sfeer gespannen. Er zaten geen juryleden in de bank; dat selectieproces zou de volgende morgen om negen uur beginnen. Dale Mooneyham en zijn team namen de ene kant van de arena in beslag. De Goffman-horde, geleid door Roger Redding, een dure advocaat uit Los Angeles, bezette de andere helft. Ze noemden die advocaat ook wel Roger de Raket, omdat hij snel en hard toesloeg. Hij opereerde in het hele land, vocht tegen de grootste procesadvocaten die hij kon vinden en slaagde er vaak in de jury tot een voor hem gunstige uitspraak te bewegen.

Clay en Oscar gingen bij de andere toeschouwers zitten. Er was veel publiek, zeker voor een zitting waarop alleen maar procedurele zaken aan de orde kwamen. Wall Street zou het proces erg nauwlettend volgen. De financiële pers zou elke dag verslag uitbrengen. En natuurlijk waren de aasgieren als Clay erg nieuwsgierig. Op de voorste rijen zaten een stuk of tien managertypes, ongetwijfeld de erg nerveuze leiding van Goffman.

Mooneyham stampte als een kroegvechter door de rechtszaal. Hij bulderde tegen de rechter en tegen Roger. Zijn stem was diep en luid en wat hij zei, kwam altijd agressief over. Hij was een oude houwdegen en soms liep hij nog mank ook. Nu en dan pakte hij een stok om daarmee te lopen, maar even later was hij die stok blijkbaar weer vergeten.

Roger was een echt Hollywood-type: zorgvuldig gekleed, grote bos peper-en-zoutkleurig haar, markante kin, perfect profiel. Waarschijnlijk had hij ooit acteur willen worden. Hij sprak in fraaie, foutloze zinnen die hem zonder enige aarzeling over de lippen kwamen. Nooit een 'eh' of 'ah' of 'nou...'. Nooit een valse start. Als hij iets naar voren bracht, gebruikte hij een prachtige woordenschat die iedereen kon begrijpen, en bovendien bezat hij het talent om drie of vier redeneringen tegelijk levend te houden tot hij ze prachtig tot één subliem argument kon samenvoegen. Hij was niet bang voor Dale Mooneyham, niet bang voor de rechter, niet bang voor de feiten van de zaak. Ook als Redding over een heel klein procedurepuntje argumenteerde, luisterde Clay geboeid naar hem. Er kwam een angstaanjagende gedachte in hem op: als hij zich gedwongen zag om in Washington

te procederen, zou Goffman onmiddellijk Roger de Raket daar tegen hem laten aantreden.
Terwijl hij naar de twee groot advocaten keek die daar in de rechtszaal hun show opvoerden, werd Clay herkend. Een van de advocaten aan een tafel achter Redding keek de zaal door en meende een bekend gezicht te zien. Hij stootte een collega aan en samen identificeerden ze Clay met zekerheid. Ze schreven iets op een briefje en gaven dat aan de managertypes op de voorste rijen.
De rechter schorste de zitting voor vijftien minuten omdat hij naar het toilet moest. Clay verliet de rechtszaal en ging op zoek naar frisdrank. Hij werd gevolgd door twee mannen, die hem aanspraken toen ze aan het eind van de gang waren gekomen. 'Meneer Carter,' zei de eerste vriendelijk. 'Ik ben Bob Mitchell, lid van de raad van bestuur en hoofd van de juridische afdeling van Goffman.' Hij stak zijn hand naar voren en kneep hard in die van Clay.
'Aangenaam,' zei Clay.
'En dit is Sterling Gibb, een van onze advocaten in New York.' Clay zag zich gedwongen ook Gibb een hand te geven.
'We wilden alleen maar even gedag zeggen,' zei Mitchell. 'Het verbaast ons niet dat we u hier zien.'
'Ik heb enig belang bij dit proces,' zei Clay.
'Dat is een understatement. Hoeveel zaken hebt u nu?'
'O, dat weet ik niet precies. Nogal wat.'
Gibb vond het genoeg om hem alleen maar grijnzend aan te kijken.
'We kijken elke dag naar uw website,' zei Mitchell. 'Volgens de laatste telling zijn het er 26.000.' Gibbs grijns veranderde. Het was duidelijk dat hij voor het spel van de massaclaims alleen maar grote minachting kon opbrengen.
'Zoiets,' zei Clay.
'Blijkbaar bent u gestopt met adverteren. U hebt nu eindelijk genoeg zaken, denk ik.'
'O, het zijn er nooit genoeg, meneer Mitchell.'
'Wat gaat u met al die zaken doen als wij dit proces winnen?' vroeg Gibb, die nu eindelijk ook iets zei.
'Wat gaat u doen als u dit proces verliest?' was Clays wedervraag.
Mitchell kwam een stap dichterbij. 'Als we hier winnen, meneer Carter, zal het u verdomd veel moeite kosten om een arme advocaat te vinden die uw 26.000 zaken wil overnemen. Die zijn dan niet veel waard.'

'En als u verliest?' vroeg Clay.
Nu kwam Gibb een stap dichterbij. 'Als we hier verliezen, gaan we regelrecht naar Washington om ons tegen uw belachelijke massaclaim te verdedigen. Dat wil zeggen, als u dan niet in de gevangenis zit.'
'O, ik zal er klaar voor zijn,' zei Clay, die zich zwaar belaagd voelde.
'Weet u de weg naar de rechtbank?' vroeg Gibb.
'Ik heb al gegolfd met de rechter,' zei Clay. 'En ik ga uit met mevrouw de griffier.' Leugens! Maar ze hadden er even niet van terug.
Mitchell vermande zich, stak zijn rechterhand uit en zei: 'Nou, we wilden alleen even gedag zeggen.'
Clay schudde zijn hand en zei: 'Prettig iets van Goffman te horen. U hebt nauwelijks op mijn eis gereageerd.' Gibb draaide zich om en liep weg.
'Eerst maken we dit af,' zei Mitchell. 'En dan kunnen we praten.'
Clay stond op het punt de rechtszaal weer binnen te gaan toen er opeens een brutale verslaggever tegenover hem stond. Het was Derek Huppeldepup van *Financial Weekly* en hij wilde hem een paar vragen stellen. Zijn krant was de erg rechtse spreekbuis van het bedrijfsleven en had een gruwelijke hekel aan massaclaims en de advocaten die zich daarmee bezighielden, en dus wist Clay wel beter dan iets in de trant van 'Geen commentaar' of 'Sodemieter op' tegen hem te zeggen. Dereks naam kwam hem vaag bekend voor. Was hij niet de journalist die al zoveel onvriendelijke dingen over Clay had geschreven?
'Mag ik vragen wat u hier doet?' zei Derek.
'Ja hoor.'
'Wat doet u hier?'
'Hetzelfde als wat u hier doet.'
'En dat is?'
'Genieten van de spanning.'
'Is het waar dat u 25.000 Maxatil-zaken hebt?'
'Nee.'
'Hoeveel dan?'
'26.000.'
'Hoeveel zijn ze waard?'
'Ergens tussen de nul en twee miljard.'
Zonder dat Clay het wist had de rechter de advocaten van beide

kanten een spreekverbod opgelegd tot het eind van het proces. Omdat hij wel wilde praten, trok hij een groot publiek. Tot zijn verbazing werd hij omringd door verslaggevers. Hij beantwoordde nog een paar vragen zonder veel te zeggen.

De *Arizona Ledger* citeerde hem. Hij had gezegd dat zijn zaken wel twee miljard waard konden zijn. Er stond een foto bij van Clay buiten de rechtszaal, met microfoons voor zijn gezicht. Het onderschrift luidde: 'De claimkoning is in de stad.' Er volgde een kort verhaal over Clays bezoek, met daaronder nog wat alinea's over het grote proces zelf. De journalist noemde hem niet rechtstreeks een hebzuchtige, opportunistische claimadvocaat, maar de teneur was wel dat hij een aasgier was die hongerig rondvloog om het karkas van Goffman te lijf te gaan.
De rechtszaal zat vol potentiële juryleden en toeschouwers. Het werd negen uur, maar de advocaten en de rechter waren nergens te bekennen. Ze waren in de kamer van de rechter aan het overleggen, ongetwijfeld over nog meer procedurele kwesties. Gerechtsbodes en griffiemedewerkers liepen haastig heen en weer. Een jongeman in pak kwam de zaal binnen en liep door het middenpad. Hij bleef plotseling staan, keek Clay recht aan, boog zich naar hem toe en fluisterde: 'Bent u meneer Carter?'
Clay knikte geschrokken.
'De rechter wil u graag spreken.'
De krant lag midden op het bureau van de rechter. Dale Mooneyham zat in een hoek van de grote kamer. Roger Redding leunde op een tafel bij het raam. De rechter bewoog in zijn draaistoel heen en weer. Ze keken geen van drieën erg blij. Ze werden nogal stuntelig aan elkaar voorgesteld. Mooneyham weigerde naar voren te komen en Clay een hand te geven. In plaats daarvan knikte hij hem vaag toe, met ogen vol haat.
'Bent u op de hoogte van het spreekverbod dat ik heb ingesteld, meneer Carter?' vroeg de rechter.
'Nee.'
'Nou, er is dus een spreekverbod.'
'Ik ben niet een van de advocaten in deze zaak,' zei Clay.
'We doen hier in Arizona ons best om eerlijke processen te voeren, meneer Carter. Beide kanten willen een jury die van tevoren zo weinig mogelijk weet en zo onpartijdig mogelijk is. Dankzij u weten de

potentiële juryleden nu dat er minstens 26.000 soortgelijke zaken klaarliggen.'
Clay wilde niet zwak of defensief overkomen, niet nu Roger hem aandachtig gadesloeg.
'Misschien was het onvermijdelijk,' zei Clay. Hij zou nooit een proces voeren bij deze rechter. Waarom zou hij zich nu dan laten intimideren?
'Waarom vertrek je niet gewoon uit de staat Arizona?' baste Mooneyham vanuit de hoek.
'Dat hoef ik niet te doen,' zei Clay.
'Wil je dat ik verlies?'
En nu had Clay genoeg gehoord. Hij wist niet hoe zijn aanwezigheid Mooneyhams zaak zou kunnen schaden, maar waarom zou hij het risico nemen?
'Goed, edelachtbare, dan zal ik vertrekken.'
'Een uitstekend idee,' zei de rechter.
Clay keek Roger Redding aan en zei: 'Tot ziens in Washington.'
Roger glimlachte beleefd maar schudde langzaam zijn hoofd.
Oscar bleef in Flagstaff achter om het proces te volgen. Clay stapte in de Gulfstream voor een erg sombere vlucht naar huis. Verbannen uit Arizona.

37

In Reedsburg bracht het nieuws dat Hanna het ontslag van twaalfhonderd werknemers had aangevraagd het hele stadje in rep en roer. Het werd bekendgemaakt in een brief die door Marcus Hanna was geschreven en aan alle werknemers werd uitgereikt.
In vijftig jaar was het maar vier keer voorgekomen dat het bedrijf personeel moest laten gaan. Het had slechte tijden doorstaan en altijd zijn uiterste best gedaan om iedereen op de loonlijst te houden. Nu het failliet was, golden er andere regels. Het bedrijf stond onder druk om de rechtbank en zijn crediteuren te bewijzen dat het levensvatbaar was.
Het kwam allemaal door gebeurtenissen waaraan het management niets kon doen. De lage omzet speelde mee, maar daar had het bedrijf wel vaker mee te kampen gehad. De verpletterende klap was het uitblijven van een schikking in de massaclaimzaak. Het bedrijf was met vertrouwen aan de onderhandelingen begonnen, maar een fanatieke, hebzuchtige advocatenfirma in Washington had onredelijke eisen gesteld.
Het voortbestaan van het bedrijf stond op het spel en Marcus verzekerde zijn mensen dat het bedrijf niet zou verdwijnen. Wel moesten er drastische kostenbesparingen worden ingevoerd. Als ze de kosten in het komende jaar fors beperkten, zou dat pijn doen maar zouden ze in de toekomst weer winst kunnen maken.

Aan de twaalfhonderd personeelsleden die ontslag kregen beloofde Marcus alle hulp die de onderneming kon bieden. Ze zouden een jaar lang een werkloosheidsuitkering krijgen. Natuurlijk zou Hanna hen zo gauw mogelijk weer in dienst nemen, maar hij kon niets beloven. Misschien zouden ze hun baan bij Hanna voorgoed kwijt zijn.

In de cafés en kapperszaken, in de schoolgangen en kerkbanken, op de tribune van de voetbalvelden, op de trottoirs rond het stadsplein, in de biertenten en biljartzalen, overal werd over niets anders gesproken. Alle elfduizend inwoners kenden wel iemand die zijn of haar baan bij Hanna had verloren. De ontslagen waren de grootste ramp in de rustige geschiedenis van Reedsburg. Hoewel het stadje diep weggedoken lag in de Alleghenybergen, raakte het nieuws toch bekend.

De journalist van de *Baltimore Press* die drie artikelen over de massaclaim in het district Howard had geschreven, volgde de zaak nog steeds. Hij wist van de faillissementsaanvraag. Hij praatte nog met de huiseigenaren toen de stenen uit hun muur vielen. Het nieuws van de ontslagen was voor hem aanleiding om naar Reedsburg te gaan. Hij ging naar de cafés en biljartzalen en voetbaltribunes.

Het eerste van zijn twee verhalen was zo lang als een korte roman. Een auteur die iemand opzettelijk wilde belasteren, had niet wreder kunnen zijn. Alle ellende van Reedsburg was gemakkelijk te vermijden geweest als de massaclaimadvocaat, J. Clay Carter II uit Washington, niet op zijn absurd hoge honorarium had gestaan.

Omdat Clay de *Baltimore Press* niet las en ook de meeste andere kranten en tijdschriften uit de weg ging, zou het nieuws uit Reedsburg misschien niet tot hem doorgedrongen zijn, in elk geval voorlopig niet. Maar de nog onbekende redactie van het ongeautoriseerde en onwelkome faxbulletin verspreidde het. In het nieuwste nummer van 'De pleekoning', dat zo te zien in allerijl in elkaar was gezet, stond het hele verhaal uit de *Baltimore Press*.

Clay las het en wilde een eis tegen de krant indienen.

Maar algauw vergat hij de *Baltimore Press*, want er was een nog ergere nachtmerrie op komst. Een week geleden was er een journalist van *Newsweek* naar het kantoor gekomen. Zoals alle journalisten was hij afgepoeierd door mevrouw Glick. Iedere advocaat droomde van nationale publiciteit, maar alleen als het om een sensationele zaak of een miljardenzaak ging. Clay vermoedde dat geen van beide het geval was en daar had hij gelijk in. *Newsweek* interesseerde zich niet zozeer voor Clay Carter als wel voor zijn tegenstandster.

Het was een lovend artikel over Helen Warshaw, twee pagina's vol loftuitingen waarvoor iedere advocaat een moord zou begaan. Op een opvallende foto stond mevrouw Warshaw ergens in een rechtszaal voor een lege jurybank. Ze leek erg hardnekkig en briljant, maar ook erg geloofwaardig. Clay had haar nooit eerder gezien en hij had gehoopt dat ze eruit zou zien als een 'ijskoud kreng', zoals Saulsberry haar had genoemd. Zo zag ze er niet uit. Ze was erg aantrekkelijk: kort, donker haar en weemoedige bruine ogen die de aandacht van de jury zouden trekken. Clay keek naar haar en wilde dat hij aan haar kant stond, in plaats van aan zijn eigen kant. Hopelijk zouden ze elkaar nooit ontmoeten. En zo ja, dan liever niet in een rechtszaal.

Mevrouw Warshaw was een van de drie partners van een advocatenfirma in New York die zich specialiseerde in claims tegen advocaten, een kleine maar groeiende markt. Ze had het deze keer op een aantal van de grootste en rijkste advocaten in het land voorzien en ze was niet van plan om een schikking aan te gaan. 'Ik heb nog nooit een zaak gehad die de jury zo sterk zal aanspreken,' zei ze, en Clay kreeg zin om zijn polsen door te snijden.

Ze had vijftig Dyloft-cliënten, allemaal stervend, allemaal procederend. In het artikel werd ook in het kort verteld wat voor smerige zaakjes die massaclaims tegen bedrijven waren.

Er waren dus vijftig cliënten, maar de journalist concentreerde zich om de een of andere reden op Ted Worley uit Upper Marlboro, Maryland. Op een foto zag je de arme kerel in zijn tuin zitten, met zijn vrouw achter zich. Ze hadden allebei hun armen over elkaar geslagen en keken verdrietig en nors in de camera. Worley, zwak en bevend en woedend, vertelde over zijn eerste contact met Clay Carter, een telefoontje uit het niets terwijl hij naar een wedstrijd van de Orioles zat te kijken, het angstaanjagende nieuws over Dyloft, het urineonderzoek, het bezoek van de jonge advocaat, het indienen van de eis. Alles. 'Ik wilde die schikking niet,' zei hij meer dan eens. Worley haalde voor *Newsweek* al zijn papieren tevoorschijn: de medische gegevens, de juridische papieren, het geniepige contract met Clay dat de advocaat machtigde om akkoord te gaan met elk bedrag boven de vijftigduizend dollar. Alles, ook kopieën van de twee brieven die Worley aan meneer Carter had geschreven om tegen de 'uitverkoop' te protesteren. De advocaat had zijn brieven niet beantwoord.

Volgens zijn artsen had Worley minder dan zes maanden te leven. Langzaam las Clay elk afschuwelijk woord van het verhaal. Hij kreeg het gevoel dat hij persoonlijk verantwoordelijk was voor Worleys kanker.

Helen legde uit dat de jury de verklaringen van veel van haar cliënten op videobeelden zou zien, omdat ze ten tijde van het proces niet meer in leven zouden zijn. Clay vond het nogal wreed om zoiets te zeggen, maar ja, alles in het verhaal was wreed.

De heer Carter weigerde commentaar te geven. Voor de goede orde zetten ze de Witte Huis-foto van Clay en Ridley er ook weer bij en ze vonden het ook nog interessant om te vermelden dat hij 250.000 dollar aan de presidentiële commissie had gedoneerd.

'Hij kan vrienden als de president goed gebruiken,' zei Helen Warshaw, en Clay kon de kogel tussen zijn ogen al bijna voelen. Hij smeet het tijdschrift door zijn kantoor. Was hij maar nooit in het Witte Huis was geweest, had hij maar nooit de president ontmoet, nooit die vervloekte cheque uitgeschreven, nooit Ted Worley ontmoet, nooit Max Pace ontmoet, nooit besloten rechten te gaan studeren.

Hij belde zijn piloten en zei dat ze meteen naar het vliegveld moesten gaan.

'Waarheen, meneer?'
'Dat weet ik niet. Waar wil je heen?'
'Pardon?'
'Biloxi, Mississippi.'
'Eén persoon of twee?'
'Alleen ikzelf.' Hij had Ridley in geen 24 uur gezien en voelde er ook niets voor om haar mee te nemen. Hij wilde een tijdje de stad uit en wilde niets bij zich hebben wat hem aan de stad herinnerde.

Hij bleef twee dagen op French' jacht, maar dat hielp hem niet erg. Clay had behoefte aan het gezelschap van een andere samenzweerder, maar Patton had het te druk met andere massaclaims. Ze aten en dronken te veel.

French had twee medewerkers in de rechtszaal in Phoenix en die stuurden elk uur een e-mail. Hij zag nog steeds niets in Maxatil als mogelijk doelwit, maar hij volgde die zaak nog wel op de voet. Dat was zijn werk, zei hij, want hij was de grootste massaclaimadvocaat

van hen allemaal. Hij had de ervaring, het geld, de reputatie. Alle massaclaims belandden vroeg of laat op zijn bureau.
Clay had door de telefoon en via e-mails contact met Mulrooney. De juryselectie had een hele dag in beslag genomen. Dale Mooneyham was nu langzaam bezig uiteen te zetten welke schade het middel aan zijn cliënte had toegebracht. Het onderzoeksrapport van de overheid was een krachtig bewijsmiddel. De jury was daar erg in geïnteresseerd. 'Tot nu toe gaat alles goed,' zei Oscar. 'Mooneyham is een goede acteur, al is Roger een betere pleiter.'
Terwijl French met een afschuwelijke kater drie telefoongesprekken tegelijk voerde, lag Clay op het bovendek te zonnen en probeerde hij zijn problemen te vergeten. Tegen het eind van de tweede middag vroeg French na een paar wodka's op het dek: 'Hoeveel geld heb je nog over?'
'Weet ik niet. Ik durf het niet uit te rekenen.'
'Doe eens een gooi.'
'Zo'n twintig miljoen.'
'En hoeveel verzekering?'
'Tien miljoen. Ze hebben me opgezegd, maar ze moeten nog uitbetalen voor Dyloft.'
French zoog aan een citroen en zei: 'Ik weet niet of dertig miljoen wel genoeg voor jou is.'
'Het lijkt ontoereikend, hè?'
'Ja. Je hebt nu eenentwintig claims tegen je lopen en dat aantal kan nog oplopen. We mogen blij zijn als we die verrekte zaken voor drie miljoen per stuk kunnen schikken.'
'Hoeveel heb jij er?'
'Negentien, gisteren althans.'
'En hoeveel geld heb je?'
'Tweehonderd miljoen. Ik red het wel.'
Waarom leen je mij dan niet een miljoen of vijftig? Clay kon zich er steeds weer over verbazen hoe ze zulke bedragen noemden alsof het niets was. Een steward bracht weer wat drank en daar hadden ze behoefte aan.
'En de anderen?' vroeg Clay.
'Wes redt het ook wel. Carlos kan het overleven, als zijn aantal claims onder de dertig blijft. Didiers laatste twee vrouwen hebben hem uitgekleed. Hij is dood. Hij zal de eerste zijn die failliet gaat en dat zou voor hem trouwens niet de eerste keer zijn.'

De eerste? En wie zou de tweede zijn?
Na een lange stilte vroeg Clay: 'Wat gebeurt er als Goffman in Flagstaff wint? Ik zit met al die zaken.'
'Dan ben jij er heel slecht aan toe. Het is mij tien jaar geleden overkomen met een stel baby's die afwijkingen hadden. Ik ging op zoek, liet de ouders contracten tekenen, diende mijn eis te snel in en toen liep alles mis en kon ik geen cent meer los krijgen. Mijn cliënten verwachtten miljoenen, want ze zaten met die mismaakte baby's, weet je, en dus waren ze zo emotioneel als het maar kan en absoluut onaanspreekbaar. Een aantal van hen procedeerde tegen me, maar ik hoefde niet te betalen. Een advocaat kan nooit een resultaat garanderen. Maar het kostte me wel een smak geld.'
'Zulke dingen wil ik niet horen.'
'Hoeveel heb je aan Maxatil uitgegeven?'
'Acht miljoen alleen al aan reclame.'
'Ik zou in zo'n geval een tijdje niets ondernemen en afwachten wat Goffman doet. Ik denk niet dat ze met een aanbod komen. Ze zijn keihard. Na verloop van tijd komen je cliënten in opstand en dan zeg je tegen ze dat ze naar de pomp kunnen lopen.' Een grote slok wodka. 'Maar je moet optimistisch blijven. Mooneyham heeft in geen eeuwigheid een zaak verloren. Als de jury daar een groot bedrag toekent, ziet de hele wereld er anders uit. Dan zit je weer op een goudmijn.'
'Goffman zei dat ze dan regelrecht naar Washington gaan om daar te procederen.'
'Misschien bluffen ze. Het hangt er allemaal vanaf wat er in Flagstaff gebeurt. Als ze daar een groot verlies lijden, gaan ze vast wel over een schikking nadenken. Als het min of meer gelijk spel wordt – aansprakelijkheid plus een kleine vergoeding – proberen ze misschien nog een proces. Als ze jou dan uitkiezen, haal je er een toppleiter bij en dan laat die ze alle hoeken van de rechtbank zien.'
'Je zou me niet aanraden het zelf te proberen?'
'Nee. Jij hebt geen ervaring. Je moet jarenlang in de rechtszaal staan voordat je aan de eredivisie toe bent, Clay. Jaren en jaren.'
Het was Clay wel duidelijk dat Patton, die anders toch zo gek was op grote claims, weinig enthousiasme kon opbrengen voor het scenario dat hij zojuist uiteen had gezet. Hij bood niet aan om zelf als toppleiter in een eventueel proces in Washington op te treden.

Eigenlijk zei hij die dingen alleen maar omdat hij zich verplicht voelde zijn jonge collega te troosten.

Clay ging tegen het eind van de volgende ochtend weg en vloog naar Pittsburgh. Hij wilde overal wel zijn, als het maar niet in Washington was. Onderweg praatte hij met Oscar en las hij de e-mails en nieuwsberichten over het proces in Flagstaff. De eiser, een 66-jarige vrouw met borstkanker, had bij het afleggen van haar verklaring een bijzonder goede indruk gemaakt. Ze was erg sympathiek en Mooneyham bespeelde haar als een viool. Grijp ze, ouwe jongen, mompelde Clay steeds weer in zichzelf.

Hij huurde een auto en reed twee uur in noordoostelijke richting, het hart van de Alleghenybergen in. Reedsburg was op de kaart bijna net zo moeilijk te vinden als op de weg. Toen hij over een heuvel aan de rand van het stadje heen was, zag hij in de verte een enorme fabriek. WELKOM IN REEDSBURG, PENNSYLVANIA, stond er op een groot bord. DE STAD VAN DE HANNA PORTLAND CEMENT COMPANY, OPGERICHT IN 1946. Twee grote schoorsteenpijpen braakten een kalkachtig stof uit die langzaam in de wind verwaaide. In elk geval draaien ze nog, dacht Clay.

Hij volgde de borden naar het centrum van het stadje en vond een parkeerplaats aan Main Street. Hij droeg een spijkerbroek en een honkbalpet en had een donkere stoppelbaard van drie dagen, dus hij hoefde niet bang te zijn dat hij herkend werd. Hij liep Ethel's Coffee Shop in en ging op een wankele kruk zitten. Ethel zelf begroette hem en nam zijn bestelling op. Koffie en een tosti.

Aan een tafel achter hem zaten twee oude mannen over football te praten. De Reedsburg High Cougars hadden drie wedstrijden achtereen verloren en de twee mannen zouden veel meer met het team kunnen doen dan de coach. Volgens het schema dat naast de kassa aan de muur hing, was er die avond een thuiswedstrijd.

Toen Ethel de koffie bracht, zei ze: 'U bent op doorreis?'

'Ja,' zei Clay, die besefte dat ze de elfduizend inwoners van Reedsburg stuk voor stuk kende.

'Waar komt u vandaan?'

'Pittsburgh.'

Hij kon niet nagaan of dat gunstig of ongunstig was, maar ze liep weg zonder nog meer vragen te stellen. Aan een andere tafel praatten twee jongere mannen over banen. Het bleek algauw dat ze allebei werkloos waren. Een van hen droeg een pet met het logo van

Hanna Cement op de voorkant. Terwijl Clay zijn tosti at, hoorde hij hen zorgelijk over werkloosheidsuitkeringen, hypotheken, creditcardrekeningen en parttime baantjes praten. Een van hen was van plan zijn Ford pick-up bij de plaatselijke dealer in te leveren, die had beloofd deze voor hem te verkopen.

Naast de voordeur stond een klaptafel tegen de muur met daarop een grote plastic waterfles. Een met de hand geschreven aanplakbiljet spoorde iedereen aan om een bijdrage te leveren aan het 'Hanna Fonds'. De fles was al voor de helft met munten en bankbiljetten gevuld.

'Waar is dat voor?' vroeg Clay aan Ethel toen ze koffie kwam bijschenken.

'O, dat. We zamelen geld in voor de gezinnen die ontslagen zijn op de fabriek.'

'Welke fabriek?' vroeg Clay zo onschuldig mogelijk.

'Hanna Cement, de grootste werkgever hier. Deze week zijn er twaalfhonderd mensen ontslagen. Hier in Reedsburg helpen we elkaar. We hebben die flessen in de hele stad staan, in winkels, cafés, kerken, zelfs in scholen. Tot nu toe hebben we meer dan zesduizend dollar opgehaald. Het geld wordt besteed aan elektriciteitsrekeningen en boodschappen, als het echt erg wordt. Anders gaat het naar het ziekenhuis.'

'Liep die fabriek niet goed?' vroeg Clay al etend. Het was niet moeilijk om de tosti in zijn mond te stoppen, maar veel moeilijker om iets door te slikken.

'Nee, de fabriek heeft altijd een goede leiding gehad. De Hanna's weten wat ze doen. Er kwam een idiote claim uit de buurt van Baltimore of zo. Er kwamen advocaten bij die hebberig werden en te veel geld wilden en toen moest Hanna zijn faillissement aanvragen.'

'Het is eeuwig zonde,' zei een van de oude mannen. Aan gesprekken in een koffieshop namen alle aanwezigen deel. 'Het had niet hoeven te gebeuren. De Hanna's hebben nog geprobeerd om tot een schikking te komen, ze deden echt hun best, maar die slijmballen uit Washington hadden ze in de houdgreep. De Hanna's zeiden "Barst maar" en liepen weg.'

Clay dacht: geen slechte samenvatting van de gebeurtenissen.

'Ik heb daar veertig jaar gewerkt, altijd mijn loon gekregen. Eeuwig zonde.'

Omdat van Clay werd verwacht dat hij ook zijn bijdrage aan de con-

versatie leverde, zei hij: 'Er worden niet vaak mensen ontslagen, hè?'
'De Hanna's geloven niet in het ontslaan van mensen.'
'Nemen ze hen later weer in dienst?'
'Ze zullen het proberen. Maar de curator heeft het nu voor het zeggen.'
Clay knikte en boog zich vlug weer over zijn tosti. De twee jongere mannen waren opgestaan en liepen naar de kassa. Ethel maakte een gebaar dat het niet nodig was. 'Laat maar, jongens. Het is van het huis.'
Ze knikten beleefd en toen ze weggingen, lieten ze allebei wat kleingeld in het Hanna Fonds vallen. Een paar minuten later nam Clay afscheid van de oude mannen, betaalde zijn rekening, bedankte Ethel en deponeerde een biljet van honderd dollar in de waterfles.
Toen het donker was, zat hij alleen op de bezoekerstribune naar de wedstrijd van de Reedsburg Cougars tegen de Enid Elk te kijken. De thuistribune zat bijna helemaal vol. De muziek was hard en de menigte was luidruchtig en belust op een overwinning. Maar hij kon zijn aandacht niet bij de wedstrijd houden. Hij keek in het programma en vroeg zich af hoeveel van de spelers die daarin vermeld stonden uit gezinnen kwamen die door de ontslagen waren getroffen. Hij keek over het veld naar de rijen en rijen van Reedsburg-supporters en vroeg zich af wie een baan had en wie niet.
Voor de aftrap, en kort na het volkslied, had een dominee voor de veiligheid van de spelers en voor nieuwe economische kracht van de gemeenschap gebeden. Hij had zijn gebed geëindigd met: 'Help ons door deze moeilijke tijden heen, o God. Amen.'
Clay Carter had zich nog nooit zo beroerd gevoeld.

38

Ridley belde zaterdagmorgen in alle vroegte. Ze was nogal van streek. Vier dagen lang had ze Clay niet kunnen vinden! Niemand op kantoor wist waar hij was, of als ze het wisten, wilden ze het haar niet vertellen. Hij daarentegen had geen enkele poging gedaan om haar te bellen. Ze hadden allebei meer dan één telefoon. Wat moest er op deze manier van hun relatie terechtkomen? Toen hij een paar minuten naar dat gejammer had geluisterd, hoorde Clay een zoemtoon op de lijn en hij vroeg: 'Waar ben je?'
'Op St. Barth. In onze villa.'
'Hoe ben je daar gekomen?' Clay had zelf natuurlijk de Gulfstream gebruikt.
'Ik heb een kleinere jet gecharterd. Eigenlijk was hij te klein, want we moesten een tussenstop in San Juan maken om te tanken. Hij kon hier niet non-stop naartoe.'
Arm kind. Clay vroeg zich af hoe ze aan het nummer van het charterbedrijf was gekomen. 'Waarom ben je daar?' vroeg hij. Domme vraag.
'Ik was overstuur omdat ik je niet kon vinden. Dat moet je niet meer doen, Clay.'
Hij probeerde die twee dingen – zijn verdwijning en haar ontsnapping naar St. Barth – met elkaar in verband te brengen, maar hij gaf het algauw op.

'Sorry,' zei hij. 'Ik ben overhaast de stad uitgegaan. Patton French had me in Biloxi nodig. Ik had het te druk om te bellen.'
Er volgde een lange stilte. Blijkbaar vroeg ze zich af of ze hem meteen zou vergeven of daar nog een dag of twee mee zou wachten.
'Beloof me dat je het niet meer zult doen,' jengelde ze.
Clay was niet in de stemming voor dat gejengel en had ook geen zin om beloften te doen. Eigenlijk was hij wel blij dat ze het land uit was. 'Het zal niet meer gebeuren. Ontspan je en probeer je daar te amuseren.'
'Kun jij niet komen?' vroeg ze, maar zonder veel gevoel. Een plichtmatig verzoek.
'Niet nu het proces in Flagstaff aan de gang is.' Hij vroeg zich af of ze enig idee van het proces in Flagstaff had.
'Bel je me morgen?' vroeg ze.
'Natuurlijk.'
Jonah was in de stad terug. Hij had veel verhalen te vertellen over zijn avonturen als zeevaarder. Ze zouden elkaar om negen uur in een bistro aan Wisconsin Avenue ontmoeten voor een laat en lang diner. Om ongeveer halfnegen ging de telefoon, maar degene die belde, hing meteen weer op. Toen ging de telefoon opnieuw en Clay, die net de knoopjes van zijn overhemd aan het dichtmaken was, greep de hoorn van de haak.
'Spreek ik met Clay Carter?' vroeg een mannenstem.
'Ja, met wie spreek ik?' Omdat er zoveel ontevreden cliënten rondliepen – Dyloft en Skinny Ben en nu die boze huiseigenaren in het district Howard – was Clay de afgelopen twee maanden twee keer van telefoonnummer veranderd. Op kantoor kon hij de scheldpartijen wel aan, maar thuis had hij graag een beetje rust.
'Ik kom uit Reedsburg, Pennsylvania, en ik heb waardevolle informatie over de firma Hanna.'
Het waren huiveringwekkende woorden en Clay ging op de rand van zijn bed zitten. Hou hem aan de praat, zei hij tegen zichzelf terwijl hij zijn best deed om helder te denken. 'Goed, ik luister.'
Iemand uit Reedsburg was op de een of andere manier achter zijn nieuwe, geheime telefoonnummer gekomen.
'We kunnen niet door de telefoon praten,' zei de stem. Dertig jaar oud, blanke man, goede opleiding.
'Waarom niet?'
'Het is een lang verhaal. Ik heb ook wat papieren.'

'Waar bent u?'
'Ik ben in de stad. We ontmoeten elkaar in de hal van het Four Seasons Hotel in M Street. Daar kunnen we praten.'
Geen slecht plan. Er zouden voldoende mensen in de hal zijn, voor het geval iemand een pistool wilde trekken om advocaten overhoop te schieten. 'Wanneer?' vroeg Clay.
'Heel gauw. Ik ben er over vijf minuten. Hoelang doet u erover?'
Clay wilde hem niet vertellen dat hij zes blokken verderop woonde, al was zijn adres niet geheim. 'Ik ben er over tien minuten.'
'Goed. Ik draag een spijkerbroek en een zwarte Steelers-pet.'
'Ik vind u wel,' zei Clay en hij hing op. Hij kleedde zich aan en ging vlug naar buiten. Hij liep snel door Dumbarton Street en probeerde zich voor te stellen welke informatie over de firma Hanna hij nodig had of zelfs maar zou willen hebben. Hij had net achttien uur in Reedsburg doorgebracht en probeerde dat stadje te vergeten, al wilde hem dat niet lukken. Bij Thirty-first Street sloeg hij af, mompelend in zichzelf, opgaand in een wereld van complotten en afrekeningen en spionagescenario's. Er kwam een vrouw voorbij met een klein hondje dat op zoek was naar een geschikte plaats om een plas te doen. Een jongeman in een zwart motorjasje en met een sigaret in zijn mondhoek kwam naar hem toe, al zag Clay hem nauwelijks. Toen ze elkaar voorbij liepen, voor een slecht verlicht herenhuis en onder de takken van een oude rode esdoorn, liet de man plotseling, met perfecte timing en precisie, zijn rechtervuist uitschieten voor een korte stoot. Hij trof Clay recht op zijn kin.
Clay zag de vuist niet aankomen. Hij herinnerde zich later een harde dreun in zijn gezicht, en toen viel hij met zijn hoofd tegen een smeedijzeren hek. Er was een stok of zoiets en nog een man, en ze sloegen hem met hun vuisten en met die stok. Clay rolde op zijn zij en slaagde erin een knie onder zijn lichaam te krijgen, en toen kwam de stok als een geweerschot op de achterkant van zijn schedel neer.
Hij hoorde een vrouwenstem in de verte en toen verloor hij het bewustzijn.
De vrouw die haar hond had uitgelaten, had tumult achter zich gehoord. Er was een vechtpartij aan de gang, twee tegen een, en de man op de grond dreigde het onderspit te delven. Ze rende er naartoe en zag tot haar grote schrik dat twee mannen in zwarte jasjes met grote zwarte stokken op de andere man insloegen. Ze gaf een

gil en ze rende weg. Ze haalde meteen haar mobiele telefoon tevoorschijn en belde het alarmnummer.
De twee mannen renden de straat door en verdwenen om de hoek van een kerk aan N Street. Ze probeerde de man op de grond te helpen, die bewusteloos was en erg bloedde.

Clay werd naar het George Washington-ziekenhuis gebracht, waar hij door een traumateam werd gestabiliseerd. Uit het eerste onderzoek bleek dat hij twee grote hoofdwonden had opgelopen die veroorzaakt waren door slagen met een stomp voorwerp. Verder had hij een snee in zijn rechterwang, een snee in zijn linkeroor en een heleboel kneuzingen. Zijn rechterkuitbeen was in tweeën gebroken. Zijn linkerknieschijf was helemaal kapot en zijn linkerenkel was gebroken. Zijn hoofd had grote schaafwonden opgelopen en er moesten 81 hechtingen aan te pas komen om de twee grote sneden te dichten. Zijn schedel was lelijk gekneusd maar niet gebroken. Zes hechtingen in zijn wang, elf in zijn oor, en toen reden ze hem naar de afdeling chirurgie om zijn benen weer in elkaar te zetten.
Jonah begon te bellen toen hij zo'n halfuur ongeduldig had zitten wachten. Na een uur verliet hij het restaurant en liep naar Clays herenhuis. Hij klopte op de deur, drukte op de bel en vloekte binnensmonds. Hij wilde net een paar steentjes tegen de ramen gooien toen hij Clays auto tussen twee andere auto's in de straat geparkeerd zag staan. Tenminste, hij dacht dat het Clays auto was.
Hij liep er langzaam naartoe. Er was iets mis, al wist hij nog niet wat het was. Het was inderdaad een zwarte Porsche Carrera, maar hij was bedekt met wit poeder. Jonah belde de politie.
Onder de Porsche werd een gescheurde en lege zak met Hanna-portlandcement gevonden. Blijkbaar had iemand de auto met cement bedekt en er vervolgens water overheen gegooid. Op sommige plaatsen, vooral op het dak en de motorkap, waren grote stukken cement opgedroogd en aan de auto blijven plakken. Toen de politie de zaak onderzocht, vertelde Jonah dat hij niet wist waar de eigenaar was. Na een langdurige zoekactie via de computer dook Clays naam op en Jonah ging meteen naar het ziekenhuis. Hij belde Paulette en ze was er al eerder dan hij. Clay lag in de operatiekamer, maar hij had alleen wat botbreuken en waarschijnlijk een hersenschudding. Zijn verwondingen leken niet levensbedreigend.
De vrouw met de hond vertelde de politie dat de daders twee blan-

ke mannen waren. Twee studenten die naar een bar in Wisconsin Avenue waren gegaan, zeiden dat ze twee blanke mannen in zwarte jasjes N Street hadden zien uitrennen. Ze sprongen in een metallic groen busje, waarin de bestuurder al op hen zat te wachten. Het was te donker geweest om het nummerbord te zien.

Het telefoontje dat Clay om negen over halfnegen had gekregen, bleek afkomstig te zijn uit een telefooncel aan M Street, ongeveer vijf minuten van zijn huis vandaan.

Het spoor was algauw koud. Per slot van rekening was het maar mishandeling. En dan ook nog op zaterdagavond. Op diezelfde avond kreeg de politie van Washington te maken met twee verkrachtingen, twee schietpartijen met vijf gewonden en twee moorden, die allebei zonder enige reden leken te zijn gepleegd.

Omdat Clay geen familie in de stad had, spraken Jonah en Paulette met de artsen en namen ze de beslissingen. Om halftwee die nacht vertelde een arts hun dat de operatie goed was verlopen. Alle botten waren gezet en konden beginnen te genezen; er waren wat pennen en schroeven aangebracht, het kon allemaal niet beter. Ze hielden de hersenactiviteit nauwlettend in de gaten. Het stond vast dat Clay een hersenschudding had, maar ze wisten niet hoe ernstig het was. 'Hij ziet er afschuwelijk uit,' waarschuwde ze hen.

Er gingen twee uur voorbij. Clay werd langzaam naar boven gebracht. Jonah had een privé-kamer opgeëist. Ten slotte kregen ze hem even na vier uur te zien. Een mummie had nog minder windsels om zich heen dan hij.

Beide benen zaten over de volle lengte in dik gips. Ze werden met een ingewikkeld stel kabels en katrollen op enkele centimeters hoogte boven het bed gehouden. Zijn borst en armen waren bedekt door een laken. Zijn kruin en de helft van zijn gezicht waren ingepakt met dik verbandgaas. Zijn ogen waren dicht en opgezwollen; gelukkig was hij buiten bewustzijn. Zijn kin was opgezwollen; zijn lippen waren opgezet en blauw. Op zijn hals zat opgedroogd bloed. Ze stonden zwijgend naar hem te kijken, namen al zijn verwondingen in ogenschouw, hoorden de monitoren klikken en piepen en zagen zijn borst erg langzaam op en neer gaan. Toen schoot Jonah in de lach. 'Moet je die kerel toch eens zien,' zei hij.

'Stil, Jonah,' siste Paulette, die hem wel een klap in zijn gezicht kon geven.

'Daar ligt de claimkoning,' zei Jonah, die de grootste moeite had om zijn lachen in te houden.

Toen zag zij de humor er ook van in. Ze kon lachen zonder haar mond open te doen en een hele tijd stonden ze daar aan het voeteneind van Clays bed en deden ze hun best om het niet uit te gieren van het lachen.

Na een tijdje had ze zichzelf weer in de hand en ze zei: 'Je zou je moeten schamen.'

'Doe ik ook. Sorry.'

Een broeder kwam een bed naar binnen rijden. Paulette zou de eerste nacht nemen, Jonah de tweede.

Gelukkig was het te laat gebeurd om de zondagseditie van de *Washington Post* te halen. Mevrouw Glick belde alle medewerkers van de firma en vroeg ze om niet in het ziekenhuis op bezoek te gaan en geen bloemen te sturen. Misschien zouden ze dat later in de week nog moeten doen, maar voorlopig moesten ze alleen voor hem bidden.

Rond twaalf uur op zondagmiddag keerde Clay eindelijk tot de levenden terug. Paulette lag op het veldbed te woelen, toen hij zei: 'Wie is daar?'

Ze sprong op en ging vlug naar hem toe. 'Ik ben het, Clay.'

Door zijn gezwollen en wazige ogen kon hij een zwart gezicht zien. Het was in elk geval niet Ridley. Hij stak zijn hand uit en zei: 'Wie?'

'Paulette, Clay. Kun je niet zien?'

'Nee. Paulette? Wat doe je hier?' Zijn woorden klonken gesmoord, langzaam, pijnlijk.

'Ik pas op je, baas.'

'Waar ben ik?'

'Het George Washington-ziekenhuis.'

'Waarom, wat is er gebeurd?'

'Je bent in elkaar geslagen.'

'Wat?'

'Je bent overvallen. Twee kerels met stokken. Heb je pijnstillers nodig?'

'Ja.'

Ze rende de kamer uit en vond een zuster. Enkele minuten later kwam er een arts die Clay tot in de gruwelijkste details vertelde hoe erg hij in elkaar was geslagen. Nog een pil en Clay zakte weer weg. Het grootste deel van de zondag bracht hij in een aangename roes door, met Paulette en Jonah aan zijn zijde. Ze lazen de kranten en keken naar de sport op televisie.

Op maandag was het in het nieuws, en alle verhalen waren hetzelfde. Paulette zette het geluid van de televisie af en Jonah verstopte de kranten. Mevrouw Glick en de rest van de firma sloten de gelederen en hadden 'geen commentaar' voor wie dan ook. Ze kreeg een e-mail van een zeilbootkapitein die beweerde dat hij Clays vader was. Hij lag in de buurt van het schiereiland Yucatán in de Golf van Mexico, en kon iemand hem vertellen hoe Clay eraan toe was? Ze vertelde het hem: toestand stabiel, botbreuken, hersenschudding. Hij bedankte haar en beloofde de volgende dag weer contact op te nemen.

Ridley kwam maandagmiddag. Paulette en Jonah gingen weg, blij dat ze een tijdje uit het ziekenhuis weg waren. Blijkbaar hadden mensen uit Georgië andere ideeën over wat je moest doen als een van je naasten in het ziekenhuis lag. Terwijl Amerikanen bij hun dierbare zieken en gewonden wilden zijn, vonden mensen uit andere culturen het praktischer om een uurtje op bezoek te gaan en de zorg voor de patiënt de rest van de tijd aan het ziekenhuis over te laten. Ridley toonde enkele minuten grote genegenheid en probeerde Clay voor de nieuwste verbouwingen van hun villa te interesseren. Zijn hoofd deed nog meer pijn en hij vroeg om een pil. Ze ontspande zich op het veldbed en probeerde een dutje te doen, want ze was doodmoe van de vlucht naar huis, zei ze. Non-stop. Met de Gulfstream. Hij viel ook in slaap en toen hij wakker werd, was ze weg.

Er kwam een rechercheur om hem nog wat vragen te stellen. Alle verdenkingen wezen in de richting van een stel vechtersbazen uit Reedsburg, maar er was niet veel bewijs. Clay kon de man die hem de stomp op zijn kin gaf niet beschrijven. 'Ik zag het niet aankomen,' zei hij, wrijvend over zijn kin. Alsof Clay het nog niet moeilijk genoeg had, liet de politieman hem vier grote kleurenfoto's van de zwarte Porsche met witte cementvlekken zien, en toen had Clay weer een pil nodig.

De bloemen stroomden binnen. Adelfa Pumphrey, Glenda van het Bureau voor Rechtshulp, de heer en mevrouw Rex Crittle, Rodney, Patton French, Wes Saulsberry, een rechter die Clay kende. Jonah bracht een laptop mee en Clay had een lang gesprek met zijn vader. 'De pleekoning' kwam op maandag met drie edities, elk vol met de nieuwste krantenberichten en verhalen over de aanval. Clay kreeg er niets van te zien. Hij lag in zijn ziekenhuiskamer, afgeschermd door zijn vrienden.

Dinsdagmorgen vroeg kwam Zack Battle op weg naar zijn kantoor even langs. Hij had goed nieuws. De effectenbeurs had het onderzoek naar Clay voorlopig stopgezet. Hij had met Mel Snellings advocaat in Baltimore gesproken. Mel hield voet bij stuk; hij bezweek niet voor de druk van de FBI. En zonder Mel konden ze het bewijs niet rond krijgen.

'De FBI zal wel in de kranten over je hebben gelezen en dacht misschien dat je al genoeg gestraft was,' zei Zack.

'Sta ik in de krant?' vroeg Clay.

'Een paar verhalen.'

'Wil ik ze lezen?'

'Ik raad je aan van niet.'

De verveling van het ziekenhuis sloeg hard toe: de tractie, de ondersteken, op alle uren de zusters aan je bed, de ernstige gesprekjes met de artsen, de vier muren, het walgelijke eten, steeds weer nieuw verband om je wonden, bloedprikken voor nog meer onderzoek, de pure monotonie van het liggen, het feit dat je je niet kan bewegen. Het gips zou er nog weken om blijven en hij kon zich niet voorstellen dat hij zich in een rolstoel of op krukken door de stad bewoog. Er stonden nog minstens twee operaties op het programma, kleine ingrepen, verzekerden ze hem.

De naschokken van de eigenlijke mishandeling spookten door zijn hoofd en hij herinnerde zich meer van de geluiden en fysieke gewaarwordingen tijdens de aanval. Hij zag het gezicht van de man die de eerste stomp op zijn kin gaf, maar hij wist niet of het echt was of dat hij het maar droomde. Daarom vertelde hij dat niet aan de rechercheur. Hij hoorde geschreeuw in het donker, maar ook dat kon heel goed bij de nachtmerrie horen. Hij herinnerde zich dat hij een zwarte stok ter grootte van een honkbalknuppel omhoog zag gaan. Gelukkig was hij meteen buiten westen geraakt en kon hij zich de meeste slagen niet herinneren.

De zwellingen begonnen af te nemen; zijn hoofd werd weer een beetje helder. Hij stopte met de pijnstillers, want hij wilde weer kunnen denken, en hij probeerde door middel van telefoon en e-mail leiding te geven aan het kantoor. Het was daar erg druk, volgens iedereen met wie hij sprak. Maar dat leek hem stug.

Ridley was goed voor een uur aan het eind van de ochtend en nog een uur aan het eind van de middag. Ze stond bij zijn bed en was erg aardig, vooral wanneer de zusters erbij waren. Paulette had de pest aan haar en ging er gauw vandoor als ze de kamer binnenkwam.
'Het gaat haar om je geld,' zei ze tegen Clay.
'En het gaat mij om haar lichaam,' zei Clay.
'Nou, op dit moment is zij in het voordeel.'

39

Als hij wilde lezen, moest hij de helft van het bed omhoog laten komen, en omdat zijn benen al naar boven wezen, vouwde hij zichzelf dan min of meer tot een V. Een pijnlijke V. Hij kon niet langer dan tien minuten in die houding blijven liggen. Daarna werd de druk te groot en moest hij het bed weer laten zakken. Met Jonahs laptop op beide gipsbenen keek hij de krantenartikelen uit Arizona door. Op een gegeven moment nam Paulette de telefoon op. 'Het is Oscar,' zei ze.
Ze hadden op zondagavond korte tijd met elkaar gesproken, maar Clay had toen niet helder kunnen denken omdat hij suf was van de pijnstillers. Nu was hij helemaal bij zijn positieven en kon hij alle gegevens in zich opnemen. 'Laat maar eens horen,' zei hij. Hij liet het bed zakken en probeerde zich uit te strekken.
'Mooneyham was zaterdagochtend klaar met zijn bewijsvoering. Hij had het niet beter kunnen doen. Die kerel is geniaal en de jury eet uit zijn hand. Toen het proces begon, liepen de Goffman-jongens met hun neus in de wind, maar ik denk dat ze er nu met de staart tussen de benen vandoor gaan. Roger Redding heeft gistermiddag hun beste getuige-deskundige opgeroepen, een onderzoeker die verklaarde dat er geen direct verband bestaat tussen het geneesmiddel en de borstkanker van de eiseres. Ik vond die vent erg goed, echt geloofwaardig. Hij heeft drie universitaire studies afge-

rond! De jury luisterde aandachtig. En toen scheurde Mooneyham hem aan flarden. Hij kwam met een slecht onderzoek aanzetten dat die kerel twintig jaar geleden had gedaan. Hij trok zijn kwalificaties in twijfel. Op het eind was er niets meer van die getuige over. Het zou me niet hebben verbaasd als iemand een ambulance had gebeld om die arme stumper te laten afvoeren. Ik heb nog nooit meegemaakt dat een getuige zo grondig werd vernederd. Roger trok wit weg. De Goffman-jongens zaten daar als een stelletje schurken bij een confrontatie op het politiebureau.'
'Prachtig, prachtig,' zei Clay. De telefoon plakte vast aan het verbandgaas op de linkerkant van zijn gezicht, naast het kapotte oor.
'Nu komt het mooie. Ik heb ontdekt waar de Goffman-mensen logeren en toen heb ik zelf ook een kamer in dat hotel genomen. Ik zie ze aan het ontbijt. Ik zie ze 's avonds laat in de bar. Ze weten wie ik ben en we draaien als twee dolle honden om elkaar heen. Ze hebben een huisjurist, een zekere Fleet, en die sprak me gisteren na de schorsing aan, ongeveer een uur nadat hun getuige-deskundige was afgeslacht. Hij zei dat hij iets met me wilde drinken. Hij nam er één, ik nam er drie. Hij nam er maar een omdat hij naar de Goffman-kamers op de bovenste verdieping terug moest, waar hij de hele nacht zou lopen ijsberen en over de mogelijkheden van een schikking zou nadenken.'
'Zeg dat nog eens,' zei Clay zachtjes.
'Je hebt me goed verstaan. Goffman denkt op dit moment over een schikking met Mooneyham. Ze zijn doodsbang. Ze zijn er net als ieder ander in de rechtszaal van overtuigd dat de jury gehakt zal maken van hun bedrijf. En een schikking zal ze een fortuin kosten, want die oude rotzak wil niet schikken. Clay, hij maakt ze helemaal in! Roger is erg goed, maar hij kan niet aan Mooneyham tippen.'
'Weer over die schikking.'
'Weer over die schikking. Fleet wilde weten hoeveel van onze zaken legitiem zijn. Ik zei: "Alle 26.000." Hij draaide er nog een tijdje omheen en vroeg toen of ik dacht dat jij eventueel zou willen schikken voor iets in de buurt van honderdduizend per stuk. Dat is 2,6 miljard, Clay. Kun je meerekenen?'
'Ja.'
'En de honoraria?'
'Ook.' En op dat moment was de pijn helemaal verdwenen. En zijn hoofd bonsde ook niet meer. Het zware gips voelde zo licht als een

veertje aan. De gevoelige blauwe plekken bestonden niet meer. Clay had zin om in huilen uit te barsten.
'Nou ja, het was natuurlijk nog geen aanbod van een schikking, alleen maar een eerste verkenning. Maar het tekent de sfeer wel. Er worden hier op de rechtbank veel geruchten in omloop gebracht, vooral door de advocaten en effectenanalisten. Volgens die geruchten zou Goffman zich een compensatiepot van misschien wel zeven miljard kunnen permitteren. Als ze nu schikken, zou de aandelenprijs waarschijnlijk op peil blijven, omdat de Maxatil-nachtmerrie dan voorbij zou zijn. Dat is maar een van de theorieën, maar na het bloedbad van gisteren valt er veel voor te zeggen. Fleet kwam naar me toe omdat wij de grootste groep eisers hebben. Volgens de verhalen die hier de ronde doen, ligt het aantal potentiële claims ergens in de buurt van de zestigduizend. Dat zou betekenen dat wij zo'n veertig procent van de markt hebben. Als wij willen schikken voor ongeveer honderdduizend per stuk, kunnen zij een prognose maken van wat het ze in totaal gaat kosten.'
'Wanneer spreek je hem weer?'
'Het is hier bijna acht uur. Het proces gaat over een uur verder. We hebben afgesproken om buiten het gerechtsgebouw bij elkaar te komen.'
'Bel me zodra je kunt.'
'Maak je geen zorgen, baas. Hoe is het met de gebroken botten?'
'Alweer veel beter.'
Paulette nam de telefoon over. Na een paar seconden ging hij opnieuw. Ze nam op, gaf hem weer aan Clay en zei: 'Het is voor jou, en ik ga nu weg.'
Het was Rebecca. Ze belde met haar mobiele telefoon vanuit de hal van het ziekenhuis en vroeg of een kort bezoek gelegen kwam. Even later kwam ze zijn kamer binnen en schrok toen ze hem zag. Ze kuste hem op zijn wangen, tussen de blauwe plekken.
'Ze hadden stokken,' zei Clay. 'Om het een eerlijk gevecht te maken. Anders zou ik te veel in het voordeel zijn geweest.' Hij drukte op de knoppen van het bed en begon zich in de V-stand te verheffen.
'Je ziet er verschrikkelijk uit,' zei ze. Haar ogen waren vochtig.
'Dank je. Jij daarentegen ziet er spectaculair uit.'
Ze kuste hem weer op dezelfde plaats en begon over zijn linkerarm te wrijven. Het bleef even stil tussen hen.

'Mag ik je iets vragen?' zei Clay.
'Ja.'
'Waar is je man op dit moment?'
'Hij is óf in São Paulo óf in Hongkong. Ik kan het niet goed bijhouden.'
'Weet hij dat je hier bent?'
'Natuurlijk niet.'
'Wat zou hij doen als hij wist dat je hier was?'
'Hij zou zich opwinden. We zouden vast ruzie krijgen.'
'Zou dat ongewoon zijn?'
'Het gebeurt de hele tijd. Het werkt niet, Clay. Ik wil van hem af.'
Ondanks zijn verwondingen had Clay een geweldige dag. Een fortuin was binnen zijn bereik gekomen en Rebecca ook. De deur naar zijn kamer ging zachtjes open en Ridley kwam binnen. Ze bleef onopgemerkt aan het voeteneind van zijn bed staan en zei toen: 'Sorry dat ik stoor.'
'Hallo, Ridley,' zei Clay zwakjes.
De vrouwen keken elkaar aan met een blik die cobra's op de vlucht zou jagen. Ridley ging aan de andere kant van het bed staan, recht tegenover Rebecca, die haar hand op Clays gekneusde arm hield. 'Ridley, dit is Rebecca. Rebecca, dit is Ridley,' zei Clay, die even overwoog de lakens over zijn hoofd te trekken en te doen alsof hij dood was.
Ze glimlachten geen van beiden. Ridley stak haar hand een paar centimeter uit en begon zachtjes over Clays rechterarm te wrijven. Hoewel hij door twee beeldschone vrouwen werd verwend, voelde hij zich net een aangereden dier, enkele seconden voordat de wolven kwamen.
Aangezien niemand iets wist te zeggen, knikte Clay naar links en zei: 'Ze is een oude vriendin.' Toen knikte hij naar rechts en zei: 'Ze is een nieuwe vriendin.' Beide vrouwen vonden dat hun band met Clay veel verder ging dan die van 'een' vriendin. Beiden ergerden zich. Geen van beiden trok zich ook maar een centimeter terug. Ze gaven geen krimp.
'Volgens mij waren we op je trouwreceptie,' zei Ridley ten slotte. Een niet al te subtiele manier om Rebecca eraan te herinneren dat ze getrouwd was.
'Zonder uitnodiging, als ik het me goed herinner,' zei Rebecca.
'O, jee, tijd voor mijn klysma,' zei Clay en hij was de enige die lach-

te. Als die twee meiden over zijn bed heen gingen vechten, zou hij nog meer averij oplopen. Vijf minuten geleden had hij met Oscar gebeld en van recordhonoraria gedroomd. En nu stonden twee vrouwen op het punt elkaar te lijf te gaan.
Twee erg mooie vrouwen. Het had erger gekund, zei hij tegen zichzelf. Waar waren de verpleegsters? Die kwamen op alle uren van de dag zijn kamer binnenstormen zonder ook maar enigszins rekening te houden met zijn privacy of slaapgedrag. Soms kwamen ze met z'n tweeën. En als Clay bezoek had, kon het bijna niet anders of een zuster kwam onnodig binnenvallen. 'Hebt u iets nodig, meneer Carter?' 'Zullen we uw bed opmaken?' 'Wilt u de televisie aan?' 'Of uit?'
Het was stil op de gangen. Beide vrouwen graaiden naar hem.
Rebecca knipperde als eerste met haar ogen. Ze had geen keus. Per slot van rekening had ze een echtgenoot. 'Dan ga ik maar.' Ze ging langzaam de kamer uit, alsof ze niet weg wilde gaan, geen territorium wilde prijsgeven. Clay vond het fascinerend.
Zodra de deur dicht was, ging Ridley bij het raam staan. Ze bleef daar een hele tijd voor zich uit staan kijken. Clay keek in een krant. Hij maakte zich helemaal niet druk om haar of om de stemming waarin ze op dat moment verkeerde. Ze negeerde hem om hem te laten voelen dat ze boos op hem was en dat kwam hem goed uit.
'Je houdt van haar, hè?' zei Ridley. Ze keek nog steeds uit het raam en probeerde te doen alsof ze gekwetst was.
'Van wie?'
'Rebecca.'
'O, die. Nee, dat is gewoon een oude vriendin.'
Ze draaide zich woedend om en liep naar zijn bed. 'Ik ben niet achterlijk, Clay!'
'Dat heb ik ook niet gezegd.' Hij las nog in de krant en trok zich niets van haar theatrale gedoe aan. Ze pakte haar tasje en liep met grote stappen de kamer uit, waarbij ze haar hakken zo hard mogelijk liet klikken. Kort daarna kwam er een zuster binnen om te kijken of hij schade had opgelopen.
Een paar minuten later belde Oscar. Hij stond buiten de rechtszaal en gebruikte zijn mobiele telefoon. De zitting was onderbroken. 'Het gerucht gaat dat Mooneyham vanmorgen tien miljoen heeft afgewezen,' zei hij.
'Heeft Fleet je dat verteld?'

'Nee, die heb ik niet gesproken. Hij had geen tijd, want hij diende verzoeken in. Ik probeer hem in de lunchpauze te pakken te krijgen.'
'Wie zit er nu in de getuigenbank?'
'Weer een deskundige van Goffman, een vrouwelijke hoogleraar aan Duke die het onderzoeksrapport over Maxatil in diskrediet probeert te brengen. Mooneyham is zijn messen aan het slijpen. Dat belooft wat.'
'Geloof je het gerucht?'
'Ik weet niet wat ik moet geloven. De jongens van Wall Street zijn erg opgewonden. Ze willen een schikking, want ze denken dat ze op die manier de kosten het best kunnen voorspellen. Ik bel je in de lunchpauze opnieuw.'
In Flagstaff waren drie resultaten mogelijk; twee daarvan zouden geweldig zijn. Als de uitspraak sterk in het nadeel van Goffman uitviel, zou het bedrijf onder enorme druk komen te staan om een schikking aan te gaan, want daarmee konden ze dan jaren van procesvoering en een spervuur van enorme vonnissen voorkomen. En als het midden in het proces tot een schikking kwam, zou er waarschijnlijk in het hele land een compensatieplan voor alle eisers komen.
Een vonnis ten gunste van Goffman zou Clay dwingen om alles op alles te zetten en zich op zijn eigen proces in Washington voor te bereiden. Bij dat vooruitzicht kwam de stekende pijn in zijn hoofd en benen terug.
Dat hij urenlang onbeweeglijk in een ziekenhuisbed moest liggen, was op zichzelf al een marteling. En nu maakte de zwijgende telefoon het allemaal nog erger. Elk moment kon Mooneyham genoeg geld van Goffman aangeboden krijgen om te willen schikken. Als het alleen aan zijn eigen ego lag, zou hij het proces afmaken, maar kon hij aan de belangen van zijn cliënt voorbijgaan?
Een zuster kwam de jaloezieën sluiten, het licht uitdoen en de tv afzetten. Toen ze weg was, legde Clay de telefoon op zijn buik. Hij trok de lakens over zijn hoofd en wachtte af.

40

De volgende morgen werd Clay naar de operatiekamer teruggebracht omdat er nog iets bijgesteld moest worden aan de pennen en schroeven in zijn benen. 'Een beetje aanschroeven,' had zijn arts het genoemd. Wat het ook was, er kwam een volledige dosis anesthesie aan te pas en het grootste deel van de dag was hij buiten westen. Aan het begin van de middag ging hij naar zijn kamer terug, waar hij nog drie uur sliep voordat het middel was uitgewerkt. Paulette, niet Ridley en niet Rebecca, zat te wachten toen hij eindelijk bijkwam. 'Iets van Oscar gehoord?' zei hij met gesmoorde stem.
'Hij belde en zei dat het proces goed verliep. Dat is het wel zo'n beetje,' meldde Paulette. Ze trok zijn lakens en zijn kussen recht en gaf hem water, en toen hij helemaal bij was, ging ze weg om een boodschap te doen. Voordat ze wegging, gaf ze hem een ongeopende envelop die per koerier was gebracht.
Het was een met de hand geschreven briefje van Patton French, die hem een spoedig herstel toewenste en nog iets anders schreef dat Clay niet kon ontcijferen. De bijgevoegde memo was gericht aan de stuurgroep van Dyloft-eisers (nu -gedaagden). De weledelgestrenge Helen Warshaw had haar wekelijkse toevoegingen aan haar massaclaim ingediend. De lijst werd steeds langer. Overal in het land richtte Dyloft alsnog schade aan en de gedaagden zakten steeds dieper in het drijfzand weg. De massaclaim telde nu 381

eisers, onder wie 24 ex-JCC-cliënten die zich nu door mevrouw Warshaw lieten vertegenwoordigen, terwijl dat er een week eerder nog maar drie geweest waren. Zoals altijd keek Clay naar de namen en vroeg hij zich af hoe zijn pad ooit dat van die mensen had kunnen kruisen.
Zouden zijn vroegere cliënten het niet prachtig vinden om hem daar in dat ziekenhuisbed te zien liggen: verminkt, gebroken, gekneusd? Misschien lag een van hen wel op dezelfde gang, met tumoren en verwijderde organen, omringd door zijn dierbaren, terwijl de klok luid tikte. Hij wist dat hij hun ziekten niet had veroorzaakt, maar om de een of andere reden voelde hij zich verantwoordelijk voor hun leed.
Ridley kwam eindelijk langs. Ze was op weg van de sportschool naar huis. Ze bracht wat boeken en tijdschriften mee en probeerde een zorgeloze indruk te maken. Na een paar minuten zei ze: 'Clay, de binnenhuisarchitect heeft gebeld. Ik moet naar de villa terug.'
Was die binnenhuisarchitect een man of een vrouw? Hij dacht over die vraag na maar stelde hem niet.
Wat een uitstekend idee!
'Wanneer?' vroeg hij.
'Morgen misschien. Als het vliegtuig beschikbaar is.' Waarom zou het niet beschikbaar zijn? Clay ging echt nergens heen.
'Goed. Ik zal de piloten bellen.' Zijn leven zou gemakkelijker zijn als zij de stad uit was. Hier in het ziekenhuis had hij niets aan haar.
'Dank je,' zei ze en ze ging in de stoel zitten en begon in een tijdschrift te bladeren. Na een halfuur was haar tijd om. Ze gaf hem een kus op zijn voorhoofd en verdween.
De rechercheur was de volgende. In de nacht van zaterdag op zondag waren bij een bar in Hagerstown, Maryland, drie mannen uit Reedsburg gearresteerd. Er had zich daar een vechtpartij voorgedaan. Ze probeerden er in een donkergroen busje vandoor te gaan, maar de bestuurder maakte een inschattingsfout en reed een greppel in. De rechercheur had drie kleurenfoto's van de verdachten. Het waren ruige types. Clay kon geen van hen identificeren.
Volgens de korpscommandant in Reedsburg werkten ze op de Hanna-fabriek. Ze waren kortgeleden ontslagen, maar dat was de enige informatie die de rechercheur van de autoriteiten daar had kunnen lospeuteren. 'Ze werken niet erg mee,' zei hij. Clay, die in Reedsburg was geweest, kon zich dat wel indenken.

'Als u die kerels niet kunt identificeren, zit er niets anders voor me op dan het dossier te sluiten,' zei de rechercheur.
'Ik heb ze nooit eerder gezien,' zei Clay.
De rechercheur deed de foto's weer in de map en ging voorgoed weg. Er volgde een stoet van zusters en artsen om hem te sonderen en manipuleren en na een uur viel Clay in slaap.

Oscar belde om ongeveer halftien. De zitting van die dag was net afgelopen. Iedereen was doodmoe, vooral omdat Dale Mooneyham een waar bloedbad had aangericht in de rechtszaal. Goffman had met tegenzin zijn derde expert opgeroepen, een laboratoriumrat met een brilletje en zonder wervelkolom. De man had de leiding gehad van de klinische tests met Maxatil, en na een grandioos en creatief verhoor door Roger de Raket had Mooneyham de arme stumper in mootjes gehakt.
'Ze worden een voor een afgeslacht,' zei Oscar lachend. 'Straks durft Goffman geen getuigen meer op te roepen.'
'Schikking?' vroeg Clay, nog onder invloed van het narcoticum. Hij voelde zich suf en slaperig maar deed wanhopig zijn best om alle informatie in zich op te nemen.
'Nee, maar het zal een lange nacht worden. Het schijnt dat Goffman morgen nog één getuige-deskundige oproept en dat ze daarna alleen nog maar op de uitspraak wachten. Mooneyham weigert met ze te praten. Hij gedraagt zich alsof hij een recordbedrag verwacht.'
Clay viel in slaap met de telefoon tegen de zijkant van zijn hoofd. Een uur later haalde een zuster het ding weg.

Goffmans president-directeur arriveerde woensdagavond laat in Flagstaff en werd in allerijl naar een groot gebouw gebracht, waar de advocaten aan het complotteren waren. Hij werd door Roger Redding en de rest van het verdedigingsteam op de hoogte gesteld van de laatste ontwikkelingen en de jongens van de financiën lieten hem de nieuwste cijfers zien. Iedereen ging van het ergste uit.
Omdat Redding zo genadeloos klop had gekregen, wilde hij dat de verdediging zich aan het plan hield en de overige getuigen opriep. Het tij zou vast wel keren. Hij zou vast wel weer op dreef komen en punten bij de jury scoren. Maar Bob Mitchell, lid van de raad van bestuur en hoofd van de juridische afdeling, en Sterling Gibb, de oude vertrouwde advocaat van de onderneming en het golfmaatje

van de president-directeur, vonden dat het nu wel genoeg was. Nog één getuige die door Mooneyham werd afgeslacht en de juryleden zouden uit hun stoelen springen en de dichtstbijzijnde Goffman-manager te lijf gaan. Reddings ego was lelijk gekwetst. Hij wilde doorzetten, in de hoop op een wonder. Het zou onverstandig zijn om hem zijn gang te laten gaan.
Mitchell en Gibb zaten om een uur of drie die nacht onder het nuttigen van wat donuts met de president-directeur te overleggen. Alleen zij drieën. Hoe slecht de zaken er voor de onderneming ook voorstonden, er waren nog wat geheime Maxatil-gegevens die nooit in de openbaarheid mochten komen. Als Mooneyham over die gegevens beschikte, of als hij ze uit een getuige kon slaan, zou de hele wereld van Goffman instorten. Zo langzamerhand achtten ze Mooneyham tot alles in staat. Ten slotte besloot de president-directeur een eind aan de aderlating te maken.
Toen de zitting de volgende morgen om negen uur weer begon, maakte Roger Redding bekend dat de verdediging geen getuigen meer zou oproepen.
'Geen getuigen meer?' vroeg de rechter. Een proces van vijftien dagen was zojuist gehalveerd. Hij kon een extra weekje golfen!
'Inderdaad, edelachtbare,' zei Redding met een glimlach tegen de juryleden, alsof alles in orde was.
'Hebt u nog getuigen, meneer Mooneyham?'
De advocaat van de eiser stond langzaam op. Hij krabde over zijn hoofd, keek Redding dreigend aan en zei: 'Als zij klaar zijn, zijn wij dat ook.'
De rechter legde de juryleden uit dat de zitting een uur werd geschorst. In dat uur had hij enige zaken met de advocaten te bespreken. Als ze terugkwamen, zouden ze de slotpleidooien te horen krijgen en tegen de middag zouden ze aan hun beraadslagingen beginnen.
Tegelijk met alle anderen rende Oscar de gang op. Hij had zijn mobiele telefoon al in zijn hand. In Clays ziekenhuiskamer werd niet opgenomen.

Clay bracht drie uur op de röntgenafdeling door, drie uur op een brancard op een drukke gang, waar zusters en broeders haastig voorbij liepen, pratend over niets. Hij had zijn mobiele telefoon achtergelaten en was dus drie uur lang van de wereld afgesneden, terwijl hij daar lag te wachten in de krochten van het George Washington-ziekenhuis.

De röntgenfoto's namen bijna een uur in beslag. Het had vlugger gekund, als de patiënt niet zo onwillig en agressief en soms ronduit godslasterlijk was geweest. Een broeder reed hem naar zijn kamer. Hij was blij dat hij terug was.

Clay deed een dutje toen Oscar belde. Het was tien voor halfzes bij hem en tien voor halfvier in Phoenix.

'Waar zat je nou?' wilde Oscar weten.

'Dat wil je niet weten.'

'Goffman heeft vanmorgen de handdoek in de ring gegooid. Hij probeerde te schikken, maar Mooneyham wilde niet met hem praten. Daarna ging het allemaal heel snel. De slotpleidooien begonnen om een uur of tien. De jury begon om precies twaalf uur aan de beraadslagingen.'

'De jury is aan het beraadslagen?' vroeg Clay. Hij schreeuwde bijna in de telefoon.

'Was.'

'Wat?'

'Was aan het beraadslagen. Het is voorbij. Ze hebben drie uur overlegd en deden ten slotte een uitspraak ten gunste van Goffman. Ik vind het heel erg, Clay. Iedereen hier is diep geschokt.'

'Nee.'

'Toch wel.'

'Je liegt, Oscar.'

'Was dat maar waar. Ik weet niet wat er gebeurd is. Niemand weet dat. Redding hield een schitterend slotpleidooi, maar ik keek naar de juryleden en dacht dat ze op Mooneyhams hand waren.'

'Dale Mooneyham heeft een zaak verloren?'

'Niet zomaar een zaak, Clay. Onze zaak.'

'Maar hoe?'

'Ik weet het niet. Ik zou alles wat ik had op Mooneyham hebben gezet.'

'Dat is precies wat we hebben gedaan.'

'Sorry.'

'Hoor eens, Oscar, ik lig hier in bed, helemaal in mijn eentje. Ik doe mijn ogen nu dicht en ik wil dat je tegen me blijft praten. Laat me niet alleen. Er is hier verder niemand. Praat tegen me. Vertel me iets.'

'Na de uitspraak werd ik aangesproken door Fleet en twee andere kerels, Bob Mitchell en Sterling Gibb. Moordgozers. Ze waren zo blij dat ze zowat uit elkaar sprongen. Ze vroegen me eerst of je nog leefde, wat zeg je daarvan? Toen zeiden ze dat je de groeten van ze moet hebben. Ze zeiden dat heel ernstig. Ze vertelden me ook dat ze met hun show op tournee gingen – Roger de Raket en zijn circus – en dat het volgende proces in Washington wordt gehouden, een proces tegen de heer Clay Carter, de claimkoning, die, zoals we allemaal weten, nog nooit een claim voor de rechter heeft bepleit. Wat kon ik zeggen? Ze hadden zojuist een groot advocaat op zijn eigen territorium verslagen.'
'Onze Maxatil-zaken zijn waardeloos, Oscar.'
'Dat denken zij in elk geval. Mitchell zei dat ze geen cent gaven voor een Maxatil-zaak, waar dan ook in het land. Ze willen processen. Ze willen wraak. Eerherstel. Al die onzin.'
Hij liet Oscar meer dan een uur door de telefoon tegen hem praten, terwijl het geleidelijk donker werd in zijn onverlichte kamer. Oscar vertelde nog eens over de slotpleidooien en de spanning waarmee ze op de juryuitspraak hadden gewacht. Hij beschreef de schrik op het gezicht van de eiser, een stervende vrouw wier advocaat het aanbod van Goffman, volgens de geruchten tien miljoen dollar, niet had willen aannemen. En Mooneyham, die al in zo lange tijd geen zaak had verloren dat hij niet meer wist hoe dat was, eiste dat de juryleden vragenlijsten invulden en uitlegden wat ze hadden gedaan. Toen Mooneyham weer op adem was gekomen en kans had gezien rechtop te gaan staan, met zijn stok natuurlijk, maakte hij een volslagen belachelijke indruk. En er heerste verbijstering aan de Goffman-kant, waar de donkere pakken met gebogen hoofd naast elkaar zaten, alsof ze met z'n allen aan het bidden waren, totdat de voorzitter van de jury zijn majestueuze woorden uitsprak. Meteen daarop was er een stormloop op de uitgang van de zaal. De analisten uit Wall Street renden naar buiten om hun telefoontje te plegen.
Oscar besloot zijn verhaal met: 'Ik ga nu naar een kroeg.'
Clay belde een zuster en vroeg om een slaaptablet.

41

Na elf dagen van opsluiting in zijn ziekenhuiskamer kwam Clay eindelijk vrij. Er werd lichter gips om zijn linkerbeen gezet en hoewel hij niet kon lopen, kon hij tenminste een beetje manoeuvreren. Paulette duwde zijn rolstoel uit het ziekenhuis naar een gehuurd busje met Oscar achter het stuur. Een kwartier later reden ze hem zijn herenhuis binnen en deden de deur op slot. Paulette en mevrouw Glick hadden de huiskamer beneden in een tijdelijke slaapkamer veranderd. Zijn telefoons, fax en computer stonden op een klaptafel naast zijn bed. Zijn kleren lagen al netjes op plastic planken bij de haard.
Twee uur lang las hij post en financiële verslagen en krantenknipsels, maar dan wel alleen dingen die door Paulette waren geselecteerd. Het meeste van wat over hem was afgedrukt, kreeg hij niet in handen.
Later, toen hij een dutje had gedaan, zat hij met Paulette en Oscar aan de keukentafel en zei hij dat het tijd werd om te beginnen.
Het werd tijd om orde op zaken te stellen.

Eerst zijn advocatenkantoor. Crittle had kans gezien om enige kosten te beperken, maar aan vaste onkosten ging er nog steeds een miljoen dollar per maand de deur uit. Omdat er geen inkomsten waren en ook niet werden verwacht, viel niet aan onmiddellijke

ontslagen te ontkomen. Ze namen een lijst van medewerkers door – advocaten, assistenten, secretaresses, administratief medewerkers, overig personeel – en namen de pijnlijke beslissing. Hoewel ze geen enkele waarde meer aan de Maxatil-zaken toekenden, ging er toch nog wat werk in zitten om de dossiers te sluiten. Clay hield daarvoor vier advocaten en vier assistenten in dienst. Hij wilde zich volledig aan de arbeidscontracten van zijn medewerkers houden, maar dat zou hem veel geld kosten dat hij zelf dringend nodig had.
Clay keek naar de namen van de werknemers die moesten vertrekken en hij werd er beroerd van. 'Ik wil hier een nachtje over slapen,' zei hij. Hij kon de definitieve beslissing nog niet nemen.
'De meesten van hen verwachten het al, Clay,' zei Paulette.
Hij keek naar de namen en probeerde zich een voorstelling te maken van de verhalen over hem die in de gangen van zijn eigen firma de ronde deden.
Twee dagen eerder had Oscar zich met tegenzin bereid verklaard naar New York te gaan om een gesprek met Helen Warshaw te voeren. Hij had haar een overzicht van Clay Carters bezittingen en mogelijke schulden en aansprakelijkheden gegeven en haar in feite om genade gesmeekt. Zijn baas wilde zijn faillissement niet aanvragen, maar als mevrouw Warshaw hem te veel onder druk zette, zou hij geen keus hebben. Ze was niet onder de indruk geweest. Clay behoorde tot een groep advocaten, haar gedaagden, die volgens haar schattingen samen zo'n anderhalf miljard dollar waard waren. Ze kon niet toestaan dat Clay zijn zaken voor bijvoorbeeld een schamele één miljoen per stuk afdeed, terwijl de zaken die ze tegen Patton French aanhangig had gemaakt drie keer zoveel zouden opbrengen. Daar kwam nog bij dat ze helemaal niet in de stemming was voor een schikking. Het zou een groot proces worden, een moedige poging om misstanden in het rechtsstelsel te bestrijden, een spektakel dat veel aandacht van de media zou krijgen. Ze wilde van elk moment genieten.
Oscar keerde met de staart tussen de benen naar Washington terug. Hij was er zeker van dat Helen Warshaw, de advocate van Clays grootste groep crediteuren, belust was op bloed.
Het gevreesde woord 'faillissement' was voor het eerst door Rex Crittle in Clays ziekenhuiskamer uitgesproken. Het had als een kogel door de lucht gegierd en was als een granaat neergekomen. Toen werd het opnieuw gebruikt. Clay begon het uit te spreken,

maar alleen tegen zichzelf. Paulette zei het een keer. Oscar had het in New York gebruikt. Het was een lelijk woord en het stond ze helemaal niet aan, maar in de afgelopen week was het tot hun vocabulaire gaan behoren.

Als Clay failliet ging, kon de huur van het kantoor voortijdig worden opgezegd.

Als Clay failliet ging, konden de arbeidscontracten worden ontbonden.

Als Clay failliet ging, kon de Gulfstream op betere voorwaarden worden teruggestuurd.

Als Clay failliet ging, konden de ontevreden Maxatil-cliënten worden afgeweerd.

En vooral: als Clay failliet ging, konden ze Helen Warshaw in toom houden.

Oscar was bijna net zo gedeprimeerd als Clay en na een paar uur ellende ging hij naar kantoor. Paulette reed Clay naar buiten en ze dronken een kopje groene thee met honing op de patio. 'Ik heb twee dingen te zeggen,' zei ze. Ze zat erg dicht bij hem en keek hem aan. 'Ten eerste geef ik je iets van mijn geld.'

'Nee, dat moet je niet doen.'

'Dat doe ik. Je hebt mij rijk gemaakt toen je dat niet hoefde te doen. Al ben je een domme blanke jongen die alles kwijt is, ik geef toch erg veel om je. Ik ga je helpen, Clay.'

'Kun jij dit geloven, Paulette?'

'Nee. Het gaat alle geloof te boven, maar het is waar. Het is gebeurd. En voordat de dingen weer beter gaan, zullen ze eerst nog erger worden. Je moet de kranten niet lezen, Clay. Toe. Beloof me dat.'

'Maak je geen zorgen.'

'Ik ga je helpen. Als je alles verliest, zal ik er zijn om te zorgen dat het goed met je komt.'

'Ik weet niet wat ik moet zeggen.'

'Zeg dan niets.'

Ze hielden elkaars hand vast en Clay vocht tegen de tranen. Zo zaten ze een tijdje. 'Ten tweede,' zei ze, ik heb met Rebecca gepraat. Ze durft niet bij je te komen, want dan wordt ze misschien betrapt. Ze heeft een nieuwe mobiele telefoon waar haar man niets van weet. Ze heeft me het nummer gegeven. Ze wil dat je haar belt.'

'Kun je me advies geven, als vrouw?'

'Ik niet. Je weet hoe ik over die del uit Georgië denk. Rebecca is een aardige meid, maar het is een vrouw met een gebruiksaanwijzing, om het maar voorzichtig uit te drukken. Je bent op jezelf aangewezen.'
'Hé, bedankt.'
'Geen dank. Ze wilde dat je haar vanmiddag belt. Haar man is de stad uit of zoiets. Ik ga over een paar minuten weg.'

Rebecca parkeerde om de hoek en liep vlug door Dumbarton Street naar Clays deur. Ze was niet goed in dat stiekeme gedoe en hij ook niet. Het eerste wat ze besloten, was dat ze daar niet mee door zouden gaan.
Zij en Jason Myers hadden besloten te gaan scheiden en als vrienden uit elkaar te gaan. Hij had eerst nog gewild dat ze naar een therapeut gingen en de scheiding uitstelden, maar hij wilde ook achttien uur per dag werken in Washington en New York en Palo Alto en Hongkong. Zijn gigantische advocatenfirma had kantoren in 32 steden en cliënten over de hele wereld. Het werk was belangrijker dan al het andere. Hij had haar gewoon verlaten, zonder verontschuldigingen en zonder plannen om zijn leven te veranderen. Het scheidingsverzoek zou over twee dagen worden ingediend. Ze was haar bagage al aan het pakken. Jason zou het huis houden; ze had hem niet verteld waar ze heen ging. Ze waren nog geen jaar getrouwd geweest en in die tijd hadden ze weinig vermogen opgebouwd. Hij was partner in zijn firma en verdiende 800.000 dollar per jaar, maar ze wilde niets van zijn geld.
Volgens Rebecca hadden haar ouders zich er niet mee bemoeid. Daar hadden ze ook niet de gelegenheid voor gehad. Myers mocht hen niet en dat was niet zo vreemd. Clay vermoedde dat het misschien zelfs een van de redenen was waarom hij graag in de Hongkongse vestiging van zijn kantoor werkte: daar was hij ver van de Van Horns vandaan.
Ze hadden allebei een reden om de stad uit te gaan. Clay wilde de komende jaren onder geen beding in Washington doorbrengen. Zijn vernedering was te groot en er was buiten Washington nog een grote wereld waar de mensen hem niet kenden. Hij hunkerde naar anonimiteit. Voor het eerst in haar leven wilde Rebecca er alleen maar vandoor, bij een slecht huwelijk vandaan, bij haar ouders vandaan, bij de country club en de onuitstaanbare mensen die daar

kwamen vandaan, bij de druk om geld te verdienen en bezittingen te vergaren vandaan, bij McLean en de enige vrienden die ze ooit had gehad vandaan.
Het kostte Clay een uur om haar in bed te krijgen, maar seks was onmogelijk, met al dat gips en zo. Hij wilde haar alleen maar in zijn armen houden en kussen en de verloren tijd goedmaken.
Ze bracht de nacht bij hem door en besloot niet meer weg te gaan. Toen ze de volgende morgen koffie dronken, begon Clay met Tequila Watson en Tarvan en vertelde hij haar alles.

Paulette en Oscar kwamen van kantoor terug met nog meer slecht nieuws. Een of andere ophitser in het district Howard moedigde de huiseigenaren aan om bij de orde van advocaten een klacht tegen Clay in te dienen vanwege de verknoeide schikking met Hanna. Er waren inmiddels enkele tientallen klachten bij de orde binnengekomen. Er waren zes eisen ingediend tegen Clay, allemaal door dezelfde advocaat, die ijverig op zoek was naar nog meer eisers. Clays mensen werkten aan een schikkingsplan dat ze in de zaak van het faillissement van Hanna aan de rechter wilden voorleggen. Vreemd genoeg zou de firma misschien een honorarium toegekend krijgen, al zou dat veel minder zijn dan wat Clay had afgewezen.
Warshaw had bij de rechter een dringend verzoek ingediend om beëdigde verklaringen te mogen afnemen van een aantal Dylofteisers. Er was haast bij, want ze waren stervende en hun videoverklaringen zouden van cruciaal belang zijn voor het proces, dat waarschijnlijk over ongeveer een jaar zou plaatsvinden. Het zou tegenover deze eisers wel heel erg oneerlijk zijn als de gedaagden de gebruikelijke tactieken van vertraging, uitstel, oponthoud en regelrechte obstructie toepasten. Clay ging akkoord met het schema van getuigenverklaringen dat mevrouw Warshaw voorstelde, al was hij niet van plan erbij aanwezig te zijn.
Onder druk van Oscar was Clay ten slotte bereid tien advocaten en de meeste assistenten, secretaresses en administratief medewerkers te ontslaan. Hij ondertekende brieven aan ieder van hen, korte, erg verontschuldigende brieven. Hij nam de volle verantwoordelijkheid voor de ondergang van zijn firma op zich.
Eerlijk gezegd had hij ook niemand anders die hij de schuld kon geven.
Er werd een brief voor de Maxatil-cliënten opgesteld. Daarin gaf

Clay een samenvatting van het Mooneyham-proces in Phoenix. Hij geloofde nog steeds dat het geneesmiddel gevaarlijk was, maar het zou nu 'erg moeilijk zo niet onmogelijk' te bewijzen zijn dat het middel de oorzaak van de gezondheidsproblemen was. Het bedrijf was niet bereid tot een schikking buiten de rechtbank om en vanwege Clays eigen medische problemen was hij momenteel niet in staat om zich op een langdurig proces voor te bereiden.

Hij vond het erg om de mishandeling waarvan hij het slachtoffer was geworden als excuus te gebruiken, maar Oscar haalde hem over. In de brief klonk het geloofwaardig. Op dit dieptepunt in zijn carrière moest hij overal gebruik van maken.

Hij onthief dan ook alle cliënten van hun verplichtingen en hij deed dat nu onmiddellijk, opdat ze alle tijd hadden om een andere advocaat in de arm te nemen en tegen Goffman te procederen. Hij wenste hen zelfs veel succes.

De brieven zouden een storm van verontwaardiging oproepen. 'Dat kunnen we wel aan,' zei Oscar steeds weer. 'In elk geval zijn we dan van die mensen af.'

Clay dacht onwillekeurig aan Max Pace, zijn oude vriend die hem bij Maxatil had betrokken. Pace, een van zijn minstens vijf schuilnamen, was in staat van beschuldiging gesteld wegens effectenfraude, maar hij was niet gevonden. Volgens de aanklacht had hij met voorkennis bijna een miljoen aandelen Goffman op termijn verkocht voordat Clay zijn eis indiende. Later kocht hij de aandelen terug en glipte met een winst van rond de vijftien miljoen dollar het land uit. Zorg dat ze je niet te pakken krijgen, Max. Als hij gepakt werd en voor een proces naar Amerika werd teruggebracht, zou hij misschien al hun smerige geheimen vertellen.

Er stonden nog honderd andere punten op Oscars checklist, maar Clay kreeg er genoeg van.

'Speel ik vanavond voor verpleegster?' fluisterde Paulette in de keuken.

'Nee, Rebecca is er.'

'Jij bent gek op problemen, hè?'

'Ze dient morgen een echtscheidingsverzoek in. Haar man zal zich niet verzetten.'

'En de del?'

'Die is verleden tijd, als ze ooit van St. Barth terugkomt.'

De week daarop kwam Clay zijn huis niet uit. Rebecca stopte Rid-

leys spullen in vuilniszakken en zette ze in de kelder. Ze bracht ook wat van haar eigen spullen mee, al waarschuwde Clay haar dat hij op het punt stond het huis te verliezen. Ze maakte heerlijke maaltijden klaar en verpleegde hem als hij dat nodig had. Ze keken tot middernacht naar oude films en sliepen elke ochtend uit. Ze reed hem naar zijn afspraken bij de dokter.
Ridley belde om de andere dag vanaf het eiland. Clay vertelde haar niet dat ze haar plaats had verloren; dat deed hij liever persoonlijk, als ze ooit terugkwam. De nieuwe inrichting van de villa verliep goed, al had Clay flink op het budget beknibbeld. Blijkbaar wist ze niets van zijn financiële problemen.

Mark Munson kwam langs, een faillissementsdeskundige die zich in grote, rommelige, individuele ondergangen specialiseerde. Crittle had hem gevonden. Nadat Clay hem had aangesteld, liet Crittle hem alles zien, de boeken, de contracten, de eisen, de activa, de passiva. Alles. Toen Munson en Crittle naar het herenhuis kwamen, vroeg Clay aan Rebecca of ze weg wilde gaan. Hij wilde haar de gruwelijke details besparen.
In de zeventien maanden sinds hij bij het Bureau voor Rechtshulp was weggegaan, had Clay 121 miljoen aan honoraria verdiend, dertig miljoen was als premie aan Rodney, Paulette en Jonah betaald; twintig miljoen was opgegaan aan kantooronkosten en de Gulfstream; zestien miljoen was verspild aan reclame en tests met betrekking tot Dyloft, Maxatil en Skinny Ben; vierendertig miljoen was naar de belasting gegaan of moest daar alsnog naartoe; de villa had vier miljoen gekost; de zeilboot had drie miljoen gekost. Een miljoen hier en daar: het herenhuis, de 'lening' aan Max Pace en de gebruikelijke en te verwachten buitensporigheden van iemand die snel rijk was geworden.
Jarretts dure nieuwe catamaran was een interessant punt. Clay had ervoor betaald, maar de vennootschap op de Bahama's die formeel eigenaar was, was volledig bezit van zijn vader. Munson dacht dat de faillissementsrechter twee standpunten kon innemen, ofwel het was een geschenk en dan moest Clay schenkingsrechten betalen, ofwel de boot was gewoon van iemand anders en maakte dus geen deel uit van Clays vermogen. In beide gevallen bleef de boot eigendom van Jarrett Carter.
Clay had ook 7,1 miljoen dollar verdiend aan zijn handel in aande-

len Ackerman, en hoewel een deel daarvan in het buitenland was verstopt, zou hij het terug moeten halen. 'Als je vermogensbestanddelen verbergt, ga je de gevangenis in,' preekte Munson, die er weinig twijfel over liet bestaan dat hij zo'n handelwijze niet tolereerde. Volgens de balans was Clay ongeveer negentien miljoen dollar waard, met maar weinig crediteuren. Maar het totale bedrag waarvoor hij misschien nog aansprakelijk zou worden gesteld, was catastrofaal. Op dat moment hadden 26 ex-cliënten een eis tegen hem ingediend naar aanleiding van het Dyloft-fiasco. Dat aantal zou vermoedelijk nog toenemen, en hoewel het onmogelijk was om de waarde van elke eis in te schatten, was wel duidelijk dat het totale bedrag Clays vermogen verre te boven zou gaan. De massaclaim van de Hanna-gedupeerden begon zo'n beetje van de grond te komen. De nasleep van Maxatil zou ellendig en langdurig zijn. In geen van die gevallen was te voorspellen hoe hoog de kosten zouden zijn.
'Laat dat maar aan de curator over,' zei Munson. 'Als dit afgelopen is, heb je geen cent op zak, maar je bent tenminste niemand iets schuldig.'
'Hartstikke bedankt,' zei Clay, die nog aan de zeilboot dacht. Als ze die buiten het faillissement konden houden, kon Jarrett hem verkopen en iets kleiners kopen en dan had Clay een beetje geld om van te leven.
Na twee uur met Munson en Crittle was de keukentafel bedekt met spreadsheets en uitdraaien en briefjes, een chaotisch tableau van de afgelopen zeventien maanden van zijn leven. Hij schaamde zich voor zijn hebzucht en zijn domheid. Het was walgelijk wat het geld met hem had gedaan.
De gedachte dat hij weg zou gaan, sleepte hem door de dagen heen.

Ridley belde vanaf St. Barth met het vreselijke nieuws dat er voor 'hun' villa een bord met TE KOOP was neergezet.
'Dat bord staat daar omdat de villa te koop is,' zei Clay.
'Ik begrijp het niet.'
'Kom naar huis, dan leg ik het je uit.'
'Zijn er moeilijkheden?'
'Dat zou je wel kunnen zeggen.'
Na een lange stilte zei ze: 'Ik blijf liever hier.'
'Ik kan je niet dwingen om naar huis te komen, Ridley.'
'Nee, dat kun je niet.'

'Goed. Blijf dan in de villa tot hij verkocht is. Mij best.'
'Hoelang duurt dat?'
Hij stelde zich al voor dat ze alles in het werk zou stellen om een mogelijke verkoop te saboteren. Op dat moment kon het Clay gewoon niet schelen. 'Misschien een maand, misschien een jaar. Ik weet het niet.'
'Ik blijf,' zei ze.
'Goed.'

Rodney trof zijn oude vriend op de stoep van zijn schilderachtige herenhuis aan, met zijn krukken naast zich en met een sjaal over zijn schouders om zich tegen de kille herfstlucht te beschermen. De wind joeg bladeren in kringen rond over Dumbarton Street.
'Ik had wat frisse lucht nodig,' zei Clay. 'Ik heb drie weken binnen opgesloten gezeten.'
'Hoe gaat het met de botten?' vroeg Rodney, die naast hem kwam zitten en over de straat uitkeek.
'Die genezen goed.'
Rodney had de stad verlaten en was een typische bewoner van een gegoede buitenwijk geworden. Kakibroek en sportschoenen, een dure terreinwagen om de kinderen van hot naar her te transporteren. 'Hoe is het met je hoofd?'
'Geen nieuw hersenletsel.'
'En je ziel?'
'Gefolterd, om het maar eens zacht uit te drukken. Maar ik overleef het wel.'
'Paulette zegt dat je weggaat.'
'Ja, in elk geval voor een tijdje. Ik vraag volgende week mijn faillissement aan en als dat wordt uitgesproken, ben ik weg. Paulette heeft een flat in Londen. Die mag ik een paar maanden gebruiken. We gaan ons daar verstoppen.'
'Je komt niet onder een faillissement uit?'
'Nee. Er zijn te veel claims, en het zijn nog goede claims ook. Kun je je onze eerste Dyloft-eiser, Ted Worley, nog herinneren?'
'Ja.'
'Hij is gisteren overleden. Ik heb de trekker niet overgehaald, maar ik heb hem ook niet beschermd. Zijn zaak is voor een jury vijf miljoen dollar waard. Er zijn zesentwintig van zulke zaken. Ik ga naar Londen.'

'Clay, ik wil helpen.'
'Ik neem je geld niet aan. Ik weet dat je daarvoor bent gekomen. Ik heb dit gesprek al twee keer met Paulette gehad en ook een keer met Jonah. Jullie hebben jullie geld verdiend en jullie waren slim genoeg om het vast te houden. Ik niet.'
'Maar we laten je niet naar de bliksem gaan, man. Je was niet verplicht ons die tien miljoen te geven. Maar je deed het. We geven iets terug.'
'Nee.'
'Ja. We hebben er met z'n drieën over gepraat. We wachten tot het faillissement achter de rug is en dan maken we alle drie wat geld naar je over. Een geschenk.'
'Je hebt dat geld verdiend, Rodney. Hou het.'
'Niemand verdient tien miljoen dollar in zes maanden, Clay. Je kunt het winnen of stelen of het kan uit de lucht komen vallen, maar je kunt het niet verdienen. Dat is absurd. Ik geef er iets van terug. Paulette ook. Van Jonah weet ik het nog niet, maar die draait wel bij.'
'Hoe gaat het met de kinderen?'
'Je verandert van onderwerp.'
'Ja, ik verander van onderwerp.'
En dus praatten ze over kinderen, over oude vrienden op het Bureau voor Rechtshulp, over oude cliënten en zaken die ze daar hadden gehad. Ze zaten nog steeds op de stoep toen het donker was en Rebecca thuiskwam en het tijd was om te eten.

42

De journalist van de *Washington Post* was Art Mariani, een jongeman die Clay Carter goed kende omdat hij zijn verbijsterende opkomst en zijn even verbijsterende neergang nauwlettend had gevolgd. Hij had dat met veel aandacht voor details en een redelijke dosis eerlijkheid gedaan. Toen Mariani bij Clays herenhuis aankwam, werd hij door Paulette begroet en door de smalle gang naar de keuken geleid, waar al mensen zaten te wachten. Clay kwam moeizaam overeind en stelde zichzelf voor, en daarna ging hij de tafel rond: Zack Battle, zijn advocaat; Rebecca Van Horn, zijn vriendin; Oscar Mulrooney, zijn zakenpartner. Er werden cassetterecorders aangesloten. Rebecca ging rond met de koffiepot.
'Het is een lang verhaal,' zei Clay. 'Maar we hebben tijd genoeg.'
'Ik heb geen deadline,' zei Mariani.
Clay nam een slok koffie, haalde diep adem en begon aan het verhaal. Hij begon met Ramón 'Pumpkin' Pumphrey, die door zijn cliënt, Tequila Watson, was doodgeschoten. Data, tijden, plaatsen, Clay had aantekeningen van alles en hij had alle dossiers bij de hand. Toen Washad Porter en zijn twee moorden. Toen de andere vier. Camp Deliverance, Clean Streets, de verbijsterende werking van een geneesmiddel dat Tarvan heette. Hoewel hij de naam van Max Pace niet noemde, beschreef hij tot in details wat Pace hem over de geschiedenis van Tarvan had verteld: de geheime onderzoe-

ken in Mexico Stad, Belgrado en Singapore, de wens van de fabrikant om het middel uit te proberen op mensen van Afrikaanse afkomst, bij voorkeur in de Verenigde Staten. De toepassing van het middel in Washington.
'Wie maakte dat middel?' vroeg Mariani, zichtbaar geschokt.
Na een lange stilte waarin het leek of hij geen woord meer zou kunnen uitbrengen, antwoordde Clay: 'Dat weet ik niet helemaal zeker. Maar ik denk dat het Philo is.'
'Philo Products?'
'Ja.' Clay pakte een dik pak papieren en schoof het naar Mariani toe. 'Dit is een van de schikkingsovereenkomsten. Zoals je ziet, worden er twee buitenlandse ondernemingen in genoemd. Als je daarbij kunt komen en het spoor kunt oppikken, zal dat je waarschijnlijk naar een vennootschap in Luxemburg leiden en vandaar naar Philo.'
'Goed, maar waarom verdenk je Philo?'
'Ik heb een bron. Meer kan ik je niet vertellen.'
Die mysterieuze bron had Clay uit alle advocaten van Washington gekozen en hem overgehaald zijn ziel te verkopen voor vijftien miljoen dollar. Hij ging algauw bij het Bureau voor Rechtshulp weg en richtte zijn eigen firma op. Dat wist Mariani al. Clay vond de nabestaanden van zes van de slachtoffers. Hij haalde hen met gemak over om vijf miljoen dollar aan te pakken en hun mond te houden en binnen een maand had hij de hele zaak afgerond. Hij vertelde alles tot in bijzonderheden en kwam met papieren en contracten.
'Als ik dit verhaal publiceer, wat gebeurt er dan met je cliënten, de nabestaanden van de slachtoffers?' vroeg Mariani.
'Daar heb ik van wakker gelegen, maar ik denk dat ze geen gevaar lopen,' zei Clay. 'Ten eerste hebben ze het geld nu al een jaar, zodat we rustig mogen aannemen dat een groot deel al is uitgegeven. Ten tweede zou dat farmaceutische bedrijf wel gek zijn als het zou proberen die schikkingen ongedaan te maken.'
'De nabestaanden zouden rechtstreeks tegen de fabrikant kunnen procederen,' voegde Zack er behulpzaam aan toe. 'En zulke zaken kunnen een grote onderneming helemaal kapotmaken. Ik heb nog nooit zo'n rommelig stelletje feiten gezien.'
'Het bedrijf blijft heus wel van de schikkingen af,' zei Clay. 'Het mag blij zijn dat het niet meer dan vijftig miljoen dollar aan de zaak kwijt was.'

'Kunnen de nabestaanden de schikking ongedaan maken als ze de waarheid horen?' vroeg Mariani.
'Dat zou moeilijk zijn.'
'En jij? Je hebt geheimhoudingscontracten getekend?'
'Ik speel geen rol meer. Ik sta op het punt om failliet te gaan. Ik sta op het punt om mijn advocatenvergunning in te leveren. Mij kunnen ze niets maken.' Het was triest om dat toe te geven en het deed Clays vrienden net zoveel pijn als hemzelf.
Mariani maakte nog wat aantekeningen en ging toen op een andere versnelling over. 'Wat gebeurt er met Tequila Watson, Washad Porter en de andere mannen die voor die moorden zijn veroordeeld?'
'Ten eerste kunnen ze waarschijnlijk procederen tegen de maker van het middel, al schieten ze daar in de gevangenis niet veel mee op. Ten tweede is er een kans dat hun zaken worden heropend, of dat tenminste nog eens naar het vonnis wordt gekeken.'
Zack Battle schraapte zijn keel en iedereen wachtte op wat hij zou zeggen. 'Even officieus. Als je hebt gepubliceerd wat je besluit te publiceren en als de storm is gaan liggen, wil ik deze zaken graag op me nemen om te kijken of we een herziening kunnen krijgen. Ik zal namens de zeven verdachten procederen, dat wil zeggen, als we dat farmaceutische bedrijf kunnen vinden. Misschien dien ik een verzoek bij de rechtbank in om een herziening van hun vonnis te verkrijgen.'
'Dit is erg explosief materiaal,' zei Mariani, al wisten de anderen dat ook wel. Hij keek een hele tijd in zijn aantekeningen. 'Wat was de aanleiding tot het Dyloft-proces?'
'Dat is een ander hoofdstuk voor een andere dag,' zei Clay. 'Je kunt het meeste in de papieren vinden. Ik wil er nu niet over praten.'
'Dat is redelijk. Is dit verhaal nu uit?'
'Voor mij wel,' zei Clay.

Paulette en Zack reden hen naar het vliegveld Reagan National, waar Clays eens zo dierbare Gulfstream erg dicht bij de plaats stond waar hij hem voor het eerst had gezien. Omdat ze voor minstens zes maanden weggingen, hadden ze veel bagage bij zich, vooral Rebecca. Clay, die in de aflopen maand afstand van zo veel dingen had moeten doen, had veel minder bagage. Hij kon zich goed redden op zijn krukken, maar hij kon niets dragen. Zack fungeerde als zijn kruier.

Hij liet hen met enig enthousiasme zijn vliegtuig zien, al wisten ze allemaal dat dit zijn laatste reis met de Gulfstream was. Clay omhelsde Paulette en Zack, bedankte hen beiden en beloofde binnen enkele dagen te bellen. Toen de tweede piloot de deur afsloot, trok Clay de gordijnen voor de ramen, want hij wilde bij het opstijgen niets meer van Washington zien.

In de ogen van Rebecca was de jet een afschuwelijk symbool van de vernietigende kracht van de hebzucht. Ze verlangde naar het kleine flatje in Londen, waar niemand hen kende en het niemand iets kon schelen wat voor kleren ze droegen, in wat voor auto ze reden, wat ze kochten of aten of waar ze werkten, winkelden of op vakantie gingen. Ze ging niet meer naar huis. Ze had voor het laatst ruziegemaakt met haar ouders.

Clay verlangde naar twee gezonde benen en een schone lei. Hij had een van de beruchtste ondergangen in de geschiedenis van de Amerikaanse rechtspraktijk overleefd en het lag allemaal steeds verder achter hem. Hij had Rebecca en de rest deed er niet toe.

Ergens boven Newfoundland klapten ze de bank uit en vielen in slaap onder de lakens.

Nawoord

Op deze plaats proberen auteurs zich vaak op alle fronten in te dekken en, hopelijk, alle aansprakelijkheid te vermijden. Auteurs komen altijd in de verleiding om gewoon een plaats of onderwerp te verzinnen in plaats van onderzoek te doen naar echte plaatsen of onderwerpen, en ik beken dat ik ook zo ben. Fictie is een geweldig schild. Het is erg gemakkelijk om je erachter te verschuilen. Maar als fictie dicht bij de waarheid komt, moet ze nauwkeurig zijn. Anders moet de auteur hier op deze plaats enkele opmerkingen maken.
De Public Defender Service in Washington is een trotse en enthousiaste organisatie die onvermogenden al vele jaren krachtig beschermt. De advocaten die daar werken, zijn intelligent, geëngageerd en erg discreet. En ook erg gesloten. De innerlijke werking van de dienst blijft een mysterie en dus creëerde ik mijn eigen Bureau voor Rechtshulp. Eventuele overeenkomsten tussen die twee organisaties berusten op toeval.
Mark Twain zei dat hij vaak steden en zelfs complete staten verplaatste als dat nodig was om een verhaal vooruit te helpen. Ik laat me ook door niets in de weg staan. Als ik geen gebouw kan vinden, bouw ik er ter plekke een. Als een straat niet op mijn kaart voorkomt, deins ik er niet voor terug hem te verplaatsen of een nieuwe kaart te tekenen. Ik denk dat ongeveer de helft van de plaatsen die

in dit boek zijn beschreven min of meer correct zijn weergegeven. De andere helft bestaat niet of is zodanig veranderd dat niemand er nog iets van zou herkennen. Iemand die naar de juistheid van zulke gegevens zoekt, verspilt zijn tijd.

Dat wil niet zeggen dat ik het niet probeer. Research houdt voor mij in dat ik steeds weer aan de telefoon zit wanneer de deadline dichterbij komt. Ik heb de volgende mensen om raad gevraagd, en ik wil hen hier bedanken: Fritz Chockley, Bruce Brown, Gaines Talbott, Bobby Moak, Penny Pynkala en Jerome Davis.

Renee heeft de eerste versie doorgelezen en niet in mijn gezicht gegooid, altijd een goed teken. David Gernert gooide het verhaal overhoop en hielp me vervolgens het weer in elkaar te zetten. Will Denton en Pamela Creel Jenner lazen het en gaven me interessante adviezen. Toen ik het voor de vierde keer had geschreven en alles in orde was, las Estelle Laurence het en vond nog duizend fouten.

Alle hier genoemden wilden me erg graag helpen. Zoals altijd komen de fouten uitsluitend voor mijn rekening.

Lees ook van A.W. Bruna Uitgevers B.V.

John Grisham

Het dossier

Als Ray Atlee een brief ontvangt van zijn zieke vader met daarin het bevel om langs te komen, geeft hij hieraan vanzelfsprekend gehoor. Niemand durft immers 'de Rechter', zoals Reuben V. Atlee gedurende zijn lange carrière werd genoemd, te trotseren.

Wanneer Ray op het afgesproken tijdstip arriveert, treft hij de Rechter dood aan. De schok is groot, maar Ray's verdriet slaat om in verbijstering als hij in het dressoir naast het lichaam van zijn vader drie miljoen dollar vindt. Hoewel de Rechter altijd de eerlijkheid zelve is geweest, begrijpt Ray ogenblikkelijk dat deze vondst een smet zal werpen op zijn vaders reputatie. Hij verbergt het geld en besluit niemand erover te vertellen, zelfs zijn broer niet. Maar al snel blijkt dat hij toch niet de enige is die op de hoogte is van het geld…

In een poging de herkomst van de drie miljoen dollar te achterhalen, gaat Ray op onderzoek uit. Alle sporen lijken dood te lopen, totdat hij bij het doornemen van zijn vaders archief ontdekt dat er één dossier ontbreekt…

ISBN 90 229 8583 0

Lees ook van A.W. Bruna Uitgevers B.V.

John Grisham

De broederschap

In Trumble, een lichtbeveiligde strafinstelling, zit de gebruikelijke verzameling criminelen: drugsdealers, bankrovers, oplichters, belastingontduikers, twee beursfraudeurs, één arts en ten minste vier advocaten.

En drie ex-rechters die samen De Broederschap vormen: een uit Texas, een uit Californië en een uit Mississippi. Ze ontmoeten elkaar dagelijks in de gevangenisbibliotheek, die ze tot hun eigen territorium gemaakt hebben. Hier bestuderen ze hun dossiers, behandelen ze de zaken van hun medegevangenen en leggen ze soms zelfs straffen op. Ze hebben het recht in eigen hand genomen en zitten urenlang te broeden hoe ze zich nog meer kunnen verrijken.

Maar dan gaat het mis met een van hun onfrisse zaakjes. Ze laten de verkeerde in de val lopen: een onschuldige 'van buiten', een man met gevaarlijke vrienden…

ISBN 90 229 8477 X

Lees ook van A.W. Bruna Uitgevers B.V.

John Grisham

De straatvechter

Michael Brock is een veelbelovende jonge advocaat. In snelle vaart maakt hij carrière bij Drake & Sweeney, een van de meest prestigieuze kantoren van Washington. Het geld stroomt binnen; over drie jaar zal hij maat zijn. Michaels ster is rijzende en hij heeft geen tijd te verliezen. Hij heeft het druk en hij heeft haast.

Totdat het noodlot toeslaat in de vorm van een gewelddadige confrontatie. Een vreemde man dringt het kantoor van Drake & Sweeney binnen en gijzelt een groep advocaten, onder wie Michael. Uren van spanning volgen totdat de politie ingrijpt en de gijzelaar neerschiet.

Wie was deze man eigenlijk? Na wat speurwerk komt Michael erachter dat het hier gaat om een oude, verwarde zwerver die al zo'n twintig jaar op straat leeft. En als hij nog wat dieper graaft, stuit hij op een verschrikkelijk geheim, dat te maken heeft met zijn eigen kantoor...
Michaels toekomstbeeld stort in. Hij neemt onmiddellijk ontslag, maar het geheime dossier neemt hij mee. Hij komt op straat terecht, waar hij rechtskundige bijstand verleent aan dak- en thuislozen. Michael is nu advocaat van de armen. En een dief...

ISBN 90 229 8399 4

Lees ook van A.W. Bruna Uitgevers B.V.

John Grisham

Het testament

Troy Phelan is een oude, excentrieke man, wiens vermogen wordt geschat op elf miljard dollar. Volgens zijn nazaten heeft Troy niet lang meer te leven, want in zijn hoofd zit een kwaadaardige tumor die elke dag groeit. Vol ongeduld wachten zij – in gezelschap van hun gretige advocaten – op zijn dood en op de opening van zijn testament, dat van hen allen multimiljonairs zal maken.

Troy verafschuwt hen, stuk voor stuk. Hij heeft een hekel aan zijn drie ex-vrouwen en een zo mogelijk nog grotere afkeer van zijn zes kinderen, die geen van allen een knip voor de neus waard zijn. Daarom heeft hij een duivels plan bedacht.

Maar om dit plan te doen slagen zal advocaat Nate O'Riley een haast onmogelijke opdracht moeten vervullen. Hij zal diep moeten doordringen in de immense jungle in het hart van Zuid-Amerika, op zoek naar een vrouw die niet gevonden wil worden...

ISBN 90 229 8433 8